与如同在

◎楼乘震 著

深圳市新闻人才基金会资助项目

上海三联书店

序

周立民

时光如流水，现在算来，已是十五年前。陈思和老师荣任《上海文学》主编，我给他当助理，负责跟班拎包儿。有一天，陈老师跟我讲，某某日将有一位叫楼乘震的记者来采访。楼乘震，这个名字太有特色，大有险中求胜的味道，不容我记不住。记得那天采访完毕，还在作协的院子里拍了些照片，不就是按快门的事儿吗？想不到这位“楼乘震”认真得一塌糊涂。这位“楼乘震”是深圳一家报纸在上海办事处的负责人，深圳报纸的手够长啊，已经伸到上海了。此公嗅觉够灵，陈老师刚接任主编，他就闻风而动。这是我当时的印象，如今重读他的这篇采访，收在此书中的《精神不飞翔，文学就死亡——谈〈上海文学〉》，陈老师谈到《上海文学》的历史与现状，也系统地阐述他的办刊主张：“精致的短篇，好看的中篇。敏锐的批评，民间的立场。”陈版《上海文学》尚在运作中，第一期还未推出，这位“楼乘震”就让主编大人谈了这么多，在同行中可算占得先机。

很快，“楼乘震”就成“老楼”了。先是在上海的众多文化场合，“老”

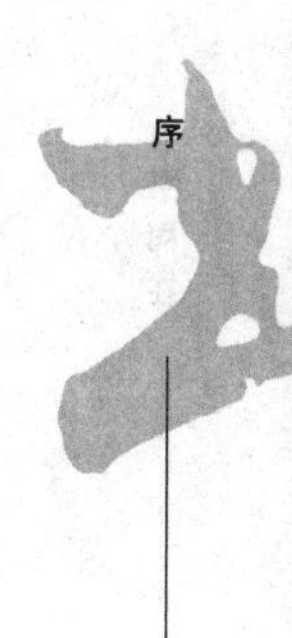

（总）是见到他。我初到上海滩，有眼不识泰山，“老楼”可是鼎鼎大名的记者，与很多文化人熟络得很。有一个细节能看出他的为人，在公众场合，举着相机东拍西拍的人不少，可是往往只有他，让人留下信箱、地址，过后认真地把照片发给每个人。巴金的弟弟李济生先生曾说过：给我拍过照片的记者很多，把照片寄给我的只有楼乘震。我想深圳这家报纸能够在沪上占有一席之地，跟有这样好人缘的“老土地”在打理有直接关系。渐渐熟悉了，我就会注意他，不，与场子里窜来窜去的“小记者们”相比，他是“鹤立鸡群”不由得你不注意。每次，他都特别认真，脖子上架着相机，手里有笔记、录音笔，包里还有采访者的一大包书，行动并不敏捷地走来走去，让人不由得多看他几眼。每一场，大多小记者拿了稿子，就一哄而散，而“老楼”却自始至终，人散后，他还会与重点的嘉宾再聊上几句。就这样，一来二往，我们也成了朋友，拿起电话，就听到他嗓门很亮地说：“我是老楼。”或是“我是楼乘震。”于是，我们当面喊他“楼老师”，背后就成“老楼”了。这当然缘于他的热情为人，也并不看不起我们这些晚辈。“老楼”，亲切，还有几分无奈，他执著执拗，有什么事情着急了，嗓门更大，眼睛更圆，其实，也不是什么大事，我只能摇摇头，心想这个老楼啊老楼。他的腿太勤快了，什么文化活动都要参加仿佛一场不能落。这个习惯到他退休好久还坚持着，这几年，他又是糖尿病又是心脏病，行动也不太便利，每有活动，仍是蠢蠢欲动。我先是劝他不必来，接着跟同事讲，不要通知他，但是，常常都是徒劳的。当我拿起话筒宣布活动开始时，要么看见他早已端好相机严阵以待，要么就是见他气喘吁吁地往场子里赶。今年上海书展，那么热的天，一个晚上，他执意要去参加阎连科的新书发布会。他已经是个退休记者，并没有写稿的任务；他的视力已经很差，写篇东西要查不少资料，可是他还是保持着记者的一线“战斗”习惯，没有几天，一篇稿子就出手了。——这个老楼，很快就让我敬佩了。说实话，这些年，记者也见得多了，然而，像他这么热情，这么敬业，这么拼命的记者，并不多见。

为了遏制多病且行动不便的老楼一如既往的文化冲动，我有一次给他出个建议，我说：现在的文化活动，商业宣传的味道太重了，文化含量不高，你就别跑场子了。再说，长江后浪推前浪，有年轻人呢。倒是有一件事情，你要认真做，你采访了那么多人，那么多大事，把以前写的稿子要好好整理一下，出几本书，于社会历史留下一份难得的记录；于个人，也是一辈子勤奋工作的纪念。他也觉得大有必要，而且说做就做。前年，砖头厚的《铁骨柔情——当代文化人素描》（上海人民出版社2017年2月版）送到我们面前。今年年初，近四百页的《悲欣人生——当代人物素描》（上海书店出版社2018年1月版）又问世。这本《与书同在》是他的第三本采访记，内容与前两本一样丰富、精彩。在我向他祝贺成为冉冉升起的多产作家的同时，却被他赶鸭子上架：命我写序。请人写序，这是老楼的恶习，想不到，他至今未改。对我，虽然这是受宠若惊的事情，可是，德低望轻岂能随意妄为，我以这点自知之明向来不给人写序。于是，赶紧向他推荐德高望重之人，谁知他的拗脾气又上来，这回就认定你了，还添油加醋软化我：你根本不用看稿子，你也不用费尽心思说什么好话，随便写几句就行了。话已至此，在道义上，已不容我拒绝。这么多年来，无论是在工作上和生活上，楼老师都倾情关注和照顾我，常常让我感激不已。他常说："我是巴金故居的义工，有事情喊我。"我更忘不了，好几个暑假，他都关切地问我孩子由谁带，我说没有人带，他毫不犹豫地说：送我们家里来。我虽然不会轻易地麻烦他，但是有这句话就够了。茫茫人海，有几个人向你说过这样的话？——我还需要吝惜自己笔墨吗，我为什么不能借这个机会向这位可敬的朋友表达一下心中的谢意呢？

我当然不可以"不用看稿子"，不过，好长一段时间，我的家里都有一份深圳的报纸，收在本书中的很多稿子最初发表时，我就拜读过。这次，我又认真读了两遍，很多文字仍然印象深刻。读这些文字，我看到的不是文字，而是老楼风尘仆仆的身影，气喘吁吁的样子，慷慨激昂的发言，热情洋溢的笑声，对此，我的感触可能更深，更与众不同。然而，除去个人的友情的因素，以第三者的眼光重新打量，我又有一番感想。下面所写的，不是对“我的朋友楼乘震”的感想，而是，作为一个读者对于本书作者楼乘震的几点感想：

一，楼乘震是一位深入新闻现场和文化现场的记者。这似乎是对新闻记者最基本的要求，然而，我发现这些年，很多事情都不基本了，一些记者心情好一点，到现场拍两张照片、拿一份人家准备好的通稿。心情不好，在家里等着人家把稿子传过来。这就是采访？打个电话、发个微信，就是采访？我前面已经抱怨过老楼腿太勤，这种勤奋虽然损害了他的健康，然而却给了他丰厚的回报。《写出我心中的“痛”——谈〈蛙〉》一篇，写到发布会上，莫言与郭敬明几句话谈话，这样的生动细节，倘若不深入现场，就被忽略了，也记录不下来。我印象尤深的还有，他去《蒙田随笔全集》的译者马振骋先生家，所描述到马家的情形：

> 马先生的寓所在徐汇区的一幢高层住宅中，书房井井有条，他把阳台封闭成一个会客的小天地，吊篮和小盆景点缀四周，令人赏心悦目。知道我们的来意，马先生先是搬来了许多词典和各种版本的《蒙田随笔》，他说“你不是想知道我为什么要做这件吃力不讨好的事吗，那我得先给你介绍蒙田。”（《投入智慧女神的怀抱——谈〈蒙田随笔全集〉》）

这虽然不是这篇采访的重点之初，然而有了这些枝叶，这篇采访就生动、活泛起来，它们也建构了一个马振骋先生的形象，它与我印象中的十分吻合，让我对这位翻译家有多了几分亲近感。书里还有一篇《汪道涵购书记》，不仅记录下来上海的老市长汪道涵购书的细节，而且还把汪道涵给一个书店所出的主意详细记录下来，这是老楼的“独家新闻”，而它的获得，与他深入各种现场大有关系。过去人们常说“跑新闻”，新闻的确是跑出来的，当然，“跑”之中，还有一个记者的特殊的敏锐，观察和抓取的能力。

强调现场和现场感，还因为，我始终认为，新闻很快就会成为旧闻，然而，旧闻并不等于随便扔掉的废纸。那些有着生动的细节、有着鲜活的现场感的“旧闻”，会化成人们的记忆，而记忆则会成为历史，成为非常难得的历史文献，供后人研究、为后世存真。这也是我们不能低估楼乘震这些文字的价值的一个原因。试想，多年后，当我们书写这个时代的文学史的时候，他的这些访谈录难道不是最重要的参考文献吗？

二，楼乘震是一位有道义感的记者。真实，客观，是对新闻写作的重要要求，然而，这并不等于记者就是一个零情感的人，更不能使记者成为一个没有是非、缺乏道义、糊里糊涂的人。恰恰相反，无论中外，最优秀的记者都是有着强烈的道义感的。老楼是性情中人，也是一位疾恶如仇的人，生活里对于看不惯的事情他会直言批评，对于好的事情他也会四处宣扬。文如其人，他的写作中也是如此，比如对于巴金老人“讲真话”和反思历史的主张，他从来不吝笔墨。我们还能够从他的采访对象的选择中看到他的道义感，对于很多优秀作家，他采访过不止一次，而对有些作家作品，他则不闻不问。对作家采访中，他不会去打探什么八卦，而都是围绕着作品，直接对话。这是根、本，也是正声、正气，也只有这样的采访，才不是过眼烟云，才值得结集留下来，让更多人听到这些作家、学者们的声音。在本书的第一辑中，还收了几篇文艺短评，那是“文革”结束不久，新时期文学刚刚开汛的时候写的，虽然不成熟，但是作为历史文献也能够看出楼乘震的“正声”。有一篇谈到复刊后不久的《收获》，当时他还是工厂的报社通讯员，因为刊发一些较为“前卫”的作品社会上对《收获》有不同的声音，老楼到编辑部采

访杂志主持人肖岱，又结合自己的阅读体验，写出一篇支持杂志文学探索的文章。他认为："《收获》复刊仅一年多，就有那么多的作品积极地促进了思想解放，值得赞赏。""《收获》硕果累累，这是作家和编辑同志思想解放，辛勤劳动的结果。"（《硕果累累——读复刊以来的〈收获〉》）时隔四十年，我们或许更能清楚地看待那段历史了，也会感慨"人间正道是沧桑"，而一个记者的道义感在他的新闻实践和写作中的不可或缺或许由此可见一斑。

三，楼乘震是一位有文化积累的记者。不客气地说，不少记者缺乏文化积累，只满足于从一个场子赶到另外一个场子，我也看不出，他们对自己的工作有什么感情和热爱。老楼正是因为对于文学、文化的这份爱，才有他在工作中、生活里如海绵般地不断积累、不断成就。翻开这本和以前两本采访记，老楼写的不仅是作家、翻译家、学者，还有贺绿汀这样的音乐家，黄永玉这样的画家，郎静山这样的摄影家，徐森玉这样的收藏大家，可见他视野的广泛，知识储存的广博。我的印象里，老楼没有什么书不要的。如果他不能去的场合，他会给你发个短信：请代买某某书。有时候我想，他研究什么呀，这书买它干什么？后来想到，做一个记者就要像邓拓说的那样，要做一个"杂家"。在专家横行成"砖家"的年代里，"杂家"似乎是不屑一谈的，可至少这样一份热爱就是值得敬佩的，更何况职业使然，一个记者就应当有这样的开阔的知识面才能行。记得冰心晚年曾感慨，来的记者功课都不做，上来就要我自报家门，我都八十多岁了，那些查查书都知道的事情还要从一岁报道八十岁，可累坏老太太了——试想一下，这样的记者，下次你还想见他吗？

记者的积累，不仅仅在知识，还有人脉的积累。一个事情出来，要采访某个人都不知道，怎么找到这个人都不知道，见了这个人，要问什么都不知道，这个工作还能进行下去吗？人脉，不仅是交际学，它是记者的综合实力，自身的修养，与人交往的情感投入，别人对你的认可和尊重等等，我想在这一点上，老楼也是一个榜样。他的采访对象中，有很多都是大名人、大忙人，他们为什么会接受老楼的采访，而且有时候老楼总能吃到小灶，这是有心人可以从他的文字中追踪和思考的问题。

由此也说到这本书，书名叫“与书同在”，收的都是与书和写书人有关的采访，不难看出老楼对于书的痴迷。老楼买书，也是远近闻名的，哪本书，他要是没有或没有见到，仿佛吃饭都不香。这几年，他眼睛不好，我屡次想劝他，少买点书，少看点书。后来想到这显然又是徒劳，便默不作声。江山易改本性难移，他要“与书同在”，你要改变他也难。话又说回来，一个连书都不爱的文化记者，能是个好记者吗？

记得有位老师曾经说过：新闻学在学校里读到本科就行了，还要读什么博士？我理解，他不是轻视新闻学这么学问，而是认为它是一门实践的学问，是在新闻的一线中学习的学问，而不是在课堂里高谈阔论的空洞理论。我认同这样的观点，也把楼乘震的这三本书当做文化记者和学新闻的人从中可以学习和汲取经验的难得教材，因为它是一个深入文化现场的一线记者四十年来的辛苦结晶，这里面有新闻事实，也有情感倾向，还有道义的弘扬；它是跑出来的，不是写出来的，这些尤为可贵。

最后，我还有一个建议，也是从这本书第一辑新加的作为题外话的简短说明中得到的启发。我希望老楼能够再写一本“新闻背后的故事”，讲一讲他采访的经历，新闻文字中未曾写出的题外话、背后的故事，它们同样是一份个人的纪念、新闻的活课堂和历史的重要见证。

2018 年 10 月 27 日下午于竹笑居

（本文作者为学者，现任巴金故居常务副馆长、巴金研究会常务副会长。）

目　录

辑一

辑二

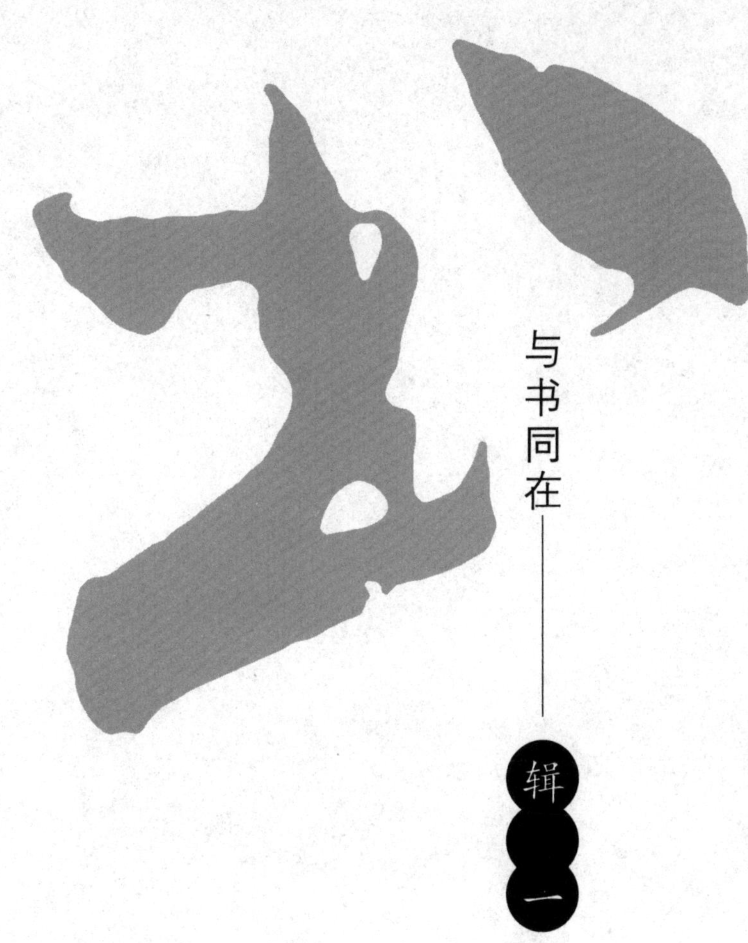

辑一

与书同在

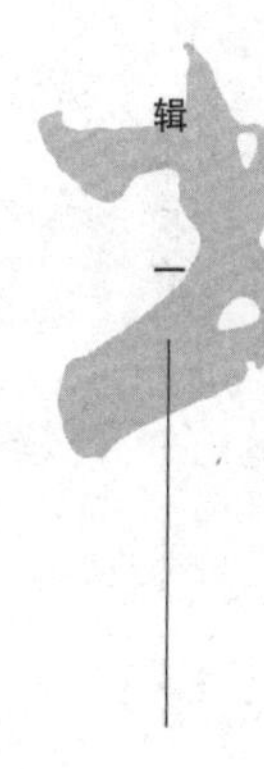

硕果累累

——读复刊以来的《收获》

《收获》的诞生，具体实现了“百花齐放”的政策——这是靳以同志在1957年7月《收获》创刊时所写的《发刊词》里的第一句话。

《收获》自去年年初复刊以来，发扬了自己在二十多年前开创的特色，发表了一批有影响的中、长篇文学作品。佳作络绎，目不暇接，在大型文学刊物中独树一帜，深受读者欢迎，这正是执行了“百花齐放”的方针、保持和发扬了自己特色的结果。

长篇小说是文学艺术的重武器和“大炮”（高尔基语）。以发表长篇小说和剧本为主，是《收获》二十多年前就形成的特色。《收获》复刊八期，就发表了九个长篇（包括选载）和十三个剧本。这是一个重大收获。这些作品题材多样，风格各异。长篇小说《历史的回声》以沙俄修建西伯利亚大铁路为背景，概括了1891—1934年间东北被沙俄、日本军国主义侵略的历史，表现东北老乡的苦难和斗争。话剧《今夜星光灿烂》描写了淮海战役。《闯江湖》记录了旧社会艺人颠沛流离的苦难遭遇，现分别搬上了银幕与舞台，引人瞩目。《台北一阁楼》《傅家的儿女们》等带来了台湾海峡那边同胞的信息。为适应读者欣赏水平的提高，也是为帮助青年读者开阔眼界，《收获》郑重地推荐了老舍先生的《鼓书艺人》，这部长篇小说没有出过中文版，只于1952年在纽约出过英文译本。老舍先生生前喜爱的"横姑娘"马小弥同志克服重重困难，再由英译本回译过来，读来仍处处感到老舍先生的幽默隽永，简练质朴的风格，在国内外引起了重视。

《收获》在那么多题材的作品中没有去追求离奇的情节，没有去追求刺激性，而是从繁荣社会主义的文艺，提高读者的文学欣赏水平出发，始终如一的注重高质量。

中篇小说的崛起是作家与党和人民一起思考着党和国家的命运，思考着重大的社会问题的反映。中篇比短篇容量大，但又比长篇反映生活迅速。粉碎"四人帮"以来，涌现了一大批优秀的中篇小说，这中间就有《收获》的贡献在内。《收获》发表了一批有分量有影响的中篇小说。其中如《大墙下的红玉兰》，突破禁区，形象地反映出在林彪、"四人帮"的统治下，某些无产阶级专政的工具正触目惊心地在蜕变为封建法西斯专政的工具。严肃地探讨了无产阶级专政的历史教训，因而引起强烈的反响。《铺花的歧路》着重描写了几个青年人的思想分歧，生活道路的曲折和爱情上的悲欢离合，控诉了林彪、"四人帮"对青年一代灵魂的欺骗和虐杀。青年的幼稚无知，对领袖崇敬，对革命满腔热情，竟成了他们的利用对象，而一旦青年成了可悲的炮灰之后，还背着沉重的精神负担。这篇小说无论从现实的深度，还是历史的深度来看，都高于同类题材的作品。谌容同志的《永远是春天》不胫而走，以富有表现力的情节和细节，为永葆革命青春的老干部谱写了一曲动人的颂歌。她的《人到中年》在社会上引起不同意见，但我是持赞赏态度的。人们噙着泪读它，谈它，因为他们从陆文婷大夫这个既不是党员，又不是领导的普普通通的中年知识分子身上，看到了自己的过去，现在以至将来。这些回顾总结十年动乱的教训，进而对这些灾害所得以产生的历史条件和社会根源，给以深入剖析的振聋发聩之作的发表，是《收获》的一大贡献。

在以主要的篇幅发表中、长篇小说，电影，戏剧剧本的同时。《收获》也以相当的篇幅发表了一些有影响的如《草原上的小路》《积蓄》那样的短篇小说。值得一提的是，编辑部从大量群众来稿中筛选有探索精神的新人新作，一有发现，如获至宝，《犯人李铜钟的故事》《汽车号码的过失》等就是这样被发现的。

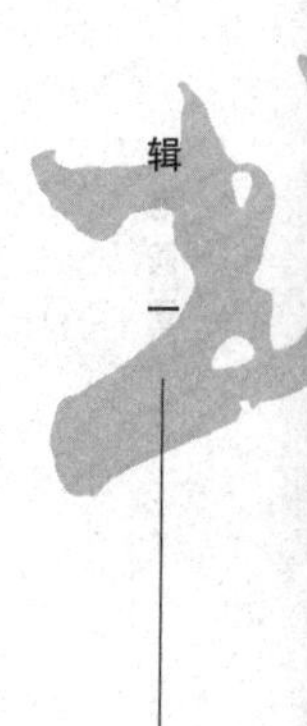

“文化大革命”前的《收获》有一个深受读者欢迎的老作家谈自己创作体会的栏目。复刊以来，我们也读到了巴金、沙汀、曹禺的文章。但更多的是对已故作家的怀念文章以及他们的遗作。这中国文坛上令人心酸的一幕，大概也可算复刊后的《收获》的一个特点吧。

衡量一个文学刊物的成就，最主要的莫过于看它所发表的作品在读者中所引起的反响如何，在社会上引起的震动怎样。《收获》复刊仅一年多，就有那么多的作品积极地促进了思想解放，值得赞赏。

《收获》硕果累累，这是作家和编辑同志思想解放，辛勤劳动的结果。《收获》编辑部最近分别荣获了上海市人民政府和市文联授予的先进集体的光荣称号，这也是人民对《收获》给他们送来最好的精神食粮的感激和敬意。读了八期《收获》，稍感不的是直接反映四个现代化建设的作品较少了一些。塑造四个现代化的创业者，来激发广大群众的社会主义积极性，推动他们从事四个现代化建设的历史性创造活动，这是党中央向文艺工作者提出的一项具有深远战略意义的任务，有待于我们的刊物与作家的共同努力。

我们祝愿《收获》继续努力贯彻百花齐放、百家争鸣的既定方针，在新的历史进程中收获更多、更大！

（1980年6月17日《文汇报》）

关于复刊后的《收获》

“文革”结束，犹如春天来临，万物复苏，各种文学期刊如同雨后春笋，纷纷破土而出，当时作为文学青年的我，节衣缩食，如饥似渴地购买开禁的文学经典，几乎订阅了所有大型文学刊物，《收获》当然是最爱，我同工友们时时被作品所打动，记得一期刊有《人到中年》的《收获》刚收到就被师傅们抢去传阅，待到我手中时，封面都已破了。

一天，去文汇报，编辑突然问我，你看《收获》吗？感觉如何？当我谈了评价后，编辑说你能否尽快写一篇评论，并告诉我，因为《收获》发表了《犯人李铜钟的故事》《大墙下的红玉兰》等作品，受到了批评，他们的压力很大，我们要表示一下支持。第二天上班前我就把稿件送到报社，下班后又去了编辑部，编辑说稿子写得太单薄，看来你得去一下《收获》编辑部，我真是喜出望外，那不是就可以见到巴老了吗？编辑说，别太高兴，巴老是在家里办公的，你可见到吴强。吴强也是鼎鼎大名，他的《红日》我看过两遍了。

第二天我拿着介绍信来到巨鹿路675号，这也是我第一次跨进这个文学殿堂的大门。吴强先生上上下下打量了我这个穿着蓝色工作服的小青年，然后请肖岱先生接待了我，他自己坐在一旁吸着烟斗。我告诉萧老，我只是一个工厂通讯员，肖老说这没关系，你喜欢我们的刊物，支持我们，我们很高兴。根据我准备的问题，肖老详细地介绍了复刊一年半来的工作。访谈结束，我问他是否要审稿？他说不必了，就由你们决定。

我立即回到文汇报写稿，吃过晚饭拿到了长长的铅排的清样，但过了不久，编辑就拿来涂满红墨水的清样，说总编认为太长，要删去一些太尖锐的议论部分，就作品谈作品。

过了一天，我在厂的报廊里见到文艺评论版的头条发表了此文。又过了几天我去文汇报时，编辑告诉我，此文反映很好，也有人在打听有什么背景？作者是谁？因为我这个怪里怪气的姓名，很难揣摩，还以为是个上了年纪的人，哪知道是个爱好文学的青年工人。我们都哈哈大笑。

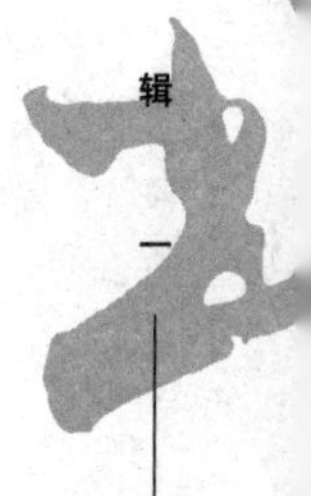

大决战的忠实记录

——推荐长篇报告文学《命运》

伟大的天安门广场革命运动已过去三年多了，她的彻底平反也已近一年。然而，每当我们回忆起这场关联着我们党和国家的前途，牵动着亿万人民的心的运动时，总是抑制不住内心的激动。因为这是十月胜利的思想动员和舆论准备，是中华民族的骄傲，社会主义史上的壮举，是中国人民创造历史的不朽丰碑。虽然已有不少象《于无声处》那样的话剧、电影、小说、通讯、诗歌等文艺作品歌颂了这场运动，但我们总感到有些不满足，总还盼望有作品，能以更开阔的背景，更丰富的材料，更感人的笔调，真实地记录下这场动天地、泣鬼神的大决战。今天，我们终于盼到了这样的作品，这就是发表在《当代》文学季刊第二期上的长篇报告文学《命运》（杨匡满、郭宝臣作）。尽管作者在后记中谦虚地声明他们只是“试图为这场关系着党和国家以及我们每个公民的命运的事件，勾勒几张草图，作几幅素描。”可是当我们以久久不能平静的心情读完这部作品时，却如同看到一幅气吞山河、悲壮宏伟的巨幅油画。

《命运》一开头，以沉重的笔调把我们引到座落在北海西岸的一座灰楼里。在那里，我们看到了总理那憔悴瘦削但又是坚毅的面容；我们好像和总理身边的工作人员一起，在他老人家会见了罗马尼亚朋友后，我们簇拥上去，请求和总理合影，然而在合影后敬爱的总理却说：“希望你们以后别在我脸上打叉。”平静的话语在我们心里掀起了多大的波澜；我们又似乎看到总理两次手术前会见政治局成员时赞扬邓小平同志的情景；我们就像在总理最后一次手术后，和邓颖超同志一起静静地陪伴着总理，听着他老人家的叹息；……

《命运》以这样几组催人泪下的特写镜头把人们拉回到1975年秋，使读者的心一下子缩了起来。作者以寥寥数笔勾勒出“四人帮”一伙幸灾乐祸的嘴脸，又以悲愤的语言描绘了人民的思索和对总理的思念。这样的开头，即使“人民的总理人民爱，人民的总理爱人民”的深情洋溢于字里行间，又鲜明地告诉读者：“四·五”天安门广场革命群众运动有着深刻的阶级根源和历史背景，“不是少数几个人活动的结果，而是人民的要求和需要的自发的不可遏止的表现”（恩格斯《德国的革命和反革命》，《马克思恩格斯选集》第1卷第501页），是人民积十年的沉默、忧虑、思索的结果，是为了保卫老一辈无产阶级革命家、把亲爱的祖国从危亡关头拉回来的怒吼，是科学社会主义与封建法西斯主义的大决战。

就如开头一样，这篇报告文学引人注目的是报道了不少我们普通读者所不知道的材料。譬如：总理骨灰被撒的情况；邓小平同志凌晨三时在人民英雄纪念碑前默立；贺龙元帅的女儿贺捷生把张天民的申

诉信送给邓小平同志再转呈毛主席；"四人帮"准备逮捕王震同志的儿子；茅盾先生的侄女张妈娅同志的绝命书等等以及"四人帮"及其余党镇压人民、反对总理的大量罪证。还破天荒地引用了民间广泛流传的"朱老总三斥王洪文"的政治笑话和人民群众写的、符合总理的思想，也符合人民愿望的"总理遗言"。今天，我们读来是多么的亲切。这是在当时中国这个特定的环境下，人民与"四人帮"的高压进行斗争的特殊手段和武器。这些生动地反映了民心所向的民间文学，当年曾使"四人帮"如芒在背、暴跳如雷，作为"政治谣言"疯狂追查镇压，今天把它堂堂正正地载入史册就更有必要。这些材料的恰当运用不仅从侧面反映了这场光明与黑暗的决战之激烈程度，而且使这篇报告文学具有一定的历史价值。

《命运》从 1975 年写到 1978 年底，从天安门广场写到黄浦江畔，涉及人物之多，描写场面之大，要做到有条不紊，主次分明，是很不容易的。但它容纳更多的材料，使读者如身历其境，置于花圈诗文的海洋之中，高唱《国际歌》向着"四人帮"爪牙盘踞的小楼冲去！

报告文学一直被誉为文学战线上的"轻骑兵"，这是由于这种介于新闻与文学之间的体裁，非常适宜于及时地反映具有很大普遍性、很强现实性的事物。但我觉得还应赋予报告文学有纪实的重任。它虽不能像小说那样圆通自在地施展虚构的手法，情节的组织安排，材料的剪裁限制性很大，但由于它真实而更取信于读者。

《命运》一发表就受到读者的重视和欢迎就是很好的说明。对于十年"文化大革命"的过程，有不少小说作了积极的反映，可是报告文学却不多。《命运》虽然在后半部分的材料选择上值得推敲，显得有点冗赘，有些粗糙，但它作为大决战的忠实记录，是应该予以赞扬的。

（1979 年 11 月 13 日《文汇报》）

关于《命运》

1976年春在天安门广场发生的革命事件（简称四五运动）动天地、泣鬼神，中国以此为转折点的巨变，为全世界所瞩目。正在此时，作为文学轻骑兵的报告文学中出现了一篇长篇报告文学《命运》。收到刊发那篇作品的《当代》（1979年第二期）那天，我正好是上夜班，在车间操作的空隙，我一口气读完，热血沸腾，回到家中顾不上休息，立即写就了这篇读后感。没想到送到文汇报的第二天，就在《文艺评论》版的显著位置发表了。

我至今都不认识作者，只是觉得这部作品不一般，在保持并发扬报告文学的批判性功能的基础上显示了理想的冲动与激情，交代清楚了我们基层群众所想了解的整个事件的来龙去脉和细节，澄清了被“四人帮”所恶意弯曲了的事实本来面目，很解渴！

到第二年的第二期《当代》上，有篇综合读者反映的消息，说“此作引起了社会上比较强烈的反响。本刊编辑部及两个作者，陆续收到寄自黑龙江、新疆、浙江、江苏、上海、天津、贵州、湖北、河北、安徽、山东、四川等省市的许多来信。有的读者还写了诗寄来，北京的一些……”其中摘发了我的读后感。后来知道作者是著名作家，此作荣获全国首届优秀报告文学奖，并被译介到日本与法国。

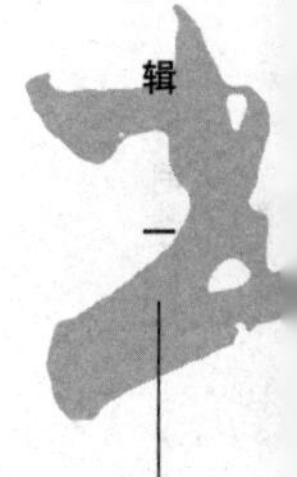

再现历史的画面

——评连环画《枫》

新近出版的《连环画报》第八期上发表了陈宜明、刘宇廉、李斌根据同名小说编绘的彩色连环画《枫》。它以精巧的构思，深沉的笔触，通过一对恋人的悲惨遭遇，大胆地记录了“文化大革命”中两派群众组织对立和武斗的场面，深刻地揭示了这幕惨剧的罪恶渊源是林彪、“四人帮”的极“左”路线。这部作品在美术创作上作了大胆突破。

林彪、“四人帮”是煽动、挑动群众纷纷武斗、互相残杀的罪魁祸首。为什么他们能蒙蔽那么多的“红卫兵小将”，甚至中年、老年人呢？连环画《枫》作了明白的回答：他们的头上戴着“副统帅”的桂冠，身上披着“中央文革”的红袍，这就是一个极重要的原因。今天我们痛定思痛，“回首向来萧瑟处”，不应当“也无风雨也无晴”，而必须总结这一付出了巨大的代价换来的教训。连环画作者对林彪、“四人帮”的形象，没有简单地用漫画化或脸谱化来处理，而是如实地进行反映，这是对历史的尊重。我们说林彪、“四人帮”是丑恶的、腐朽的、卑鄙的，是指他们的灵魂。人面兽心，毕竟还有个“人面”。当我们再次看到林彪假惺惺地高举语录本、江青酸溜溜地和“小将”合影，只会更加激起我们对这帮阴谋家、野心家的恶心、憎恨！相反，假如我们的作品里所出现的这些反面形象，一概是凶神恶煞，或猥琐的小丑，那过若干年，怎么向我们的子孙交代，他们的父辈在如此明显的敌人面前，居然没有一点识别力？

值得赞赏的是，连环画作品并没有把画面背景单纯作为人物活动的陪衬，而是精心构思刻画，再现了“文化大革命”的历史的环境。这才是真正“时代的背景”！卢丹枫跳楼时所站的平台一角，写着“无限忠……”，她摔倒在地上，身旁的标语是“誓死”。尤其特出的是卢丹枫跳楼的那一幅。贯穿在大楼前的是一条大标语：“誓死捍卫中央文革！”卢丹枫并没有出现在画面上，但我们看到，她正是怀着这样“坦然”的信念跃下高楼的。假如说类似这样的画面是对“文化大革命”的否定，那么，请问，文化大革命是否就是要人们去“誓死捍卫”“四人帮”及那个“顾问”之流？林彪、“四人帮”制造当代最大的迷信，灌输“无限”“誓死”的思想，难道能熟视无睹，充耳不闻这“史无前例”的历史事实吗？连环画作者巧妙地运用了当年司空见惯的标语，深刻地鞭挞了林彪、“四人帮”的极“左”路线，扣动了读者的心弦。这是多么巨大的成功！

看到这套连环画，联想到我们有些文艺领域，不少作品思想不够解放，还有不少“禁区”。事实上，虚假的粉饰太平或是“欲说还休。却道天凉好个秋”的作品，是不会赢得群众的心的。连环画《枫》已经在美术领域冲破“禁区”上跨出了可贵的一步。文学艺术百花园的园丁们，是不是可以从中得到启示，也都奋身一跃，向“禁区”进击！

（此文与李光羽先生合作）

（1979 年 9 月 6 日《文汇报》）

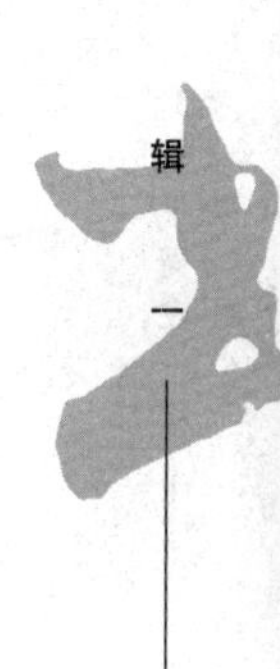

关于《枫》

这篇评论的起由要追溯到郑义的小说《枫》。

改革开放初期，出现了一大批反映“红卫兵”这一特殊历史时期产物的小说，与“文革”中那些歌颂小将们“敢干敢闯敢革命敢造反”不同，大多是脸谱化的丑化，但是，也有一些作品中的红卫兵形象既是这场运动的先锋，又是这场运动的受害者，这些悲剧性人物的描写客观真实，引起人们的赞赏，郑义的《枫》就是其中有代表性的一篇。

但也引起有人的非议，认为干扰了当时正在深入的“清查三种人”的运动。尤其是当时，文化大革命还没被彻底否定，《中共中央关于建国后若干历史问题的决议》是当年11月开始起草，在1981年6月的党的十一届六中全会上才通过的，有的人对“文革”的定性还疑惑不定。这也从另一个角度反映出小说作者郑义和三位连环画作者的勇气。

《枫》中的男主人公是个立场坚定，永远跟着无产阶级司令部奋斗到底的一个红卫兵组织的领袖，而作品中的女主人公也是个誓死保卫党中央保卫伟大领袖毛主席的革命青年，但她是另一个红卫兵组织的头头。而这两个红卫兵领袖在“文革”开始之前曾是一对彼此默默相爱着的情人。然而，尽管他们都是为了保卫同一个党中央，同一个伟大领袖，但由于对这场“革命”的理解不同，进行这场革命的方式不同，却成了同一面旗帜下的“两派”，谁都认为自己一派是正确路线的代表，而对方却是站在错误路线的一边。于是由“文攻”发展到“武斗”，各自率领下的红卫兵战士占据学校的大楼，垒堡对峙。当谁也不屈服谁的时候，他们就用枪炮较量。结果女主人公惨死在男主人公枪口下……最后男主人公抱着死去的情人向太阳走去……

为了同一个信仰而自相残杀，这个悲剧是谁导演的？是谁利用了他们的“忠心”来达到某种政治目的？青年人如何才能避免成为政治斗争的炮灰？这是《枫》留给读者的思考，也是这部小说受到读者好评的原因。

正是抱着对这部作品的赞赏，一天路过报刊门市部，买了一本刊发由《枫》所改编的连环画的《连环画报》，画面非常真实地再现了“文革”中的场景，尤其是对康生、江青的描绘一点没有漫画式的丑化，而是照相式的写实。哪知没过几天，再次路过报刊门市部，那位营业员说，上面来了通知，余下的《连环画报》停止销售，订户要全部回收，上交销毁。我百思不得其解是为什么？连夜写了一篇文章打抱不平。

文汇报的编辑见到稿件后说他们也正在讨论此问题，于是请另一位通讯员李光羽修改后，很快就配上《连环画报》的一个画面发表了。

此风波后来是如何平息的，也就不清楚了，只是在许多年后，才知连环画的作者之一是如今赫赫有名的历史人物油画家李斌先生，当年他是黑龙江农场的知青。

直到最近我才知道，此前，他们曾根据卢新华的小说《伤痕》创作了一套连环画，同样发表于《连环画报》。可是令他们始料未及的是，《枫》的面世却引起了轩然大波，1979 年 8 月号上刚刚刊出三天，就被文化部出版局要求停止发行并追查责任，原因是《枫》“政治影响不好”。后来，虽形势扭转，杂志被加印后重新发售，但争议之声仍不绝于耳，讨论持续了一年多，许多知名的美术评论家和连环画家都参与了。最后，基本予以肯定。三位画家谈到了林彪、“四人帮”等人物的形象处理及引起的争议。他们认为：“在这组画的表现上，其实没有任何新的东西。所谓涉到了‘禁区’，其实是这些年我们在现实主义的道路上越走越窄了。今天的创作，仍然需要时时检点，耗费大量的精力去修饰、回避，结果不得不瞻前顾后，欲言又止，因为不知道各级审查部门什么时候又会突然毫无理由地禁止。这和三中全会的精神和目前全国人民的要求距离是很大的。”这场讨论也从侧面反映出当时中国思想界和文艺界密切互动的语境关系，促进了某些文艺政策隐匿地发生改变。后来，连环画《枫》荣获建国三十周年全国美展一等奖，《伤痕》荣获第二届全国连环画评奖一等奖。为纪念改革开放四十周年，人民美术出版社出版了由李斌重绘的油画版《枫》和《伤痕》。

意料之外　情理之中

——谈《家庭悲剧》《含羞草》的结尾处理

一篇短篇小说，如同其他样式的文艺作品一样，须有一个引人入胜的开头，也应有一个令人回味的结尾，但是，目前我们有些作品就像它们的构思雷同一样，结尾也使读者“似曾相识”，从而削弱了整个作品应起的作用。

也许是“条件反射”，当在《十月》杂志第二期上看到林雨的短篇小说《家庭悲剧》这个题目时，真担心它也和目前流行的一种新框框八九不离十。

这个时期来，通过家庭这个社会细胞在政治风浪的冲击下，错综复杂的关系描绘，来展现中国历史上这场光明与黑暗的生死搏斗的作品，已有不少，这确能表现出已过去的那些岁月的环境特征。但是我觉得不满足的是，有些作品似乎又陷入了一个新的框框：在“四人帮”及其帮凶的迫害下，好端端的家庭搞得妻离子散，情投意合的恋人变成一对冤家，或者作为老干部的父辈与作为造反派的小辈产生了尖锐的矛盾冲突，或者被抛弃的人又意想不到地得到了真正的爱情，……结尾总是“四人帮”被粉碎了，喜讯传来，家庭团圆，吃蟹庆祝，要不就是慷慨激昂的

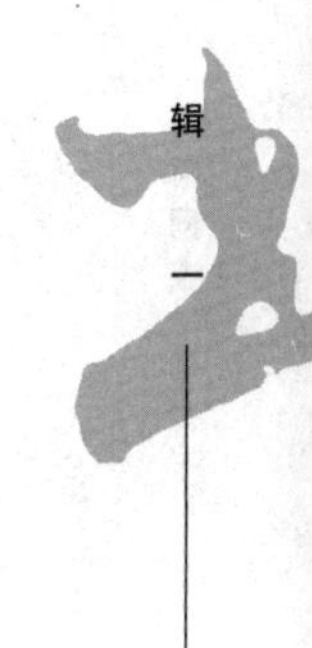

表示决心等等。的确，这“并非一个人的故事”。然而，艺术毕竟不是钣金工依样板画葫芦，这种作品一多，人们势必感到厌倦，这也是我读《家庭悲剧》之前那种不必要的担心的由来。

《家庭悲剧》写的是在一个中学里，教导主任韩京涛因对“四人帮”的“文攻武卫”不满而被打成“反革命”入狱，留下爱人谢兰和女儿小雯。在“四人帮”爪牙的一再迫使下，谢兰不得不办了离婚手续。但人们没想到老迂夫子、物理教师庄正一却与她宣布了结婚。于是，庄正一受到同志们理所当然的谴责。粉碎了“四人帮”，韩京涛出了狱，大家头一桩关心的就是庄正一怎么向韩京涛交代。出乎小说中的“我”的意料，也出乎我们读者的意料，在小说的结尾，党支部书记老李向大家解释：原来庄正一和谢兰的“结婚”是假的，是他们合伙用撒谎的策略来挡住“四人帮”的压力，保护谢兰。读到这里，我们不禁破涕为笑，转悲为喜。

无独有偶，在《上海文学》第二期上发表的刘绍棠的《含羞草》，说的是科研人员谷旸因参加天安门广场悼念周总理的活动而被开除党籍和公职，到老家种田。在他回老家的路上，到他亡父的老战友卞长亨家中去借宿时被赶了出来，卞长亨的女儿柳莺也和他断绝了恋爱关系，但是在家乡，他却受到了以老革命俞擎天和他的女儿合欢为代表的乡亲们的欢迎和保护。在强烈地震中，俞擎天甚至为救谷旸而献出了生命。合欢待谷旸如同亲人，忘我无我。给他以无量的温馨，无穷的热力，在那几乎完全绝望的日子里，两人同病相怜，相濡以沫……以至粉碎“四人帮”后，来接谷旸回院的岳副主任都以为他俩结婚了。然而，又是谷旸和读者万万没想到的，合欢并不愿意。为什么呢？请看结尾中合欢所说的一段话：

“我信不过你。”合欢仰起泪光晶莹的脸儿：“这些年，我见多了，地位一变，脸就变。不管是对党，对革命，对同志，对群众，还是对亲人。我害怕……到头来没有好结果。”……

妙极了！我见不少读者连连为合欢的这番话喝彩。

刘绍棠

当然，这两篇小说的其他方面都不错，但我觉得尤其值得称赞的是它们的结尾。

像《家庭悲剧》所描写的故事，我们也见到过，如果没有那个结尾，我们也会与小说中的“我”一样。向庄正一投以白眼，予以讥讽，也会谴责造成这个家庭悲剧的祸根——“四人帮”。但是，作家并不停留于此，而是在结尾揭开了谜底。这就使作品的主题立即升华到一个新的高度：“四人帮”对人民的迫害是残酷的，而人民对“四人帮”的反抗和斗争不仅是坚决的，而且是巧妙的，不仅有韩京涛这样的英勇战士，就连庄正一这样平时似乎不管世事的人也以其独特的方式参加了斗争。因此，这样的结尾不是可有可无，而有着它独特的功能。

《含羞草》的这个结尾也是这样，合欢信不过谷旸，仔细想想，这意料之外的一笔有着很深的含意。其一，它告诉读者，合欢甘愿作出如此之大的牺牲，来保护、照料谷旸，并不仅仅是爱情在她心中的萌动。其目的是和他父亲一样的：要谷旸“一不要忧虑吃，二不要忧虑穿，把一腔子血全倒上去，才对得起总理……”完成敬爱的周总理生前十分关心的一项基础理论的研究工作。其二，合欢的这番话更明确地点明了本篇的主题，也就是篇首摘录的陈毅同志诗：“有草名含羞，人岂能无耻？鲁连不帝秦，田横刎颈死。”（《冬夜杂咏·含羞草》）正如作者接着合欢的话所发的一番议论：“是的。文化大革命教育了人们，再也不相信那些装潢美丽的花言巧语，再也不相信那些悦耳动听的甜言蜜语，再也不相信那些大言不惭的夸夸其谈。人们听够了那些华而不实，厚颜无耻的大话、空话、假话，无论是政治上的忠贞，还是爱情上的忠贞，都不需要华词丽藻的保证，而只看切切实实的行动……”也正是通过这两点，使我们看到处在基层的群众的心灵的纯洁，感情的朴实，情操的高尚以及他们花了巨大代价所换来的政治上的成熟，也更衬托出卞长亨式人物的猥琐低下，卑鄙可耻。很显然，这样的结尾收到的效果远远要比“大团圆”高出万倍。

（1979年4月5日《文汇报》）

关于刘绍棠的《含羞草》

“文革”结束后，数以千万计的冤假错案得到了平反，尤其是胡耀邦同志主政组织工作后，给右派分子“一风吹”，使饱经折磨幸存的右派分子及其他们的家眷重见天日，许多作家此时也得以“出土”。他们向读者们报告这一喜讯的办法，就是在报刊上发表作品，哪怕是一篇小文，一首短诗。而我们读者，就是在当时为数不多的刊物中寻找那些熟悉的名字，为他们庆幸，为他们祝福。

一天，收到《上海文学》，刘绍棠的大名跳入眼帘。我在小时候就知道刘绍棠是个“神童作家”，13 岁发表作品，16 岁读高中时课文中选有他初中时的作品，时任团中央书记的胡耀邦曾接见他四个小时，鼓励他写作，但是在 1957 年被打成右派分子，缘由是他少年得志，骄傲自满，目无组织，宣扬个人成名成家。从此销声匿迹。他的经历也成了对我们的“教材”。

我把此消息告诉了文汇报的一位老编辑，他打听了一下，知道这是刘绍棠复出后的第一篇作品，但发表在文学刊物上，影响毕竟有限，我们应帮他吹吹喇叭。正好我有篇批评公式化写作的稿子已拼版，就当即删去一些，又加了后半段对刘绍棠新作的评论。果然不出所料，许多读者就是从我这篇并不显眼的“评论”中获得了刘绍棠已复出的讯号。此文起到了一个传递信息的作用。

是一个“这个”

——《拉大幕的人》读后

集中地读了一些写反对“四人帮”斗争的短篇小说，掩卷而思，觉得好作品不少，但也有些作品里的人物似乎是社论的图解，或者说，是一种概念的录音磁带。作者尽管把故事情节构思得曲折离奇，但人物总是立不大起来，有的竟能互相替代。而《上海文学》今年第四期发表的短篇小说《拉大幕的人》却给我们留下深刻的印象。

《拉大幕的人》说的是京剧名演员金小芸到一个小县里演《打焦赞》，因演焦赞的演员病了，临时找了个小剧团里拉大幕的人来顶替。而这人原来是金小芸找了多年的二师兄李良，可李良却不相认。那是因为在“文化大革命”前，小芸的父亲、著名京剧演员金盛鹏曾收了张杰、李良为徒弟。金小芸与忠厚耿直的二师兄李良产生了爱情。“文化大革命”中，遵师父所嘱，李良和小芸埋藏了一包涉及“中央首长”的戏剧资料。但不知何故，竟被人发觉，因此给师父招来弥天大祸，而小芸却以为是李良所招，痛打李良。李良蒙受冤屈，又受尽摧残，流落到小剧团里来打杂。张杰向金小芸招认了那包材料是他发现，并因此使他飞黄腾达的。小芸明白真相，悲愤无比。找李良整整找了八年，想不到竟在这里与他相见。

论故事情节，《拉大幕的人》是算不上十分离奇的。那为什么那个“拉大幕的人”——李良却会使我们留下不错的印象呢？恩格斯说：“每个人都是典型，但同时又是一定的单个人，正如老黑格尔所说的，是一个‘这个’，而且应当是如此。”李良正是具有鲜明的个性。作者在小说开头就不吝惜笔墨，生动地描述了金小芸所饰的杨排风和“拉大幕的人”所饰的焦赞的武打场面，富有京剧锣鼓韵律的句子把杨排风的英武娇媚，焦赞的豪爽鲁莽描绘得栩栩如生。读者如身历其境，就像画家粗粗几笔就能勾画出对象的大致形体一样，这个拉大幕的人的面容虽还不清楚，但他作为一个武功底子很厚的演员已立在读者的面前。

作者以后对李良的语言和活动细节真实、明确的选择和描写就像给那个粗线条的形象添上了嘴鼻眉目。

先看看李良的语言。当年，金小芸在练功时不幸误伤李良，李良忍住伤痛，笑着说：“排风，你这一棍可把我这个焦二爷给打服了。”“想你二爷这条汉子，身上哪些儿经不起你打，你就与我打！打！打！”而今，当小芸急切地认李良时，李良却说：“贱婢休得无礼！”前者表现了李良的忠厚、幽默、热情，后者流露了李良内心的创伤。这短短的几句台词，作为“是一个‘这个’”李良的语言，真是恰到好处。

再看小芸向李良表白爱情这段的描写。当小芸羞涩地表白了她对李良的爱之后，李良却大翻其各种各样优美的跟斗来。《巴黎圣母院》的打钟人戛西摩多以拼命的打钟来表达他对艾丝米拉尔达的热爱。李良的这些跟斗，也实实在在地反映了他耿直老实的性格和内心难以平息的爱情的波澜。“是一个‘这个’”李良才会有的行动。

哪怕是一个细小的动作，作者都是精心安排。譬如，李良在隔离室得知师父已病危，“他立即不顾一切地向外冲去，击倒了两个看守，一路飞奔，……”一个“击”字把“是一个‘这个’”李良的愤怒心情和京剧武打演员的功力表现得淋漓尽致。

老舍曾指出：“所谓刻画。并非指花红柳绿地作冗长的描写，而是说，要三言两语勾画出人物的性格，树立起鲜明的人物形象来。”以此来衡量，作者刻画李良是成功的。美中不足的是小说中的金小芸和张杰，显得平了一点，没有立体的感觉。特别是张杰的个性不突出。在现实生活中，有张杰那样的人，为了私利，可以不惜一切，甚至把所尊敬的人，最亲爱的人也会打翻在地，当做向上爬的垫脚石。私欲熏心，卑鄙无耻是他们的共性。但是现实生活的千变万化又决定了他们应有自己的个性。短篇小说限于篇幅，可以集中力量写好一个人物，以一当十，其他人物，只要适当描写几笔也就可以。但这适当的几笔，我们也希望是粗线条的勾勒，而不要是随心所欲的平涂。特别是他在小芸面前招认自己，显得不大可信。虽然是一个偶然的机会使张杰发现了埋在樟树底下的材料，可他上交这包材料肯定不会是出于政治上的无知。他明白就是这包材料要了师父的命，赶走了李良，并使他从此走运的。因此他就是醉后胡言也不可能向金小芸招认。

今天，我们的文艺一方面要清除“四人帮”留下来的污毒，另一方面要为新长征路上的战友们加油。毛主席说：“革命的文艺，应当根据实际生活创造出各种各样的人物来，帮助群众推动历史的前进。”这就要求我们的作者深入群众，深入生活，只有深入实际生活，才有可能创造出各种各样具有鲜明个性的人物，才能避免概念化的倾向，才能发挥文艺的伟大作用。作为读者，这样殷切地期待着。

（1979年6月22日《文汇报》）

关于《拉大幕的人》

“文革”后期，在“地下文学”暗流涌动的同时，在报刊上也见到不少诗歌、散文、短篇小说等作品，大多是爱好文学的青年所作，他们都来自工农兵和知青，极为勤奋，但由于缺乏指导，又长期受“三突出”，配合政治斗争的思想的影响，作品大多公式化，概念化，枯燥乏味。“文革”结束后，他们在以饱满的政治热情投入揭批“四人帮”的斗争中，同样拿起文学创作的武器，然而，积重难返，创作的转型绝非易事。有的作品中人物设计只是把原先一号主人公是“反潮流斗士”换成是受迫害者，反面角色原先是“走资派”换成是“四人帮”爪牙，令人啼笑皆非。有的作品在情节的安排中明显的有仿抄的痕迹，存在一种新的雷同化。

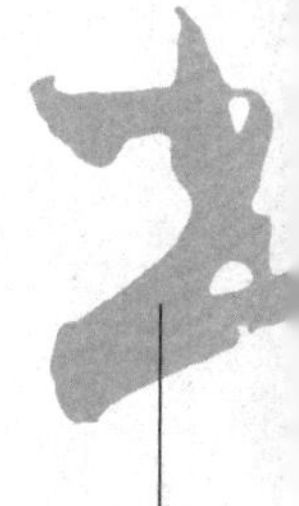

正巧此时读了《拉大幕的人》这篇作品，如迎面扑来一股清风，于是就借题发挥写了这篇小文。其实，我也是“半路出家”，没有经过正规的科班训练，没有受过老师的指点，“看人挑担不吃力”，凭着有限的一点所谓“文艺理论”知识就指手画脚起来，过后思量，真是实在可笑。我不想抹杀这段蹒跚学步的经历，所以也把这篇与书有关的小文收入。

附：汪道涵购书记

汪道涵先生在中国经济书店上海二店

在上海普陀区曹杨二村的白玉路上，有家引人注目的书店——中国经济书店上海二店。

白玉路远离市中心，是条僻静的小路，正如那里的居民所说：这条路因这家书店而出了名。不少读者闻名而来，就拿上海市府顾问、前任市长汪道涵来说，他已九次光临该店。四月十九日临近中午，道涵同志又一次踏进店堂，环顾四周密密麻麻、层层叠叠的书籍，顾不上休息，立刻找起书来。不知是哪位读者眼睛尖："那不是汪市长吗？"人们顿时涌了过来，拿了新买的书请道涵同志签名，挤得那个只有 60 多平方米的店堂水泄不通。签了一本又一本，读者实在太多，经工作人员再三挡驾，才把道涵同志从人群中"解救"到仅有三个多平方米的经理办公室里。

经济二店是上海锻压机床二厂在 1987 年开办的第三产业，由于经营得法，奉行“读者为‘帝’，信誉为本，时效为首，服务为优”的经营方针，生意十分红火，常年保持着四千多种经济书籍，许多书是独家经营，在上海的专业书店中崭露头角。道涵同志每次来都是满载而归，赞叹这里的书品种新、多、全。

然而，今天他看到书店的工作人员为了增加书架，把办公室一缩再缩，连办公桌都叠成“二层楼”，大家都只好站着说话的情景，非常感慨。他对书店这种全心全意为读者服务的精神表示赞扬。在表扬之后，道涵同志说：“不过，书店的经营，我看还要有所改进。”仇金江经理赶忙拿出笔来。“不用记，我来写。”道涵同志提起笔，在纸上写下“雅俗共赏”“经典和时新”“由此而及彼”等几行字，并边写边讲：

“**雅俗共赏**——所备的书要适应不同层次的读者的需要。”

“**经典和时新**——经济学的经典著作要有，眼下时新的经济读物，如股票入门一类的也要有。”

“**由此而及彼**——从经济到政治、到社会、到文化，从国内到国外。”

“**柜台与广告**——要选个好市口，并做好宣传，让大家都知道上海有这么家特色书店，否则太可惜了。”

“**常客与新人**——与固定客户要加强联系，还要不断地吸引新的读者。”

“**跑街与服务**——服务是多方面的，以前书店有‘跑街’，每星期捧一叠书到你家里来，下星期来时把你不要的书拿走。服务可真周到，这也是搞公关吧。”

这时，工作人员进来说店堂里的读者少了。道涵同志的指点迷津也就到此“刹车”，他像一位普通学者一样，戴着老花眼镜，挤在读者中间，顺手拿起《在华尔街的崛起》《利率导论》《西方金融史》，一本又一本……

（1992年5月16日《文汇读书周报》）

谈《汪道涵购书记》

这篇小文的来历，非常偶然。

那时我在文汇报跟着钟锡知老师编《企业文化》版，当时许多企业在产业转型中寻找生路，听说上海锻压机床二厂开了家书店，在上海的专业书店经营中居然名列前茅，就兴冲冲前去采访，回报社汇报后，钟老师认为这个典型好，要我写篇长篇通讯，于是，又去了一趟。临近中午，我要告辞时，店经理叫我一起吃盒饭，并悄悄地告诉我，汪市长马上要来，这是他第十次来买书了。从店名是他所题，店中的"经世济民"匾额是他所写就可知汪市长与这家书店的关系非同一般了。（因汪道涵先生曾任市长多年，上海市民们都还这样习惯称他。）

不一会，汪市长果然来了，除了原来在店里购书的读者，许多邻近的居民也闻讯而来，我在一旁静静地观察着这热闹的场面。

汪市长购书，我以前曾巧遇过一次。那时，上海新华书店的总店在南京东路东海大楼，大门的两侧大楼梯上去，就是一个很大的玻璃橱窗，每周更新各种新书，读者们往往在此浏览后再分散到各个柜台。一天我正在观看时，见挤在我前面的一位老者自言自语地说："袁鹰，老作家啊！"那声音怎么那么熟悉？我定睛一看，原来是汪市长！我轻轻地向他打了声招呼，他朝我笑了笑，用手指了指嘴巴，然后就挤出人群，走向右边的文史哲经区域。

那时读者与书橱之间隔着一个玻璃柜，读者需什么书都要请营业员从里面递给你。汪市长就是戴着老花镜也看不清书名，营业员很快就发现了，打开了腰门，请汪市长进去。汪市长挑了一本又一本，转身交给一位站在柜台外的年轻人，我猜大概是他的秘书吧。我找了一张小纸，把汪市长买的书的书名都记了下来，一共有30多本，经济类为主。当秘书拿了营业员开好的发票去收银台付款时，汪市长见我一直跟着他，还在作记录，就过来和我攀谈，问我在看什么书，当我表明了职业时，他笑了，说："怪不得那么敏感。"此时，营业员也把书结结实实地捆成两捆交给秘书，汪市长同营业员和我握握手就走了，一点没惊动书店领导，也没影响读者，营业员说，汪市长经常来的，是我们这里的大户，我们见他有段时间没来，就会把新书送去，请他挑选。

由于上次我记录巧遇的特写未能刊出，所以这次回报社后即找《文汇读书周报》的主编诸钰泉老师，他鼓励我快把这个独家新闻写出来，突出汪市长为书店出谋划策的这几招，这有普遍意义。很快这篇小稿就在《文汇读书周报》的显著版面刊出了。

那篇企业“三产”办书店的长篇通讯就发表在文汇报的“企业文化”版上。

时隔16年了，汪老早已作古，书店业从兴到衰又到兴，经营的业态发生了巨大的变化，但回过头来看看汪老当年的计策，不是还很有启发吗？于是，就把这篇小文也收进此书中，因为也“与书同在”。

实体书店的朋友们，不要满足于卖咖啡带来的收入，不要满足于有政策的支撑，也要动动脑筋，因为你们的主业是卖书。

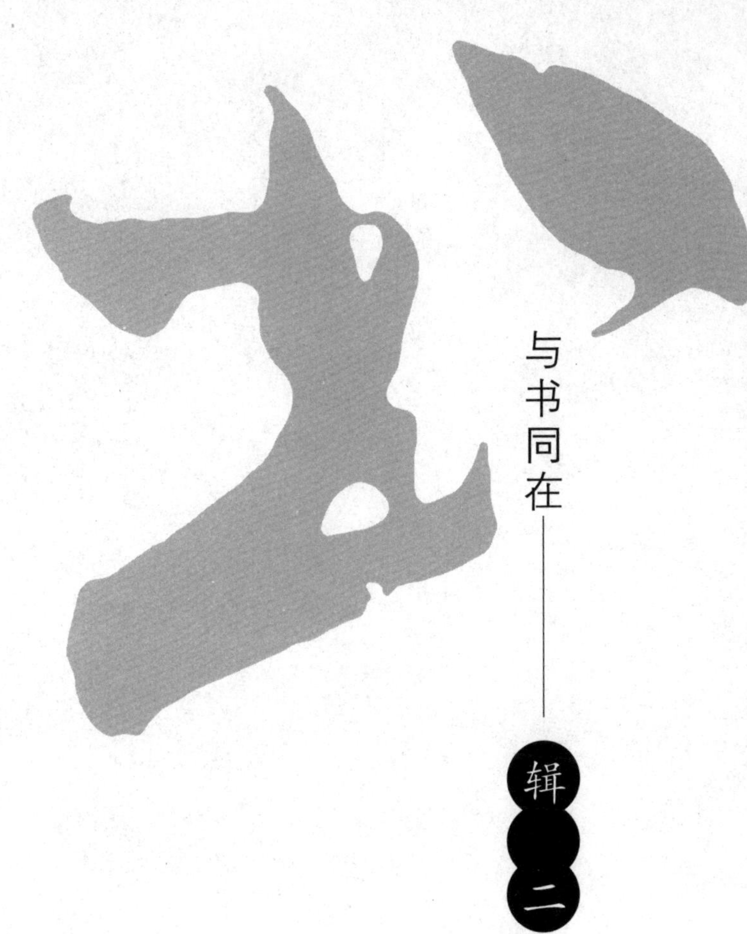

与书同在

辑二

一位举火把的老人

——巴金与《随想录》

今年（2016 年）是巴金先生晚年的巨著《随想录》完成三十周年。

说到巴金先生，海峡对岸的同胞是不一定熟悉的。有例为证。几年前，我去台北阳明山拜谒林语堂先生故居，在先生的书房里巧遇一位很热心的朋友要帮我们拍合影。因为他的名片上印的是台湾某县读书会的会长，我在赞叹台湾的民间读书活动的同时，想起曾在一本回忆录里看到当年一位青年在离开大陆的船上，手里拿的是一本《家》。于是，很自然地问起，你们读过巴金的书吗？比如《家》。不料这位先生一脸愕然："巴金？《家》？"我陪他一起到走廊。墙上有林语堂先生的年谱，上面醒目地写着："民国二十五年（1936 年）与巴金、鲁迅等 21 人共同发表《文艺界同仁为团结御侮与言论自由宣言》，全家赴美，居于纽约。”

其实，也难怪这位先生，因为在台湾有相当长的时间，对巴金的著作视同鲁迅的一样，是被列为禁书的。我后来到台北著名的旧书店“旧香居”，问有没有巴金的《随想录》等著作，那位小伙计从库房里捧出一大摞，几乎全是当年“地下盗印”的。这也说明，就是在“白色恐怖”下，巴老是一团在地底下滚动的火。回到上海，我特地去买了《家》和《随想录》，又到巴金故居盖了纪念印章，给这位台湾某读书会的朋友寄去。

为什么说起巴金先生就要说起《随想录》?

这正是一言难尽。

“十年炼狱”的煎熬

《随想录》是巴金先生在 1978 年 11 月，他 74 岁高龄时开始动笔写的，写的都是与刚结束的“文化大革命”有关，因此必须从巴老在这史无前例的“十年浩劫”中的遭遇说起。

巴金是人所共知的著名作家，他的“爱情三部曲”《雾》《雨》《电》，“激流三部曲”《家》《春》《秋》，以及《憩园》《寒夜》等许多作品在三四十年代是青年人挣脱封建的枷锁，奔向光明，奔向自由的指路明灯。一次，巴老在与友人谈到当年为什么没去台湾后又说：“1949 年后，既然这是为人民拥护的政权，我就向人民投降，接受改造。我希望能改造自己成为人民所需要的。但是不熟悉工农兵生活就写不好小说。”但由于众所周知的原因，在五六十年代他和茅盾、老舍、曹禺等许多著名作家一样，成功的作品很少，除了《团圆》(后拍成电影《英雄儿女》)等以外，大量的时间和精力被各种“运动”所牵制。他批别人也被别人批，他努力地想“来个脱胎换骨的改造”，但仍与“长官思想”有一定的距离，于是，在“文化大革命”中遭到劫难。

巴老从一个著名作家立刻变成了“阶级敌人”“牛鬼蛇神”。他的《巴金文集》14卷变成“大毒草”要全部销毁；他遭受了抄家、殴打、罚扫厕所、种田、养猪；他的大名被打上红色的大叉贴满大街小巷；他扶持起来的青年作家所写的批判文章整版整版地刊登在报纸上；他被红卫兵、造反派任意揪斗甚至电视直播；他的夫人挡住了红卫兵挥向他的军用皮带，自己患病却没能得到及时的医疗而活活痛死……

巴老把但丁的《神曲》抄在小本子上，常常背诵《地狱篇》中最后这句话：“走进地狱之门的人，丢开一切的希望。”那几年来，他身处的，他经历的，不正是就像《神曲》中描写的这样吗？“这里，叹息声，抱怨声，悲啼声，在没有星光的空气里面应和着。……千奇百怪的语音，痛苦的叫喊，可怕的怒骂、高呼或暗泣，拍手或顿足，空气里面骚扰不已，永无静寂，好比风卷尘沙，遮天蔽日。那时，我毛发悚然。”无论是在劳动中，还是在遭批斗时，巴老都在默默地诵读着这些句子。

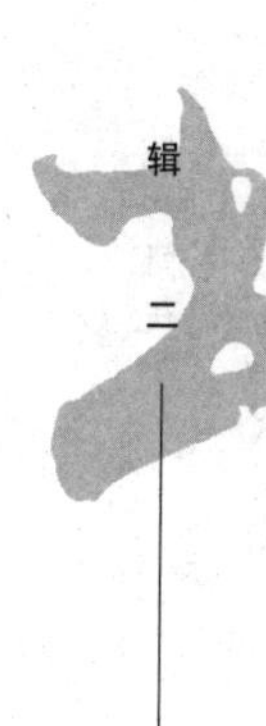

逃出劫难后的亢奋

1976年10月，“文革”终于结束。几经周折，1977年4月下旬，巴金的“敌我矛盾”政治结论终于也被撤销。消息传开以后，上海武康路113号从门庭冷落变成门庭若市，不仅亲戚朋友纷纷登门探访，报刊编辑记者也络绎不绝邀约写稿。巴老也处在一时的亢奋之中，他说：“十年中间我没有写过一篇文章，只写了无数的‘思想汇报’，稍微讲了一两句真话，就说你‘翻案’。连在日记本上写几句简单的记事，也感到十分困难，我常常写了又写，改了再改，而终于扯去，因为害怕连累别人。我知道我只能隐姓埋名地过日子，让人们忘记，才可以躲开黑帮们的大砍刀。他们用种种的精神折磨和人身侮辱对待我，处心积虑要我以后永远不能再拿笔。”

这段话就来自写于 1977 年 5 月 18 日的《一封信》。这是巴老重新拿起被剥夺了十年的笔，写的第一篇文章。他用自己在“文革”中的亲身经历说：无论他们怎样迫害他，“我即使饿死也不会出卖灵魂，要求他们开恩，给我一条生路”。《一封信》在上海《文汇报》5 月 25 日刊出后，在文艺界、在读者中间引起了强烈的反响。这是巴老代表中国的知识分子发出的第一声血与泪的控诉。同时，它第一次正式传播了这样一个信息：巴金仍还活着！巴金又重新拿起笔来战斗了！人们对他的控诉发出由衷的共鸣，对他在“文革”中的遭遇寄予了深切同情。

逐渐深入的独立思考

这时，香港《大公报》也力图革新，使报纸面貌有所变化。老编辑潘际坰重返报社执掌老牌副刊“大公园”的编辑工作。他向老朋友巴老约稿，巴老答应了，先托黄裳先生转去两篇对日本电影《望乡》的评论。

1978 年底，日本电影《望乡》在中国上映，引起了轰动，也有各种议论。巴老看了电影，又读了剧本，针对奇谈怪论，写了两篇短文，很快就在“大公园”头条加花边刊登了出来。巴老就建议大公报副刊为他开个名为《随想录》的专栏，潘际坰喜出望外，欣然同意，并委托黄裳先生催稿和转寄。

正文刚刚开始，巴老就写了《总序》，说是即使是“无力的叫喊”，也要给被剥夺的十年时光“留点痕迹”。

巴老后来在《合订本新记》中说：“我最初替《望乡》讲话，只觉得理直气壮，一吐为快，并未想到我会给拴在这个专栏上一写就是八年。从无标题到有标题（头三十篇中除两篇外都没有标题），从无计划到有计划，从梦初醒到清醒，从随想到探索，脑子不再听别人指挥，独立思考在发挥作用。拿起笔来，尽管我接触各种题目，议论各样事情，我的思想却始终在一个圈子里打转，那就是所谓十年浩劫的‘文革’……起初我摊开稿纸信笔写去，远道寄稿也无非为了酬答友情。我还有这样一种想法：发表那些文章也就是卸下自己的精神负担。后来我才逐渐明白，住了十载‘牛棚’我就有责任揭露那一场惊心动魄的大骗局，不让子孙后代再遭灾难。我边写，边想，边探索，越写下去，越认真，也越感痛苦……这只是说明作者思想感情的变化。”

那时的巴老创作欲望极为强烈。他劝萧乾、曹禺从社交应酬中跳出来，专心写作，实际上更是勉励自己也这样做。他清醒地看到自己已经年过七旬，工作时间不是很多了，必须争分夺秒地写作。他根据自己的健康情况，认为再写五年时间还是有把握的。他想写《随想录》五卷，《创作回忆录》一本，短篇小说若干篇，长篇小说一部，完成赫尔岑回忆录的译述。这个计划对于这位高龄作家来说，显然是过于庞大了一些，但却反映了他那时渴望工作的热切心情，想补回过去被政治斗争耽误剥夺了的时间，想用最后的时间为文学事业尽心尽力，把积累在心的思想感情统统倾吐出来。

对十年浩劫的血泪控诉

由于《随想录》是发表在香港《大公报》，内地读者当时要有相当级别才能看到香港报纸，所以影响并不大。引起人们广泛关注的是《随想录》之五，即《怀念萧珊》。这篇近万字的文章是一篇血泪之作，是巴老郁积在心头的闸门打开后的感情激流。这篇稿子自萧珊的忌日写起，历时半年才得以完稿。在 1978 年 8 月 13 日的日记中，巴老特意记上这么一笔："今天是萧珊逝世六周年纪念日，我没有做任何事表示我的感情，但是我忘不了她，也还记得那些日子里她所经历的痛苦。"他在文中以萧珊之死为中心，控诉了"文革"对于这个善良无辜的女人的残酷迫害和摧残，眼睁睁地看着她的生命之火逐渐熄灭，得不到及时正常的治疗，得不到巴金的照顾陪伴，这种延误本身就是人为的迫害。最感人肺腑的是巴金和萧珊相濡以沫的坚贞爱情，是惨无人道、灭绝人性的"文革"所不能摧毁消灭的。尽管在这篇文章中，巴金采取了一种无声的控诉，但是"文革"带给人心灵上的伤痛是什么样子，全清晰地展现在人们的面前。《怀念萧珊》发表后，内地颇多报刊转载，电台也予以播送，引起了读者和文学界的广泛关注和赞评，被认为是新时期优秀散文的代表作。读者们同时也知道了巴老在香港《大公报》上写《随想录》专栏，千方百计予以搜寻，传阅。

倡导建立"文革博物馆"

《随想录》的主题就是被称为"史无前例的无产阶级文化大革命"。

"文革"的发生并非天上掉下来的偶发事件，它是几十年历史发展的必然结果，有其深刻的政治、思想、文化土壤，对于中华民族的命运休戚相关，其为祸之烈，影响之深远、将波及好几代人。这样重大的社会历史现象，不仅现在的中国人有责任总结、反思、研究，而且将为子孙后代，未来的历史学家、思想家、文学家、社会学家……不断研究、思考，就像已经过去了的千百年的历史为我们现代人研究那样。所以巴金这样专心谈论它、研究它，正是表现了一个富有使命感责任感的作家的严肃态度。他明确地说："五十年代我不会写《随想录》，六十年代我写不出它们。只有在经历了接连不断的大大小小政治运动之后，只有在被剥夺了人权在'牛棚'里住了十年之后，我才想起自己是一个'人'，我才明白我也应当像人一样用自己的脑子思考。真正用自己的脑子去想任何大小事情，一切事物、一切人在我眼前都改换了面貌，我有一种大梦初醒的感觉。只要静下来，我就想起许多往事，而且用今天的眼光回顾过去，我也很想把自己的思想清理一番。"

但是，社会上，甚至文学界，有些人却有另一种看法，认为过去了的事情不宜多说，也不宜完全否定。当一些富有现实批判意义的小说问世以后，颇使某些人惶惶不安，甚至一心想打压下去，又习惯性地扣了许多政治帽子："暴露文学""伤痕文学""向后看文学""缺德文学"……1979 年第 6 期《河北文艺》甚至刊出一篇文章：《"歌德"与"缺德"》说："当今世界上如此美好的社会主义为何不可'歌'其'德'？而那种昧着良心，不看事实，把洋人的擦脚布当做领带挂在脖子上，大叫大嚷我们不如修正主义、资本主义的人，虽没有'歌德'之嫌，但却有'缺德'之行。"这篇满纸谎言和谩骂的文章，激起了人们的公愤，纷纷撰文痛斥。巴老在好几篇《随想录》里谈到这个问题。他很奇怪："'四人帮'吹牛整整吹了十年，把国民经济吹到了崩溃的边缘，难道那位作者就看不见，就不明白？"正因为有这种思潮，《随想录》不断受到来自各方面的指责。他本人也听到了。"各种各类唧唧喳喳传到我的耳里。有人扬言我在香港发表文章犯了错误，朋友从北京来信说是上海要对我进行批评：还有人在某种场合宣传我坚持'不同政见'……"这些人无非是因为巴老反思和批判"文革"才这样恼怒，他们想维护旧体制、旧历史，维护既得利益。

1980 年，七位香港大学生在老师的带领下也对《随想录》提出意见：一是关于文字技巧，二是对"文革"反思批判并非不赞成，而是要求深刻些。

平心而论，还不能说香港学生的这些意见没有道理。何况他们不曾经历过"文革"，不处在内地的政治社会环境里，没有切肤之痛，对《随想录》也就难以有一个真切的理解。

他们的批评也还是推动了巴老进一步的思考，比如关于"文革"所以发生，他也认识到："绝不是'四个人'，它复杂得多。我也不是一开始就很清楚，甚至到今天我还是在探索"。"在总结十年经验的时候，我冷静地想，不能把一切都推在'四人帮'身上……"更重要的是，他还鲜明地谈到他所以坚持探讨"文革"的原因，是因为"那十年浩劫在人类历史上是一件大事。不仅和我们有关，我看和全体人类都有关……在这一点上我们也可以引以为骄傲。古今中外的作家，谁有过这种可怕而又可笑、古怪而又惨痛的经历呢？……"。在中国，正是巴老第一个把"文革"置于人类历史来考察，指出与全人类有关，"文革"是反人类的大劫难。他对日本朋友说："我们作了反面教员，让别国人民免受灾难。"

当年在波兰参观纳粹德国建立的奥斯维辛集中营的深刻记忆一直浮现萦绕在巴老心头，他进一步提出建立"文革"博物馆的设想。关于"文革"博物馆，巴老是在1986年4月写的《随想录》第140则《纪念》一文中最早提出的。因为这个建议一出，振聋发聩，立刻引起人们强烈的反响。过了两个月，巴金又专门写了一篇题为《"文革"博物馆》的文章，进一步说明必要性。他用八十年代的见闻证明，"这几年我反复思考的就是这个问题，我希望找到一个明确的回答：可能，还是不可能？……但是谁能向我保证二十年前发生过的事不可能再发生呢？"他坚信："建立'文革'博物馆，这不是某一个人的事情，我们谁都有责任让子子孙孙、世世代代牢记十年惨痛的教训。'不让历史悲剧重演'，不应当只是一句空话。……只有牢牢记住'文革'的人才能制止历史的重演，阻止'文革'的再来。"

巴老的话绝非故作惊人之语，哗众取宠，而是可能为事实所证明的。有人说，中国人有一个弱点，就是健忘。有的是真忘，有的是假忘，有的还要推销给别人，让集体健忘。1993年，他为《新民晚报》写了一篇《没有神》的短文，仅三百字，刊于该报的《"文革"轶事》专栏。没想到这个专栏因此奉命被关门大吉了。从反思"文革"到呼吁建立"文革"博物馆，巴老走过的是一条不平坦的路，直到今日，这个“文革”博物馆的呼吁也还难以成为现实。

寻找历史悲剧的社会基础

《随想录》中有许多篇是“怀念”，但是你仔细看就会发现，怀念的人物有差别。起先大多是政治性或者官方的人物，比如说周恩来、陈毅（《最后的时刻》）、郭沫若（《永远向他学习》）、何其芳（《衷心感谢他》）、金仲华（《怀念金仲华同志》）、陈同生（《等着，盼着》）、曹葆华（《一颗红心》）。而后，他怀人的私人成分增多了，多是与他关系比较亲密，有着共同经历的朋友，甚至把怀人看做是仗义执言为朋友申冤的一种手段。这以后的文章陆续有《关于丽尼同志》《纪念雪峰》《怀念老舍同志》《怀念烈文》等文，怀念的人身份越来越复杂。到后来是他早年信仰无政府主义的朋友叶非英、是没有完全平反的胡风。在这名单之外，我们看到巴金的“怀念”不寻求一个政治上的评价和定位了，而是谈友情，谈他们的坎坷经历，谈中国知识分子的高贵品质。从中我们可以读出，巴金对知识分子所走过的道路开始有了怀疑。当时，无论从官方还是知识分子个人来看，都在批“四人帮”，把一切罪恶全部推到“四人帮”身上，却没有看到“四人帮”逞凶的社会基础，而巴老对知识分子所走过的道路，在感性上首先表达了自己的不同看法，《随想录》的亮色逐步呈现了起来。

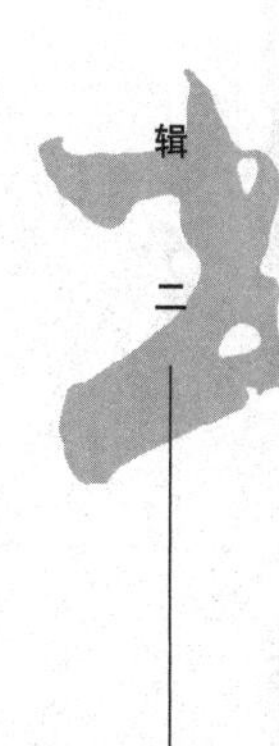

一部“真话的书”

“讲真话”是《随想录》的一根主线。在《随想录》五卷（150 篇）中，巴金以“说真话”为题前后写了七篇，与此相关的以谈“骗子”为题的写了四篇。第三卷集名就叫《真话集》。

巴老更是把《随想录》自称是一部“真话的书”。巴老的一再提倡“讲真话”，“我留下的每张稿纸上都有这样三个字：讲真话。”这似乎提倡得让人有些厌烦了。有人以用“讲真话”来说巴金的“浅”，甚至有学者指责巴金的“讲真话”只不过小学二三年级水平。

的确，“讲真话”没有什么高深的学问。然而，恰恰在这一点上让巴老的内心受尽了苦难的折磨。“我回顾过去，写作一生，我并未尽责，也未还清欠债，半夜梦醒，在床上想来想去，深感愧对读者，万分激动，我哪里来的安静？当然到了最后一刻我也会撒手而去，可能还有不少套话、大话、废话、空话、假话……”他深刻反省的是自己讲过假话、空话，他是从自己的耻辱汲取教训，才痛切地喊出“讲真话”的。“我提倡讲真话，并非自我吹嘘我在传播真理。正相反，我想说明过去我也讲过假话欺骗读者，欠下还不清的债。我讲的只是我自己相信的，我要是发现错误，可以改正。我不坚持错误，骗人骗己。”

这些学者们所以发出这样的评论，是因为他们没有睁开眼睛看看中国的历史和现实。殊不知，造假说谎已经成为中国国民性的一个痼疾，从政治、经济，到日常生活，人际关系……，蔚然成风。所以，才有近年来，人们大力提倡“诚信”“求真务实”，正是说明其问题的严重性。诚实，不说谎，这样一些最基本的做人准绳，如今成了普世难以践行的难题。巴老正是抓住了当今中国社会的积疾顽症，一而再地、深入地、大声疾呼地阐释自己的看法。所以，与其说巴老的意见是二三年级小学生水平，倒不如说中国人犯的痼疾是二三年级小学生都应引以为耻的、不应该犯的毛病。巴老的这些文章，也就成了历史的经典。

其实，“讲真话”并不如某些人想象的如幼就懂的那么简单。当历次政治运动造成的冤假错案被平反纠正，巴老从这样的历史中总结说：

“在这之后我才看出来，说真话并不容易，不说假话更加困难。”他不仅写文章阐释自己的观点，热情支持那些讲真话揭示真情实事的意见和作品，而且还在实际书动上尽力帮助他们，为他们呼吁。

正由于如此，“讲真话”为权势者和极端思想所忌讳。巴老从写作《随想录》以来，一系列问题都使那些捂住伤疤唱赞歌的人十分恼怒，公开的或背后的批评和议论，几乎不曾间断过。直到九十年代初，还有报刊连续发表文章批判“讲真话”是“被搞资产阶级自由化的人利用，把‘真话’作为投向党和人民政权的石头、枪弹……”

面对压力，巴金早已预言警告在先：“人只有讲真话，才能够认真地活下去。”“建筑在谎言上面的权势也不会长久，爱听假话和爱说假话的人都受到了惩罚……”“倘使人人都保持独立思考，不唯唯诺诺，说真话，信真理，那一切丑恶、虚假的东西一定会减少很多。”

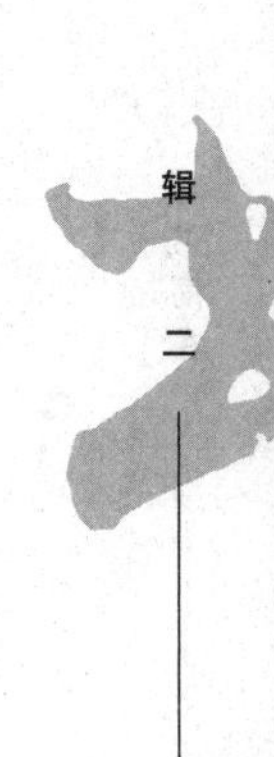

反思自己 道德忏悔

几乎从写《随想录》开始，巴老在反思“文革”的同时，也反思自己。他总想弄个明白，这个“史无前例的‘文化大革命’”到底是怎么发生的？为什么会出现在中国大地上？为什么会有那么多的人裹胁其中，而失去分辨抵抗的能力？为什么会严重、残暴、荒谬到中外历史所罕见的程度？怎样使我们子孙后代了解接受这个历史教训，再也不要重犯这样可怕的错误，重新经历这样的浩劫。……因为只有弄清历史的真实面貌，才能深入到问题的本质。同时他还想到：“我们不能单怪林彪，单怪‘四人帮’，我们也得责备自己！”这句看似平常的话，但在那时却是振聋发聩。

因此，巴老首先是解剖自我，拷问自我，反思自我。有时严厉到近乎苛求。“老舍死了，使我们活着的人惭愧……”他真心感到我们不能保护一个老舍，无法向后人交代解释清楚原因。想到那年最后见到老舍时，老舍还向他表示自己“没有问题”，是清白的，而“我做过什么事情，写过什么文章来洗刷涂在这个光辉的名字上的浊水污泥呢”？在怀念丰子恺、怀念满涛等多篇文章中，他都这样严厉地解剖自己。他解剖自己最初是因为迷信上面，把他们看成是神，接受了所宣扬的极端思想，真心认为自己错了。他要用“苦行赎罪”，采取无怨无悔的不抵抗的态度，成了“精神奴隶”。后来发现这只是一场骗局，渐渐地摆脱了神的羁绊以后，他开始感觉到做一个“奴在心者，是多么可鄙的事情”。这样的反思和拷问是非常严苛的、深刻的。

巴金的真诚首先是决不推卸属于自己的那份责任，首先对自己负责才能去谈对历史负责。巴金不仅反思自己在“文革”中的表现，还反思了“文革”前的一些与此相关的事情，承认自己也曾跟在后面向自己的熟人、朋友、同行“丢石块”。巴金的反思引起了思想文化界的强烈反响。因为这样公开的反思个人，在中国社会是不多见的现象。人们对巴金的自我反思勇气和深意表示钦佩。巴金的高大形象、崇高的精神，磊落的襟怀，很自然地凸现在民众的面前。

战士的最后贡献

1986 年 8 月，巴金写完了《随想录》最后一篇即第 150 则，历经八个春秋的五卷《随想录》终于完成了。这是巴金一生文学生涯中付出的最大的心血和最强烈的感情。

巴金写作《随想录》的头三年还是比较顺利的。他力排各种杂事和叽叽喳喳噪音的干扰，尽最大的心力投入写作。他好像重新焕发了强劲的创作生命力。1982 年底摔跤腿骨受伤。次年查出帕金森症。他的体力精力都大不如前了，他停止了已翻译了一半的赫尔岑回忆录《往事与随想》，放弃了其他作品的写作计划，把全部精力集中在《随想录》的写作上。

就是在他不卧病在床，健康状况处于稳定安好的情况下，“笔有千斤重”，他的字也写得越来越小，手发抖，坐着写作的时间也不能太长。他写字像描红一样，一笔一画，一天能坚持写一百多字就算很不错了。有时写了几十个字就累了，说话稍多一些也吃力。但他还是咬紧牙关坚持写，决不放下笔，决不停止思考。虽然写得少些，写得慢些，他还是“挣扎”着一篇一篇写了出来。最后一篇《怀念胡风》，长达八千字左右，前后断断续续写了将近一年才写完。这些文章仍然充满着激情，思考仍是那样睿智而有锋芒，且更加深刻。他仍然像一个顽强的战士坚持在战斗岗位上。

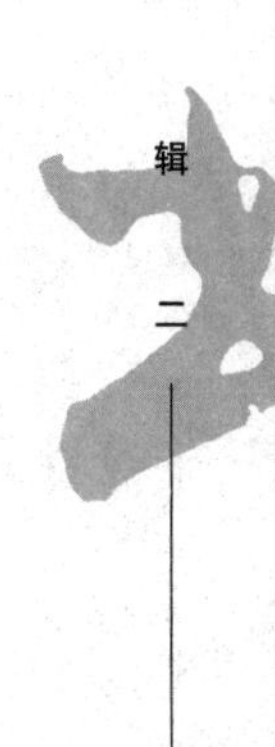

在写作过程中，巴老不仅要面对病痛给他带来的病痛，还要面对来自极“左”势力对他的种种阻挠。对付后者比对付自身病痛要艰难得多，沉重得多。在《大公报》上连载才十多篇时，就有各类叽叽喳喳声传来。有人说巴老在香港发表文章犯了错误；有朋友从北京来信告诉：上海要对他进行批评；还有人在某种场合宣传说他坚持“不同政见”……在这种气氛下，他的《随想录》第二集即《探索集》简体字本在内地的出版社压了一年左右才于1981年底出版。1982年春天，巴金获得意大利但丁国际奖。稍后，西方某些媒体又盛传当年的诺贝尔文学奖有可能授予巴金。北京有位高官阻挠说，如果要我们表态，我们宁可推荐沈从文、艾青，也不同意巴金。

不过从“文革”炼狱里走出来的巴老，已不再像五六十年代那样，遇到政治压力就会退缩，他反倒迎接挑战了。面对各种流言蜚语，巴老没有屈服，他在给友人的信中说：“……既然斗争，我就得准备一下……别人喜欢叽叽喳喳，就让他去，去骂这个骂那个吧……抓紧这一段时间完成我的五卷书。我已经有了这样的想法：五卷书联在一起才有力量。……整整十一年的时间里我发不了一篇文章，不过我自己有了思想准备，只要有机会就写，绝不放过，这一次我算对自己负了责，拿起笔我便走自己的路，我想我的，不需要别人给我出主意。”

在1981年10月，为了配合鲁迅先生诞辰一百周年纪念活动，巴老寄去了一篇《怀念鲁迅先生》的文章，当时编辑潘际坰正在北京度假，没在香港报社。当文章刊登后，巴老万万没想到发表在《大公报》上的文章并非是自己的原文，而是经过了多处删节，文章中凡是与“文革”有关的词或者有“牵连”的句子都给删除了，甚至连鲁迅先生讲过的他是“一条牛，吃的是草，挤出来的是奶和血”的话也给一笔勾销了，因为此牛和“文革”中的“牛棚”有关。过后才知道这是接到上面的“指令”后才被删除的。巴老对此事感到极大的愤慨，为此他一连写了三封信给潘际坰，他在信中说：“……关于《随想录》，请您不必操心，我不会再给你们寄稿了。我搁笔，表示对无理删改的抗议，让读者和后代评判是非吧。……对一个写作了五十几年的老作家如此不尊重，这是在我们国家脸上抹黑，我绝不忘记这件事。我也要让我的读者们知道……”巴老怀着“宁可玉碎，不求瓦全”的凛然正气，要把真相大白于天下。他随即奋笔疾书写就了一篇名为《鹰的歌》的文章（此文没在专栏中刊出，后收入五卷本《随想录》），在该文中他提及了苏联作家高尔基早期小说中的“鹰”，他愿像一只“胸口受伤”“羽毛带血”的山鹰，当不能再飞到天空翱翔时，就走到悬崖的边缘，“展开翅膀”，“滚下海去”。以此表明心迹：真话是勾销不了的，删改也绝不会使他保持沉默。

过了一段时候，潘际坰向巴老作了解释，并同以往那样继续向巴老约稿，巴老碍于情面，答应了潘际坰。巴金说：要写，有一个条件，是必须把《鹰的歌》登出来。显然，这是巴金的抗议，《大公报》接受了。没过多久，巴老又寄去了第七十四篇《〈怀念集〉序》，他担心潘际坰会顶不住无形的压力，还专门写信告诉他如有不便就转给香港《新晚报》

发表。后经潘先生之手还是在《大公报》上发表了。在发表这篇文章的同时紧挨在它右边方框中又加注了第七十三篇存目的黑体字，这就是巴老为了澄清事实没给《大公报》发表的《鹰的歌》，巴老用自身的行动维护了人格的尊严原则，引起了香港读者极大的关注和尊重。

当我们今天抚摸着这本巨著时，可不要以为是巴老住在花园洋房里，顺顺利利写出来的啊！

巴老在《〈随想录〉合订本新记》中写道："在这由衰老到病残，到手和笔都不听指挥、写字十分困难的八年中，'随想'终于找到箭垛有的放矢了。不能说我的探索和追求有多大的收获，但是我的书一卷接一卷地完成了。我这个病废的老人居然用'随想'在荆棘丛中开出了一条小路。我已经看见了面前的那座大楼：'文革博物馆'。""讲出了真话，我可以心安理得地离开人世了。可以说，这五卷书就是用真话建立起来的揭露'文革'的'博物馆'吧。"

1986 年 9 月 15 日，《人民日报》以《我把我的爱和祝福献给你们》为题，转载了《〈无题集〉后记》及 1978 年 12 月 1 日写的《〈随想录〉总序》。9 月上中旬，北京和上海的文艺界人士或举行座谈，或发表感想，认为《随想录》全书热透纸背，情透纸背，力透纸背，是一本反映了时代声音、充满着忧国忧民激情的大书，它不仅是新时期的散文佳构，其影响和价值，已远远超出了作品本身和文学范畴。

纪念巴金先生的《随想录》完成 30 周年，最好的方式就是让我们再重读一遍这本文学巨著吧！

（本文系为《中国怡居》杂志 2016 年 9 月号所写，参考陈丹晨《巴金全传》、李存光《巴金传》、周立民《〈随想录〉论稿》，陆正伟《永远的巴金》，特此致谢！）

题图为巴金先生1990年5月22日于家中（杨克林摄）

任溶溶

永葆童真的不老松

六一儿童节，当大人们沉浸在“让我们荡起双桨”时的回忆中，当孩子们尽情欢乐庆祝自己的节日时，本报记者特意去拜访了著名儿童文学作家、翻译家任溶溶老先生，给这位“老孩童”送上读者们的节日问候。

任老已是整 95 岁高寿了，不久前的 5 月 19 日是他的生日，当记者当天在微信朋友圈里晒出任老在生日蛋糕前的照片时，引来海内外许多朋友的点赞，更多的是对老人家的祝福，是啊！我们都是看任老的作品长大的啊。

任老住在泰兴路这条新式里弄里已 70 多年了，他家小天井里的夹竹桃依然开得那么红火。任老的会客、写作、就餐、睡觉都在这个被老人家戏称“多功能厅”的客堂间。

我知道他自 2016 年春天因肺气肿感染送医院急救后，身体很虚弱，靠戴着呼吸机面罩才舒服，他幽默地称自己成了“猪八戒”，因此我每次去都不敢多坐。

任老没有像往常坐在八仙桌前，而是坐在床榻边，床边放着一张小桌，桌上的平板电脑是他离不开的好伴侣，他是广东人，喜欢看粤语节目，当前，粤语喜剧《七十二家房客》是他的最爱。桌上还有个可按动的小铃，也许是要召唤家人时所用。日夜陪伴着他的幼子荣炼在给他做肩背部的按摩。他紧紧地拉着我的手说：“你说要来，我总叫你不要来，可看到你来了，又总是很高兴。”老人家看上去比我去年中秋节来时要清瘦了些，但精神矍铄、思维敏捷，就是带着面罩，说话很吃力。他问我最近写了什么，叮嘱我“要多写，要多写。写你熟悉的生活。写身边的人和事。”

任老是我们的榜样，他创作的《没头脑和不高兴》《一个天才的杂技演员》等一大批童话和《我的哥哥聪明透顶》《爸爸的老师》等儿童诗，都是超越时代和历史的经典。正如文学评论家刘绪源先生所言：“他是改变了中国儿童文学的人。”如今，他虽然已不写童话，但笔耕不辍，写了大量的随笔、散文、诗歌，就是在医院里抢救，稍稍好转，就要儿子把笔和纸给他，儿子没准备纸，他就写在病房的菜单、医嘱单的空白处，同病室的病友、有趣的往事、馋嘴的佳肴，都成了他的写作对象。在三个月的住院期间，任老写了许多。

任老的文章大多发在《新民晚报》夜光杯副刊上，以至有读者在报上隔段时间见不到任老那短小隽永，率真风趣的文章，就会打电话去问编辑部。

老人家事先已特地给我准备好他的童诗新作《没法讲完的童话》，这是他的童诗系列中的一本，签名日期特地写上了“儿童节”。去年儿童节前，他也送给我一套精选散文集《给小朋友和大朋友的书》，把他多年的散文归在《世界上有这么一个小孩》《记住这些大朋友》《回想过去的事》《一生最快活的事情》《我去过的地方》这厚厚的五本集子中，其中就有在医院写的那部分。插图和封面都是由他的幼子，也是“保姆兼秘书”的荣炼所绘。任老 2017 年写的散文也已结集为《这一年这一生》，将于近日出版。他在序言中说：“我一辈子就是为你们写书，我只有一个希望，就是它能给你们一点快乐，让它和你们一起度过美好的童年。”

我带去一本美国著名作家怀特所著、任老翻译的英汉双语版《夏洛的网》请老人家签名，任老利索地写下：“谢谢你读这本书”。其实，所要感谢的是任老。我在上世纪五六十年代读的第一本外文译作《古丽雅的道路》也正是任老所译的。当然，小时候根本不懂关心译者是谁，更不会想到多年后会与译者成为忘年交。长大后，我们又只往往知道任老所写的童话，其实任老的童话创作是起于他的翻译，他译过俄罗斯伟大诗人普希金的童话诗，译过苏联作家马雅可夫斯基、楚科夫斯基、马尔夏克、巴尔托的儿童诗，译过盖达尔的《铁木尔和他的队伍》，译过《古丽雅的道路》，也译过意大利作家科罗狄的《木偶奇遇记》和罗大里的《洋葱头历险记》《假话国历险记》，他译过英国作家米尔恩的“小熊维尼”系列和特拉弗斯的“玛丽·波平斯”系列，译过达尔的《女巫》及《查理和巧克力工厂》，译过巴利的《彼得·潘》，也译过美国作家怀特的《夏洛的网》《吹小号的天鹅》《精灵鼠小弟》，还译过瑞典最伟大的作家林格伦的《小飞人》《长袜子皮皮》……听任老的三儿子、也是出版家的任荣康介绍，老人家回忆童年的系列出版，引起了出版界的“童年热”。在这几年完成任老的童话、小说、散文、童诗、翻译作品出版后，就将着手译文集的整理。

任老的“粉丝”一代接一代，从读任老作品开始，又走上儿童文学创作之路的作家也一批接一批，其中，张弘就是有代表性的一位。如今是《新民晚报》编辑的她已是著名的儿童文学作家，她还在业余创办了亲子阅读公益新媒体平台“魔法童书会”，当她刚把这个想法告诉任老，老人家就予以热情的支持,并欣然担任“魔法导师团”的领队。他说“年纪大了，讲课和写长文都吃不消了，我就朗读一首我新创作的儿童诗，送给魔法童书会的大朋友小朋友吧！”“魔法童书会”如今已有 20 万“粉丝”。前不久，张弘带了“粉丝”们对老人家的祝福视频来看望任老，老人家笑得合不拢嘴。

任老关切地问我身体状况，令我非常感动。当我告辞时，老人家还拉着我的手，一再叮嘱！要多写！要保重！

是的，我也老了，可是在任老面前我还是那个“没头脑和不高兴”，还是那个“土土”。有任老真好！真如张弘所说 :“世上有了一位任溶溶，世上就多了千百万幸运的小读者，千百万幸福的童年 !”

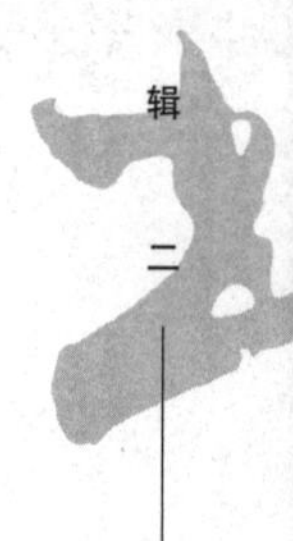

（2018 年 6 月）

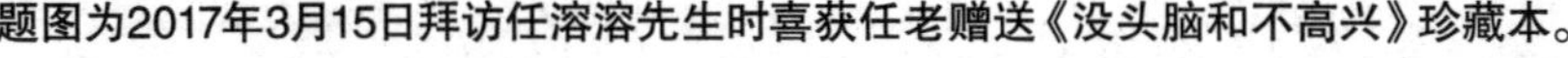

题图为2017年3月15日拜访任溶溶先生时喜获任老赠送《没头脑和不高兴》珍藏本。

李斌 Libin

卢新华 2018.10.10

共同祈愿："伤痕"不再

——谈《伤痕》

在中国当代文学史上，《伤痕》是一个绕不开的话题，它的巨大影响力和持续影响力，反映出特定时代的社会思潮和人间的呼声，成为当代文学和文化发展过程中一段很难复制的"传奇"，它与《班主任》《大墙下的红玉兰》等构成了"伤痕文学"这一特定的历史概念，成为20世纪70年代末到80年代初在中国文坛占据主导地位的一种 文学现象。

《伤痕》是一篇短篇小说，是当年24岁的复旦大学中文系一年级学生卢新华所创作的。

今年是改革开放和思想解放运动四十周年，同时也是新时期文学四十周年，10月10日，《伤痕》作者卢新华把《伤痕》的手稿、版本以及当时围绕《伤痕》的上千封读者来信，都捐赠给母校图书馆收藏。复旦大学为此举行了捐赠仪式和展览。

展览除了展出《伤痕》的手稿等。还展出著名画家李斌以《伤痕》故事情节为素材创作的46幅油画作品。记者因此有机会与卢新华、李斌在展览现场进行面对面的交流。

卢新华现在是自由作家，旅居美国，此次是为参加纪念改革开放四十周年活动，特地回到母校。面对这些已发黄的稿子、报纸、剧本、成沓的读者来信，卢新华非常感慨，四十年前的情景仿佛就在眼前：我进复旦前务过农、当过兵、进过厂，耳闻目睹、亲身经历"文革"中的种种，给我的心灵之伤实在太深了，我一直在思索、寻找思想的源头。一天，写作老师在分析鲁迅先生的《祝福》时引用鲁迅的好友许寿裳曾说过一句话："人世间的惨事，不惨在狼吃阿毛，而惨在封建礼教吃祥林嫂。"这话当时如五雷轰顶，在我脑海里嗡嗡作响，许久徘徊不去，立马触发了我虽然还不很成熟，但却越来越坚定的认知："文革"对中国社会最大的破坏，不在于让国民经济走到崩溃的边缘，而在于给每个人，无论是"红五类"还是"黑五类"身上、心上都戳下了永远无法愈合的"伤痕"！心里蓦然就蹦出一个念头：我要写一个家庭悲剧，一个男孩子，因为父亲被打成走资派，便毅然决然和他决裂，并离家出走。等到"文革"结束，父子再度相见时，父亲已是医院太平间里一具冷冰冰的尸体。后来考虑到女性的感情更丰富和细腻，才又改成写一对母女。

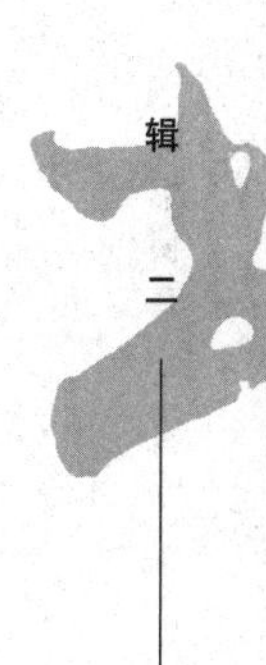

卢新华继续回忆：当晚我只写下一页，当时的名字叫《心伤》。第二天继续写，也只完成了两页，但篇名改为《伤痕》。主要是觉得"心伤"还有些局限于心头的创伤，而"文革"期间，人们的"伤痕"不仅仅是心上的，身上也不缺。第三天是周六，我在未婚妻家的阁楼上，伏在缝纫机上，从晚上六点左右写到凌晨两点多，一气呵成。及至完篇，已有"泪已尽"之感，擦一擦泪，揉一揉眼，笔一扔，伸展一下双臂，心里就一句话："可以死了！"但周一回校给老师看后，那位老师说，这样的小说是肯定发表不出来的。至于为什么不能发，三言两语也说不清。这如一盆冷水浇下，使我的自信心大受挫折。于是，我已不再奢望发表，而是将手稿锁进了抽屉，心想：还是十年以后再说吧。不料，班级墙报编辑来催稿，我就把《伤痕》给他了，更没想到，稿子在墙报上贴出后，引来本系和外系的许多老师同学，不少女同学边读边哭。她们当中绝大多数人都没有正规地学习过什么文艺理论，只是听凭自己的直觉、感情和生活经验来阅读和理解《伤痕》，所以，她们的眼泪也就显得特别的珍贵。没有她们饱蘸着爱和恨的真诚的泪水，《伤痕》就不会在复旦校园造成轰动，也就不会为《文汇报》所知悉，并引起他们特别的重视和关注。因此我说，如果《伤痕》读者的眼泪能汇成小溪，那源头就在这墙报前。

记者知道当年的发表过程并不简单。当聊到此事时，卢新华也十分感慨：因当时《文汇报》并未明确要刊发，所以两个月后，在同学们的鼓励下，我又投到《人民文学》，不久就收到铅印的退稿信。后来我才知道，不仅老师的观点对立，讨论时差点动拳，而且《文汇报》把《伤痕》的清样寄送许多领导和专家征求意见时，分歧也很大。整整过去了四个月，要不是已经开始"实践是检验真理的唯一标准"的大讨论，要不是当时市委宣传部的一位领导拍板，恐怕也很难在1978年8月11日发表。所以。我说《伤疤》是"众缘成就"。

记者知道，那天的文汇报一再加印，共印了180万份还供不应求，多家报刊转载，多家出版社赶出了连环画，外国通讯社播发消息。《伤痕》产生的巨大社会影响力使人们包括卢新华都始料不及。读者从全国各地的来信达3000多封，来信者包括知青、工人、士兵、医生、学生等。有的读者饱含真情倾诉了与小说主人公王晓华相似的命运经历，感谢卢新华写出了他们的心声，有的写信与卢新华探讨《伤痕》在艺术上的长处和不足……著名电影演员赵丹计划拍成电影，邀卢新华到家里磋商，请夫人黄宗英参与改编剧本，另有两家电影厂也接踵而来商谈……

如今的著名油画家李斌当年是在黑龙江军垦农场的上海知青，爱好美术，《伤痕》深深刺痛了这位所谓“黑五类”孩子的心，他认为“王晓华”就仿佛是自己，于是，与战友陈宜明、刘宇廉合作，用水墨画形式画成连环画，一扫极“左”政治路线统治下的虚假艺术模式，以高度写实的艺术手法再现了历史的真相，其真挚的情感，新颖的形式，令千百万刚刚走出“文革”阴影的中国人为之动容，在《连环画报》上发表后，荣获第二届全国连环画评奖一等奖。

李斌在与记者聊起往事时说，“文革”后中国文化界出现类似“伤痕文学”“伤痕美术”这样的艺术形式是一种很自然的事情，没有谁去为了表现“伤痕”而“伤痕”。我们搞“伤痕美术”时，也根本没有什么刻意的行为，《连环画报》向我们约稿，我们自己又是亲历了这段历史，所以才画的。至于美术界乃至文化界怎么去评价和认识，那是后来的事情。当然，“伤痕美术”之所以给当时的美术界带来了一股新鲜的空气，那是因为当时我们都是二十多岁的青年，有青年的朝气、活力，有一种幼稚的激情，没有“框框”的限制，完全是按照自己的方式去画，所以显得很自然。连环画不是插图，我们是在理解原作的基础上进行再创作，借题发挥，把自己的感情画进去。很可惜，原作在中国美术馆展出后不翼而飞，因此，我从 2007 年起又断断续续用油画重画了这 46 幅，直到今年年初完成，《连环画报》今年的 4 月号也已发表，单行本即将出版。

卢新华接着说，我与李斌本来不认识，但当李斌辗转联系到我时，我正在洛杉矶，当知道他就是当年水墨画连环画的作者之一，忽然觉得大洋消失了，时间凝固了，我们原来离得那么近，而且早就熟识。李斌先生这次创作，也许是选用了油画的形式，形象更加突出。我从头到尾看下来，觉得他所作的全是二度创作，背景画面也反映出他的独具匠心。每一幅画在我这个文字工作者看来，都与我心目中所勾画的人物和场景相当吻合。祝贺他再度几乎完美地以图像的方式将《伤痕》再现在世人面前。让我们记住永远不会忘记那段曾经给无数人带来巨大痛楚的历史。

他们两位一再说：祈愿“伤痕”不再，是我们纪念《伤痕》四十周年的目的。

（2018 年 10 月）

题图为采访当日2018年10月10日与卢新华（中）李斌（右）合影于复旦大学

張贤亮

我其实是在写一个寓言

——谈《一亿六》

今年春上小说界最热闹的事，恐怕就是围绕着张贤亮的新作《一亿六》所展开的评论了。为了 7 日给读者签名售书，张贤亮 6 日飞到上海，下午就接受了记者的采访，快人快语，交谈甚欢。比他的人先进屋的是一口响亮正宗的上海话，原来他去西北前就住在上海。

粗话是人物说的

记者：我刚拿到单行本，所以也无法比较两个版本的差异。您在接受各家媒体采访时，多次说《收获》删了您的句子，甚至段落，您似乎很不满意，有的用词还很激烈。但本报记者杨青在采访了《收获》编辑室主任钟红明与上海文艺社副社长魏心宏、责编丁元昌后，了解到的情况恰恰相反（呈上本报2月25日的文化广场版）。钟红明说删节后的文本是您确认的，双方有电子邮件和短信往来。你是文人，同时又是卓有成就的商人，我怀疑您是否是故意炒作？

张贤亮：说我炒作是冤枉我了。我的作品还需要炒作吗？我的作品都是畅销书，而且是常销书，印了不知多少版，发行了不知几百万册了。听上海文艺出版社的郑宗培总编说，这次首印5万册也都已从仓库提完，正在考虑加印。你问《收获》删了多少，要从这部作品的起因说起，当时我只是想还李小林的文债，写个短篇，哪知一开笔就收不住了，情节、人物一个个蹦出来，像鬼魂一样一个个涌到眼前，让我感到非写出来不可，写成中篇还打不住，又成了长篇，但李小林限我是20万字，受篇幅所限，只能削足适履，李小林简化了一些人物关系的交代，对小说的结构没有影响。我是很感谢李小林的，如果没有她一再催促，就不会有这部作品。至于作品中的一些粗话，这又不是我说的，是王草根等人物在特定的环境下说的，语言是人物最重要的特征嘛！王草根说文绉绉的话就不是王草根了。我发现有三位编辑参与了这部作品，而且都是女性，她们以女性的敏感作了修改，但也不统一，有的改了前面却保留了后面，你仔细看一下。人物就像我的孩子，往往动了一个词，把人物性格变了，太可惜了。钟红明说有电子邮件，那我有她寄给我的清样，不是这样改的，我还发现有几个错别字呢。

我很感谢《收获》

记者：您应该体谅《收获》的苦衷，李小林有这个魄力发表这部作品已经是很不很不容易了。

张贤亮：对。我不会因此翻脸，更不会去打官司，我是很感谢的。我的许多作品都是《收获》首发的，不过，在八十年代他们都敢发《绿化树》《男人的一半是女人》，今天发《一亿六》并不奇怪。

记者：那您对《收获》还有啥不满意的？

张贤亮：哈哈，就是嫌稿费太低，这部作品只给了我一万五千多元，说是按千字 80 元的最高标准，还不及我一晚上写两幅字。我原本反对国家养着作家，但是现在以一个纳税人的眼光看，国家可以养几百万公车司机，为什么不能养几百个作家呢？

我的脑子里有个“警察”

记者：您现在口气很牛，但我读您的作品不时会感到您也是有所顾虑的。比如您在写到某一情节时打括号加注说“不能写下去，否则要 2020 年才能发表了。”

张贤亮：这不是叫顾虑，是节制。我的脑子里有个“警察”，在时时提醒我，在红灯倒计时还有一、两秒钟时，嗖地一下闯过去。不过，如发不了，也没关系，我本来就当做是玩。去年看到一条新闻，说可怕的不是“金融危机”，而是“精子危机”，是人类本身能否延续下去，因为我们人种越来越衰弱。我当时觉得很震惊。此前，我就听说，某地建立精子库，结果来捐献的一百多人精子质量都不合格。还有就是国家权威部门统计，中国每八对夫妻就有一对不孕不育。这就是我们的现实！它一下把我给抓住了，触发了我的灵感，使我处在亢奋、疯狂、梦幻的写作状态中，我当时简直是“疯魔”了，只是写，花了不到两个月的时间就完成了。

玩是一种很好的工作状态

记者：我注意到您一直在说这篇作品是“玩”出来的。

张贤亮：是啊！玩是一种很好的工作状态。我要名有名，要利，钱也有一点，有啥不好玩的。图个痛快，感谢李小林给我这个痛快的机会。你们记者也要把采访当做玩，乐此不疲，这是工作的最高境界。“劳动娱乐化”就是我总结出来的。

记者：正像您作品中的陶警官，背后有强大的经济实力支撑，才廉洁得起来，如果您没有经济实力，您能那么牛吗？

张贤亮：对啊！所以我一直在歌颂改革开放。我到上海来，飞机坐头等舱，住高级宾馆，都不要出版社报销一分钱。我对出版社说，你卖不掉的《一亿六》，我全部包销。我那西部影城，每年游客 60 万，如果 30 个人中有一个买了，那不就 2 万了。如果造成只有到西部影城才能买到《一亿六》，那岂不更有趣，不就成了“产业链”？

把低俗砸碎了给人家看

记者：我发现您对批评你“低俗”很不满意。但我觉得您很聪明，通过这样一个故事，把当今社会的诸多问题串了起来。

张贤亮：仁者见仁，智者见智，雅者见雅，俗者见俗。在这部小说里，我拿“精子危机”作为切入口，展开了一幅当代社会的真实图景，不夸张地说，医疗、教育、就业、环境危机和法制漏洞等当今社会方方面面的现实问题，在里面都有反映！试问当前有几个作家，有我这样的勇气？说我“低俗”的是媒体，我没听到一个文学评论家、一个读者说过，现在是媒体在代评论家定调子，有的记者有没有看完书都成问题。您说我荒诞，黑色幽默，我是承认的。生活太沉重，不笑笑，还不憋死。我告诉你，我其实是在写一个寓言，把低俗砸碎了给人家看，很多情节是耐人寻味的。你再仔细看看，会领悟的，小说有我这样写法的吗？我以前是写知识分子在苦难中，我要做的是提醒大家苦难不能重演。我现在保持着知识分子的独立性，我不低俗，我是在站在很高层面看社会，担忧的是有财富阶层而没上流社会！社会的低俗、文化的低俗、学术的低俗、媒体的低俗、影视的低俗，太危险了！现在不是一言兴邦一言丧邦的时代了，知识分子是代言人的时代也过去了，人人可上网，人人好讲话，现实生活比小说生动得多，我只是在观察。

一直走在社会前沿

记者：您觉得自己狂吗？

张贤亮：你会觉得我狂，但是我到了这个年龄，有张狂的资本！我73岁了还写出了人家37岁写不出的作品，说明我处在一种很好的状态中。我一直是走在社会前沿，去点穿许多当时人难以理解的东西，所以不管在何时，我都是离经叛道的，是一个异类，但中国总是容不得异类的，除非像王朔，他就是那样子，你能对他如何。

最后，张贤亮再次邀请记者到宁夏去旅游，他透露，他一边在经营着他的公司，那里有300来号人，100多条狗，另一边在写他的一部大部头，慢慢地在“玩”，当然内容是不会泄露的。

（2009年3月）

题图为采访当日2009年3月6日与张贤亮合影于上海文艺出版社（郑宗培摄）

莫言

作家能干些什么

上海大学举办一个文学周，邀请了几位活跃在当今文坛的小说家和文学评论家来和大学生对话，目的是让大学生直接与作家亲密接触，直接感受文学的独特魅力，把文学缪斯重新唤回校园，使文学中蕴含的人文精神生生不息。著名作家莫言也是被邀者之一，他在作家与批评家的圆桌会议上几次发言，在与学生的对话中直言不讳。本报记者在会议间隙对他进行了简短的访谈。

生活比作家的虚构生动得多

曾创造了许多文学形象的莫言，如今却十分感慨生活中的故事远远比作家的虚构丰富生动得多，因此他一直在思索，作家能干些什么？

莫言说，在报纸上看到一条消息，说是一个人被强行送到重庆的精神病院，他越强调自己不是精神病，那么医生越认为他是。他意识到只有你变得很温顺了，医生才慢慢放松警惕。后来这个人像日本电影《追捕》里的人物一样，吃了很多精神病药，终于被放了。他百思不得其解，到底是谁把我送到精神病院？最后了解到竟是他老婆把他送去的。有一个故事是说河南一个地方，一个女孩子被拐卖到贫困山区。这个小女孩在困境中奋发努力，看到村里缺少教师，自告奋勇当了教师,教二十多个孩子认字、算术。后来这个事情被很多报纸作为“自强不息”的典型进行报道。这两个曲折的故事都可以改编成小说或电视剧。还有一个故事说的是四川检察院抓了一个贪官，这个人每升一次官，他妈妈都要放声大哭一次。别人说，大娘，你儿子升官为什么要哭呢？他娘说，官升得越大，离死亡就越来越近。后来果然被母亲言中，他犯了死罪。我看了这新闻，就立刻和单位里的人说，可以改编成电视剧，他们说，我们慢慢来吧，结果现在中央电视台黄金时间播的《老娘泪》就是根据这个题材改变的。

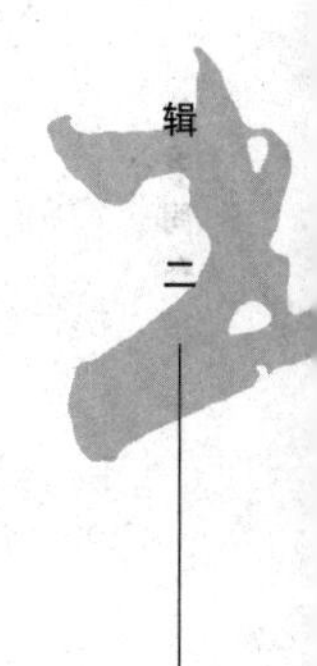

作家写作不要一窝蜂

讲完这三个故事，莫言说，现实生活确实是非常丰富，现实生活当中有艺术因素的故事比比皆是。有些号称能够虚构故事的作家挖空心思也想象不出来，在这种情况下，我们作家到底能做什么？我们是把社会新闻改编成小说呢，还是我们忘掉生活中戏剧性很强的东西，然后另起炉灶写自己的作品。我一直在考虑。在中国当前的情况下，小说的范围各种各样，每个人都在写自己的小说，不必要一定要强调一种什么小说。

如果某种小说被官方强调成为主旋律，那么这种小说离死亡也就指日可待了。我想，每个作家应该写和别人不一样的东西，不要一窝蜂。

对现实主义的理解要宽泛

莫言说，我觉得有时候作家的创作初衷被曲解了，作品本来不是要说为民请命，替天行道，结果一说就变成这样了。文学不是替天行道的工具。我们对文学的理解不能像七十年代末八十年代初那么狭窄，不要以为写了当下的三农问题、热点的社会问题就是现实主义，而在结构上有所创新，语言上有所追求就不是现实主义。我们要把现实主义的范围搞得宽泛一些。作家关注现实生活的形式是多样的，未必只有跟踪昨天的生活才是现实主义。曹雪芹写《红楼梦》难道不是现实主义？蒲松龄写《聊斋志异》难道不是现实主义？不要把所有作家都限定在一个方式里。大家多年才努力来的创作自由、个性化的创作空间，为什么非要框定在一种方式里呢？

文学应是千姿百态的

莫言认为，八十年代以来的作家和五十年代以来的作家没有什么本质的区别，都是在解决一个怎样写的问题。我前面所说的，值得写进小说的东西已经非常之丰富，不是说我们编不出来，而是不值得我们去编，剩下的是我们如何来写的问题？作家的语言不是作家风格最明显的标志吗？一个作家在文体上没多大的发展，你作为一个作家的价值有多大？从网上可以搜索到很多故事，作家就是用很独特的方式把故事讲一遍。可以把小说家与文学家作个区别，小说家是在讲故事，而文学家是在用独特的方式、个性化的语言在讲故事。这种语言是对汉语的丰富和发展。莫言重申他的名言："结构就是政治。"在某种程度就是如此。特殊的时代作家有特殊的处理题材的方式，小说的结构、语言不纯粹是个技术问题，也不纯粹是个艺术问题，它带有很强的政治性。谁不理解的话，去看看我的《九歌》，就会在某种程度上理解了。关心生活、关心当代、关心底层，这样的口号没有错，我是担心在这样震天响的口号下把作家多年来争取来的创作个性给扼杀了。文学应是千姿百态的。批评家总是恨铁不成钢，恨我们不成钢，难道我们成木就不行吗？

我从来不是文学的中坚

在与大学生的对话中，有位学生问："十年前，你们是中国文坛的中坚；今天，你们是中坚；十年后，评论界认为你们仍将是中坚，难道你们永远都是中坚，不会再有新生力量的加入？"莫言说："十年前或再往前推几年，中国文坛的中坚是王蒙、张承志、张洁和丛维熙等，他们的小说一印就是几百万册，是小说辉煌时代的主力。我们的地位就和现在的'80后'是一样的。而对于今日之文坛，其实每个作家都处于一种孤军奋战的境地，写作已日益成为一种边缘化的、孤立的存在，谁也没有影响谁，很难说我们是不是中坚。至于未来10年，老实说，我们对'80后'可是充满敬意的，敬，而远之。"说起对"80后"的敬意，莫言语带调侃："一个50岁的男人很自然地会避开两类人。一类是50多岁的男人们，因为他们不觉得自己老，常常要到年轻人堆里混，却不知道已经被人称作'老东西'，很讨人嫌。另一类人，就是年轻的、十几二十来岁的男孩子。他们还小，不知道未来究竟会发展成怎样，但已经开始要装大人的样子，还时不时向成人发起一些挑战。”莫言认为，后生可畏，“还是敬而远之会比较好。”莫言说，从对待生活的角度来看，每个时代的作家都不尽相同，他们这一代四五十岁的作家比较多的是回望青春岁月，“80后”作家们则更关注当下，而对今日生活的关注，正是“80后”赢得青年人喜爱的重要原因。此外，较之老一代作家，“80后”写作的想象方式更是一种“精神上的想象”，他们常能由具体事物联想到虚无，莫言认为这在动漫玄幻风行的时代，无疑让“80后”占尽优势。

《生死疲劳》留有遗憾

莫言推出长篇新作《生死疲劳》已有半年，回望这部作品，莫言感觉有些遗憾。他告诉记者，创作这部作品时，他曾抱有很大的“野心”——要写一部乡村史诗。“我想概括中国50年的农民历史，从人物出发，塑造出一批典型的人物形象。”在小说中，莫言实现了部分目标，但仍留有遗憾。“我的语言还应该再打磨得精练一些；各种人物和动物的性格也应该再均衡一点。”为此，他还想再为这部小说补写十几万字。“被枪毙的地主已经经历了几道轮回，但在他变成猴子以后我却收住了，其实我应该再写他做猴子之后的事情。本来我以为这部作品已写了49万字，再写就会太长。但现在想来，小说是不能虎头蛇尾的，该写多长就写多长。”

除《生死疲劳》外，莫言说暂时还没有新的创作计划，却把多数时间花在读书上，其中更看重中国明清小说。“那个时期的中国小说语言风格非常明显——不温不火，娓娓道来，语言的质地感很强，是很具有借鉴价值的。”

（2006年6月）

写出我心中的"痛"

——谈《蛙》

莫言新作《蛙》在2009年第六期《收获》上甫一露脸，迅速引起各方关注。近日，上海出版系统为打造"上海首发，全国畅销"的品牌，又邀请莫言专程来沪，通过举办首发式、网友见面、高校演讲、签名售书等形式，把《蛙》大大地宣传了一把。

最使人意外的是《蛙》的首发式，竟请郭敬明来当嘉宾。偏偏这个大腕又迟到半小时。莫言说，出版社邀请郭敬明来，他没有拒绝，是出于想和"80后"多交流沟通的想法。莫言反复解释说，"这次真的只是见见面而已，难道郭敬明一出现，莫言就能多卖几万本书吗？"

郭敬明向莫言毕恭毕敬地汇报说，确实有不少活动邀请他出席，并有报价甚高者，他都拒绝了，但听到要有莫言老师的新书发布会，便当即决定来，因为老师是他的偶像。

尽管如此，莫言仍然显示他作为中国老牌顶级作家的威仪："像他这样在富豪榜上排前列的作家，还需要我给出场费吗？给500元、1000元，那不是在骂他吗？晚上请你吃个汉堡包吧！"

不过，莫言也没让郭敬明过于难堪。当郭敬明再次表达了"明年作家富豪榜首富还是我"的想法后，莫言评价说："年轻人就要狂一点，我尽管可以‘老夫聊发少年狂’，但毕竟心有余而力不足啊！”莫言说他特别理解现在的“80后”写手：“我的作品刚出来的时候，前辈作家也充满了质疑，不以为然，甚至抵制。每个时代都有属于这个时代的作家，文坛的新老更替，也是自然规律。”

其实，记者的聚集点是莫言而不是郭敬明。莫言被认为是中国当代最具爆发力和影响力的实力派作家，也是在海外许多国家产生巨大影响的世界级作家。《蛙》是他的第十一部长篇小说。动笔于2002年，此后断断续续，一路思索而得。因此记者并不满足于在见面会上莫言与郭敬明的对谈，而是又设法对他进行了采访。

题材敏感与童年记忆有关

记者：这部小说为什么要取名《蛙》？

莫言：这个小说的主角是一位妇科医生，几十年来接生的孩子有几万名。在北方有一种蛙崇拜，青蛙崇拜的遗迹至今在很多民间艺术里面都有表现。比如说民间泥塑的小孩抱着一个青蛙，青蛙是繁衍不息的象征，“蛙”“娃”以及女娲的“娲”都是同音字，跟生育、信仰、儿童都有一个象征的意思。书名也是想了很久才确定的。

记者：难怪封面设计采用了民间剪纸小娃娃。

莫言：美编本来设计得很繁琐，我说还是简洁一些吧，最后就确定了这个方案。这是一个北方农家妇女都会的剪纸，我一看这个就想起我母亲带着我女儿玩的时候，撕下报纸用剪刀剪下这么一个婴儿的形象。

记者：那么，为什么要写计划生育呢？这可是一个很敏感的题材啊！

莫言：这跟我的童年记忆有关，我大爷爷的女儿，就是我姑姑，是新中国第一批接生员，经她手接生的孩子不少于一万个。我也是通过她的手来到人间的。小说主人公的生活原型就是我姑姑，几十年来，姑姑作为妇科医生，亲历了生育历史上每一次高潮和低谷。她的经历既曲折又传奇，一方面像送子菩萨一样接生，同时也为很多妇女做过人工流产的手术，这么一个人物，我想她的内心深处一定有很多的矛盾和冲突。同时她又是一个非常健谈、有个性的人。当我走上文学道路开始写作的时候，我就想一定要在合适的时候把姑姑作为一个人物原型写到小说里面。因为她是从事妇科医生的工作，写到她，必然写到接生或者计划生育的问题。

完全虚构的人我可以随心所欲来写，正是由于有一个亲属作为原型，写的时候不忍心往特别不好的方面去写，不忍心写她的负面东西。但如果不这样写的话，这个人物显然不丰满，不复杂，不立体。我小说里面的人物跟真实的姑姑是不一样的。我后来想了一些办法，把我熟悉的人物形象和行为融合在一起。把我认识的好几个妇科医生的故事加在一起，甚至有一些男医生的故事。

大江健三郎的来访催生了《蛙》

记者：《蛙》中有个日本作家杉谷义人，他的原型是不是就是大江健三郎？

莫言：2002年春节，日本作家大江健三郎跟随日本NHK电视台到山东高密来拍有关我的节目。谈话之间，他问到我下一部作品，我说很可能把生活中的姑姑作为原型写到小说里面去，他对我这个构思很感兴趣，并且在大年初一的上午随着我去拜会了我的姑姑，他们谈得也非常愉快。姑姑几十年来的经历，给大江健三郎留下了很深的印象。后来，他多次在各种讲话中谈到莫言的乡村妇科医生姑姑，说脑海里经常浮现她在冰天雪地里骑着自行车，在大河上快速地奔驰，去给人家接生的画面。

跟大江的谈话增加了我写这部小说的信心，我在2002年春天开始写这部小说，写了大概有15万字的时候，突然觉得姑姑这个人物越来越模糊，姑姑到底是什么样的形象？她晚年心灵深处到底在想什么？感觉到把握不住了。另外结构也混乱，连我自己都感觉写得混乱不堪，这对读者肯定是一种折磨。于是我就放下了，先完成了另一部小说《生死疲劳》。《生死疲劳》在2006年年底出版以后，我在2007年的暑假，才开始拿起笔来重写，2008年又写了一部分，这时候把前面的15万字全部放弃。

通过姑姑讲共和国历史

记者：你时通过姑姑的成长经历来写共和国六十年来走过的艰难曲折道路。

莫言：生活中我的姑姑是一个很普通的乡村医生，家庭出身是地主，在上个世纪五六十年代，作为地主的女儿在社会生活当中是非常艰难的。姑姑能当上医生，一方面是由于她女承父业，另外因为她有文化，在50年代识字的人很少。姑姑在这样的历史背景下，能找到妇科医生这样令多少人羡慕的岗位，她对社会、对国家的感恩戴德之情势必化为巨大的工作热情，赢得了上上下下一片赞誉。

小说里面我把姑姑的身份做了一个颠倒，小说里面姑姑是八路军医院院长的女儿，是革命烈士后代，根正苗红。又有文化，又漂亮，又从事妇科医生这样令人欢迎的工作，她在上世纪50年代的辉煌是无以复加的。当时乡下所有人看她是仰望的目光。小说里面，姑姑跟空军飞行员谈恋爱，之后飞行员驾机逃往台湾，作为他的未婚妻，姑姑的遭遇可以说从天堂落到地狱。好在飞行员逃跑的时候故意丢下一本日记，让姑姑重新获得行医权利和组织的信任。后来经历了“文化大革命”，经过了无数次的政治运动和斗争，性格发生了转变。到上世纪 70 年代末，因为她是妇科医生当了公社计划生育领导小组的副组长，变成计划生育政策的坚定推行者。她由过去人人欢迎的人物变成了反面人物。为了使计划生育指标落实下去，她运用了各种各样的手段对违反计划生育政策的孕妇展开了各种各样的斗智斗勇，围追堵截，像战争场面一样。

随着她年龄增长，尤其到了晚年退休以后，我们国家也发生了巨大的变化，人民群众对生育问题有新的认识，计划生育出现了一些新的现象，都让姑姑对自己的经历进行了反复的回忆，有时候认为自己是一个好人，有时候也认为自己是一个罪人，始终处在矛盾当中。我相信姑姑的复杂就在于这个矛盾，复杂就在于一方面作为一个送子娘娘，一方面作为一个夺命的瘟神。到了晚年更多是忏悔，感觉到过去做的那些事情是不对的。尽管旁人也安慰她，她也用冠冕堂皇的词语来安慰自己，但到了晚年她感觉到这样的说法不能说服自己了，所以越来越忏悔，陷入了深深的愧疚当中，经常做噩梦、睡不着觉。为了减轻自己的罪恶感，她跟丈夫做泥娃娃，治愈不孕的妇女，最后帮了她的徒弟生了孩子……她是有血有肉的一个人。

炫彩部分在最后

记者：我们看到《蛙》的结构很特别，由四封长信和一个话剧构成。这又是为什么？

莫言：这部小说从 2002 年到现在已经 7 年。小说拖了这么长时间，就是因为结构没有想好。最后才决定前四部分用书信体，仿佛是纪实，这种结构是最古老的，也是最方便的，最朴素的方法。

小说的主人翁以写信的方式跟作家通信讲述姑姑的故事，想把姑姑的故事搬上舞台。前四部分把姑姑一生当中大概讲了一遍，也讲述了主人公自身的经历，到了晚年退休回家，主人公通过代孕的方式生了一个小孩。

第五部分是话剧部分。话剧部分是前四部分的高潮。这一部分跟前面的写实形成了鲜明的对比，是一个幻想的，甚至有一些超现实色彩的部分。前面很多没法说的东西，在话剧里得到了呈现。我想一开始快速往前推进，用十几万字的篇幅把一位妇科医生给写出来。炫彩的部分则放到话剧部分得到展现。

触及“心里最痛苦的地方”

记者：看完这部作品后感到很沉重，这也不是我一个人的感觉。

莫言：写完以后我也是欲语无言，这就是我们的生活，是我们亲身经历过的历史。我想沉重肯定是很沉重的。在小说中我客观地再现了实行计划生育的必要性，也客观地描述了中国当时所面临的人口困境。上个世纪 50 年代出生的人为计划生育政策作出了牺牲，这部小说写的是个人内心深处最痛苦的地方，也是我们这一代人内心深处的痛处。我们都是为了顾全大局，为了国家的利益，为了民族的未来而牺牲了、压制了我们个人的意愿。但这也是历史的必然，我们众人的痛苦，也是国家的无奈之举，国家也不愿意看到这么多孕妇被流产，实在是万般无奈的下策。计划生育政策实行 30 年来，关系到了千家万户，影响到千百万人的命运。从小方面来说是个人之痛，从大了说是国家之痛。所以我们要认真思考一下怎么避免重演历史上出现的悲剧。任何一个有良知的作家，就是就是要写心里最痛苦的地方。

（2009 年 12 日）

题图为2010年7月11日与莫言合影于复旦大学。

贾平凹

中国“三农”问题的文学解读

——谈《秦腔》

秦腔是中国最古老的剧种之一，主要流传于西北五省，在观众中，特别是农村观众中具有极强的生命力。逢年过节，吼唱秦腔是秦人表达快乐、倾吐悲伤的最佳方式。

《收获》今年第一、二期连载了贾平凹的长篇新作《秦腔》，但此部作品不是写秦腔，而是以他老家棣花街为原型，“惊恐”地描写了那里即将消失的土地和农村生活。有评论家称是“反史诗的史诗”。

后来又听说，一位摄影的朋友，把棣花街拍了下来，配上贾平凹用陕西土话朗读的片段，制成一个 40 分钟的短片，放给乡亲们看，大家都流泪了。

3 月 25 日，贾平凹到上海，参加复旦大学中文系当代文学创作与研究中心举行的研讨会，晚上又与学生座谈，26 日在上海书城签售《贾平凹谈人生》，机会难得，记者在这些活动的间隙对贾平凹进行了采访。

为了给故乡立块碑

记者：你为什么要写这部小说？

贾平凹：媒体朋友都问这个问题。我出生在陕西东南部一个叫棣花街的小镇上，对于西北的农村、农民和土地，我是非常了解的。土地供养了我们一切，农民善良而勤劳。但是，长期以来，农村却是最落后的地方，农民是最贫困的人群。我在棣花街生活了 19 年，后来虽说父亲故去了，母亲与自己一起住到了城里，但乡下还有妹妹和老屋，不光逢年过节，平时也经常回乡，那种乡情是割不断的。正因为这样，老家发生的事我都知道。从 1979 年到 1989 年这十年里，故乡的消息总让我振奋。土地承包了，粮食够吃了，乡亲们给我送来新米、猪肉，我也给乡亲们写中堂对联，那些年是乡亲们最快活的年月。可是，这么多年过去了，农村停滞不前，出现了更复杂的问题，农民的生存状态是很艰难的，棣花街也似乎渡过了短暂的欣欣向荣的岁月，风从四面八方吹来，农民像一把草，吹得东倒西歪，无所适从，他们离开了土地，地又荒了，连老人死了者没青壮年抬到坟里去。我对于农村、农业和农民的认识和以前绝对不一样，我有一种悲凉的东西常在心头。我忧患、矛盾，又无可奈何。我以前写的大多是商州，对棣花街写的很少，很零碎。我感到棣花街的这一切与我相关，但我将对它越来越陌生，我有责任和感情把它写下来，为了忘却的纪念，为了给故乡立块碑。也可以说是我对社会问题和现实问题，对中国农村的现状发表自己的看法，把自己的感受和体会表达出来，给时代留下些印记。

像给父亲写祭文那样痛苦

记者：听说你写了一年九个月，写得很辛苦。

贾平凹：是的。这部作品写作的目的完全是出于自己的感情，就像当年给父亲写祭文那样的感受。我祭了棣花街上近二十年来的亡人后，就在工作室中央的巨大的汉罐里点起香，掐掉电话，开始写作。老婆每天早晨开车把我送到工作室，中午就带点面食，晚上老婆再把我接回来。这段时间基本这样，因为没去开会，没去会客而挨的骂也不少。有时我跟我老婆讲，你权当我是个大干部吧，领导整天在家里？他也这个事那个事的。写作的过程是个矛盾和痛苦的过程，讲述故乡的现实，面对乡亲在现实中的转变，常常不知该赞美、该庆幸、该诅咒还是该惋惜。这样，第一稿写完，不满意，推翻重写，重复两次，在第三稿的基础上进行修改，形成第四稿。写完了还不敢拿出来，怕因为太真实而遭来乡亲们骂。这是我从未有过的痛苦。连老婆都看着我可怜，劝我不要再改了，再改下去就改傻了。

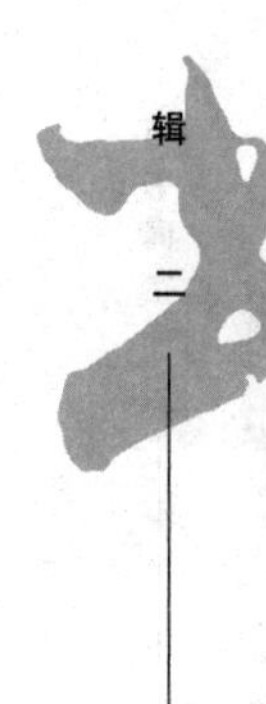

记者：这部作品为什么没有章节，似乎很零碎。你为什么要安排一个疯子来叙事。

贾平凹：实际上那人并不疯，只是想法和正常人总不相同，以他的想法叙事，方便从故事中随时出人，与被叙事者没有距离，同时他本人也构成了故事。《秦腔》写的是一堆鸡零狗碎的泼烦日子，是还原了农村真实生活的原生态作品，甚至取消了长篇小说惯常所需的一些叙事元素，对于这种写法，作家是要冒一定风险的。我不敢说这是一种新的文本，但这种行文法我一直在试验，以前的《高老庄》就是这样，只是到了《秦腔》做得更极致了些。这样写难度是加大了，必须对所写的生活要熟悉，细节要真实生动，节奏要能控制，还要好读。弄不好，是一堆没骨头的肉，弄好了，它能更逼真地还原生活。你要静下心来慢慢地读，光翻翻是看不出什么的。

我不会封笔

记者：都在传说你写完这部作品要封笔了。

贾平凹：当时出版社来取稿时，我说，实在太累了，以后可能很少再写长篇了，起码若干年内不再写长篇小说了，但并不是封笔不写文章了，短篇和散文不会停顿。我在文坛几十年，对我鼓励最大，让我坚持顽强创作的动力是读者，我希望拿出精品给读者，就需要不断积累、不断补充生活。我计划今年到陕南、陕北跑一年，多积累些知识，到生活中获取创作的灵感和素材，创作新的作品给读者。我也到上海等沿海地区来，吸取营养，只是悄悄地来，王安忆他们不知道。

记者：你在书画上的造诣也很深，你在写《秦腔》时还作画吗？

贾平凹：我把画画写字作为休息，所写所画的内容都是激励自己克服困难去完成这部作品的。我画了唐僧像，以他当年在大雁塔译经的清苦来激励自己。我还画了一只狗趴在地上，仰天悲嚎，一只猫爬过来看它，叫《悲天悯猫图》。我写了"守候"两个大字贴在书桌对面，时时监督自己。

记者：你估计这部作品的销售会怎样？最担心的事是什么？

贾平凹：书的销售是出版社的事，我不管，但我的书卖得都很好。我现在所担心的是故乡的人会怎么看这部书，我想为故乡树个碑，但故乡的人认可吗？十几年前写《商州初录》时，就有人批我："调子灰暗，把农民的垢甲搓下来给农民看，甭说为人民写作，为社会主义写作，连个进步作家都不如。"现在还有没有这样的人呢？

（2005 年 3 月）

受读者欢迎是我真实地描述当下

——谈《带灯》

在出席了在江苏常熟举行的他的长篇小说《带灯》研讨会后，12日下午，著名作家贾平凹来到上海。当晚，本报记者在复旦大学中文系，对贾平凹进行了专访。上次见到贾老师也是在常熟，那是在那里举行的他的《古炉》与王安忆的《天香》两部长篇小说的研讨会上。但此次，贾老师见到我，还记得我，立即起身与我握手，关切地问为何此次没去常熟？

《带灯》是贾平凹继《秦腔》《古炉》后又一重要作品，作品不仅保持了作者以往的艺术特点，以真实的人与事为创作基础，具有很强的现实性和可读性，突破了他以往的创作经验，达到了新的文学高度。《带灯》叙述一位充满文艺青年气息的女大学生萤，来到位于秦岭地区的樱镇镇政府工作，因不满“腐草化萤”的说法，改名为“带灯”，寓意萤火虫在黑暗中发光发亮，带灯负责综合治理办公室维稳工作。

小说从带灯的视角透视当下的中国社会，通过她的工作展现当前的基层中国现实，通过她与远方人的通信展示基层干部的精神和情感世界。贾平凹在带灯身上写出了他对今天中国乡村基层干部的一种理解，也写出了他对中国乡村政治的期盼。

《带灯》去年在《收获》发表了半部时，就出现了盗版，今年1月正式出版以来，半年销量近100万册，单其电子书在腾讯阅读平台即月销过万。在畅销的同时，作品在评论界也引发热议，欣赏者大有人在，争议声亦时有起伏。

参加常熟会议的各路学者专家表示，贾平凹这部新作是既好看又深刻的悲剧力作，用最文学的方式表现最为冷峻的社会现实：一个在暗夜里自我燃烧的小虫，一场清水静流的爱恋，一次螳臂挡车的抗争，一颗在浊世索求光明的灵魂。它以生活的定格了众生的苦难，以幻化的笔墨勾勒了人间和彼岸。

命运使我要关注现实

记者：记得好几次您的大作出来后，都传出将就此封笔的消息，《古炉》之后也是这样，怎么又出来个《带灯》？毕竟您已六十多了。

贾平凹：确实，我今年六十多了，在《带灯》的后记中我说，人活到60岁时，不知别人的心情如何，我的心情是感到怎么一晃就60岁了，梦见好像大学才毕业。写了几十年了，还在写。你的问题使我想到了“命运”这个词，想到我是什么品种的人？我处于什么时代？在这个时代，应该是什么命运？

世上任何东西一旦生成，就有了生命，生命是什么品种必然决定了它是什么样的命运。我是1952年生的，是生在新中国，长在红旗下的人，这一代人所经历的事也确实太多。尤其是这三十年，也是我进入文坛的三十年，这三十年中国社会发生了剧烈的变化，对一个作家来讲，绝对是一个大好时期。从贫穷到富裕，从饥饿到强大，对生活在这个时代的个人来讲，有幸，也不幸。现在，物质丰富了，可以吃饱饭了。实行改革后，你有啥本事，是骡子是马可以拉出来溜溜了。但这三十年中，人性丑恶的东西也集中爆发，欲望膨胀，道德沦丧，素质低下，我不为人，人不为我，好像在没有红绿灯的十字路口，都在那里挤，谁也挤不过去，你愤怒，你烦恼，但你又无奈。这么大的国家崇尚权力和金钱之后，是最可怕的。现在社会贫富拉大，腐败成风，你往往得到了好多东西，你却又牺牲了好多。你是受益者，同时又是受害者。社会危机像陈年的蜘蛛网，动哪儿都落灰尘。我处在这样的时代，就决定了我的命运。作为作家的我来讲，我写东西就无法逃避现实。你得歌颂这个时代，你又得批判这个时代。你要鞭挞黑暗，又要寻找光明，寻找希望。就像一个家庭的中年人一样既要送终父母，又得养育儿女，儿女也可能因为基因，出现这样那样的问题。作家的命运是这样，文学要关注现实。要十分熟悉广大民众的生活和精神状况，尤其是像我这样年龄段的作家。

要写出中国的味道

记者：有读者认为《带灯》的基调有些悲观，因为带灯在农村显得那么格格不入，最后带灯没能改变现实，反而在连串的打击后，变得精神恍惚而活得像幽灵一般。这是您写作的目的吗？怎样通过文学作品来反映中国的现实呢？

贾平凹：现在到处在讲中国经验。什么叫中国经验，我的理解是几十年不断遇到新的问题，新的危机，逐步消解这些危机的过程，就是中国人为人类提供了经验。中国文学的经验是什么？我觉得在文学这一行里，不仅是讲一些故事，在讲故事的时候，在讲事情人情国情的时候，要注意故事背后的文化背景，在中国文化的独特背景下才能发生的故事。就拿《带灯》来讲，外国人看了以后，他对故事的背景不一定了解的。在《带灯》里写了上访，在外国就不可能发生这种事情。这样才能写出中国的事情民情和国情，才能写出中国味道，才能给世界文学贡献独特的东西。看这些作品就能发现中国出现这些东西的根源在那里。

《带灯》的运气好

记者：您在写《带灯》时有什么困难，受到外界的干扰吗？

贾平凹：在《带灯》出来后，也有人采访我问最困难的东西是什么？当时因忌讳写维稳，我写好后交给《收获》的执行主编程永新和人民文学出版社的编辑，请他们看一下，他们没有意见。正好这时，中央有文件说不能堵截上访人，我想《带灯》的运气那么好。《秦腔》《古炉》这几部书的命运都不错，卖得也好，没有人说三道四的。《废都》的命运就不好，受委屈了 18 年，它靠盗版延续生命，就像被拐卖的妇女儿童一样。盗版印得一塌糊涂，他把钱拿走了，我也拿不到。因此说最困难的是什么，就是选择材料时要考虑能否传达中国文化独有的内涵。这方面要下的工夫特别多。写这些东西千万不能在书房里编造，一定要在生活中成长起来。如果用水和火来比喻的话，我更倾向于水，是平静的，但是多年所积累的。像《带灯》，你写得越平静，越轻松，你把丑恶的、颓废的东西表现得还长久一点。

《废都》受委屈了18年

记者：您提到了《废都》，能否透露一点当年被禁时的情况和心情呢？《废都》里的女人中，您最喜欢谁？

贾平凹：《废都》写的时候，当时社会出现好多情况，我个人的生活中也出现了好多情况，个人的命运与时代的命运在某一点上重合了，看起来你是写个人，但可能就是在写时代。当时我一个人在水库工地上写，我写了四十天完成了初稿，回来改了四、五天，就拿出去了，发表后评价特别好，这我也没想到。过了半年，到处在骂我，我也不相信，我没那么坏。在《废都》之前公认我是纯洁的作家，在《废都》后我一下子就成了流氓作家，而且那么快就流氓了。那几年我年年要住半年医院，我住的是干部病房，老干部人人都在说《废都》，而且他们特别气愤，为此我在医院还改了个名字，但后来也被发现了，就住不成了。我跑到四川绵阳一个学校招待所，到报栏看报纸，发现天天有批判《废都》的文章，气得我不看了。我到河滩去散步，一阵风吹来一张报纸，拿起来一看，也是批判文章，说的是一个男中学生看了《废都》后对班里的女同学产生了不善之念，把人家掐死了。但这些东西对我都没有压力，对我压力是禁书十八年，耽误了我人生好多事情。唐婉这个人最可爱，倾注了我很多心血。

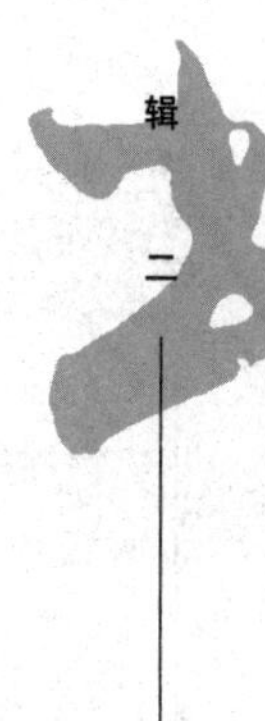

脑子里老是想国家、民族

记者：与年轻作家相比，为什么你们这个年龄段的作家最关心现实？

贾平凹：我们这种年龄段的作家，受传统的教育多年，脑子里老是想国家、民族。这批作家，如果你不让他来考虑这方面问题是不可能的。写法上也是学三十年代的文学或苏联的文学，革命现实主义那一套。因此，也只能写现实生活，我创作从二十多岁开始，都是写当下的生活，我受读者欢迎因为我真实地描述当下。三十年来的任何事情，任何潮流，我都经历过，但不一定都参与。作家不是抛头露面过活，是靠他的作品，中国现实生活变化特别大，现在农村与六十、七十、八十年代的农村是两码事，你不去看看就没法写。我看有的电视剧就是胡编，你说假话，我一听就知道，是否是真实的，我一看就看出来了。

从两头来观察生活

记者：您一直说自己不爱动，把您关在宾馆里，只要有方便面就可以了。但我发现您经常跑北上广，为什么？

贾平凹：为了反映真实，这几年我一直喜欢跑两个地方，一方面跑北京上海广州，有时悄悄地去，了解中国目前最先进最繁华的东西是什么？再一头就是跑中国最贫困的地方，基本上西北最贫困的地方我都去过，而且我最喜欢跑乡下，也不给谁打招呼，带两三个人，走到哪，就住到哪，吃到哪，能看到好多东西，而且不浪费时间，愿意看什么就看什么，如要有人接待，会带来好多麻烦。跑北京上海广州的时候，经常听到的词是“气势”。跑贫困地区，看到的是危机，这是你特别接受不了的反差。别样的人生，别样的生活。在中国目前的情况下，只能从两头来观察生活，才能真正反映这个时代，才能有东西可写。

我有责任把它写下来

记者：可你们写了那么多，有什么作用呢？

贾平凹：我上次在常熟也讲，虽然你反映了现实，但这种文学作品起不了多大的作用的。前几年反腐小说多红火，可有多少贪官在看？看的都是没有腐败的人。我写农村，可又有多少农民在看我的作品？那你为什么还在写《带灯》，写上访这些东西呢？实际上是想引起社会来关注这个问题、思考这个问题，一同来想想办法。作家不是开药方，而是把看到的，想到地表达出来。我要把它写下来，这就是我的责任。过若干年后，人们也可以知道当年是这样的。

记者：您不仅写当下，还写四十年前“文革”的事，这又为什么？

贾平凹：在写《古炉》时，我就想，“文革”爆发时，我才13岁，只学过一元一次方程，别人在游行时我只能跟在后面，高中生还不让我们跟，那个时候的人到今天已经六十了，当时参与的人至今也已七、八十了，有的已离开人世了。我觉得有责任把它写下来，当然以后有人要写也可以，就如苏联的卫国战争，后来也有人在写，写得也不错，但毕竟是另一种的写法。80、90后的作家也有时代赋予他们的使命。我们起个承上启下的作用。

记者：您怎么看待网络文学？

贾平凹：我不上网，也没读网络文学，但我家里人，包括老婆、孩子、亲戚、朋友，一天有几个小时都在网上。网上写作是个大趋势，是一个重要的文学发表的方式，现在都在说文学边缘化，但我感到很奇怪，每年纸质的长篇小说有两三千部，网上更多，一边说边缘化，一边作品又那么多。就如照相一样，以前谁会照相就了不得，现在人人都会拍照。原来一个单位只有一个司机，一般人还当不成，现在人人都是司机。当人人都是什么时，高手就会出来。

让莫言带领着我们往前进吧

记者：还是回到开头的问题，您作为一个著名作家，您似乎意犹未尽笔耕不辍，您的动力何在？

贾平凹：有人说你写了几十年了，为啥还写，为钱？为名？都不是。长期写作的人总想把自己的想法要表达出来，几十年写下来，别的功能不行了，只会写。人有个延长寿命的秘诀，动物界植物界往往开花结籽有了后代后，就死亡了。一旦你任务完成后就要死去了。农民的一生中最大的事就是结婚生子盖房子，把父母养老送终。回老家时，经常有人和我讲他这几件事都办好了，什么事也没有了，凡是说这种话的，不到两年就死了。有的老干部也是这样，当觉得自己没用的时候，就不行了。我有个朋友，认识他时已有八十了，身体特别好，他告诉我一个秘诀，叫我千万别告诉人：每年大年三十，家人在看春晚的时候，我就在书房里订规划，我已规划到120年了，始终每年有事干，就是年年告诉上帝，我还忙着呢。中国作家为什么六十岁写不动了呢？不是他真正写不动，他是暗示自己，别人六十岁就不写了，我为什么还要写啊，慢慢就不写了，或者就写些小文章，而外国人八十、九十还在写。作家一定要有远大的目标，相信自己还能写。往往搞创作的人懂得什么叫小说时已是五十多了，为什么三十岁时就没有觉悟呢？人要不停地给自己订计划而且是真心实意地要干事，活不到一百五，那起码活到一百一吧。

记者：莫言也是写农村题材的，他获得了诺贝尔文学奖，你对他如何评价？

贾平凹：莫言是伟大的作家，他写得当然比我好，他获取奖后我就向他表示祝贺，我说让莫言带领着我们前进吧！

（2013 年 5 月）

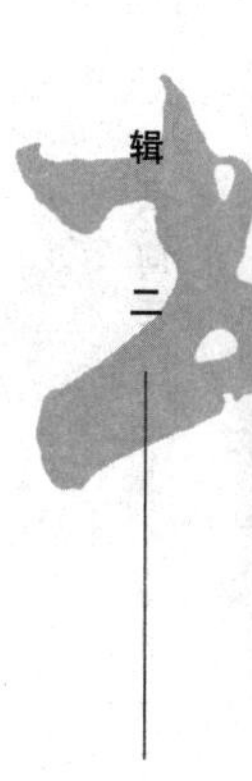

我有使命不敢怠

——谈《老生》

高高山上站过，也深深谷底行过。老贾说，能讲的，都在他以往的书里；而不愿讲的，只有到了花甲之年，才终于吐露。《老生》，就是那些他不得不说的话。

贾平凹先生的第十五部长篇小说《老生》一出版就引起评论界的高度关注。6日，来自北京、辽宁、陕西、湖北、江苏、上海的二十多位评论家在复旦大学举行贾平凹《老生》学术研讨会。贾平凹在中国现代文学馆馆长吴义勤的陪同下出席会议，听取了大家的意见。

北大中文系教授陈晓明一开口就说，他已注意到这个现象：往往是重点研究的对象在复旦开了研讨会后不久就获得国际大奖，如莫言、阎连科，当年贾平凹的《秦腔》获世界华人文学红楼梦大奖也是在研讨会后。陈教授的意见得到各位专家的认同，尽管每人发言只有几分钟，大家都简明扼要地对《老生》和贾平凹的其他作品表达了自己的观点，大多认为《老生》是贾平凹创作的一个新高峰。正如陕西《小说评论》的主编李国平说："贾平凹很重视文学评论，无论对他说好说坏，他都欢迎。"贾平凹除了埋头认真记笔记外，离开会场时还再三要求组织者把发言录音带给他，他要好好消化。

复旦图书馆馆馆长陈思和教授在发言则透露了一个信息，因翻译莫言的长篇小说而闻名的瑞典翻译家陈安娜已把贾平凹的长篇小说《高兴》翻译成瑞典文，在瑞典大受欢迎。陈思和是最早看到《老生》的评论家，贾平凹写好后压了半年再揣摩时，唯一把手稿寄给陈思和征求意见，陈思和非常吃力地看完了这 25 万字手稿，并把自己的意见发短信给老贾，现在贾平凹的手机上还保留着陈思和长长的短信。陈思和说贾平凹这一批当代作家三四十年来，一直坚守自己的岗位，尽管社会上各种思潮涌来，但他们没被卷进去，赢得了创作的时间，把五四以来的文学推向了一个高潮，他们是现今文坛的中流砥柱。陈思和注意到，现在大众媒体对文学的理解和全民对文学的认知都已发生了很大的变化，如果我们不爱护、如果我们漠视他们，而不是更好传承下去，我们的好日子会马上过去。这不是危言耸听。高校有责任从理论高度总结他们的创作道路，这是高校从事文学研究的师生必须重视的一个课题。

本报记者应邀出席了会议，并对贾平凹先生进行了专访。

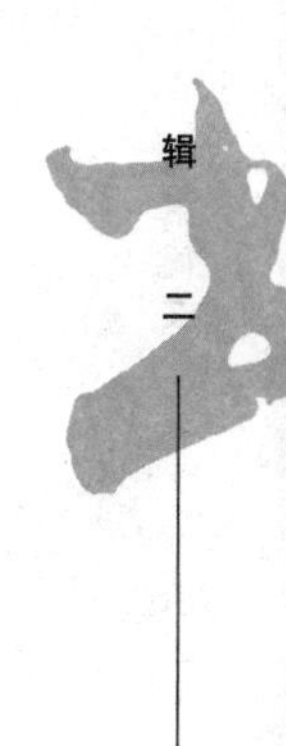

把自己的事尽量干好

记者：刚才陈思和老师在发言中说您创作的速度够快的，一部部新作出来，连他都来不及看。我还注意到陈老师说现在大众媒体对文学的理解和全民对文学的认知都已发生了很大的变化。《秦腔》当年在复旦开研讨会时，我们采访您，您说"再拼十年"，既然阅读的环境在起变化。您为什么还要那么拼?

贾平凹 :阅读不如以前那么受欢迎，我觉得有道理，那你还写?我常这样安慰:我已经写了大半生了，自己不能成为大英雄拯救这个世界，像毛主席那样解放人民，起码要把我目前选择的事情尽力干完干好。人在自然界特别渺小和短暂。佛家的观点:人和动物、皇帝和乞丐，生命是平等的。前世、现世和来世互相转换，尽最大力量把每段生命活好，叫生命圆满。人去世后，灵魂就走了，在空中飘着，在瞬间有可能就投胎。可能变猪，那就努力长大长壮，让灵魂变大些，下次投胎做个大点的动物。所以，不管哪个物种，都要尽力做到最好。

人的一生是爱的圆满

记者 :从《老生》后记上看，您这本书写得很快，但似乎也不顺利，三度被卡，非常苦恼，您还写了一首诗“我有使命不敢怠，站高山兮深谷行。风起云涌百年过，原来如此等老生。”来为自己加油，为什么呢?

贾平凹 :人生是悲苦的，在生活中，工作中，写作上一受到挫折，就容易悲观。这种悲观情绪伤害过我的写作，老写不出满意的作品，伤害过我的身体，曾十多年一直病病蔫蔫。在我五十岁后，我想人到世上其实是来爱的。人的一生是爱的圆满，起源于父母的爱，然后在世上受到太阳的光照，水的滋润，食物的供养，而同时传播和转化。这也就是之所以每个人的天性里都有音乐、绘画、文学的才情的原因。活在这个世上,你所发生的一切,都是对你有意义的。哲人说过，当你采到一朵花而喜爱的时候，其实这朵花更喜欢你。人世上为什么有斗争、伤害、嫉恨、恐惧，是人来得太多、空间太少而产生的贪婪。基于此，我们常说死亡是死者带走了一份病毒和疼痛，活着的人应该感激他。我在《老生》后记里说，风刮风很累，花开花也疼。人活在这个世上，其实神也在人中，常说聚精会神，神是一般看不见的，冷静聚精力才能见到神，当神不在其位，离人疏远，人就变成了一堆器官。当神在的时候，人冒出的烟，烟升到空中也会成为云。

风气的形成关系到每一人

记者：研讨会上多位老师都说《老生》是一部集文学创新与历史使命感与一体的作品，无论是《秦腔》《古炉》《高兴》《带灯》都是如此，您自己认为只是不断地变换写法而已吗？

贾平凹：这是个最好的年代，这是个最坏的年代。这是汪峰所唱的歌。为什么如此呢？因为社会正经历大转型，一方面社会为每个人提供了奋斗的平台，一方面又让每个人焦虑、恐惧和疯狂。我们的船在掉头拐弯，又遇上了风，船肯定要倾斜。船上什么事都会发生，在船上，你当然有希望，有惊恐，你头晕呕吐，你被人伤害，也可能伤害别人。这就形成了你的特质，如同有各种土地，有肥沃的，有贫瘠的，有水田有旱田，水田里能长稻禾，旱地里则长荞麦。稻禾长上来就得不断灌水，有蛙鸣，生各种虫，在扬花时怕风，成熟时怕倒伏，荞麦就耐旱，苗杆发红，开紫花，鸟会来吃籽，野猪来吃苗。我们生活在这个时代，以前是贫穷，运动不断，吃不饱肚子，很有秩序但没自由，现在市场经济了，知道了什么是民主富强尊严，反倒更不满足了，追逐权力和金钱，道德沦丧，风气败坏。我们就生活在这两种环境中，构成了我们的命运，在命运中生成了我们的品种。我们一些所作所为，欧美人不理解，其实欧美人以前也经历过，只是这一代人不知道罢了。欧美是把房子已装修过了，而我们正在装修，装修中当然一切混乱，

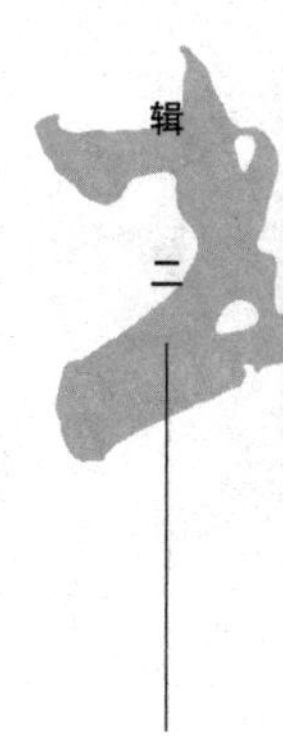

尘土飞扬，电锯声聒声，引起四邻不满。在这社会转型期，人人都在骂，但是，风气的形成，是每一个人都有责任。这就谈到文学，我们的文字也就是这品种。它要写中国人的生存和精神状态，里面肯定就充满了改革、奋进，同时有阴暗、丑恶、肮脏和荒唐。如果我们的文化决定了我们的思维和行为，我们就得明白我们的长在哪里短在哪里，需要继承什么需要改进什么。

对待历史要深思再深思

记者：评论说写《老生》是开始尝试一种“民间写史”的方式，那么您认为怎样才能把历史归到文学里呢？

贾平凹：《老生》出版后，许多评论文章总在说“民间写史”这个词，其实我在写作中“民间写史”这个词并没有在脑子里闪现过，我只是写我经历过的长辈人曾经给我讲的事，其中的人和事都是有真实性，绝不是一种戏说。现在的作品，写得最多的是百年以来中国的历史。怎样写好这一段生活？陈思和先生最早提出过历史要归化于文学的话题。李敬泽先生也讲过只有当历史不再是历史，记忆不再只是个人记忆，而变成了经验、直觉和梦幻的时候，才有文学。我小时候听长辈人说古经，陈年旧事，讲得非常有意思，所以，我后来觉得，当历史成了古经，成了一种故事，把这故事写出来就是文学。三十年来，我们有太多的关于百年历史的叙写，多有那些丑恶的残暴的恐惧的内容，揭露和批判是这一类作品的核心所在。但我又有一些怀疑，如果事过境迁，后人阅读，仅仅是一种社会记录还是能受到文学的滋养？以我们现在阅读前人作品的需求而判断后人阅读我们的态度，确实让我们不敢得意。对待历史，要真实去看，真诚去想，要表现出其重，又怎样在这重中变轻，如李敬泽说的：只有重才会碰到地面，只有轻才能通上天。这确实需要我们深思再深思。

没有私心偏见才能“说公道话”

记者 :《老生》老老实实地去呈现国情、世情、民情，就像《古炉》《带灯》一样，延续的正是您近些年来一以贯之的人文情怀，但是您却写不下去，直到您认了那位德高望重的老人，认识到“写小说何尝不也就在说公道话吗？”于是，第四遍写《老生》再没有中断。那么请问这“公道话”意味着什么？

贾平凹：写起《老生》，没料到异常滞涩，曾三次中断，难以为继。苦恼的仍是历史如何归于文学，叙述又如何在文字间布满空隙，让它有弹性和散发气味。这期间，我又反复读《山海经》，又数次去了秦岭。在秦岭见到了他们那条峪里六七个村寨中最有威望的那位老人，问他怎么就如此的德高望重呢？他说：我只是说些公道话么。再问他怎样才能把话说公道，他说：没有私心偏见，你即便错了也错不到哪儿去。这使我恍然大悟。在文学叙写这个转型时代和社会的时候，推脱不了这个时代社会的复杂，丑陋，但文学的目的并不是呈现这些复杂，丑陋，它不是让人类绝望和自杀，而是让人更好的生活。文学在这个时候，说简单一些，从某个角度讲，就是说公道话，这种公道话是在思考，是在批判那些丑恶，是美好。《内经》上讲：五脏得了病，那是有鬼的原因。失去阳气的地方容易有鬼。阳气是什么，就是魂魄，就是神气。过去民间招招魂的方式很多，我小时候就被招过魂，夜里哭，不睡觉，家人在村中树上贴过招魂帖，三十多岁时，得病久治不愈，家人请了法师给我治过。现在在陕西北部农村，仍有这种招魂的仪式。这个年代需要招魂，文学也在招魂，整个社会有了病，文学应该是治疗之一种，而文学开不了药方，却可以招魂。屈原的《离骚》是招魂，司马迁的《史记》就是招魂，《红楼梦》也是招魂。

文学取决于作家的灵魂

记者：那文学的魂怎么招呢？您的一系列近作可以说也是在招魂吗？

贾平凹：招魂也存在着什么人招，怎么招的问题。陕西农村的老一辈剪子艺人，实际上就是巫，他们从事这种工作久了，神就附了体，他们的招魂就起作用。而这些老艺人去世后，新的艺人剪出的东西怎么安都不是那么回事。老艺人剪纸是他们的生活一部分，所剪的内容是他们对天地自然的认识，投入了巨大的真诚，新艺人剪纸只是为了美好环境，或借此出名或挣钱。剪出的东西一般人都没冲击感，那鬼还怕吗？文学也是这样，文学取决于作家的格，取决于文学背后的声音和灵魂。如果作家襟怀鄙陋，作品的境界必然逼仄，不管你是要歌颂或是要批判，全都没有作用。当好的作品在写的时候，就是你在写作时会忘掉自己，你为你笔下的流畅和出彩感到惊讶，以为这不是你写的，是什么附了体，是谁在借你的手在写，你的浑身被什么充满。我想，这种情况，就是作品诞生了神气，生命在勃勃蓬蓬形成。真情投入，投入得专注，神自然就会归来。没有大的关怀，没有真诚，自己的品格低下，境界逼仄，反倒招来的是邪气。招魂的目的是回家，身有家，心也有家。

（2014 年 10 月）

题图为与贾平凹2011年11月13日在江苏常熟理工大学合影。

他“不爱这个时代”吗?

正如中国人民大学文学院院长孙郁用“中国最有争议性作家”来评论阎连科那样，在 29 日于复旦大学举行的“阎连科创作研讨会”上，来自全国各地高校、研究机构的三十多位批评家对他的作品尤其是新作《炸裂志》主题、价值展开激烈争论，这在往往是“好话说尽”的研讨会上罕见的，而这正符合阎连科“放开谈”的希望。

写出了底层人的生存状态和信念

复旦大学图书馆馆长陈思和教授开门见山亮出观点说，从 1980 年代到今天，阎连科是他最喜欢的几个作家之一，读阎连科的作品，“就是读我们的经历。”在阎连科所有作品中，陈思和相对喜欢他早期的作品，比如《年月日》，“当我们，尤其是知识分子，对国家、对自己没有信心的时候，一个农民作家把中华民族底层的生存力量写了出来，他写出了信心。”陈思和认为，阎连科真正写出了底层人的生存状态和支撑他们的信念，当时没有其他作家达到这个高度。“那种信念是伟大的、了不起的，我们国家、民族尽管遭到那么多天灾人祸，靠这种信念，一代一代没有衰弱。这种精神力量是要靠作家去挖掘的。只有靠作家通过想象，把精神物化。”这种写作，阎连科有意识地进行了转变，《坚硬如水》是个转折标志。后来，阎连科写《日光流年》《受活》等基本在物欲、性欲、权欲这三者之间。把人类的欲望写得淋漓尽致，使大家觉得他写欲望有点过了。因此，陈思和说：“不像《年月日》那样给我力量。他被现实的疯狂性和内心的愤怒所压倒了，没有力量去推开。”

越来越荒诞有点简单化

陈思和所说的“过”，也许就是上海师范大学人文学院教授杨剑龙所说的“有点简单化”。杨剑龙说阎连科近年来不断尝试他的“神实主义”，对权力的敬畏和恐惧构成他小说创作的内在动力，与他早期作品不同，近期的作品，包括《炸裂志》则是从概念出发。人物性格一开篇就定格了，这是长篇小说的大忌。阎连科对改革开放的每一个进程都特别关注，都希望对现实生活作出某种判断，但在他的创作中有偏执的一面，有点简单化。

最尖锐的是中山大学谢有顺教授，他借其他小说人物之口说阎连科是“不爱这个时代”。谢有顺认为阎连科写出这个时代的破坏性的东西，这是他力量的来源。这也是特别能震动我们的地方，他是弥补了中国作家在这方面的缺乏。但使人感到他与现实的撕裂感很强烈。常常听到有评论他“用力过猛”，他越来越荒诞的过程，恰恰是中国越来越现实的过程。阎连科对现实的这种荒诞化处理在提醒我们现实不是这样的。这是阎连科很重要的意义和价值。值得阎连科思考的是，同样对政治的写作，用什么方式来发声？帕慕克的观点是伟大的小说家要“认真凝视”。阎连科过于追求对时代的概括，对人和现实有种“简化”，如把时代概括成“炸裂”是太正确了，但把推动城市化的唯一力量概括成金钱，获得金钱的唯一方式是男盗女娼，就过于简化了。谢有顺强调，别的作家也有这问题。在中国，心狠手辣的写作太多了，能写出黑暗中的亮光，绝望中的希望，凶中的善，太少了。伟大的作家一定写人的复杂性，对最不堪的人都怀着一种同情。谢有顺建议阎连科要抑制自己，学会“平衡”，因为他有这个能力。

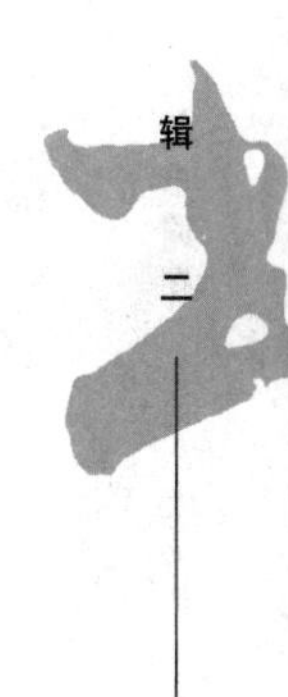

也有批评家的批评比较婉转。复旦大学中文系教授王宏图借“很多同行、同学”之口说“不喜欢，太暴力，过于仇恨。”但他又认为阎连科的小说，突破了19世纪现实主义的束缚，“神实主义的飞翔真好”。中国人民大学文学院教授程光炜在把阎连科三十年的创作分三阶段进行了对比后，认为前期写实的非常饱满，不应放弃。

站在历史的高处写作

旗帜鲜明针锋相对地对谢有顺的观点表示了不同意见是北京大学中文系教授陈晓明。他认为阎连科是位说不尽道不尽的阎连科，他是个复杂多面的作家，每个人都可摸这头大象、这只老虎，包括他的屁股。这意思很明白，是指谢有顺在“瞎子摸象”。陈晓明称赞阎连科一是个有勇气有胆略的作家，能站在历史的高处写作的作家。他所代表的高度是今天中国文学的高度；二是能抵达生活的深处。把权欲的暴露放在生活的细节中；三是能最大限度综合艺术表现方法，从乡土现实一步跨入了现代主义。陈晓明风趣地说，我们不能说飞机的缺点是离开地面，穿裙子不好看是露出两条光腿，同样不能因为阎连科的强悍，用头去撞墙而质疑他缺少细腻的表达和爱的表达，我们不是要穿着短裤的阎连科一定要穿上长裤，因他能做得到。

华东师大中文系教授杨扬则从会议厅的墙上挂着的抽象画为例说，认为不能纠缠于阎连科作品的细节的准确，而要看整体的感觉。杨扬对与会有的批评家所持的观念提出批评，他说小说的观念三十多年来已发生了变化，如果还是按照原来的路数写下去，阎连科会出现什么状况？作家的探索、变有两重因素，一是批评家批评观念的变化，二是作家意识上的变化。但我们现在批评家往往还是在沿用传统的观念。

辽宁师大文学院教授张学昕评价阎连科是盯现实盯得最紧最狠的作家，他的骨子里有一种担当。他很早就说他的写作是用头撞墙的艺术。他对现实的对峙已超过了人们难以忍受的程度，在无力的现实面前表现了有力。

作家的愤怒来自他的爱

中国青年政治学院教授梁鸿一直关注阎连科的创作。她从自己年龄段的作家的作品为什么面目模糊说起，是因为我们这代人没有真的愤怒，和生活是疏离的。有种观点是要作家平静之后用平静的姿态写你的社会生活。对此，梁鸿是不同意的。她说阎连科如果没有愤怒，没有他的情绪存在，还是阎连科吗？同样，没有他们自己的情绪，没有他们独特的书写，还会有莫言、贾平凹、王安忆吗？他们的作品一定是包含了他们对社会有自己独特的看法。一个作家只有爱才有愤怒。阎连科的缺点可能很明显，但这缺点也许就是他的优点。这说明了作家对社会的关注度、关怀度。没有这些缺点，阎连科也许就是一个面目模糊的作家了。

“争论多”不是我的选择

在研讨会上，不知何故，阎连科有点悲观地说，恐怕这是最后一次来复旦，也是最后一次出席这样高规格的研讨会了。复旦大学当然不会错过这个他来校的机会，在研讨会还在激烈进行的同时，请阎连科在逸夫楼做了一个主题讲演，内容是关于他本人和作品的争议。虽然下着大雨，从全市各个角落闻讯赶来的听众和复旦的同学们把报告厅挤得满满当当。

阎连科在演讲中说，无论他走到哪里，无论是国外还是国内，总是被介绍成“在中国争议最多的作家”。这让他很尴尬，他情愿是被介绍成“中国最好的作家之一”。“说我是争论最多的作家，在国外可以看做是很高的荣誉，在中国是很大的尴尬，所以一直想要解释一下。”在争论最多的同时，他的作品也最难在国内出版，去年终于在国内出版了一部长篇小说《炸裂志》，无论市场销量和读者反映如何，这对他来说都是一个安慰。阎连科说：“这不是我的选择，完全是命运的选择，自然的选择。”

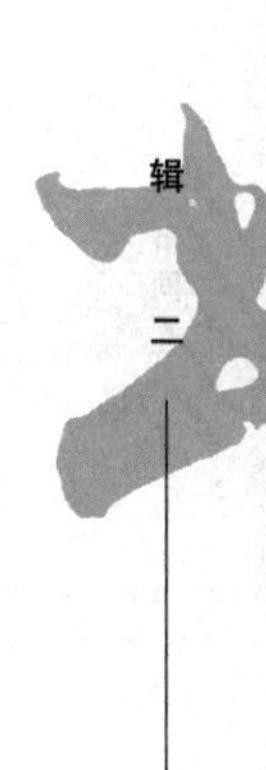

最早受到争议是《夏日落》

阎连科说，他的作品最早受到争议是1994年的《夏日落》。《夏日落》故事发生在某部对越自卫反击战结束以后中的一个英雄连，连长和指导员在战场上同生共死，战争结束以后共带一个连队，为了晋职，两人齐心协力要把连队短期训练成老虎连。然而，这时候变故发生了，某天晚上，连队枪库失窃了一支步枪，不久，连队一个战士，名叫夏日落，用这枪自杀了。为了调查清楚夏日落自杀的动机，上级分别找连长和指导员核实，两人由于各自的利益，未能达成一致，互相推诿，一起被关禁闭。关禁闭的时间里，国际局势发生了改变，他们曾经与之浴血奋战，并为此牺牲了许多战友的越南和中国实现关系正常化了。时移世易，追想战场上的情景，两人幡然醒悟。

阎连科说："现在看来，这部小说毫无文学意义，全部意义是在军营里。放到中国文坛，放到全世界都没什么意义。就这么一个故事，但在国内产生很大影响。这个小说在 1994 年出来，在港台影响非常大，《争鸣》杂志发了很大评论，评论说阎连科写了军人灵魂的堕落。"阎连科说，他写这么一个简单故事，其实只是要写真正的人，而不是军事经典里面的英雄，"因为到了军营之后，我对那些革命英雄主义浪漫主义是有疑问的，当兵也是为了吃饱肚子，为了生存，为了前程。所以我就写了些非常真实的人和故事，你只是把英雄写成了人，把战士从战场拉到了土地。"关于阎连科的争论就是从这个小说开始的。

《夏日落》开始了阎连科出版坎坷之路，同时也是他的写作转折。"这个转折使我对文学有新的认识。文学讲真话是非常重要的事情，真实也是最低的标准。但文学的真实不等于生活的真实。生活中有很多真实抓不到，所以用文学方式，但文学的真实不能违背人的内心的真实。"阎连科说。

《受活》使他从军人变成平民

阎连科在军队 26 年，因为《受活》，阎连科从军人变成平民，但这个时期给他打击最大的恰恰是另外一部阎连科自己都不太喜欢的小说

《为人民服务》。阎连科写这部小说完全是因为约稿，拖了很长时间，一定要给杂志社一个 3 万字左右的小说。“2003 年初，写完《受活》我脑子一片空白的时候，为应付朋友约稿，从《坚硬如水》里找了个素材扩展下来。但越写越长，超过 3 万字了，编辑说只留了 3 万字的版面，现在随便你写了，我不要了。”那就是《为人民服务》。阎连科说，这部小说出来后，自己承受了很大压力，也觉得对不起朋友和出版社、杂志社，“但因为这部小说，彻底被海外关注，这不是我可以选择的。《为人民服务》确实让西方关注我。”

从那以后，“对我最尴尬的事情就是有读者对我说，我喜欢你的小说，我看过你的《为人民服务》。我知道这么说的是为了恭维我，你说我的小说好，去看《坚硬如水》，说我的《为人民服务》好，我会非常尴尬。但你到任何国家，都会谈论《为人民服务》。”

写《丁庄梦》是为了“拍马屁”

阎连科一转业进入北京作协就带来麻烦，很过意不去。他要以“戴罪立功”的心态去写一部主旋律的小说，那就是后来的《丁庄梦》，“我完全是以立功的心态去写《丁庄梦》。因为我刚刚调到北京作协，想写一个能给作协带来荣誉的小说，是部计划用来拍马屁的小说。在我所有小说里，没有一部像《丁庄梦》那样写得纯洁、温暖，恰恰表达我小说中善良之心，我投入了很多的理解和爱。”小说后来只“出版”了三天。阎连科说，从这件事情上发现，“某些生活，大家每天都可以讲，你阎连科不能讲。其实我在村庄看到的死亡疾病挣扎冷漠远更厉害，远更荒诞。”

《丁庄梦》这部小说，后来改成电影《最爱》。“我提出不要说是根据我的小说改编的，不要说我是编剧，把小说里的名字都改掉。我放弃一切名誉为了这部小说的电影能让大家看到，最后大家还是知道这是根据《丁庄梦》改编的。”

《四书》是自认为最满意的写作

到了50岁之后，阎连科完全没有了约束，只存在有没有能力去写的问题。“你忽然意识到，选择那些不允许写的东西，要放弃一切可能，包括出版的可能性。当你写《四书》的时候，清楚地认识到，完全为自己写作的时候，想写什么就写什么，最重要的是你是否有能力去写。”在这几年的写作中，《四书》是阎连科自认为最满意的写作，但目前只有台湾麦田版。

“所以，我全部的写作，都不是你可以选择的，都是命运的安排。你的争论，也不是你可以选择的。你能写什么，都从你生下来就决定的。你是农民你只能写这块土地。每个人，其实你能写好什么，你的出生做了决定。”阎连科说，不要去抱怨写作环境、政治环境，“在技术上，中国作家每个人都训练有素，但是差哪里？重要的是，你有没有能力，有没有人格去写。写不出伟大作品，不是时代问题，是作家本人问题，我们常常用审美的名义掩盖作家的责任和能力。”

在演讲结束时，阎连科都在暗示，在完成《炸裂志》后的写作之难，不去重复之难，他说以现在56岁的年纪和现在的身体，最多写两三部长篇小说，“每天都在家里琢磨，就是写不出东西。”他最焦虑的是，即便很早准备好的故事，仍然在延续以前的写作惯性。这也确实如此，记者见阎连科在进入会场前摘去了戴在脖子上颈托，出了会场马上又戴上了。

（2014年3月）

我是“野生主义”

——谈《风雅颂》

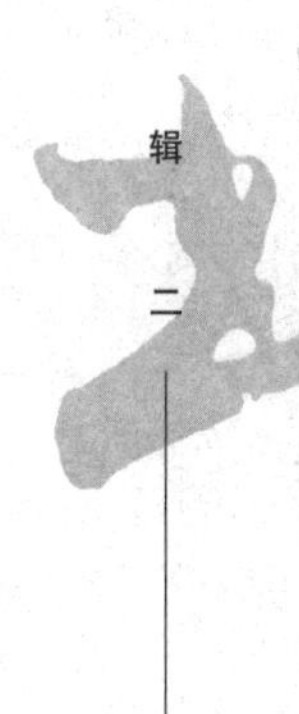

我一直认为，中国的中心在中原，中原的中心在河南，河南的中心在我们县，我们县的中心在我们村，我们村的中心在我们家，我们家的中心在树下的一块石头上。

——阎连科

河南这个地方真是出奇人奇事的地方，河南籍作家阎连科可算是一个。近年来他的长篇小说，几乎都与河南农村有关，又几乎部部有争议，而且还争议极大。此次他的《风雅颂》一问世又是如此。去年11月，他到复旦大学讲课，说是上午刚收笔，下午就买机票赶来了，就指的是这部书,但因他隔日上午就要回京,就没细聊。今年7月1日，他到上海大学参加文学周活动，记者就见缝插针和他聊了起来。

书商给印成了“黄色小说”

记者：《风雅颂》销得很好吧？

阎连科：你是哪壶不开提哪壶。这本书真把我烦透了。这本书在《西部华语文学》发表时就引起网友反对，说是影射北大，接着找了五家出版社，都不愿出，怕找麻烦。有两家甚至签了协议，都推翻了。我在开始写作三十年后第一次遇到出版的困难。这时，我的一个做书商的好朋友知道了此事，就说交给他吧，保证满意，爽快地把稿费往我桌上一放。这哥儿们仗义，我也就放心了。后来听说在封面上印上什么“中国荒诞现实主义大师”，我一听吓坏了，接连给他打了四个电话，他在电话里满口答应“大哥，我保证书出得干干净净，你想怎么改就怎么改。”哪知十几天后，当我去了一趟英国回来，书已上市，只不过“中国荒诞现实主义大师”从封面改做成腰封，更让我哭笑不得的是，我把《诗经》中的诗名作每一节标题，他却在下面加上一段话作提示，比如第一节《关雎》，就加了：“遭遇一对狗男女：他趴在我妻子身上，宛若一只晒干的虾米，缩在一条白条鱼的身上。这一黑一白，一肥一瘦，一明一暗，让我当时就想，他们难有性高潮的到来……”这样一来简直成了一本黄色通俗小说。所以，有人把此书拿来签字，我要先把腰封撕去，然后写上“一部黄色小说，一笑了之！”以后如有再版，这些东西统统要删掉。

作家书商都屈服于市场的约束

记者：您这个话可以发表吗？

阎连科：当然可以，我的每句话都可发表，不用审稿。不过，我对那位书商朋友还是挺感谢的，如果没有他，这本书可能今天还出不了。这句话不要漏掉。

记者：书商肯定是从市场考虑。

阎连科：对啊！为什么我明确反对了，那个书商朋友宁可对我敷衍，也还是要封我为“大师”。这可能还是一个市场的因素，市场对作者的东西提出要求，书受到市场的约束。我把这个归纳为作家面对的约束之一，另外还受批评家的约束。你不要看每年有上千部长篇小说出版，但真正卖得好的没有几部。《狼图腾》起初很冷落，后来说卖掉了二百多万本，媒体说有五百万本，这可是个天文数字。这本书不仅好看，独特，而且深刻，作者是我的好朋友。但我更佩服这本书的营销，我甚至在电视上看到连姚明都在为它做广告。这不能不说是作家与市场共谋的成功。

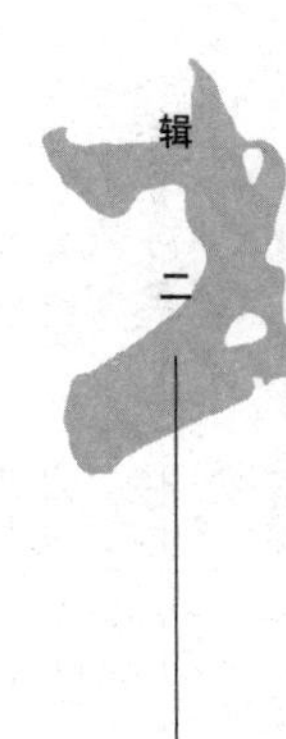

生活有时比小说更荒诞

记者：有的评论说《风雅颂》是“朝中国当代知识分子光亮的脸上吐了一口恶痰，朝他们丑陋的裤裆狠命地踹了一脚”，“不真实”。你好像也没申辩，但说是“诋毁影射北大”，你却一直在作解释。这可能也是一种炒作吧。我们媒体也很无奈，弄得不好就会中了圈套，成为人家“行为艺术”的一部分。

阎连科：有人来批评你的作品这是一件好事，我最怕无声无息。我的作品中争论最少的是《日光流年》，其他所有的长篇都有很大争议，我想争议对一个作家来说不是什么坏事，作家能在争论中写作是一种幸运。至于人家说什么，那是人家自由。至于“不真实”的批评我认为是违背常理的。我这个小说可以有很多问题，但不能用真实、不真实去评判，它没有一个细节是真实的。他们说我扭曲了现实，但在我看来，现实就是扭曲荒诞的，生活中的许多事比小说中要荒诞得多得多。他们这种评判标准是不客观的。我没有读过大学，对大学也不了解，和大学知识分子接触得也不多。去过北大、清华几次，都是陪老家来的人去参观。也是为了怕说我“影射”，出书时我把“无名湖”改为“荷湖”，没想到成欲盖弥彰了。至于借这个来炒作，绝对不是，只可能客观上有这个效果。

这是我的“精神自传”

记者：每次见到你，你都很严肃，好像很沉重，很焦虑，忧国忧民的样子。去年就听你说因无法为乡亲们办事而很自责，这次又看到你到处在说《风雅颂》是你的“精神自传”，这是为什么？

阎连科：老家的人，包括县里的干部总以为我出去当兵那么多年，现在在北京当什么“作家”，能与上面说上话，就什么事情都来找我，希望能帮他们的孩子到北京读书、工作，甚至连高速公路在老家开个叉口等等。我当然不能不办，但当我处处碰壁回来，不用说乡亲，就连我自己都感到是多么无能、无力、无奈。因此，在《受活》完成后，我多次表示要“回家”，在《风雅颂》的后记中就有一篇写这个意思，我又想把知识分子的这种懦弱写出来，直到这部小说写完也还叫《回家》。后来一位朋友说，这部小说发表后一定会出现讨论，而且小说的意义远远超出“回家”，建议我改一下。后来《华语文学》发表后，《华语文学》的主编林建法就说：“那就叫《风雅颂》吧。”所以小说名字其实是他取的。小说中许多人物身上都有我的影子，杨科有的毛病我基本上都有，我想借杨科这个人物的遭遇，表现这十几年来自己飘浮的、无从归宿的内心世界。你可以说杨科就是阎连科的一个化身都可以，但我无意影射任何知识分子。所以说这是我的“精神自传”。也可能是我揭露得太赤裸裸了，有人对号入座就不高兴了。不过，读我的小说从来都是不舒服的。我总感到，在文坛上，不缺少巧克力，我提供的是黄连。

我自称是“野生主义”

记者：说你是“荒诞现实主义”，你不高兴，那你是什么主义？

阎连科：要说主义，我自称是野生主义。我希望我的小说是“野生”的，一没有任何条条框框的，二意味着民间性，三与大地有联系。比起其他地方，我的老家河南虽然封闭落后，但我十分喜爱。我一直认为，中国的中心在中原，中原的中心在河南，河南的中心在我们县，我们县的中心在我们村，我们村的中心在我们家，我们家的中心在树下的一块石头上。河南集中了中国现实所有图景，这是你在上海北京或者其他地方感受不到的。对我来说，河南作为我的写作资源足够了。我所要做的就是如何与这块土地保持联系。因此年年过年我都回去，一来看望老母亲和哥哥姐姐，二来回到老家待上三五天，和亲戚聊聊，走走看看，到处都是写不完的故事。我说过多次，只要我立足于我的家乡，我的所有写作就能和中国现实相连

《风雅颂》和诺奖无关

记者：也有评论说《风雅颂》是你对诺贝尔文学奖的冲击之作。

阎连科：这玩笑就开大了。我的作品跟诺贝尔奖没有任何关系。至于中国作家有没有这样一个情结，我觉得这是大家的一个误解。我们不能说因为某个人谈到了诺贝尔奖，我们就说他有这个情结，任何一个作家，到了这样一个年纪，都不会去想这个事情，谁都不会因为这个去写作。外国人喜欢莫言、李锐、曹乃谦和我的作品，可能和他们比较关注中国乡土题材文学有关。西方喜欢中国乡土题材文学的一个原因是，东方主义依然有很大影响力，中国的农村对他们来说有一个异域的想象。我相信中国文坛今后城市题材作品会越来越多，这和中国的城市化进程有关。

记者：你多次讲过在你堂弟冥婚的灵棚，天寒地冻，雪花纷飞，但却出现了无数粉色的蝴蝶，你把这个情景也写进了《风雅颂》，可见这件事对你影响太大了。

阎连科：是啊。我一直在想，在我人到中年，世界观、人生观、文学观都已形成，难以改变时，苍天为什么让我看到这“不真实的真实”的奇异的一幕，这是不是在我写作走投无路时，上苍给我打开的一扇大门呢？另外，我在冥冥之中也有些预感，《风雅颂》的出版，会招来一片谩骂，但我在死亡的生命之上，确实看到了飞舞的粉色蝴蝶，看到了天地之间的雪花，也还有雪后的一丝初晴。我把这个感觉写在《风雅颂》的后记中。

（2008年7月）

题图为与阎连科1997年11月14日合影于复旦大学。

王安忆

虚空玄幻的《众声喧哗》

——谈《众声喧哗》

“既如《长恨歌》一样细腻写实，充满虚空玄幻和清澄禅机。”这是“99读书人”推出王安忆于刚过去的2012年所写的中篇小说《众声喧哗》的推广词。这部小说在1月由上海文艺出版社出版后，即在全国图书订货会上受到各地订货商和媒体的青睐，1月8日上市后即登上当当网新书热卖榜小说类、卓越小说新品排行、京东小说销售排行24小时榜、99网上书城排行榜TOP100。首印15000册很快发完，日前已经紧急加印8000册。

记者在《收获》杂志去年第6期首发《众声喧哗》时就已读过。故事很简单，妻子去世后，中风过的欧老伯为了排遣晚年生活的寂寞，在自家沿街的小屋里开了一家纽扣店。对门小区有个高大英俊,但在妈妈、姐姐的宠溺中长大的年轻保安“囡囡”。他与欧老伯相处密切，彼此成为精神上的依靠。离家出走，泼辣能干的东北女人六叶自称是清朝贵族后裔，走进了两人的生活，最终却又离开了他们。三位主人公在繁华的上海喧哗和光怪陆离的背景里过着卑微而琐碎的生活。

小说以《众声喧哗》为名，让人不禁想起俄国文艺理论家巴赫金的名言 :“我们面对的是一个众声喧哗的时代”。王安忆虽说与此有关，但她更强调这已成了一个使用频率很高的常用词了,王德威有本书也叫《众声喧哗》。她的小说里是三个说话都有毛病的人在一起“众声喧哗”。

23 日下午，记者在离她家不远的咖啡馆里与她进行了一番愉快的交谈。媒体的朋友都知道，王安忆很少接受采访，认为她很难接触。记者因为与王老师是老朋友了，并没有此感觉，只是知道她一直主张作家凭作品说话，过多的曝光容易受伤害，她的婉拒是对自身的一种保护。因此，平时也不去打扰她，所以这次采访更为难得。

关于作品

记者 : 有人说你的作品的原型是在武康路淮海西路口的那家纽扣店，是不是啊?

王安忆 : 读者的眼睛真尖，是在那里。有一次我路过那里，看到这家店有我寻觅了好久的搭扣，因为现在这种买针头线脑的店很少了，就多看了几眼，店主是位有病的老人，又发现了还搭卖服装。这时正好有个年轻的保安过来搭讪，这一老一少在对话，老的因为中过风，只能讲一些语言的片段，而少的那个有口吃，说话断断续续。他们都撞到我的枪口来了。开始我还不在意，后来把我在思索中的故事串了起来，写完《天香》后写一个轻松点的中篇，就是这篇《众声喧哗》了。也可以说是一个诱因吧，我开始为他们编写前史。这里面有故事的空间，如果那是一个健健康康的老头，也不会使我想得那么多。当时感到孤寡老人开这种店很好的，可以解解闷，可以接触社会，亏赢也不会太大，很好的。

记者：你是不是经常有这种小说家的直觉，碰到的都可以被你写进小说里？

王安忆：那也不是。要看撞来的是什么。这有个大背景，不知你有没有发现，现在真正的上海人是蛮落魄的。在中心城区，已经基本听不到纯正的上海话了。这个城市里活跃的是充满生机的外乡人。

记者：那这个小说里是否隐藏着一条上海时代大变迁的这条线？是否通过小小的市井生活看到上海的编年史？

王安忆：这是我一直在关注着这座城市变化中产生出来的心得。这座城市在更新着它的阶层。我在《骄傲的皮匠》里，也是写外乡人，这些外乡人慢慢进入这座城市，而且很有生机。他们从很低的阶层开始劳作，慢慢把这座城市原来的市民挤出去。

记者：你所写的都是很边缘的人物。

王安忆：是啊，我作品里关注的都是很边缘的人。曾有领导对我们说，上海这么发达，股市这么红火，怎么不反映？其实，像《众声喧哗》中欧老伯、年轻保安这样的人，别看他们很边缘，小人物，其实他们生活得很有诗意。他们之间有一种邂逅，他们之间的关系很抒情，而一些老板我倒觉得生活得像机器一样的，和员工、下属的关系是一种决定性的关系。能够进入美学的只有小人物，生活中有很多主流的东西，但在美学里都不存在。美学里关心的是的个体，独特的存在。

记者：你是怎样样细致的观察上海的？

王安忆：我生活在其中，不会有意识地去看什么，你想看，也未必能看到什么，有一种经验的联系在里面。倒是去外地我观察得较仔细。

记者：按批评家的眼光看，小说中的三个人物各有代表性，是否是三个符号？

王安忆：要看你怎么看？如果你带着眼光去看，当然会得出符号性的解释。我的符号可能与你不一样，一个中过风的老人，他说话不流利了；一个年轻保安，胆怯有口吃，他们两人在语言上都是有障碍的；第三个进来的女人说话非常流利，但说的都是假的。他们三人在一起是场语言的盛宴，所以我叫他们“众声喧哗”了。当然，这些人物的身份背景还是需要的，我还是一个写实作家，这些人物身上一定要有一个“肉身”。

记者：这里面有故事吗？

王安忆：当然有。1990年代以后，我对小说的认识发生了很大变化，我就很注意写故事，比之前要好读许多。之前我写的时候，越为难读者越开心，但现在，我觉得自己没有乐趣，我就写不下去。我认为对小说而言，讲故事是颠扑不破的真理，故事要好看。小说生来不是伟大的，是世俗的。我写的故事里没有浪漫史，虽然也有戏剧冲突，但是我把它是常态化的表现。老少两人是个故事的先决条件，后来有个外来人的进入，纠纠缠缠后又离开了，她离开了，但把外面的世界带到这个小店里来了。这就是故事的框架。

记者：欧老伯是宁波人，但中风过，说话每次只蹦出来几个字，而你给他选的这几个字，都是地道的宁波话，而且只有老宁波才讲得出，活灵活现地塑造了这个人物形象，我每看到他讲“闲话讲讲，白饭吃吃”“药吃吃，针吊吊”“一歇哭、一歇笑”、还有童谣“小弟弟小妹妹跑开点，敲碎玻璃老价钿”等等都忍不住要笑出声来。你是不是为了欧老伯这个老宁波特地去学的？

王安忆：宁波人也是外乡人，在上海人中可谓中流砥柱了。所以我把他写得比较通达，能够接受这个变迁。宁波方言铿锵有力，所以有“宁与苏州人相骂不同宁波人说话”之说，以前上海的滑稽戏里宁波话是主要的方言。我的邻居也是宁波人，我对宁波话是很熟悉的。

记者：那会不会对北方的读者造成阅读上的障碍呢？我记得在研讨一位作家刻意的用上海话来写成的小说时，你是不以为然的。从《众声喧哗》中看来，与《长恨歌》《天香》一样，并没有因为你用普通话写的，就减弱了上海味道。

王安忆：当我在选择语言的时候，我一定要考虑是用普通话来读的，上海话确实很难用文字表达，用文字写出来的上海话，连上海人也看不懂的。我不是标准的上海人，陈思和说我是用普通话的句式在说上海话。我的思维是用普通话。

记者：如果说《天香》的读者比较小众的话，你这部《众声喧哗》写当今人们的身边事，读起来很亲切，让人要一下子读完，是否要走平民化路线？是否便于人家改编成话剧或影视作品？

王安忆：我是希望我的作品都是贴近读者的。我的作品改成影视很难，《长恨歌》就不成功。不过，至今还没有人来谈《众声喧哗》，我也不希望他们来谈。

记者：出版单位给的宣传资料上写“该书既有绵密的写实，又有对生命清朗的玄幻思索，超拔而出清澈禅机。”我可对“禅机”不理解，还是我没读懂？

王安忆：宁波人生活是非常实在的，不好的就是没回味。一个宁波老头的禅机，也不会十分深刻的，就是有禅，也是日常生活的禅。这种生存智慧最多的是对变化的生活能够接受，也就是一般市民的智慧。

记者：《众声喧哗》中那段七浦路服饰市场的场景写得多生动，我估计你平时不会过去的，是特地去观察、体验的吗？

王安忆：我们家有个来自国外的亲戚来上海后，点名要去七浦路，我姐姐和弟弟就陪着去了，他俩回来大谈观感，我想，我小说中应该有这样的环境，就特地去了，那是去年大热天，在那里感受到的拥挤、喧嚣、蒸腾。

记者：这本集子里后面的六篇短篇，好像更像随笔散文。

王安忆：这些短篇小说很难用标准的故事去定义，在很多时候连故事的主人公你都难以寻觅，但冲突、挣扎、抒情、叹息还是一点点渗透出来。就如《游戏棒》虽然没有很具体的人物和情节，但还是小说，因为它是虚构的，有悬念的，抽象的故事，有个推理的过程。写的都是爱情，都与一种物有关。这几个短篇倒有故事，最早一篇是《爱套娃一样爱你》，这篇小说最初不是我想写的，当时有一个很奇怪的机会，英国一家著名钻石公司要在远东推出一个新款式，名叫“珍宝”。找了7位女作家写短篇小说，主题主要跟爱情故事有关就行，限于5000字，稿费很高。等我写好的时候，来了金融风暴，这个计划就破产了。但这个“套娃”为主题的创作，让我觉得非常好，所以在后面几年写了几篇，包括收入在《众声喧哗》中的几篇。我刚刚给编辑又交了两篇，我觉得这种写作方式挺好。短篇小说虽短，虽然只是每次写长篇前的练笔，但依然是一袭大衣上不可或缺的纽扣。

关于写作

记者：与你以前写作随手拈来都是素材不同，是否是因为时代巨变的速度大于你生活积累的速度?

王安忆：这个问题提得好，也有其他朋友提起。其实，一个作家枯竭与否，与这个时代与你拥有的写作素材并没有直接关系。很多作家都心怀使命感，希望能创作出史诗性的作品来，但我从来不给自己下这样的任务，从来不企图及时地表达时代，时代一定是快于我们的，而我们一定是落在时代后面的。我记录的只是一个时代里个体的命运。

记者：你对复旦的同学说“不要追求效率……”，而你自己效率那么高，小说一部接一部，是你内心写作的冲动使你有不吐不快之感吗？

王安忆：其实，我的效率不算高。我的生活是很清闲的，我非常不喜欢忙碌的生活，欧老伯通过数纽扣获得内心的平静，我则是通过写字。每天上午写二三千字，就像吃饭睡觉一样，不写就会不舒服。下午办杂事，或看书，看杂七杂八的书，我看的书是非常多的。到复旦给研究生上课是每周一次，我选择在晚上。写作不是辛劳的事，需要清闲，大量的清闲。这样下来如果每天只写一千字，一年也有36万字了。年轻时写得多，现在不喜欢写得太多了，因为多得话肯定会泥沙俱下。

记者：今年有好多作家已开工了，都在写长篇。你开工了吗？写什么能透露吗？

王安忆：我在元旦后也开工写一个长篇，但不是很长。内容当然保密。

记者：我看过你的手稿，密密麻麻的小字写在练习本上，你现在仍这样吗？

王安忆：还是这样，我一般用笔写两稿，然后再一边改一边输入电脑。

关于莫言

记者：我记得前年你在常熟的一次研讨会上说过，你时常在关注与你同年龄层次，同一辈的作家在写什么，包括境外的。那我估计他们也会在关注你。现在，你们原先在差不多的伙伴里，突然冒出个莫言获了诺贝尔文学奖，一下子跑到你们前头去了，你会有压力吗？莫言在获奖后给你来过电话吗？

王安忆：莫言以前经常联系，现在没来过电话。我觉得有压力的不是我们，而是莫言。我知道我是不可能得奖的。就像彩票错了一个号码，不可能是你。但莫言得诺奖，确实对中国文坛产生了"正能量"，这本书的销售，就是一个最好的说明。大家都把小说当一回事了，而且对中国纯文学作品有了一定的信任度。不像以前，我们老是自己轻蔑自己。莫言以后可能也静不下来了，他可能要承担些义务，必需的，做一些教育方面的公益活动。莫言得奖还和时尚联系起来了，比如说什么场合要穿燕尾服，吃饭的礼仪等等。

记者：你看过莫言的获奖演讲《讲故事的人》吗？怎么评价？

王安忆：他的演讲平平，故事以前都听他讲过。而且你是个作家，应该就是个讲故事的人。我倒喜欢最后那个故事，那些绑架的人太可恶了。我更欣赏主席的颁奖词，不是因为他的见解，我喜欢的是他的修辞。西方人对语言的享受就是从修辞开始的。

关于生活

记者：我给你拍过很多照，但满意的很少，不像你家的李章拍得多好，多年前你还专门写文章称赞过。那他是你的第一读者吗？对这部《众声喧哗》他有何评价？

王安忆：他是自己家人，有条件经常拍，尤其是有卡片机后，但我希望他不要干扰我的写作，拍几张就够了，不要老是拍。对于作品他是不来看的，偶尔来看看，也是挑错别字。但我叫他不要乱改，有的字的用法，我是有自己的意思的。

记者：你一直说你的作品是慢销的，这次《众声喧哗》销得那么好，又要重印了，总量已 2.8 万，你意外吗？有人认为这封面设计得"清纯"，也有一功。可我认为封面乌糟糟的，你以为呢？

王安忆：这就要归功莫言了。对我们的纯文学、严肃文学有一点兴趣了。我并不喜欢这封面，我不喜欢深色的，喜欢明亮的。销得快有出版方的营销的努力，网络的作用也很大。

记者：你平时上网吗？有没有看到网上对你“王阿姨”的评论。

王安忆：我不上网，当然看不到，我连 EMAIL 都是我先生回的。

继《众声喧哗》之后，九久读书人联合上海文艺出版社即将在今年 3 月推出王安忆中篇小说系列八卷，分别为《文工团》《“文革”轶事》《大刘庄》《岗上的世纪》《弟兄们》《悲恸之地》《香港的情与爱》《爱向虚空茫然中》，收入王安忆自创作以来所发表的 36 部中篇小说作品，是迄今所出版的最全的王安忆中篇小说作品集。

（2004 年 2 月）

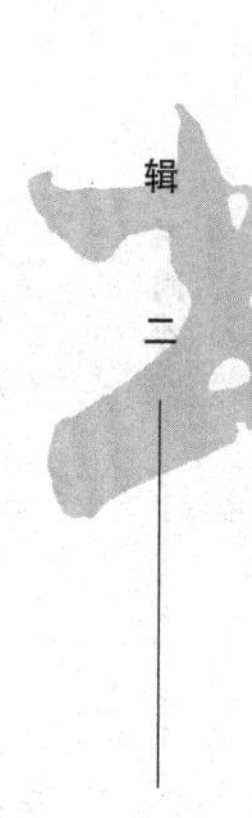

市民生活是我永远的题材

著名作家王安忆昨天在复旦大学举行的“海峡两岸青年文艺营”中，以“上海与我创作”为题作了演讲，她说：“我创作中最感兴趣的东西，一是人，一是小市民。我在市民堆中长大的，市民生活是我永远的题材。”

我从来都生活在市民阶层

王安忆的演讲如同她写小说，用一个个故事作铺垫娓娓道来。她讲述了自己作为南下干部的子女、1949 年以后的新移民来到上海以后看到的、感受到的，以及最后所融入的市民生活。对于从小居住在位于淮海中路后的一个弄堂里发生的一切，王安忆至今回忆起来仍是那么清晰。她说，回过头来重新审视，上海真是个非常奇异的空间，有时候我很想画张地图表现我在上海生活的地方，可是很困难，有种山重水复的感觉。我生活在难以判断、拥塞着各种人的地区。我写小说和这个环境有很大的关系，到处都是人。对人感兴趣，这是我写小说的原因。她说 :“评论家王晓明谈到《富萍》时认为我开始关注下层生活，是个转变。事实上，我从来都生活在市民阶层，我观察他们，喜欢他们，当然也批评他们。”

国际化走到咖啡馆里去了

在回答台湾学生关于上海的国际化和本土化冲突问题时，王安忆认为，这个城市和外国人打交道不是从今天开始的。外国人在我们生活中非常日常化，我小时候弄堂口教外语的白俄，邻居家的先生会去外国人家里烤面包，在我童年的记忆里，外国人在我们的生活中非常日常化，没什么戏剧感。现在的上海变得很浮躁，很奇怪，好像所有的外国人和急于结交外国人的人都到咖啡馆里去了。我们的国际化走到了咖啡店里去了，我觉得咖啡馆像个舞台，那里发生的一切和我们的生活没什么关系。今天好像很国际化，但这一切全在“舞台”上进行，我不晓得里面有多少真实的成分？我也感到很困惑。

我喜欢用眼睛看生活细节

细节是小说最重要的东西，没有具体的细节可以说不成小说。我对于采访并不是一定要靠问，问个明白才算，我喜欢用眼睛看，生活中处处充满了戏剧性的细节。

在我现在居住的地方周围一下子像雨后春笋一样冒出很多公寓楼

盘。里面住着新兴的中产阶级，所谓的年轻白领。我觉得我们的中产阶级还来不及长大。我们的中产阶级喜欢标新立异，喜欢感觉，但是他们的生活却十分格式化，单调得很，一模一样的住宅楼、一谈装修就是把所有的管道包在里面，豪华的厨房等等，而石库门好看，就在于它的功能和生活的需要都一目了然。现在的“新天地”让我困惑，不知房产商要取石库门的什么呢？美是从需要来的。我特别喜欢江南小镇，它们沿河而建，人的生活需要都显现出来。韵味和感觉不是空洞的，是有具体的东西的。现在人都藏起来了，还有什么韵味？为什么人都藏得那么严实？

香港充满生机与爱情相似

我到香港几次，有一次还住了一个月，每天去逛街。在香港，我印象最深的就是坐双层的电车，我看着居民楼外面巨大的招牌。我很重视现场，我很想看到那个招牌后的世界，那是小民的生活，可没这个机会。意识里，它和淮海路的生活（小时候的居所）十分相似。在香港，我就想要写一个故事，写什么我不清楚，但是隐隐约约觉得一定和爱情有关。我觉得香港充满了过客，街道上充满邂逅，但又十分扎实，充满生机，这一切都和爱情十分相似的，我觉得每个人都在这个地方获取利益，但是没有人说“我爱她”，这似乎是《香港的情与爱》最初的来历。

我对下乡的生活没感觉

王安忆曾经下乡到安徽，那段生活留给她的是什么？王安忆坦言，我插队的地方是个很奇怪的地方，从安徽出来就再也没回去。从贵州、云南插队回来的人谈起那里都会很动感情，我却没有那样的感觉。如果我回去的话可能也会流泪。在那里的生活是我人生中最黯淡的，没有动力让我回去，但我相信他们现在会很好。

写作帮我度过了烦躁日子

说起自己的创作，王安忆说：有一点是我比较满意的，我蛮勤奋，过完了年，乱哄哄的日子过去了，我又能坐在桌前写作的时候，我感到很开心，写作对我来说就是这样的纯粹。写作对我来说，就像一个藏身之地，一拿起笔就使我如此平静，现在回头看，我的很多作品竟然都是在不开心的时候写的。既然写作能让我开心，我就更喜欢写作。

王安忆在近 2 小时的演讲和答学生问中，王安忆的回答显得琐碎具体，而这看似东拉西扯的叙述里有她对生活的看法，也似乎让人触摸到《长恨歌》《桃之夭夭》……

（2002 年 11 月）

他就是刻名字的小孩

——评点苏童

一位作家对另一位作家当面评点对方的作品，是比较少见的，更何况这两位都是那么著名，而且是当着陈思和、范小青、林建法、程德培、张新颖、吴俊、王干等20余位中国文学界、文学评论界的专家教授的面，更是罕见。这一幕就发生在复旦大学。

前不久，在复旦大学中国当代文学创作与研究中心和《当代作家评论》杂志社共同举办的“苏童作品研讨会”上，上海作协主席王安忆对江苏作协副主席苏童就进行了非常直率的评论，中间隔着陈思和而坐的苏童，一直在“洗耳恭听”，没有抬头正视王安忆一眼。与会的专家学者都认为王安忆的评点有水平。来自日本东京大学的教授藤井省三，本不在此次研讨会的被邀请之列，已经订好回程机票的他听说将举行苏童研讨会后，特意改签机票，听完王安忆的发言才赶赴机场。

王安忆说她很重视苏童，苏童的中长篇出一部读一部，在五年前刚到复旦中文系作教授时，曾为开“苏童的短篇小说”的课把他的200多篇短篇小说全部读了一遍。感到“蛮震惊的。王安忆说作为一个职业作家来讲，形容他的体系或是空间，作品的量都是很重要的。”

王安忆发现“在苏童的写作里，不能抛开隐喻。”抛开隐喻来谈苏童是否无法下手的。王安忆给它们取了名字，一个是“谜底”，一个是“谜面”。

苏童的“谜面”有了“谜底”显得很不寻常，很有意思，这是小说的动人之处，吸引着读者去读。王安忆觉得苏童有一个处境可能和她有点相似，都是生活在城市。这个城市无论描绘得多么华丽，可是内心还是个市井。这个市井的东西对于写作来讲，材料是不好的。我们处在这个材料蹩脚的空间里，用什么来写小说，与同辈的作家相比，这个问题处于蛮紧张的状态。所以怎么来运用这些材料，就应该在写作中给隐喻一定的位置。

王安忆说苏童对她的启示是这就是他写小说的材料。材料对写作者很重要，决定了写作者的气质和精神体系。王安忆将这些材料称为“道具”，苏童的小说里面总是有道具。一开始，苏童很喜欢生造出“道具”，可能也是在限制里面迫不得已、无奈所致。这些“道具”有童话的意象，比如白鹤、核桃树、棉花。王安忆猜测苏童是要为自己营造一个童话世界。恰恰很不幸，他所处的地方是一个充满琐碎事物的市井，这是很难提供他满意的“道具”。后来，他的“道具”在慢慢演变，变得“人间化”，就好像罗汉到人世间去普度众生，这是要化身为人间的人的形象。苏童的“道具”就是刚开始老是变不成凡人。当它开始慢慢变成凡人的时候，我觉得有几部作品蛮有象征意识或者说隐喻。王安忆举《樱桃》为例，苏童的道具是“邮局”“送信”。居然把一个市井传说写成了充满青春寂寞的抒情性故事。这篇小说对于王安忆理解苏童是很有帮助的。

王安忆坦率地指出，苏童还有一些“道具”作为隐喻，似乎不太成功，比如《红桃K》，“谜底”与“谜面”是脱节的。可能是我们这些人生活在城市里，太受科学逻辑的限制，总是要求更加合理的东西。王安忆说“谜底”与“谜面”脱节是苏童的一个很动摇的时期，其实这时候已经慢慢出现了一些“道具”，使人感觉罗汉开始要慢慢变成人了。比如《回力牌球鞋》《古巴刀》、还有《小偷》里的“火车”。似乎苏童的性情就是这样，总是把故事放在童年的环境里。在小孩子的视角里，有一种说服力、合理性体现童话的色彩。小孩子有这么一种权力将所有坏的东西变形，所以苏童的故事总是发生在小孩子身上。

王安忆说自己是非常严格的写实主义者，要是作品里出现一点不合理的地方，我是不能接受的。比如《红粉》，有一点我就很有意见。秋仪应该在外面租房子让老浦来住，他妈妈过来挑衅，秋仪才有底气与她对骂。我是这么推敲这件事的。我是很严格挑剔的写实者，可是苏童有一些不合理的变形逼着让我去接受和相信。在《小偷》里面已经开始慢慢出现苏童要求合理性的现象。

王安忆分析道：为什么苏童写短篇和中篇、长篇完全不一样，倒过来说明了苏童还是需要“道具”，这个“道具”是他所熟悉的，能够给它隐喻的，同时隐喻也不是勉强的。所以去写《碧奴》的时候，王安忆觉得他挺无所抓挠。他创造了“眼泪”,有点像最初的“白鹤”“核桃树”，这一套又回来。

王安忆说：苏童的“道具”在某一时刻的空间里会变成隐喻，这个隐喻没有取消“谜面”的意思。这些“道具”常常是从市井中得来的，苏童总是令它们不同于寻常，就是苏童的“谜底”总是不断地帮助“谜面”，“谜面”的趣味性一点也没有因为“谜底”而削弱。

王安忆说：每个人的写作无意间都会留下一些象征。苏童《桑园留念》也是一个市井里面的故事，真的爱情、两性间的“性”最后闹出这么一段事情。苏童里面写了“在石桥上面刻上他们的名字”，不晓得谁刻的这一对男女的名字，我觉得苏童就是这么一个刻名字的小孩。王安忆以此对苏童的评价做了结尾。

（2000 年 10月 3 日）

题图为与王安忆2013年9月26日合影于法国驻沪领事馆王安忆荣获法国骑士勋章仪式。

时代的巨变是作家的财富

——谈《兄弟（上）》

余华的上一部长篇小说《许三观卖血记》出版于1995年，至今整整10年了。许多评论者已经将这“10年”作为一个文化事件来关注，因此对余华新作《兄弟》的问世，报以极大的关注。

这部作品讲述两个本来没有血缘关系的小男孩，因为各自家庭的重组成为兄弟，以及一家四口在“文革”期间经历了种种苦难。

在这次上海书展中，记者好不容易在《兄弟》新书发布会后“逮”住了余华，作了简单的采访。

记者：为什么此书仅仅只有上部就出版了？

余华：是出版社想赶在上海书展以前出版这本书。我原先告诉他们今年1月份就可以出版，最晚到上海书展，因我原来以为会写30万字以内，现在看来要超过40万字，我自己没有控制好。对上海出版社来说，上海书展非常重要，这样只能分上下部了。

记者：你在书的封底上写的，一个西方人活了400年才能经历两个天壤之别的世界，但是中国人40年就经历了，你就是写兄弟两个人40年的生活经历和巨变？

余华：是。上部写“文革”时的苦难，下部就进入今天的时代了，兄弟两个人的关系也会变得复杂起来。我想主要还是表达两个时代带来的冲击。写这种生活是很有意思的，我几年前到国外去，当我对外国的作家、记者们谈我童年的故事、“文革”时候的故事，他们听了觉得那是不可能发生的事情，是完全荒诞的故事。他们觉得你怎么会生活在这样两个时代？而且这两个时代，第一个是禁欲和反人性的——我是用简单的话说，实际上比这个丰富得多；第二个又是纵欲的和人性泛滥的时代，发生在40年之间的变化，年纪大一点的人都经历过，这是我们这一代作家的财富。因为对西方人来说，哪怕活到100岁只是经历了一个时代的渐变，而我们所经历的两个天壤之别的时代，应该用“裂变”可以表述，可以说是难以置信的两个时代。我突然发现当把这两个天壤之别的时代放在一起，他们的故事是发生在同样的人身上的时候，双方所欠缺的价值，相得益彰，共同体现出来了。这不是简单的对比，而是真正的人生的经历。

记者：从《许三观卖血》到《兄弟》整整隔了10年，你一直在酝酿这部作品吗？

余华：当《许三观卖血记》完成之后，我马上启动了一个长篇。可是写得不顺，大概写了2万多字吧。现在连当时的稿子都找不着了。1996年开始，应几家杂志之邀，我开始写随笔，包括一些乐评和杂文。太迷人了，我太喜欢这份职业了。写随笔写得非常开心，写长篇的计划便搁在了一边，一直写到1999年。但是现在回想起来，觉得把这么多时间投入到随笔中去颇为可惜。2001年又开始着手写另一个计划100

万字的大长篇，但是还是写得不顺。2003年8月，去美国讲学，小说计划再一次搁了下来，之后辗转至巴黎，回到北京的时候已经是去年4月份。回国之后，开始回头写现在的这部《兄弟》。

记者：《兄弟》的时间跨度很大，从“文革”前一直到现在。那你的冲动是从从哪里来的？

余华：诱发写这部小说的是我回国后在电视上所看到的一则关于自杀的社会新闻，促使我想起了许多。对于我这一辈的人来说，童年和现在是完全不同的两个时代。以前是一个压抑的、单调的、毫无色彩的时代，现在则丰富、宽松许多。这样的时代变迁对于一个外国人是无法想象的，比如欧洲人，如同他们从400年前的中世纪跨过40年便来到了现代。写《兄弟》前，仅打算写一部大约10万字的小长篇用来练练笔，但是写着写着便失控了，感觉突然进入了一种天地。

记者：你以前失控过吗？这是否是作家写作的最佳状态？

余华：我写小说一共失控过两次。第一次是写《许三观卖血记》的时候，本来也只打算写一部小短篇，结果一失控就写了数十万字。第二次便是这次，写了一年多，一口气写了40多万字。所以我对自己的这次写作十分满意，写作本是一种创作式的工作，若总是在控制中，就没有了生命力。我的小说是生活给予我的，是生活让我的小说失控的。

记者：有读者说，您的作品太悲惨，有让人透不过气来的感觉，还有一些情节，大家都认为很荒诞，你怎么解释这种疑问呢？

余华：我觉得也是，因为我从小生活的环境就是这样的环境，我从一个最底层的生活的环境里成长起来，这种情怀是很难改变的。一个人的童年和少年的经历是决定他的一生的，当我少年时期经历了这样最基层的一种生活，我现在关心仍然是这样最基层的生活。至于荒诞，我已说过无数遍了，作家再荒诞还不如我们的现实生活荒诞，作家再高尚，还不如现实生活中的东西高尚。只不过作家在描写的时候集中，社会生活像一盘散沙一样的，一集中你觉得那么荒诞，其实都是发生在我们身上的。

记者：有的文学评论家认为在关于“文革”的记忆与想象变得越来越复杂的时候，《兄弟》依然用一种简单的模式来处理它，你觉得你的作品是简单的吗？

余华：好的故事就是那样，故事很简单，但是叙述是很丰富的，应该是这样的小说才会引起更多人的喜爱。文学之所以丰富就是因为我们这个世界有无数个角度可以看，我们有无数个作家通过自己的角度来看这个世界，不能简单地用自己的角度去否定其他的角度。什么是人类复杂的经验？有这样的伟大的作品，也有表达了人类单纯经验的伟大作品。正如人们所说：有一千个读者就有一千个哈姆雷特。作品受到争议其实不是坏事，起码不是平庸的作品。我从先锋小说的时候就面对批评了，到了《活着》和《许三观卖血记》，再到《兄弟》，我都遭受了不少的火力，《兄弟》的火力最猛，原因之一是这个时代信息传递太快，不像 80 年代对于作家的批评仅仅停留在文学理论刊物上，媒体还没有介入，到了 90 年代以后，因为媒体和网络的充分介入。批评的声音显得很大。我相信时间会说明一切。批评一部小说永远比写一部小说容易。《兄弟》是否是一部简单的小说？这个问题其实不应该由我来回答。

对作家而言，读者是最重要的，最理解作家作品的不是那些评论家们，而始终是读者，因为他们是最纯粹的阅读者。我现在老是喜欢去网站看读者在我的书后面贴的留言，往往每本书后面都有几十页留言，每次看都让我很感动。所以包括现在写这部作品的时候，我都抱着一种感恩的心态。《兄弟》面世之后，我也特别想多听听读者的意见，而不只是那些文学评论家的。

（2005 年 8 月）

题图为与余华2005年8月6日在上海书展合影。

嚴歌苓

这是一个非写不可的故事

——谈《第九个寡妇》

严歌苓说：有一些故事我感到是一生中必须写的，这部小说就是那种非写不可的故事，否则我从听说它到动手写间隔了 20 多年，要忘却也早该忘却了。也许我们这个年龄的作家很难摆脱使命感。无论怎样嬉笑怒骂，玩世不恭，可能骨子眼里都是理想主义者，嬉笑怒骂往往是掩饰理想主义在我们看来这是一个“相当”离奇的故事：一个名叫王葡萄的女子，一个背着巨大的、不可告人的秘密的寡妇，自幼在孙家做童养媳，土改时将被错划为恶霸地主的公爹从死刑场上背回，藏匿于红薯窖几十年。这段岁月正是中国农村发生了纷乱复杂的变化的历史阶段。每一个人都经历了严峻的人性人伦考验，大多数人不得不多次蜕变以求苟活，而强悍朴拙、蒙昧无邪的女主人公王葡萄则始终恪守其最朴素最基本的人伦准则，她凭着自己的勤劳和聪慧，使自己和公爹度过了一次次饥馑，一次次危机……

然而严歌苓却说这类似的故事早在20年前就听到过不止一个，于是经过5年多的采访酝酿，她用两个月的时间写了出来，这就是摆在我们面前的长篇小说《第九个寡妇》。在作家出版社出版之前，《当代》有删节地予以刊发，新浪网全文连载，读者好评如云，点击率至今仍节节上升。

3月中旬，严歌苓来上海，她是来看她的挚友陈冲的，陈冲正好在上海工作。复旦大学中文系主任、该书跋的作者陈思和趁机把她请到复旦，与师生们进行交流，并请记者与她一起就餐，于是记者有了与严歌苓面对面的谈话机会。

这部小说里的故事是非写不可

记者：在您的生活经历中所听到的故事有很多，为什么选择了“第九个寡妇”？一般人都会认为这个故事太离奇了，您认为呢？为什么？这个故事有典型意义吗？

严歌苓：土改是我国历史上发生的最大事件之一，不能因为故事原型离奇就舍弃这个故事。离奇的故事要看怎样写，如果把离奇故事写得无奇，就不是严肃的文学创作。那波可夫的《洛丽塔》故事也很离奇，但还有比它更纯文学的小说吗？

记者：如果说《少女小渔》《天浴》等所写的还是您同时代的题材，《第九个寡妇》故事发生的年代已很遥远，是否是隔开多年反而看得清，是否出国后对国内的事印象更深刻？您是如何来把握这种您并不熟悉题材、历史跨度很大的作品的写作的？许多细节，许多土话是哪来的？作品完成后您请河南人帮您把关吗？

严歌苓：有一些故事我感到是一生中必须写的，这部小说就是那种非写不可的故事，否则我从听说它到动手写间隔了20多年，要忘却也早该忘却了。在国外的生活给了我地理、时间和心理的距离，使我意识到中国人，尤其是中国女人是怎么回事。审美活动是需要距离的，再好的题材都需要沉淀，距离、时间是沉淀的必要条件。我不相信现炒热卖的东西。我在这部作品中使用的方言是从李准夫妇那里学的，细节也是从他们那里听来一部分，又两度去豫西农村居住采访到一些。（注：严的前夫是作家李准的儿子，她在李家生活了8年。）

记者：陈思和先生在“跋语”中说您的这部作品还是以《秋千》为题为好，这个《第九个寡妇》是您自己定的，还是出版社定的？

严歌苓：《第九个寡妇》是我一开始就定的。

“前一百页是先用英文写的”

记者：您的这部作品是用中文写的吧，那英文版由您自己来翻吗？何时何地出版？《天浴》和《少女小渔》都是从英文翻译，还是索性重写？在语种的转换中您是如何保证作品应有的韵味不受影响？

严歌苓：我是2004年开始用英文直接写小说的，在此之前只用英文写电影剧本。《第九个寡妇》前一百页我是先用英文写的，后来意识到头一次写英文小说就是如此之大的规模，似乎企图过于宏大。接下来我用英文写了《赴宴者》，规模小些，下月在美、英出版。《天浴》和《少女小渔》都是我丈夫翻译的，收在我的小说集《白蛇》里。《第九个寡妇》的英文版叫《在饥荒与情人们之间》，不是从中文翻译过去的，而是重新写。因为我担心那么多土话无法翻，还是自己用英文直接写可以尽量生动一点，已经写完了，还没有校对。

记者：您的电影作品都是改编自您的小说，但熟知您电影的人远远多于小说读者，您今后会走直接影视创作的路吗？顺便问一下，《扶桑》电影何时开拍，还是陈冲执导吗？

严歌苓：电影在任何一个国家的影响力都远大于小说。《英国病人》是本非常棒的小说，但读过它的人不多，很多人是在电影得了奥斯卡才读的。媒体发达的时代，这是不能避免的。《扶桑》还是由陈冲导演，据我所知是今年底开拍，但是谁知道呢？它已经有过太多挫折和意外了。

反对"女性是第二性"的提法

记者：为什么您的作品大多都是从女性的视角看世界？为什么作品的主人公都是女性，这是反映了您的女权主义观点吗？您会尝试以男性为主人公来写作吗？

严歌苓：因为我很爱听女人们说她们的故事。男人们从来不像女人们一样爱讲自己的故事，没有那样的倾诉习惯。许多作家都是以写女性见长。比如托尔斯泰、梅里美、莫泊桑、福洛拜耳、小仲马等，还有中国的作家张贤亮等。他们是男作家，都把女人写得那么好，何况我是个女性作家。河南农村有句话说："吃饺子吃馅儿，看戏看旦儿"，女人好看。我也有以男性为主角的小说，比如中篇小说《倒淌河》，自认为写得相当阳刚。

记者：从《扶桑》到本作品，您都是在向"女性是第二性"的观点挑战，表现出从心理和生理男女都是平等的，这是为什么？

严歌苓：我对"女性是第二性"的提法不以为然。在性活动中雌性是接纳体，但不能因此说她们就是客体。在生物世界，雌性常常是主动的。雌熊猫求偶，常常要召唤好几个雄性熊猫，让他们自相残杀，她择优录取。昆虫世界更是如此。女性的阴柔、接纳、以守为攻不能说明她们被动，太极运动的退让、收敛全部是进攻的一部分，每一个向后的步伐和手势都潜藏着向前。因此不能说退就是被动，所以就是客体，就是第二性。我们中国人懂得太极中的辩证法，就明白阴阳的互存互动关系，就不会提出第二性之说。

“我这个年龄的作家很难摆脱使命感”

记者：您不停地有新作问世，您说写作一为快乐，二为挣钱，而且靠稿费过得很快乐，这是坦率的实话实说，但是我们读了却往往感到很大的震撼，会想起很多，甚至泪流满面，一点也不轻松，您的心灵深处是否有一种使命感，只是不愿意直接表白而已？作家的理想主义是否是重要的？

严歌苓：也许我们这个年龄的作家很难摆脱使命感。无论怎样嬉笑怒骂，玩世不恭，可能骨子眼里都是理想主义者。嬉笑怒骂往往是掩饰理想主义。其实塞林格也是理想主义者，他所造的“麦田守望者”难道不是典型的理想主义者？在美国如果为挣钱，写剧本和留在母校教书都是比写小说稳定，但会失去小说家特有的思考和表达的自由。小说的创作过程在于我是最具刺激性，人之本性中有寻找刺激的本能。所以它给我的快乐其他工作无法给予。

记者：您在美国读的是写作技巧，而美国同学却羡慕您有那么多的故事，技巧在您作品的成功中起到多大的作用？

严歌苓：我认为一个从事艺术的人首先该有专业素养，这就是我的母校对我们这些有志于小说创作的学生的技巧训练。系统的、大量的经典文学作品的阅读也是训练的一部分。训练结束，十八般武艺在身，你可以扔开它们。但首先应该掌握它们。我总是要提到毕加索、马蒂斯，他们的写实技巧在非常年幼的时候就过关了。成功的艺术创作都出于偶然，在于不可复制，技巧掌握后，出现了必然，你至少明白你是否正在复制。

"父亲的艺术直觉常常很准确"

记者：您父亲在接受媒体采访时对您大加称赞，老人家在您成长的过程中起到何种作用？您会在写作前征求他的意见，或者在作品未发表前请他先过目吗？

严歌苓：我父亲对我一生的影响都很大。他的素养极好，通音乐、美术、文学、历史，古诗写得棒。他的艺术直觉常常是很准确的，我写完一部作品，他看到的不足往往是我的心虚之处，他赞扬的也是我的得意之处。

"把李准夫妇当成第二父母"

记者：人家一般离婚后不管什么原因都不愿提起以前的事，可您这次在多个场合都提到李准的家人，在李家这几年的生活是否给您的印象太深刻了，或者是李准夫妇待您很好？

严歌苓：我总是把李准夫妇当成我的第二父母，在那个家庭里我得到只有传统家庭才会有的温暖、热闹，兄弟姐妹六个，在一起很温暖的。李准夫妇给我的河南生活和农村风俗教育使我敢于写这本书。我现在依然和我的前夫李克威和他的妻子是好朋友。他们生活在澳洲多年，现在回来了，我们很谈得来，像老朋友一样。

“我不信任现炒热卖的东西”

记者：您和您丈夫来瑞的这段感情可谓轰轰烈烈，凡是读过您的报告文学《一个美国外交官与大陆女子的婚姻》的都很感动。他干预您的写作吗？您是否会把故事讲给他听，听听他的意见？现在随他在尼日利亚当外交官太太，非洲的生活会给您带来灵感吗？

严歌苓：我有一篇小说《无出路的咖啡馆》也是写这件事。我的老公来瑞的确对我很关爱，也尊重我，总是在各种情形下为我创造条件，让我写作。比如我周末上午写作，他会为我挡掉一切电话。在旅游中我有创作冲动了，他会自己出去玩两个小时，把酒店房间让给我写作。尼日利亚的两年生活当然给了我创作的题材和冲动，但我需要距离和时间来发酵一些故事和想法，我认为距离对于艺术创作至关重要，我不信任现炒热卖的东西，我也讨厌流行这个概念。

（2006 年 4 月）

不去挖掘这个富矿是巨大的浪费

——谈《归来》从小说到电影

5 月 16 日张艺谋导演的新片《归来》在全国正式上映，反响强烈。这部片子由邹静之改编自严歌苓的长篇小说《陆犯焉识》。《陆犯焉识》自 2011 年出版后，获各种奖项，多次添印，发行已超十万，作家出版社借电影的东风最近又推出了把剧照做封面的新版《陆犯焉识》。本报记者与严歌苓是老朋友，18 日，通过电子邮件对严歌苓进行了采访。

记者：电影的情节只运用了小说中的最后 30 页内容，和原著的差别比较大，您觉得遗憾吗？

严歌苓：不遗憾，也不吃惊。因为我从剧本的第一稿看起，早有思想准备。我知道张导要怎么改，张导已动足了脑筋。小说很厚重很大，电影肯定是节选的，在电影这个 100 分钟的容量里，他用了最后的这一点，是比前面的任何一个节选都会更能够表现这个小说的原意。电影比小说更加抽象一点，它起到的作用是一滴水见太阳，与我当初的创作意愿在冥冥之中有一种吻合。我很佩服张导，当然我觉得邹静之老师的编剧也是非常地到位。

记者：像我这样年纪的人已不大会被感动，但我昨天看时哭了几次，发现坐在旁边的年轻人也流泪了，您呢？

严歌苓：我也是，我看剧本的时候就流泪了。你这样的年纪更有感触。现在的年轻人我就不知道他们的感受了，但是我觉得这种故事它已经打破了年龄和时代的界限，甚至我觉得他们打破了种族的界限，他用了一种人类可以流通的情感的这种呈现方式。这是从小说到电影很大的成功。

记者：我知道您的每一部作品虽有灵感有骨架，但都要进行深入的采访，细节因此很生动，这部小说也是吗？

严歌苓：原形应该说一半是我的祖父，要写祖父已想了二十年。我对我祖父的记忆，也是后来听我父亲和上海的亲戚说的，我用我的想象虚构出来我这个祖父。另一半来自一个政治犯人，他给我讲的就是监狱里的故事，我就把这两个世纪老人揉在一起。为创作这部小说我曾多次到青海做调研，也拜访过写《夹边沟纪事》的杨显惠先生。在和青海的管教干部交谈时得知，当我爷爷这样一些政治犯人的自由后，看管人的人却永远就留在那个荒无人烟的地方，这就是一个巨大的讽刺。

记者：您如何评价陈道明和巩俐？

严歌苓：陈道明太像祖父了，不仅形象，他有三四十年代知识分子的气质。冯婉瑜是一个水乡女子，我在小说里面描写是很白皙，有半透明的那种感觉，巩俐是一个北方女子，丰满，但是看了电影，我彻底颠覆了我小说里写的那个样子，巩俐整个表演，让我深深地相信她就是冯婉瑜，她演的非常非常的好，用一个来说就是“绝”。

记者：冯婉瑜是失忆了，您有什么隐喻吗？

严歌苓：我只觉得我们民族不应该失忆，因为很多不快乐的记忆，是让我们这个民族成长的。没有记忆的，内心也是不会成长的，弗洛伊德说过，人记忆的选择性是有助于他身心健康的，因为心里有一种防御，有一种保护。我想要让所有的不快乐成为失忆的那部分，但是我们民族令人不快的这种苦难记忆太多了，我觉得我们年轻人不是下意识的来选择失忆，他应该主动的，有意识听到这样的故事。

记者：您的小说一直萦怀于自身家族史和中国近现代史、家族史的苦难，这部《陆犯焉识》也是，这是为什么？

严歌苓：也有人问我，您为什么老从抗战写到当下？我虽出国已20年，但总忘不了我们这个民族，我们这个国家。在我的记忆里，我的成长，我上一辈人讲的故事，都是关于苦难。我们从吃饱饭到现在才多少年？每个人能有尊严地生活才多少年？我们的民族是那么容易接受苦难，那么容易给予宽容。历经苦难的民族才会这样。我经常把自己的经历拿来与外国人的经历比较，这才有了反思历史和写作历史的激情。我们最富有的就是历史、经历。我觉得，我们如果不去挖掘这个富矿，是巨大的浪费。

（2014年5月）

生命的开花

陈思和严歌苓对谈《芳华》

著名作家严歌苓创作的速度也太快了，往往读者还没“消化”上一部作品，她的下一部新作又摆上了书店的“新书架”，以至一些跑文学条线的记者感叹她的速度像刘翔。前不久她还在上海为长篇《舞男》作签售，这次上海书展的第二天，她又风尘仆仆赶来，与她的老朋友、复旦大学图书馆馆长陈思和教授对谈长篇新作《芳华》。

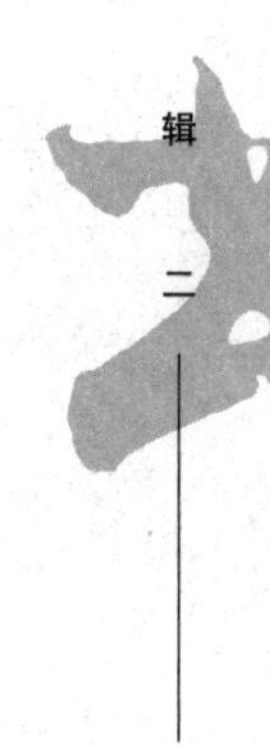

陈思和教授曾长期任复旦大学中文系主任，曾把严歌苓作为自己当代文学研究的一个重要对象。但他此次开口却说，今天的对话嘉宾不应是他，而是导演冯小刚，这不仅是因为这部小说的创作和改编成电影是因冯小刚的要求，更是因为“这一次严歌苓让三个人共同讲述故事，因此从三个不同的角度形成极大张力，这是我觉得对冯小刚导演来说最难演绎的地方”。

这部小说“最贴近自己的生活”

严歌苓：其实对我来说，写小说就是非常自然的一件事情，这就像是怀胎十月该生小孩一样自然。当然一开始其实是冯小刚导演四年前跟我说，想弄一个文工团题材的电影。我回去就想，要写就写我自个儿的身边经历过的人物和故事好了，我就把自己记忆里一些真实的我和战友的故事融入进了这篇小说。

我自己在文工团生活了十年，跳舞跳了八年，当创作员又当了五年。和战友住在一起吃在一起练功在一起，朝夕相处，很多细节实在是太生动了。我回忆起来，鲜活得就像昨天刚发生的一样。

所以这部小说可以说是最贴近我亲身经历的一部，我可以在人物、作家和我自己之间游离变换，占据着一个似乎是真的似乎是假的、处于虚构和真实之间的地位。

其实我讲了很多真话，讲了很多我们那个年代，对于青春和很多在青春里发生现象的反思。男主人公刘锋是我们那个时代一个英雄模范似的人物，那时候我们叫“平凡即伟大”。他帮我们每个人忙，掏过下水道、补过袜子，在那个时代这样的人就是英雄。平凡到了最不起眼的地方，但是具有美德。从这样的“英雄”身上，又可以反思到时代的一些东西。

此外，很长时间里我也在想，对弱者进行“墙倒众人推”般迫害的人性弱点到底是哪里来的？为什么在解放军这样的集体里也会产生这种现象？也正是由于这样的现象，导致了四个主人公的不同命运。

这就是我写这篇小说的起因和过程。我给小刚导演说，我想这不是你要的文工团的小说，不像《这里的黎明静悄悄》那样唯美和诗意。我写的虽然美丽，但是还有人的人性的阴暗面，但是小刚看完之后非常喜欢，所以我就帮他编剧，把这部电影做出来了。

《芳华》是最不适合拍成电影的

就如国内许多作家一样，他们对陈思和教授绝对信任，往往在第一时间就把自己的新作送他求教，严歌苓也不例外，那么，陈教授读完之后最大的感受是什么？

陈思和：在作家面前评论家真是毫无权威性，因为严歌苓早就可以把自己的作品阐释的非常清楚。我现在还难以想象冯小刚导演他最终把《芳华》演绎成怎样的作品。但从我的角度来说，我觉得《芳华》是最不适合拍成电影的，因为《芳华》不是在寻找一个青春的典型，不是寻找一个最被大家了解的和接受的东西，这其实很难演绎。

我们都知道，严歌苓的小说有一个很突出的特点，就是她总是会寻找一个人来叙事，这种叙事不是一个作者自我的讲述，而是以一个独立的社会地位和社会角度来讨论。所以她的作品有一个非常容易混淆的地方，那就是会把这种叙事者当成作者。这也是我最关心的地方。

但是这一次她写得非常展开，不是一个人在讲故事，而是三个人同时的叙事。这对作家来说是个考验，她要通过三个完全不同的视角进行讲述，这样就形成了一个非常强烈的张力，我觉得对于冯小刚导演来说，表现这种张力是最困难的地方。这是一部非常好的作品，因为作者本身是沉默的。

故事讲的是“文革”后期，大概是 70 年代开始，一个跨越了 40 年的故事。40 年间，时代变迁，而这部小说的叙述者，恰恰代表了一个时代的主流意识在发声。每个时代都有一个主流意识，主流意识不是说最高领导人的发言，而是普通社会中的人对社会的看法和理解。

萧穗子像我但又不是我

在严歌苓的很多作品中，比如从《穗子物语》《灰舞鞋》到《芳华》，都出现了穗子这个人物，那么这个穗子和严歌苓本身之间的重合度有多大?

严歌苓：我本人是一个比较怯懦不敢得罪多数人的人，活着就想让方方面面的人都高兴，但是萧穗子敢说别人想说而不敢说的话。如果你们把萧穗子认为是我，我会很得意，因为严歌苓说不出来的话，萧穗子可以说得出来。

其实，从这部剧来说我的发挥是非常自由的，我不是站在一个上帝视角，像雨果和巴尔扎克写小说那样，以上层的眼光可以全方位的关照每一个人。不是的，比如萧穗子这个角色，她是主观的也是有限制的，在书中她来告诉你一切，她来分析和描述其他人的心理。

正因为这样的主观，三个叙述者女兵就各自形成了观察的死角，从另外一个女兵那里能够发现第一个女兵叙事和观察的死角，第三个女兵又补足了前面两个女兵观察和叙事的死角，这部小说就是这样把每个人的主观和客观都呼啦啦打成一片，于是没有了什么主观和客观，你可以非常自由的去看待每一个人。

其实我在创作的时候，虽然看上去是自由的——愿意让谁出来就让谁出来，愿意把谁搁下就把谁搁下。实际上我经过了非常多的思考：怎样来创设这部小说的结构，成为了我小说积淀里面的一次闯荡，闯开了一个我从来没有闯过的叙事的架构——极其主观又极其自由。同时，小说中大量的我对我当年生活的反思，就通过萧穗子这样一个像我但又不是我的虚构的人物叙述出来。

陈思和：严歌苓是一个讲故事的能手，每一个故事在她的作品里都有一个被讲述的特殊形式。她在《芳华》中照例安排了一个故事叙述人：萧穗子，其身份是作家；萧穗子的身边还有两个不太靠谱的人物：郝淑雯与林丁丁，她们充当了副叙述人的角色。三个女人一台戏，她们虽然性格很不一样，但人生命运差不多，共同承担了另一种时代的话语符号：《芳华》的叙事结束时间是2015年底，标志事件是刘峰的死及其追悼会。

这样，小说叙事时间跨度长达40多年。作家从2016年开始书写这个故事，她为叙述人设定的叙述语言，是当下社会的流行语言，一般地反映了当下的社会风气和世俗观念。这是在1980年代改革开放以来逐步形成的以市场经济为基础的话语系统，三个女人都经历了结婚离婚的风霜人生，以枯枝败叶的心态来回忆和议论芳华青春的当年，她们早已经看倦了当年的理想主义是怎么一回事。因此当叙述者描绘1970年代的主流话语时，已经悄悄地拉开了距离，连带着由当年意识形态树立起来的样板。当资本进入市场，像八爪鱼一样无孔不入地在各个领域发挥影响的时候，人们的主流价值观念也会相应地发生变化，权力与资本的结盟构成社会的主要推动力，人性向善的正能量就会被有意无意地误读，甚至遮蔽。这三个女人都从一般世俗观念来回忆刘峰，不可能真正地理解刘峰的高贵人格，她们叙述里对刘峰充满廉价同情，也充满了误读。严歌苓的叙事策略是，她采用了今天的一般人们所能够接受并理解的叙事状态，善意、轻松、不无调侃地扯出刘峰这个人，她有意为之的误读，也是当下人们所普遍接受的误读，她通过被人们能够普遍接受的误读技巧，写出了一种非常高贵、但又不是神化的人性正能量。

人没有安全感是一种退化

萧穗子喜欢上了一个非常帅的男兵，写了大量的情书，后来这个男兵背叛了她把情书都上交给了组织，结果就对萧穗子展开了一场非常激烈的批判。这件事情真的发生过吗?

严歌苓：当然发生过，那是一次非常痛彻的经历，是我的初恋。15岁的时候，我们男女兵每天训练都有大量的肢体接触，在这样的情况下，一个女孩子自然也会爆发一些情感。

其实我后来我分析了，我怎么可能会爱这样的人，我就是在爱着一种状态，那种恋爱的状态。写情书就是把这种状态形式化，给它找一个载体抒发出来。经过七八个月的时间，那个男孩子有点不耐烦了，这个女孩子怎么天天只会“纸上谈恋爱”呢？后来他找了一个比我岁数大的、很丰满的女军官，也是跳舞的。而那时候的我就像个豆芽似的。然后他们俩就谈恋爱，那个女兵发现了我的情书，就逼迫那个男兵把我的情书都交给了组织。

后来所有人对我进行批判，让我在集体面前一次一次地念检查，不够深刻还要重写，甚至质问我更多隐私。那时候我感觉到，人在发现了一个可以迫害的对象的时候，爆发出来的那种力量，那种要把你置于死地、痛打落水狗、墙倒众人推、落井下石……唉！，我们国家有很多这方面的词语啊，这种力量真的很可怕。

后来我到美国之后，也看到过类似的事件报道，后来我渐渐明白，原来这是全人类都可能会有的一种破坏力。根据弗洛伊德所说，在你对他人进行迫害的时候，你会获得一种安全感，所以也会想要加入迫害别人的群体。但其实，人没有安全感是一种从成熟到幼稚的退化。想通了这一点，就不会觉得她们狰狞了，至少找到了一种让自己释然的途径。

花的芬芳出于生命

陈思和教授是研究巴金的专家，他看《芳华》联想至巴老的一个伦理概念。

陈思和：我在读《芳华》里刘峰故事时，不止一次联想到当年我研究巴金早期思想时，巴金最打动我的一个伦理概念：生命的开花。这是法国哲学家居友所说的。人的生命的意义就像花一样，花的芬芳出于生命本能会自然地散发。巴金早期服膺于俄罗斯理论家克鲁泡特金的伦理学，克氏从生物学的角度来研究人类起源，指出了人性的形成，来自于生物种族长期的进化。他从大量的生物种族变迁中获得了人性构成的基因：首先就是群居生活带来了种族的集体型和互助型的本能，人类只有互助才能生存，“爱”是互助的最高境界；其次是互助带来了人类社会的进化，逐渐形成了同情、帮助、牺牲等伦理概念，关键是原始正义的原则；其三，自我牺牲精神是人性诸类基因中最重要的元素，具体地说，生命意义需要分享，“开花”就是一次分享，人的思想、感觉、爱等等都是分享的元素，自我牺牲是分享的极端形式。这样，从互助产生了爱的本能，从同情等产生出原始正义行为，再从生命的分享产生自我牺牲精神，构成克鲁泡特金人性论的三部曲，充分展示了人性的正能量。在克氏的伦理学体系里，人性的正能量构成了人类进步的能动性，也就是精神的力量。克氏人性论的意义远远超越了所谓性善性恶的原始辩论，也远远超越了宗教所宣扬的神谕和戒律，它力图在科学的基础上揭示人性的正能量，让人自觉到人性正能量是自己与生俱在的生命本能，因而也是自己完全可以自觉掌握与实践的，不需要外界的灌输和提升。克氏的伦理学打破了私有制度建构起来的利己主义伦理学，在国际社会主义运动中产生过广泛的影响，由此建构起人类英雄的想象模式。生命的开花，成为了一面英雄主义的旗帜。但是当严歌苓把这样一种伦理模式设置于 1970 年代以及往后 30 年的中国环境下加以表现的时候，就出现了刘峰这样一个小人物的悲剧形象。

世界上没有什么值得我恨的人

在这部作品中，破坏了穗子的爱情的是郝淑雯，这个人也是真实存在的是吗？严歌苓是怎么理解这个人物的？

严歌苓：其实好多女兵都像郝淑雯这样的，长得很漂亮的，但不大有脑子。你好像老远就可以感受到她那种青春气息，像体温一样往外散发，好像周围的空气都能沾染上那种感觉。而我小时候是像个小精灵的那种，话少但是常一语惊人，像个小妖怪似的。

其实这个郝淑雯也是我从群像当中提纯出来的一个形象，这个女兵真的不值得我恨，因为我觉得这个世界上真的没有什么值得我恨的人，恨是一种很伟大的情感，没有多少人值得你用这么重的感情。

何小曼的转折是心灵的辩证

何小曼这个人物在小说中贯穿始终，那么陈思和教授是怎样分析她的呢？

陈思和：大家都会感受到，其实严歌苓的小说中有两种风格的女性角色，一种是《扶桑》那种的，在我看来是中国传统的女性中特别伟大的形象，有土地一样的品格，非常谦卑，虽然受到侮辱，但在受侮辱的过程中体现出一种伟大。这在严歌苓的小说中非常典型，也可以说是她独创的，这样的形象在我们整个文学史上有特别的意义，但这种形象在这部小说里，成为了男主角刘峰。实际上，严歌苓的创作中始终都有一个人是一直承担着一些的，也总能展示出伟大。

另一种就是她说的精灵式的，古灵精怪聪明伶俐又有一丝歹毒的性格，但自己时常受伤害，在严歌苓的小说中，往往这种人最生动也最吸引人，但在《芳华》中展现的何小曼却又不同于以往。她这种性格是在被压抑被欺凌的过程中出现的，在心里有一种复仇的憎恨的火苗。

在被欺凌的过程中，她就养成了自我保护的意识，把别人对他的破坏压抑，在心里转化成一种“恨”——所以小说开始的时候有一个细节：她把红色毛衣染成黑色的。这是一个非常巧妙的设置，这种恨在她到部队以后继续压抑，但因为一次偶然的事件，男主角刘峰在她最尴尬的时候帮助了她，这样她的心里本来有仇恨的东西就被消除了，人物的性格也出现了根本性的转变。其实这在小说中是不常见的，一般来说，人物的性格大多从始到终是保持一个稳定。所以这个角色实际是完成了一次大的转变，用托尔斯泰的话来说，就是一种心灵的辩证。

电影拍得真的非常美

有许多著名作家是不愿意担任根据自己小说改编的影片的编剧的，而《芳华》是严歌苓继《天浴》后的第二次了，不知能否告诉我们电影和小说之间的差距?

严歌苓：电影基本遵从小说的情节和人物设置，但因为时间原因改了结尾。小说里因何小曼有体味而在表演是没人愿意托举她，可一旁修灯的刘峰却主动表示愿意托举她练舞，挽回了小曼当众受辱的面子；这让何小曼很感动。甚至在几十年后跟刘峰坦言，当年刘峰被下放的前一天晚上何小曼去看他，她有一句话没有说出口，刘峰问是什么，何小曼说能不能再抱她一次，那时候刘峰正因“触摸”事件，从英雄变成了流氓，可何小曼依然很爱他，直到刘峰的生命终点。但拍好大概有 3 个小时，不得不剪掉很多。同样，由于时间的关系，小说中几个人的命运没有展开，只能用字幕打出最终命运。

看样片时我几度落泪，我对冯小刚说，看这个电影好像在看别人的故事，被深深地打动。

电影拍得真的非常美，非常像我们当年部队文工团演员的生活，我相信一定会让喜欢青春爱情的观众感到满足。

我们那时候的爱情是被禁锢的，男女之间的触碰也是被禁锢的，所以由于禁锢而产生的美是真的非常强烈，让你感觉到，原来美的东西会因为有一种哀愁和禁锢才变得更美。

陈思和：当年何小曼也与其他女兵一样，并不能真正用生命来感受并融入刘峰的生命，但现在经历了生死劫难，她是能够真正理解刘峰的人性之美了。小说结尾部分几乎用重复的段落来描述他们两人的相知相爱，这绝不能够理解为同是天涯沦落人似的关系，而是用小合唱似的形式来一起来赞美人性之歌。当然这个小合唱里，也留下来了作家严歌苓自己真正的声音。

（2017年8月）

题图为2006年3月14日与严歌苓合影于复旦大学。

泪滴关乎故园

——谈《晚安玫瑰》

“那些历经沧桑的女人，当她出现在舞台上时，她会放下镣铐，回归自然，把最天籁的舞蹈呈现给你。”著名作家迟子建的最新小说《晚安玫瑰》单行本5月由九久读书人策划、人民文学出版社出版，一上架即登上当当等网络书店和地面书店的销售畅销榜。不久又传来该书法文版版权已售的消息。可是这位大作家只顾默默写作，也实在太低调了。与通常的畅销书不同，《晚安玫瑰》没有做新书发布，也没有做签售讲座等宣传活动。7月1日，很少接受深圳媒体采访的迟子建，接受了本报的邮件专访。

迟子建，1964年元宵节出生于黑龙江漠河。1984年毕业于大兴安岭师范学校。1987 年入北京师范大学与鲁迅文学院联办的研究生班学习，1990 年毕业后到黑龙江省作家协会工作。1983 年开始写作，已发表以小说为主的文学作品 500 余万字，出版有 60 余部单行本。她是唯一一位三次获得鲁迅文学奖、两次获得冰心散文奖、一次庄重文文学奖、一次澳大利亚悬念句子文学奖、一次茅盾文学奖的作家。在所有这些奖项中，包括了散文奖、中短篇小说奖、长篇小说奖等。曾获得第一、第二、第四届鲁迅文学奖，第七届茅盾文学奖，作品有英、法、日、意等海外译本。现任黑龙江作协主席。

《晚安玫瑰》讲了哈尔滨的另一段历史——流亡到哈尔滨的犹太人的故事。在上个世纪，有一批犹太人流浪到了哈尔滨，关于他们的故事非常凄美，小说中写了吉莲娜这个人物，一个经历非凡的岁月老人，把异域认作故乡。“吉莲娜圆了我的一个梦，了却了我对哈尔滨的一种情结。”

《晚安玫瑰》中的每一个人物，无论是两位主角，报社校对员赵小娥、犹太女人吉莲娜，还是报社记者黄薇娜，印刷厂老板齐苍溪等，都在欲望中挣扎，通过神灵或自我救赎，走上精神的皈依之路。

小说设置在现在的哈尔滨，迟子建用大量的笔墨去描绘了这座城市中仅存的那些俄罗斯和西方元素，教堂、西餐厅、街道和生活方式。

对于这部作品，迟子建自己的评价是：“《晚安玫瑰》发生的场景，我都走过。哈尔滨那些有着穹顶的教堂，带着鲜明的上世纪城市生活的印记。犹太会堂那样的穹顶在我眼里就是泪滴！这泪滴关乎故园，关乎爱情，关乎宗教，关乎生死，一言难尽。要问我对吉莲娜的爱情怎么看？我想说：不是所有的爱情都会开花的，也不是所有开花的爱情都会结果的。”

小说里的犹太老太吉莲娜是赵小娥的第三任房东。从上世纪初开始，俄罗斯人、犹太人因为生意、流亡、宗教、战争等原因来到哈尔滨，吉莲娜便是其中一位。他们中大多数在 1949 年后离开了中国，回到俄罗斯或者散落在世界各地。吉莲娜是个例外，她选择留下。在小说中出场时已经 80 多岁，但永怀一颗少女之心。吉莲娜是一个笃信宗教的人物，迟子建用大段内容来表现吉莲娜和无神论者赵小娥之间的冲突。吉莲娜和赵小娥都有“弑父”行为，前者选择用一生去救赎，后者选择去遗忘。

赵小娥的遭遇，是大多数从农村出来后留在城里的大学生的共同际遇，所以很多年轻人与赵小娥这个人物产生了共鸣。赵小娥无论在爱情还是在生活中，都处于劣势，无法不流俗，但同时她又是有着自己个性的。否则她最终也不会发疯。而她的男友齐德铭其实是个玩世不恭的悲观主义者。

《晚安玫瑰》不是迟子建第一次涉及宗教，在她那部获得茅盾文学奖的《额尔古纳河右岸》里，迟子建就写到了鄂伦春人的萨满教，她自己也从小受到萨满教的影响。不过现在的迟子建更感兴趣的是佛教。迟子建说 :“我对宗教确实有着浓厚的兴趣。对人的终极去处,不同的宗教,给出的归宿却是相似的。这个世界越来越物质化了，真正活在精神世界的，又有多少人呢？”

和其他作家一样，迟子建平时的写作习惯都是在两个长篇之间创作大量中短篇小说，她也是一个更喜欢写中短篇小说的写作者。她说 :“去年九久读书人和人民文学出版社联合策划出版了我的四卷短篇小说集，今年的八卷中篇小说集也将由九久出版。我是 1983 年开始写作的，刚好三十年了。在我发表的 500 多万字作品中，中短篇占据着三分之二的比例，可见我是喜欢中短篇的写作的。我通常在进入长篇时，就会中断中短篇的写作。一般来说，我每隔三四年，在写了一系列中短篇后，会自然进入一部长篇的写作。而我在写作中短篇时，也会做长篇的准备。”所以，《晚安玫瑰》是迟子建下一部长篇小说诞生前的一个作品。

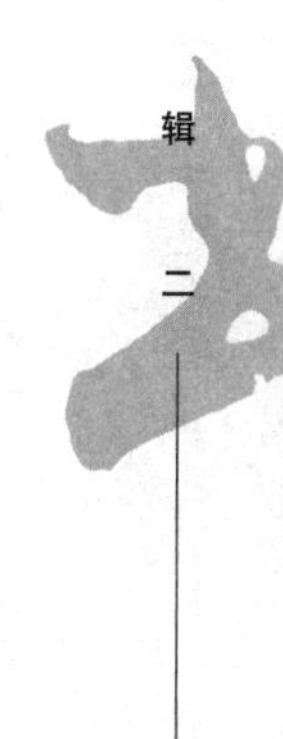

尽管《晚安玫瑰》只有8万字,但也花了迟子建三个月时间。“《晚安玫瑰》是我所有中篇里我写得最艰苦的一部，一个是它篇幅长，有七八万字，还有就是期间我还有一些事务性的工作要做，最重要的是，这部小说的人物，是以往我作品没出现过的，注入思考多，有写作的难度。我50岁了，不敢再熬夜，所以写作基本在白天。比之从前，近些年我放慢了写作的节奏,每天至多写一两千字。所以,《晚安玫瑰》七八万字，我前后用掉差不多三个月的时间。”迟子建说说：“我每完成一部作品，都会有短暂的激动，但它很快就过去了，因为我总是在自己出版的作品中发现遗憾之处，于是又开始了新的写作。可是新作变成铅字后，我又在那里发现了不满意的地方，于是又上路了。我总是在写作的路上。”

记者：读这部小说，好像在哈尔滨街头散步，您说这部作品“了却了我对哈尔滨的一种情结”，为什么这样说呢?

迟子建：我是1990年来到哈尔滨的，在这座城市生活了23年。原来对这个城市好像找不到感觉，心底还是恋着我的故乡大兴安岭。可是在这里生活久了，也离不开它了。而与它真正亲近起来，竟始自一次外出归来。有一年我从南方参加一个笔会回到哈尔滨，黄昏时分从机场乘大巴到市区，看着玻璃窗外深秋时节北方寂寥的原野，那股无比亲切的清秋之气，让我心头一热，这就是我生活的城市啊，它的美一直存在，与我生命中的某一部分是共通的，只不过我忽略了它。

我在2000年出版的《伪满洲国》，哈尔滨在其中占了重要的笔墨。为了写作这部书，我查阅了大量史料，在对哈尔滨不断地打量与回望中，渐渐地产生了抒写它的冲动。最先写作的是发表在《收获》杂志的中篇《起舞》,是写哈尔滨“老八杂”动迁的事件。再其后的中篇《黄鸡白酒》，是写当代哈尔滨“分户供暖”改造故事的，也是发表在《收获》杂志上，是我个人经历的一个真实故事。我那时候是省政协委员，连续两次为此做过提案，最终不了了之，我只好拿起笔来，用文学的方式表达。这之后，我又写作了长篇小说《白雪乌鸦》，描述的是百年前哈尔滨大鼠疫。这场鼠疫结束之后，清王朝灭亡了。通过这一系列关于哈尔滨的小说，我与哈尔滨在文学上已经相知，所以进入《晚安玫瑰》，没有丝毫隔阂。

记者：吉莲娜写得很生动，她在小说中看上去是女二号，而实际上是女一号，是虚构的吗？有参照的原型吗？您为什么在她身上花了那么多笔墨？

迟子建：算是有原型。我们这儿的媒体，曾做了一个关于犹太后裔在哈尔滨的系列报道，我留意到了。我之所以没把犹太人历史这段放大，因为那是尽人皆知的历史，在艺术表现上，无论是文学还是电影，关于他们的遭遇，已经被写绝了，他们的命运是共通的，而我的重点是放在流亡到哈尔滨的犹太人身上的。

吉莲娜是个内心强大的女性，这种强大，源自她的宗教信仰，源自她的沧桑经历，也源自她获得过丰盈的爱，哪怕它闪电般短暂，但足以照亮她的生命。她活在自己的精神世界中，不管生活多么孤独，但心底是有泉水涌动的。一个女人心底没有泉水，不管外表多么光鲜，多么年轻，都是缺乏生机的。而吉莲娜一直到老，都是有生机的。我喜欢有生机的女性。

记者：看到小说最后一页，才明白，原来前面154页其实都是发“疯”后的“我”所写，即赵小娥为治疗而写，前面的所有故事只是“我”的虚构和臆想。您是通过赵小娥来扫描了中国百姓现实的生活状态，直面现实，能否说吉莲娜是赵小娥人生、爱情的衬托、参照物？

迟子建：赵小娥除了身世特殊，她的遭遇，是大多数从农村出来后留在城里的大学生的共同际遇，赵小娥无论在爱情还是在生活中，都处于劣势，无法不流俗，但同时她又是有着自己个性的。否则她最终也不会发疯。吉莲娜的爱情带着一股神秘色彩，有着美轮美奂的朦胧气息，而赵小娥的爱情却是清晰的，如她和陈二蛋和宋相奎的爱情，没有多少诗意，更像是到了一个人生的特定阶段，把一道该做的题做完。但赵小娥遇到齐德铭后，这一切发生了改变。爱情的曙光出现了，可它是那么波折，又是那么短暂。赵小娥在现实中的生活处境，也许是这一代大多数年轻人的共同遭际，所以很多年轻读者与这个人物，在情感上产生了共鸣。

记者：齐德铭最后是意外死去了，看得出您是很带感情的，我作为读者也很伤心，尤其是他把寿衣随身带的细节，是在旁人有思却笔下无的细节，有深刻的哲学意味。您为什么要这样安排？

迟子建：我觉得赵小娥的三个男友都有可爱之处，像初恋的陈二蛋，小公务员宋相奎，以及猝死的齐德铭，他们身上都有可贵的品质。说到齐德铭，他其实是个悲观主义者，他的玩世不恭，与他对生命的怀疑有关。齐德铭在风华正茂的年龄备下寿衣，而且把寿衣放在行李箱里，说明他更多地在意了社会出现的各种灾难，会对他生命造成的威胁，但他却没料到会“过劳死”，而“过劳死”在这个高效率快节奏的时代，是悬在人们头上的一把剑。齐德铭带着寿衣出行，时刻给自己的生命敲警钟，所以他会“及时行乐”。而当他与赵小娥有了动真情的迹象时，很不幸，警钟变成了丧钟，他与这个世界作别了。所以写到他的结局我心里很痛。

记者：我们知道《晚安玫瑰》原来并不是这个篇名，是发表的最后一刻改的，为什么？但在小说里出现最多的花其实是“丁香”，这里的“玫瑰”有其他意思吗？

迟子建：吉莲娜和赵小娥，都有“弑父”行为，所以最早篇名是叫《弑父的玫瑰》。编辑们觉得“弑父”二字放在篇名太直露，所以最后改成了《晚安玫瑰》。哈尔滨是丁香之城。玫瑰在这部小说中，其实也出现了几次。最重要的一次，应该是赵小娥去犹太老会堂接受齐德铭的“求爱”，她的上衣口袋里插了一朵红玫瑰。玫瑰柔软、芬芳、带刺的特征，与我的两位女主人公吉莲娜和赵小娥的气质特别相符，所以篇名就有了玫瑰的意象。

记者：您说对这部作品投入的思考最多？思考什么？您说过，文学写作本身也是一种具有宗教情怀的精神活动，宗教在这部小说中处于怎么样的位置？

迟子建：《晚安玫瑰》更多地在探讨着精神生活，不止是宗教。宗教不能打破政治利益构架的世界格局，但它能为人的心灵世界注入清泉！在我眼里，没有精神生活的人，虽生犹死。而有了丰饶精神生活的人，哪怕双足陷于泥泞之中，前方是无边的荆棘，后面是危崖，他也会镇定自若，感受到来自天庭的阳光！吉莲娜在晚年之所以有那么丰富的精神生活，与她心中怀揣着一份永难忘怀的爱恋，与宗教，都有关系。在这里，宗教不是符号，而是吉莲娜生活的一个部分。这个世界神灵与鬼魅共存，一个富有宗教情怀的人，会把“根”扎得很深，不会被鬼魅劫走。当信仰能给黑暗中的生命带来阳光，给内心带来安宁，那么你哪怕信奉的是一棵树，也是美好的；可是如果信仰变成了仅仅是对经义的枯燥诵读，而没有与人的灵魂产生共鸣，这样的信仰就值得怀疑。

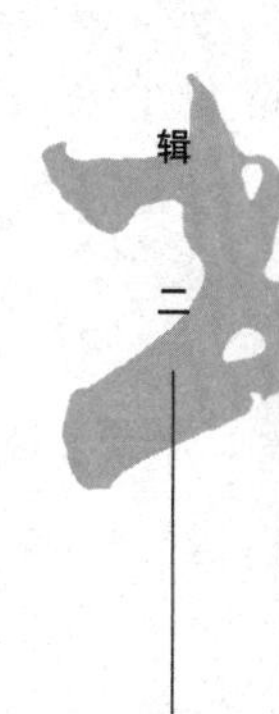

（感谢该书责任编辑杜晗老师的支持）

（2013年7月）

题图为迟子建（由出版社提供）。

葉兆言

历史就是活生生的现实

——谈《驰向黑夜的女人》

著名作家叶兆言最新长篇小说《驰向黑夜的女人》近日由江苏文艺出版社出版。

这部作品原名《很久以来》，在《收获》杂志 2014 年第 1 期刊发。叶兆言通过书写竺欣慰与冷春兰这两个女人的命运，将中国现当代 70 多年的历史所经历的动荡以及中国人命运的变幻无常不动声色地融入其中，举重若轻的大手笔为今时所罕见。《驰向黑夜的女人》可以和叶兆言去年出版的中篇小说单行本《一号命令》对照阅读，小说的起点同样是南京，同样是从抗战开始，故事主要部分在“文革”结束。两部小说还有一个相似之处在于，它们的写作都源于叶兆言家庭在“文革”中直接或间接的经验。

《一号命令》源于他祖父叶圣陶在“文革”中的部分真实经历，即叶圣陶先生接到“一号命令”从大城市疏散；而《驰向黑夜的女人》部分源于大部分普通人在“文革”中的共同经验，即“文革”期间随时会发生的死亡。所以，叶兆言说，《驰向黑夜的女人》应该算是《一号命令》的姐妹篇。

作品在《收获》上一露面，好评如潮，圈内名家普遍认为这是叶兆言迄今为止最重要的作品。同时，还被网友封为“2014 年微信媒体公众号谈论最多的文学作品”。记者也是一口气读完这部作品，十分感慨。

在单行本出版之时，记者在凤凰联动文化传媒有限公司的帮助下，通过电子邮件采访了叶兆言。

将历史作为菜肴来做

记者：您把乱世背景下“和平”的南京城写得很精彩，有的文史学家认为是“从民间的角度来重写民国史”，您是否也这样认为？

叶兆言：我心中的历史观，其实就是一个小说家应有的特殊思考方式，在小说家心目中，历史就是活生生的现实，现实就是还没死去的历史。现实既是因为，也是所以。为什么会有今天，因为我们有过那样的历史。而有了那样的历史，一定也会有今天这样的现实。我没有过多的强调历史，我只是将历史作为菜肴来做，把菜肴做得精致一点，让读者吃得好一点，让读者对它有兴趣然后对历史进行关注。我希望我和读者之间有这样一种关系。我不赞成重写民国史的说法，作家的手不要伸得太长，人要虚心一些，把小说写好了就行。小说家别装得像历史学家那样，一肚子学问和思考，没必要。小说家就是小说家，小说家唯一的任务，就是把小说写好。我从来没有那样的野心，想要以自己的小说去启迪读者。我的小说就是和喜欢文学的人一起共同回忆历史，共同去探讨这个话题。

我不喜欢伤痕文学

记者：听说这个故事您是考虑了很多年才终于动笔的，为什么？

叶兆言：一个很重要的原因是，这些年来关于“文革”中那些死去的人物的故事实在太多了。我不想写是因为，今天这些故事被庸俗化了，这种控诉其实不是文学，更多像是通俗小说，有时候这些悲情成为一种变态。还有一个原因是我不喜欢伤痕文学，伤痕文学是“文革”文学的延续，很多写伤痕文学的作家，他们在“文革”中就开始写小说了，反正写作者总觉得自己是对的，总是有点高高在上。我的小说没有那么多的反思、控诉。“文革”是一种历史，更是一种现实，如果可能，我能做到有一些原生态的描写就足够了。说到底，小说还是虚构的真实，要依靠想象力，因此，我的小说绝不是什么伤痕文学，我是让读者能感受到历史，再现当时普通人心态。我动了写作的念头是奥运前在北京和东欧诗人一起聊天。他说，我们欧洲人不太关心中国，来之前以为中国人还在体育馆枪毙人。他们对中国的印象还停留在“文革”时期。现在来看，这样的故事离我们太远了，完全模糊，荒诞，变得很奇怪。这个距离感可以让小说家很从容地出手了。

水面下有很大的冰山

记者：小说第七章中出现了一个人物“李军”。这个人物始终面目模糊，他跟欣慰之间的故事也是若隐若现。然后又不明不白的消失。这个人物的安排有何用意呢？

叶兆言：这个世界上很多人的意象都是模糊的，我们身边有着太多这样的人。他们存在，他们也不存在。因此，“李军”的若隐若现，本身就是一种用意，让读者能够想象他，对他的过去和未来进行再创作，也许这就是我的用意，这就是空白的作用。对于任何作家，没写的东西一定要比写的多，这可以触发你的想象力。你再怎么写，也写不过真实，写不过各种小报上的东西。你不写，留下空白可能更好。

我没有感到任何禁忌

记者：为什么您近年来出版的小说都有大量的“文革”元素？

叶兆言：有人认为“文革”是一个禁区，但说老实话，对于我这样的小说家而言，让不让说其实并不是问题，怎么说才是一个问题。我没有感到任何禁忌，也不存在要突破的禁区，我真正写“文革”的小说，是十多年前出版的《没有玻璃的花房》，可惜看的人太少了。事实上，我基本上没写过什么秦淮河边的妓女，要写，也就是像这部小说中一样，稍稍地带到了一笔，可是很多人都觉得我就喜欢写这个，就擅长于此，就是一个躲在秦淮河边琢磨醉生梦死，描写灯红酒绿的软性作家，为什么呢，因为说的人太多，三人成虎，于是我就成了那样的小说家，成了一个没有责任感没有担当的作家。人生充满了误解，所以也不足为奇。“文革”的话题我经常接触到，我的小说中比比皆是，无非是现在被提到的多了一些。

记者：您这部小说从1941年汪伪政府成立一周年开始，一直讲到2010上海世博会，如果只是写一个女人的一生的话，有必要在她死后再写那么长吗？

叶兆言：我这么写，是为了把黑白的时代与彩色的时代作对比，有了前面的故事，读者才会感受到，原来今天太有色彩了。而且我要强调的是，我在作品中，力争对每段历史真实、准确地还原，但是不过多做评价。

梨子的滋味尝了才知道

记者：现在的80后，90后读者，没有经历过“文革”，您认为您的小说最吸引他们的地方在哪里？

叶兆言：坦白地说，对于读者，我是个悲观主义者，我根本就不知道怎么才能吸引他们。我接触过太多这样的孩子，他们已经习惯跟着别人的感觉在走。时至今日，如果真还有什么可以吸引他们的地方，大概就只有两个字：“流行”。没什么比“流行”更能吸引人了。也许要别人来告诉他们这是一部有点意思的小说才行。我知道“哄”他们去读并不太好，可是有时候你还真得哄一下才行。如果有一天，大家都在说，都在议论，说你们竟然会不知道这本书，形成这样一种无形的压力，这就好了。有人对流行二字不以为然，其实世界文学名著都是流行的，流行是名著的基本条件。所以我觉得，或者说我只能希望有人去引领他们，得想办法让他们打开这部小说，你得让他们看上一眼，让他们翻上几页，只有尝过了一口，才能知道梨子的滋味。只有吃了，才会知道这梨子的味道可能很不错。

记者：严歌苓的《金陵十三钗》写出了南京女人的“烈”，您也写过类似表现秦淮妓女气节的散文，这部小说写出了南京女人哪一方面的特质？有读者说，欣慰和春兰简直就像那个年代的“女同”，有构思原型吗？

叶兆言：这恰恰是我希望读者能够回答我的问题，他们读了这篇小说，如果能发现南京女人某些方面的特质，这就有意思了。写作时，我并没有很认真地去想这些问题，我只是凭直觉写了下来，肯定会有些不一样的东西，这些东西是什么呢，我真希望有答案。这两个人物都是有原型的。我在生活中，确实见过这样的闺蜜，她们的友谊有许多我们说不清楚的地方。我小时候从没听说过同性恋这个词，我就知道一句大白话："她们好得不得了，真的不得了！"为什么，想不明白。对"女同"有兴趣的人，可以为我解释一下。

记者：您在后记中说"好在读者明察秋毫，眼睛总是雪亮，恳请大家能有耐心读一读这小说，试玉要烧三日满，它究竟怎么样，想说什么，精彩不精彩，亲爱的读者，盼望你们能告诉我。"我想，读者如看了我们的访谈，肯定会帮助理解这部小说。

（感谢凤凰联动文化王蕾老师的帮助）

（2014 年 4 月）

题图为叶兆言（由出版社提供）。

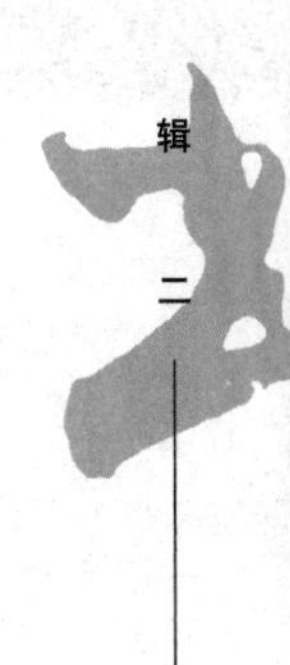

格非

“失败者身上隐藏着大爱”

——谈《山河入梦》

清华大学中文系主任、著名作家格非的长篇小说《山河入梦》今年年初问世以来，引起了文学评论界的广泛关注，各种媒体上的评论毁誉纷纷。这是格非的《人面桃花》三部曲之二，2004 年发表的《人面桃花》曾获“华语传媒杰出成就奖”“鼎钧双年文学奖”等奖项。作品被翻译成英、法、意、日等多种文字在国外出版。为什么《山河入梦》刚出版就会引起如此轰动？16 日下午，在格非母校华东师范大学，记者有幸与格非进行了交流，了解了他的一些真实想法，澄清了某些媒体的传言。

容不得人不喜欢姚佩佩

格非在《山河入梦》里以第一部主人公秀米的儿子，梅城县县长谭功达20世纪五六十年代在梅城县投入充满理想主义的社会主义建设，以及随之而来的种种事业、爱情挫折和遭遇，继续描述和解析了深具中国特色的乌托邦冲动。在这部“讲述两个荒谬的人相遇的故事里”，其中一位是姚佩佩，格非在小说封底上有这样一段话，“为什么我的内心一片黑暗，可别人的脸上却阳光灿烂？这是姚佩佩的问题，也是我的问题。”因此当以往的评论与评论家当天的发言中谈到他在写历史时，格非说：“我知道我在触及历史，但实际上我写的不是历史，而是我个人跟我们社会的一种关系。我说假如有人不喜欢姚佩佩，我跟他不共戴天，因为对她我付出了感情。当然这个也是开玩笑，而是说自己私人隐喻的一些愿望、情感。如同作品中姚佩佩自己通过她的笔所写的，她是一个自惭形秽的一个人，那么多东西我觉得没有什么了不起，只不过就是敝帚，一点东西，朋友分享而已。”

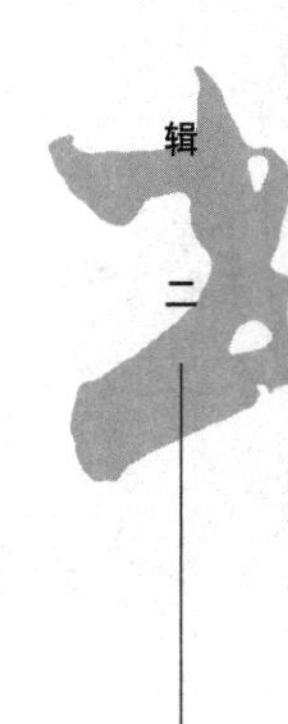

老实人的命运

同济大学中文系教授、文学评论家王鸿生认为：“这部小说特别精彩的是，格非所塑造的人物，无论是第一部里的秀米，还是第二部中的的谭功达和姚佩佩，都是有点呆傻之气的人，有点痴，这个痴不是愚也不是顽或者癫，这个有点呆傻之气的人的命运结局是非常悲惨的，但是在他们身上恰恰体现了大爱。这些失败者身上隐藏着巨大的爱的资源，正是对我们这百年历史的深刻反省和思考。”格非对此予

以认同 :“痴傻的问题是我在研究西方小说史的时候，长期以来非常关注的。我感觉到在中国最耻辱的一个概念就是‘老实人’的概念。我母亲一直跟我说，不能做老实人，什么人都可以做，不能做老实人。童年记忆当中，因为我觉得老实人在中国历史上没有地位。巧和拙的东西，包括在写《人面桃花》的时候确实有一个比较大的动机在里面，我从来没有向媒体披露过我的这个想法，我觉得我确实应该表明一下我的心迹。”

第三部可能不写了

有多位作家要写中国百年历史，评论家把格非也归入其中。罗岗教授指出，在面对中国百年历史的时候，格非有他的自觉。“长篇小说是要包含巨大历史内容的，要包含多种可能性的复合意向，并且要把小说从内在形式中突破出来，变成某种笼罩全局的隐喻。格非写的虽然是爱情，但爱情之外又有更高层面上的把握。”但格非的这部作品为什么又恰恰到“文革”就刹车了。对此，格非解释说 :“按道理应该直接触及‘文革’，为什么放在‘文革’前就结束？明眼人也可以看出我的忧虑，我觉得西方对‘文革’的分析已经固定化了，这个固定化是我不能忍受的。但是我个人记忆跟‘文革’中的记忆是完全相反的东西，非常复杂。我在写这个东西的时候，确实有很多的想法。托尔斯泰说人有两种，一种是刺猬，一种是狐狸，你是刺猬就做刺猬，不要想做狐狸。我自己觉得自己是一个思维型的人，就懂这么点东西。我在做的时候从自己保守的角度讲，先把刺猬做好了，然后再兼做一点狐狸的东西。如果说一点野心也没有，那不可能，说老实话，我要去完成一个巨大的宏大的叙事，从来没有这个想法。有很多东西我觉得别人不一定能理解，原来过去还有一种信心，现在这个信心恐怕也不存在了。”因此当评论家们猜测第三部有各种各样的可能时，格非语出惊人：“我觉得最大的可能就是我可能不会写了。我当然不是说不写，我心里有这样的想法，何必呢？”

无奈的吆喝

格非回忆起小时候跟奶奶推着独轮车出去卖番薯苗的情景：我就在想，大概卖东西可能是这个世界上最悲惨的职业，因为你要卖，别人不买，还要看人眼色。我发誓我以后再也不干这个了。可是到了今天还得卖，卖书，这对我来说是很悲惨的一个事情。现在处在一个不得不把自己爆炒的时代，没有办法。人家要出你的书，你能完全不接受采访？我到现在接受媒体采访恐怕也已经大概20多次了，但好几次发表出来的东西都不是我的原意，我自己觉得都有很大的罪恶，你有什么能耐对自己的作品做这么多次的应付？可是这个确实没有办法，今天已经下定主意不接受采访了，因为我很荣幸地听说这个书已经卖出去了四万本，我想成本大概已经收回来了，我也是松了一口气。这个书好坏，哪些人喜欢，哪些人不喜欢，我觉得这个都是次要的，非常重要的是大家作品里面看到的一些东西，我觉得对我个人有一些提醒。

（2007年3月）

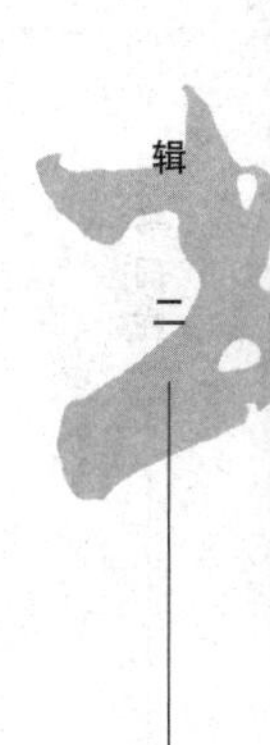

聚焦当下中国的精神现实

——谈《春尽江南》

在此次上海书展中，格非可是一个热门人物，在沪三天从早到晚被各种演讲、签售、采访安排得几乎找不到半个小时的空隙，原因只有一个，他的新著《春尽江南》由上海文艺出版社赶在书展前推出了。

《春尽江南》是格非耗时 15 年，潜心写作的中国知识分子三部曲的收官之作，第一部《人面桃花》记录了民国初年知识分子对精神世界和社会理想的探索，第二部《山河入梦》写的是上世纪五六十年代知识分子的梦想和实践，而第三部《春尽江南》则探讨了当下中国的精神现实，格非的好友、香港著名作家董启章称这部书是新的《悲惨世界》。为此，本报记者对格非进行了专访。

不写出来心里难受

记者：我在《人面桃花》《山河入梦》问世时都对你进行过采访。

现在《春尽江南》也出版了，首先要向你表示祝贺。我发现你这几年老了不少，听说你为了写作还辞去了清华大学中文系主任的职务，你为什么那么执著要把这第三部写出来？

格非：你不知道，我不把这第三部写出来心里难受。我其实是一个比较悲观主义的人，我写完《欲望的旗帜》之后，我很希望写一部能够把中国近现代一百年的历史放进去的作品，当时还是在华东师大，就到上海图书馆，找了很多地方志的书来看，做了很多笔记，但是两年以后我就改变了这个想法。三部曲这样一个构架对我来说完全是个一时的想法，设想把它分成三部来写，第一部写辛亥革命，第二部写文化大革命，第三部写我们现在这个时代。可当写完第一部以后，我又突然改变了想法，觉得第二部不能写文化大革命，如果第二部写文化大革命的话，这三部曲给人的感觉都太刺激了。所以我把第二部的时间提前到了上世纪50年代，上世纪50年代是中国社会相对来说比较好的时期，写成一个抒情性的东西，寄托我个人很多的想法和情感，取名《山河入梦》。

第三部再来写现实。我想描述中国近现代百多年来的历史中的个人。我当然不是想去再现和复述历史，这个我没有任何兴趣，同时我又感到，必须对历史的大致脉络有所了解。在这三部曲中有历史的影子，在这样大的历史背景当中，个人是什么样的。我觉得有时候，一个作家的想法太直接太清晰了反而不好。

老实说，写第二部的时候我很不愿意写第三部，但是只有一个办法可以摆脱掉这个作品对我的折磨，只有把它写完，所以我花了近两年的时间把《春尽江南》写出来。大家会发现这三部当中有一些特殊的连续性。比如说三部作品都写到同样的地点，比如说“花家舍”。但是每部作品又是不同的，我更愿意读者在注意到这些连续的时候把它分开来看，不希望它们之间的联系过于紧密，希望能够三个单独的长篇，简单的做一个勾连就可以了。

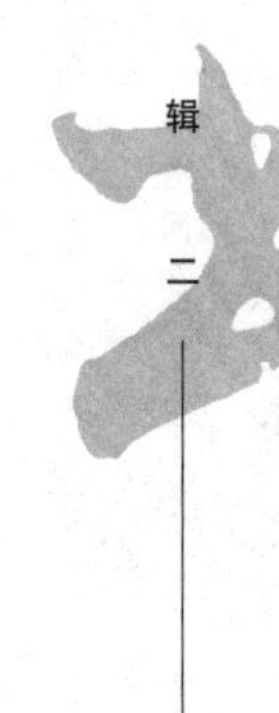

一个家庭的二十年

记者：我粗粗地把书翻了一下，还没来得及细读。主人公是一对夫妻，男的是诗人，女的是律师，诗人是一个时代精神最敏感的部分，律师会接触到一个社会最最复杂的问题和现象，这两个人组成的家庭，他们走过的20年，就是我们所有中国人走过的20年。我有一种把诗人看做是你的错觉，是不是？

格非：也有人这样认为，当然不是我，但有我的影子。我今天当然也可以谈一谈我当时的构思，我当时的想法是打算让整个的故事在三个月之内结束，既然是《春尽江南》，从春天开始到春天结束，差不多三个月，这个故事就完了。我跟北京的朋友和清华大学的同事也这样说，他们就问我三个月够吗？我觉得时间这个概念在今天的中国社会发生了很大的变化，时间在过去是一个历史性的过程，是有长度的，可是今天的时间变成了一个空间性的东西，什么意思呢？我小说里的主人公有一个说法，今天这个社会活一百年跟活一年差不多的，你该看的东西都看得见，时间的作用开始消失了，所以三个月足够了，后来我考虑还是把主体故事发生的时间扩大为一年，而叙述所覆盖的时间跨度是二十多年。

新的《悲惨世界》

记者：我看了以后感到心情很沉重，书的责编曹元勇先生也说他读时掉泪了。董启章先生说“因为小说表现了中国当代社会的状态，里面有很大的悲哀，但这不是一个理学上的悲剧这么简单，而是非常真实的把现在社会的问题落实到小说里面这些平凡的人。”他还说这是新的《悲惨世界》。

格非：是这样。我不会用电脑写作，还是用笔手写，所以我就“剥削”我的学生的劳动力，请她帮我输入到电脑里去，我一边读，她一边输，往往我还没看清楚什么字，她就输入完了，但是我发现她在流眼泪。在写作中途我一般不会去问别人对我作品的看法，所以我根本不敢去问她对这个作品怎么看，后来我改完就问她你对这本书怎么看呢？她说她看完了以后几乎一个星期缓不过来，很难过。当时我在微博贴了一个：“这本书刺痛了这个时代我们精神疼痛的症结，看别的书可能会看得很愉快，会觉得真好看，但是这个书看了以后真的是很纠结。”

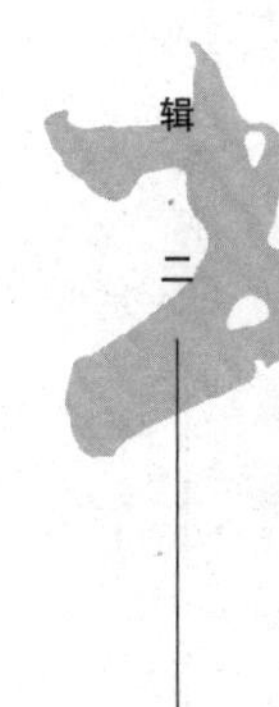

诗人寄托了我的希望

记者：你自己在写的时候感到很痛苦吗？

格非：我在写的时候确实也非常痛苦。我为了写这个作品我很多次回到我的老家，也访问了很多的人，比如说律师，我去了很多律师事务所，了解他们怎么打官司，遇到什么样的事情，通常怎么处理。当然诗人的生活我比较了解，小说里面还有其他的，比如说房地产商人、黑社会，这些我不了解，但是我希望了解。有一个朋友跟黑社会有关系，我也通过他去了解黑社会的状况，了解了以后，感觉完全是另外一个社会，所以在写的过程中确实有一种痛苦。

但是怎么化解这种痛苦呢？所以在构思《春尽江南》的时候我就觉得一定要写一个诗人，我至少可以通过诗歌的方式让小说里面有一些安慰性的东西，要不然这个世界让人太不能忍受了。作为一个诗人，他对这个世界感受的丰富性是一般人不能理解的。在今天我也很尊重诗歌，我有很多朋友是写诗的，他们的品格在很大程度上是让人尊敬的，诗歌是要花费全部精力，同时又没有什么前景，诗人对世界的回应是很复杂的。我把主角写成一个诗人，希望在这个过程中能够有一些相对有机的部分，能够重新来召回文学或者诗歌的力量。在今天的社会生活中，文学的重要性已经大大下降了，正因为如此，文学的力量比以往任何时代都更加重要。

希望读者能找到自己的灵魂

记者：难怪你在结尾还要写一首《睡莲》。不过诗人也是一个普通人，就是一个老百姓，他在小说里面是一个不是很受尊敬的，被他的太太骂作一个废人，虽然他对艺术各个方面也有修养和看法，但是他没有办法去改变，甚至没有办法保护自己和自己的家人，这是非常悲哀，你为什么要这样安排？

格非：这就回到我为什么要写《春尽江南》这个问题。我们怎么评价这个社会？有很多的方法，可以从经济的成就来评价，可以从社会发展方面来评价，而我的评价是不一样的，我首先考虑的是这个社会里面的人，现在这个社会里是一些什么样的人，然后这些人究竟对这个现实是什么样一种反应？这个社会究竟是让我感到舒适还是不舒适？我们觉得压力非常大，没有前途是为什么？我把观点分散到各种人物身上，有好人也有坏人，是通过不同的人来表达。如果说我有什么目的的话，我希望读者在看《春尽江南》的时候，能够从作品里面找到他自己，看到他自己的灵魂，这是我最大的一个愿望。从这个意义上，我希望跟我的读者进行交流，当然，我自己希望是躲起来的。

书名含意见仁见智

记者：你在小说的叙述上并不简单地把大量笔墨用在对社会表层现象的描摹上面，而是尽可能地将社会生活和知识人的精神生活升华到寓言的高度，对国人的精神世界，特别是对国人的情感和灵魂的变化进行深入挖掘和反思。这是否包含在《春尽江南》这个书名上？

格非：许多人都问这个问题。大家都知道“秋尽江南”，青山隐隐水迢迢，秋尽江南草未凋，我上大学的时候对这个特别着迷，尤其对“草未凋”，我是镇江人，老家有非常多的山，江南地区跟春天的关系是很密切的，为什么我会突然想到《春尽江南》这个题目？首先一定是一个四个字的题目，其实没有特别的定义。关于“春尽”，我问过一些朋友，每个人会有每个人的看法，因为对于词与词的看法本来就是很难琢磨的。曾经把它否定了，又用了其他的题目。但是怎么也觉得不舒服，最后又回到了这个题目。那么这个题目是不是好，未必见得。至于说这个作品有没有把握到这个世界的现实，我自己也不敢说，至于这个作品怎么样，我觉得这个是见仁见智的一个事情，我不能代替读者来思考。

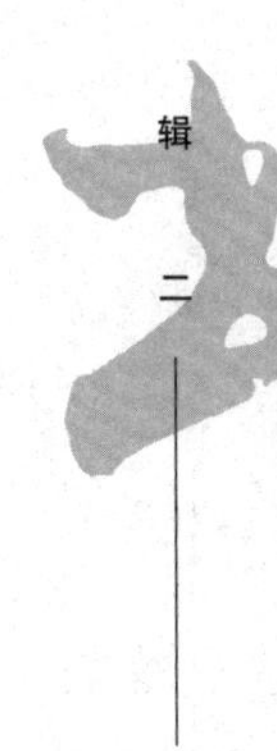

作家要不停地进行探索

记者：当年你一开始写作的时候是以先锋作家的面貌出现的，现在你的三部曲却是非常偏于现实的，这种风格的转变是不是跟你身份的转变有关系？

格非：无数人提过你这样的问题。现代主义在上世纪 80 年代深刻地影响到中国的作者。我刚开始写的小说，大家都看不懂，我自己也看不懂。过这么多年以后，大家在讨论一个问题，现代主义的方法就是远离大众。这样一种写作姿态对不对，要不要改造？这个时候我就想到了为什么中国过去经典的作品，所有人都可以看，水平不高的人看《红楼梦》也津津有味。首先我觉得先锋性永远需要，任何一个作家你想写好作品，一定要用新的方式来开始，因为别人的方式不一定适合你，你需要去综合，需要发现你自己的方法，需要找到一个比较好的形式。如果你把《人面桃花》跟上世纪 80 年代的一些作品比较的话，大家会觉着别人的作品可能会更传统。

于是我尝试一种新的方法，能够吸收现代主义的成果，然后加以改造。我希望做一些探索，但是我希望这个探索，文本不是那么外在，我希望它更加内在一些，我在写这个三部曲的时候有一种冲动，希望去写一种很怪的小说，有这样的想法，但是因为这个三部曲慢慢地形成了一个系列，我必须尊重这个三部曲本身结构上的要求，但是并不表明我的小说以后就是这样，我可能会有很多新的想法，也可能会在文体上做一些试验。对于通俗文学或者文学的可读性，我自己愿意做一些探索。但是也并不意味着我就对于让别人看不懂的东西就没有兴趣了。或许过一段时间我还会写这样的东西。当今国际文坛很多的优秀作家，他们其实一直没有停止形式上的探索，所以我觉得先锋性也好，对形式的探索也好，这个过程在中国的文学界远远的没有结束，也不应该结束，我觉得要一代一代的作家去开拓这个边界，使整个负载信息的手段能够更加的丰富。

我有很多东西想写

记者：听说你接下来准备写传教士的故事，平时教学工作那么忙，有时间吗？

格非：写完《春尽江南》确实如释重负，我现在终于可以去写别的东西了，因为我有很多东西想写，在写三部曲的过程中涌现出无数我想表达的东西，我希望完成三部曲以后立刻进行我感兴趣部分的写作。接下来再写什么？还没定，传教士只是我感兴趣的题材之一。

写作是一个比较诡秘的事情，作家自己也确实不知道接下来会写什么，也可能写一些中短篇。你知道的，我是一个业余作家，我在清华大学做老师，要带硕士生，也有博士生，差不多有10个人。而且本科生要上课，研究生也要上课，清华的老师也很少。许多事情都要去参与，非常忙。当然我想了很多办法，我原来有一个天真的想法，有一年我跟姜文在一起聊天的时候，我就说我总觉得自己应该有一个安静的时间来写作，后来姜文就说你这样的想法是不对的，我们做导演的每天的工作都会打断，你只要有时间就要利用。我觉得很有道理，所以我也尝试能够利用一些相对零碎的时间。

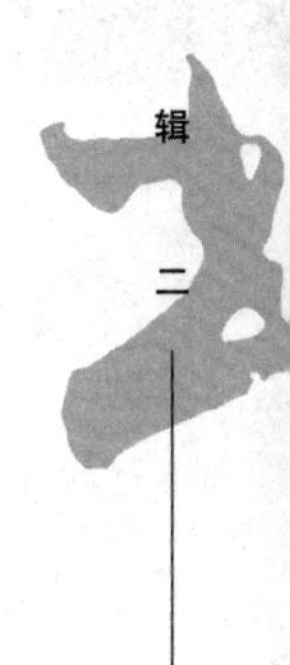

（2011年8月）

题图为2007年3月16日与格非合影于华东师大。

宇澄

《繁花》的前世今生

金宇澄，一个对于读者来说陌生的名字，他是曾经的文学青年，生命中最美好的8年时光，是在黑龙江的农场的知青。尽管他在1980年代就已经出道，获1986、1987年《萌芽》短篇奖，1987年《上海文学》短篇奖。著有《迷夜》（1992）、《城市地图》（2004）、《洗牌年代》（2006）等。1988年起，任《上海文学》小说编辑、编辑部副主任、常务副主编。一直生活在小说的世界里，每天阅读小说来稿，提出意见。由于他停笔写小说已近20年，所以，他携长篇小说《繁花》亮相时，被评论家称为“潜伏者”。

自金宇澄的《繁花》去年（2012年）在《收获》秋冬季长篇小说

专号上发表，直至最近由上海文艺出版社出版单行本以来，他一直处在像做梦的感觉一样。毕竟他很久不写东西了，到这个年纪，已经习惯安静的状态，不仅不适应，心里也不喜欢。

为何这么说？金宇澄说：因为这个小说的缘起也是一个无意中的一个偶然。网上有个“弄堂网”，看名字你就会闻到上海的气味。网友们在网上瞎扯，用上海话交流，最后演变成了所谓的“方言话本体”。我也加入进去，别人也不知道我是谁，我也不知道这些跟我聊的人是谁，从中我体会到所谓网络写作和读者的那种接近的程度所带来的乐趣。年轻人经常在网络上这么做，不稀奇，但是作为我这个年龄来说，还是蛮新奇的。

因为弄堂网是上海方言的网，网友用上海方言“开无轨电车”，漫述城市昔日场景。所以金宇澄上来的时候也是用“独上阁楼”为网名用上海话瞎扯。这个网名取自他发的第一段话“独上阁楼，最好在夜里”。写一些有趣的人，一开始就几百字、几百字地发，很快就有网友跟帖，“爷叔，写得好！”，“老克勒嘛！”这种感觉很好正是金宇澄一直在琢磨的，不丧失文学立场，提供更有趣的内容，让读者满意。这样写下去，11 月份完成了初稿。有一天写到卖大闸蟹的陶陶和沪生在菜场相遇，陶陶说“你进来”，两个人一来一去的时候，金宇澄忽然有了感觉。他开始还讲把这两个人的事情讲完了再回来，但是没想到这么一下去就回不来了，人物一个接一个地现身，每日更新的文字越来越长，一开始是每天写 200、300 字，到后来最厉害的时候一天写 5000 字也有。追随者不停地催促“老爷叔，写得好。赞！”“爷叔，结果呢？不要吊我胃口好吧。”。因此金宇澄对弄堂网心存感激，对当时鼓励他的网友心存敬畏。

26 日他在接受本报记者专访时开口便说，当时被读者催着的这种感觉很好。我当时一直考虑的问题，并不是小说，是如何串联，写得更可读，不让这些读者失望。网络写作，不丧失文学立场，加上网友的互动，你会调动出你的活力，是很激励人的一种写作状态，它让你逐渐升温，与闭门面壁的感觉完全不同。

写到一万多字时，才觉得这是长篇的规模，于是再做人物表，做结构。当初的原稿现在还在“弄堂网”上面，不过人物名字和现在的书中大多不一样。这个过程是蛮有意思。如果让我认认真真计划一个长篇，估计是写不出来的。

金宇澄说：我负责《上海文学》的部分工作，这是一本月刊，如果不是出于这样的偶然，没有这样的激励来挤压出时间，要 5 个月写出《繁花》33 万字的初稿，是不可能的，更不可能作为长篇面世。

金宇澄说：写《繁花》获得最深的体会，即这种读者随时的反馈。以前我还很佩服二三十年代那些写连载的人，报社的人等在门口拿稿子，写一段发排一段，后来我觉得这也没有什么了不起，我现在也可以这样嘛。

在《繁花》里，金宇澄是第一次把上海话作为母语来思维，来写作，这种训练可能是一般的作家做不到的，一般的人可以在三天里面用上海话写一个小东西，但是他是在无意识中写了那么长时间。金宇澄首次使用上海话思维写作，同样经历了大幅度的改良，很多沪语句子，不易书面表达，只能舍弃。因此语言上，实际过渡到了所谓“官话”的程度，整个写作过程里，金宇澄用上海话读一句，用普通话再读一次，有意识从上海方言转为全国读者看得懂的“上海官话”。

金宇澄说：我之所以要这样，是因为我曾经离开上海七、八年。那八年对我，城市生活是缺席的。城市生活在我眼里，始终是迷人的。举一个例子，你喜欢一个女人，但是你每天都和她在一起，和一个你离开七、八年后再见她的想法是不一样的。或者说你头脑里对这个城市的想法，你对这段生活的想法是不一样的。也是因为这个，所以我有一个自觉，我要把这个文字最起码做到北方的读者也可以看懂。

金宇澄说：这部小说我改了无数次，就在《收获》发表的基础上面我还改过四次，根据肖元敏、钟红明老师（《收获》编辑）的意见，删去了一些静态的，又增加了近五万字有历史感的东西，还画了20幅插图和地图。现在是网上的版本和《收获》不一样，《收获》上的和单行本也不一样。

当问到写《繁花》给他最大的体会是什么？金宇澄说：是我尝到了用母语思维的甜头，因为写到后来我都不动脑筋了。人家说你这个对话怎么写得这么流利，我想这是我写了30万字的锻炼。小说写到后面一章有三桌人吃饭，都在吵架，一万多字对话我写得很顺手，越写胆子越大。我过去很佩服王朔等北方作家，他们的对话怎么这么溜，现在我就知道，如果你用母语能够写30万字，你肯定会出现像现在这种状况。不过，在给《收获》前，我对语言进行了修饰，尽量少用方言字。方言用字是标签，容易给非上海读者制造障碍。句式是上海的，已经够了，具体用字，我尽量可以去掉。因此删去很多非常生活的上海市民本地话。使外地读者读起来，还是有很强的上海语言特色。

当谈到下一步打算时，金宇澄说李敬泽同志叫我继续再写下去，这也绝对是我的想法。为什么？这个小说我感觉它是像一棵圣诞树，这个框架起来了以后，你可以把任何东西挂上去，因为上海这个地方太丰富了，有那么多积累的东西，生活中无所不包的，上海的信息那么强烈，你就是挂一辈的东西都没问题，我肯定是沾了上海的光。

（2013年4月）

题图为采访当日2013年3月26日与金宇澄在上海作协合影。

陈丹燕

上海的故事写不完

——谈《上海三部曲》

对陈丹燕的第一印象是来自她的《独生子女宣言》。那是我女儿去国外就学前，她把自己中学时代读过的许多书理了出来，其中有多本陈丹燕的作品，女儿留下了那本《独生子女宣言》，其他全托去宁夏支教的同学送给那边的希望学校了。于是，我关注起这本《独生子女宣言》，知道陈丹燕是《儿童时代》的编辑，这本书是她在广播电台主持一个独生子子女节目的汇总。女儿还说陈丹燕长得很像中学生，因此装着插班生坐在教室里都没引起同学怀疑。

以后，我就关注起陈丹燕的作品来。当时去著名翻译家草婴先生家作客，他告诉我，陈丹燕来采访过了。不久，看到了《上海的风花雪月》

里的草婴形象，确实写的与众不同。

同时，有关她生活的传闻也引起我的关注。知道她父亲是中波轮船公司的干部，这可是在我们小时候感到很神秘的一个单位，每次路过外滩 18 号时，总会向墙上那块金色的方形铜牌瞥上一眼。后来知道她爱人是她同学，是出版系统的一位领导。又知道他们的女儿叫陈太阳，是个小天才。陈丹燕经常趁寒暑假带她周游列国。陈太阳的同学也喜欢到她家来“疯”，吃了，喝了不算，还在她家打地铺过夜。被孩子们叫“精灵妈妈”的陈丹燕则乐呵呵地为孩子们忙得不亦乐乎。

不久又读到她的《上海的红颜遗事》，她写活了上官云珠和她的女儿姚姚。让我一口气读完，而后又读过几遍的更是由于姚姚发生车祸遇难时，我正巧在斜对面的邮局寄信。我至今都记得是 1975 年 9 月 23 日中午，下雨。后来，听说陈丹燕写此书后一直不能自拔，断断续续地生病，直到南普陀去烧了香，才使自己恢复了过来。又听说，在这“上海三部曲”中她最满意的也是这部《上海的红颜遗事》。

我家以前就往外白渡桥北堍，就是现在的北外滩，因此，到外滩“白相”是家常便饭，小时候还经常爬在英国领事馆的围墙上看外国人打网球。外滩公园门口曾经挂过“华人与狗不得入内”牌子的故事不知听了多少遍，父母说，老师说。甚至有一次还听说要把这块牌子重新挂起来，作为“爱国主义教育”，后来不知为啥又不了了之。改革开放后，曾看到对这块牌子的质疑，但真正把此事来龙去脉说清楚的还是陈丹燕。听说陈丹燕为写这本《公家花园的迷宫》，为了弄清这个扑朔迷离的公案，在上海档案馆、图书馆、徐家汇藏书楼里泡了好几个月，在伦敦大英图书馆也泡三个星期，家里人说她身上都有股霉书味。她还翻到了周作人日记上的一段记载。对此，现代文学史研究专家陈子善先生颇为感慨。称她“用历史学家的方法做研究，用新闻记者的态度去尊重事实，像小说家那样去描绘。”而她也说这是她所要努力的。《外滩：影像与传奇》起源于陈丹燕在美国东亚历史研究中心的一年的授课。当时她做的工作就是每个月给几所大学的历史系的学生上课，她用四个星期写外滩的第一章做一个讲座，然后再花一个月写第二章再讲一次。结果，有一学生问她说，你找了很多的档案是英国和美国的档案，也有一些照片是当时传教士带回来的。那中国人怎么想这个事情呢？陈丹燕觉得这是非常好的问题。外国人的视角记录当时的上海，必然与中国人自己的不同。这就是本土立场才会有的细节。陈丹燕至今依然认为，那个学生的提问，是她美国之行的最大收获。

然而，回到中国又找不到任何口述实录。她不得不花了将近一年多的时间，寻找早已动迁的居民做采访。后来找到了很多的资料，觉得非常宝贵，想要都用进去，但是很多不能用，眼睁睁地看到自己花了宝贵的时间搜寻来的资料不能派用场，有一段时间她很痛苦。陈丹燕为外滩积累的素材、史料之多，已经远远超出了作家的范畴。乃至于知名历史专家熊月之曾与陈丹燕开玩笑说，如果有“外滩学”这门科目，她至少能当上“外滩学硕士”，“你的书是研究这一块的历史学者引用最多的。”

而《成为和平饭店》则是原来《外滩：影像与传奇》中的一部分，因为太长，干脆辟出来单独成一书。然而，事情没我们想象的那么简单。有一段时间，进进出出和平饭店的人或许会注意到，靠近滇池路的大堂咖啡吧里，经常会有一位女性，端着一杯咖啡，静静地坐在那里，遥望窗外的人来人往。这就是陈丹燕。为了写此书，她甚至还在和平饭店住了一个月。早晨，她会坐到对马路陈毅雕像下，望着绿色的窗户泛出金色的阳光。半夜，她会从顶楼沿着楼梯悄悄地走下来，寻找传说中的幽灵，陈丹燕说“那种气氛和味道，只有晚上能够出来。”但受惊吓的却是楼层的服务员。巡夜的保安认识她，会知道此时不宜打扰她的灵感，远远地对她微笑、点头。饭店领导知道她的重任，对她奉若上宾，她却因饭店的装修有损于原貌而写信给市领导“告状”要求叫停。初稿写了30万字，结果自己不满意，推翻重写。把稿子交给了《收获》杂志，《收获》副主编钟红明觉得文章结构有点问题，问她还想不想改。“我当然想改。”陈丹燕的语气斩钉截铁。正逢此时，和平饭店新来的总经理听说陈丹燕在写书，问她有何需要。她干脆提出，想在顶层的沙逊套房（和平饭店前身沙逊大厦的老板沙逊的沙逊阁）住一晚。或许就在那样真实的环境下，她找到了书里人物的感觉。记得她在《成为和平饭店》一书末尾这样写道：“漫长的八年时间，最后一个句号，结束这本书。有人问我，你是如何庆祝这个时刻的？我回想那个时刻，最后一个句号以后，心中是一片茫然：不能相信自己从此不需要为它工作了。”

从《上海的风花雪月》到《成为和平饭店》，这中间整整二十年。陈丹燕说，这是我生命中最重要的六本书。但她似乎没有停息，前不久，我去外滩源33号原来的英国驻沪总领馆旧址时，见到她正在采访著名译制片导演、演员曹雷老师。她又在写什么呢？期待。

与陈丹燕的笔谈

写作转变是顺其自然

记者：如果把文学按年龄段来分的话，您从儿童文学、少女文学转到成人文学，是你有意为之，还是偶然的机会，为什么？因为连陈伯吹先生都为你转行感到惋惜。未来会不会重新拾起来？

陈丹燕：对于写作的转变，我是顺其自然的。写作方向转变也好，写法转变也好，大略是因为人生体验和感触不同罢了。一个作家，写了一阵子青春故事后，开始以自己生活长大的城市为故事库，写自己周围的几条街道，和在这些街道上行走的人，那是 1992 年，二十多年前了。这二十年中，六本关于上海的故事，非虚构的文体，使用文字与影像两种工具，记录我以为有价值的人与事，城市与人物命运的变迁。但是我希望自己是孩子们的朋友，而不是长辈，这一点一直都未曾改变。我一直关注着《独生子女宣言》中那些孩子们，因此，在汶川地震中最吸引我"80 后"志愿者群落，我写了《赤子之心》。

上海的故事写不完

记者：在"上海三部曲""外滩三部曲"登上畅销书榜后，"小资教母""海派文化代言人""张爱玲的接班人"等等各种名头出现在相关的报道中，你对这怎么看？有读者说您的写作方式像张爱玲，您认可这样的类比么？

陈丹燕：人家要这样说，我也没办法。从前的张爱玲，在对几条街道的描写中反映时代滚滚而过的巨轮声响。从前的茅盾，借重阶级分析的方法描写民族资本家的生活与心理。还有后来的周而复的小说，塑造红色上海。我在写作的过程中，才渐渐体会到，如此的容颜，对这座处在中国广袤大陆的边缘的港口城市，意味着怎样的命运。它这混血儿的命运，决定了这座城市里的人生，不得不上演各种稀奇和难得的故事。这个魔都，对一个写城市故事的作家来说，实在是再好不过的工作场所。人人都觉得描写它的作家委实不足与它提供的丰厚生活相称。

上海是我看世界的坐标

记者：有人说陈丹燕是为写而旅行，是这样吗？是因为通过你的旅行观察了世界，从而回过头从世界的角度来看上海吗？在出去前后看上海有什么不同？你的“上海三部曲”“外滩三部曲”开始之前是早有规划，还是在写作中不断发展而形成的？

陈丹燕：我来自一个移民家庭。父母是很书生气的早期共产党员，我父亲是延安抗大出身的学生，我母亲是一个从伪满州国的富裕家庭跟姐姐出来革命的女学生。我没有上小学的时候，跟随父母和两个哥哥，从北京搬来上海。所以我对上海的认同经过一个漫长但自然的过程。从北京搬来上海，我家庭中红色但并非来自于乡村的背景，使得我的家庭对上海有种束之高阁的清高。加上我小时候很少朋友，所以我对上海的市井生活一直是隔膜的。回想我在上海的生活，总有种浮在水面上的油的感受。小时候我不喜欢上海这座城市深入骨髓的商业气息，也不喜欢它的通商口岸历史。我一直不认为我是上海人，因此我很晚才开始学上海话。1992 年我第一次到欧洲旅行，在德国、法国和奥地利，处处看到上海的影子，处处想起在上海的生活，这是我第一次睁开眼睛看我的文化背景，第一次意识到在我成长的过程中，上海作为我成长的城市，起到的潜移默化的作用。第一次发现我与上海之间的某种联系。站在世界殖民历史地理的角度，我才发现这座城市的历史意义，它是世界上第一批全球化的商业都会，也许它不可爱，但它是典型的通商口岸城市，保留着丰富的历史细节，对一个传统的东方农业文明古国来说，特别富有意义。就是在这样的认识下，我开始为当年的《上海文学》写散文专栏，就是后来的《上海的风花雪月》最初的一些篇章。我不知道这种发端于

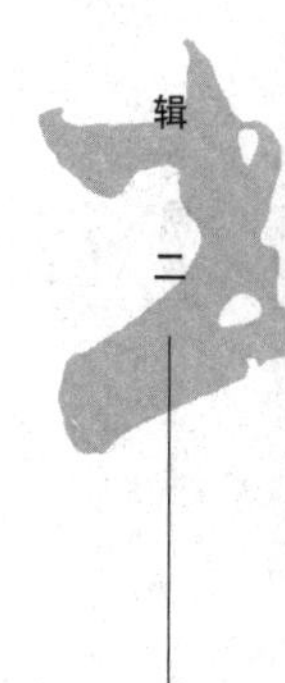

对自己文化身份的探索，和对养育自己的城市的探索，后来会持续二十年，从《上海文学》上的一组文章，一直写了关于上海的六本书。

想看世界的强烈愿望

记者：你在海外的旅行经历吸引了许多读者，尤其是小姑娘。你的旅行是怎么开始的？你对当下热衷旅游的年轻人怎么看？有何建议？

陈丹燕：1966年“文化大革命”开始时我8岁，在那时，如果你听短波都可能被枪毙的。所有的中国人是没有一本可以旅行的护照的。因此，去看世界是我从小就有的一个很强烈的欲望。对我来讲，旅行一直都是第一次世界大战以前的欧洲人旅行的概念，就是你要学一样东西。你想看到一个未知的世界，那个世界常年来是禁锢的，很少的机会你可以真的看到，所以就会不顾一切去看。我觉得如果说动力，这个大概就是动力。因此，当我因一本长篇小说而拿到16000美元奖金时，就在国外旅行了5个月，到最后我要回来时连加重行李的钱都没有了。现在小孩是随便一个护照拿着就走了，有时候我正为他们可惜，没有那种强烈的求知欲望。所以，要我说建议的话，大概就不能对这一代的旅行者做建议，因为他们的知识太饱和了，疆界太自由了，不存在那种紧张感，没有紧张感的旅行是另外一种，不是我的这一代人的旅行。

非虚构中的虚构

记者：你的作品有时看起来是散文，有时如报告文学，有时像传统意义上的小说。你为什么用这种“三不像”的写法？有的评论家说这是“非虚构与虚构的结合”。当初这种写法听到有批评意见吗？

陈丹燕：上海这个城市从来不缺离奇的故事，要是追逐故事，一辈子都写不完那些悲欢离合，那些野心勃勃与身败名裂的人间传奇。故事淹没了一切，一切文学的技巧与文字的追求。二十年前，我开始写作这个城市的故事的时候，就选择了非虚构的文体，这是一种以真实事件与人物为基础的文体。对充满传奇的上海故事来说，这种强调真实的文体很好地解决了“读者也许不能相信这是真的”这个困扰。有时我躬身自省，也许自己如此喜欢非虚构的方式，也是想要逃避这样的谴责与自责吧。正好上海故事里的野史气质弥补了跟随生活而描述，与提炼生活而描述的不同，这种方式也是种取巧吧。有时我安慰自己，不要折磨自己，就做自己能力做得到的事。

用图片来证实非虚构

记者：你的作品中有许多照片，尤其是《外滩影像和传奇》与《成为和平饭店》，从篇幅上来看也占了很大部分，这在一般的文学作品中是不多见的。你是出于什么样的考虑才这样做的？

陈丹燕：上海故事由于它历史的特殊性，总会给人一种“真的？假的？”的疑问，因此在最初，是本能地我选择非虚构，用图片，想要证明它的真实性。照片一直都是这六本书中重要的组成部分，最开始它们出现在文章之中，所谓随文图片，比如《上海的风花雪月》。后来，它们出现在文章之首，成为与文章中所描绘的互相对应，启发读者去仔细读图，有自己的发现和感受，比如《上海的金枝玉叶》。再后来，它们成为虚构部分的一种幻象，以自己的实证性来打破虚构与非虚构之间的界限，同时它们自身的倾向性也在起作用，比如《公家花园》。最后，它们达到了与文字一样的文学性与实证性并重的高度，比如《成为和平饭店》。我总是记得二十年里，我如何辛苦寻找一张又一张与众不同的照片，后来，这种态度几乎成为我的信仰。可以说，在不断寻找合适照片的二十年里，上海的面貌在我心中变得清晰和深刻，永难忘记。非虚构这种写作形式和图片在文中的融合，在我的写作中有了更深入的意义，它们融合在一起，成为我表达这座城市最有力的方式，因为在图片中我看到了立场的不同，对一件客观事实不同的表达。在非虚构的纪录中，我看到了时间和感情对史实的篡改，这些非虚构中的虚构，正是一种无法掩盖的真相。

上海是我作品中唯一人物形象

记者：你小说的书名很宏大，但具体都是落实到一个几乎是非虚构的人物身上，在《上海的金枝玉叶》写的戴西，在《上海的红颜遗事》写的姚姚，《成为和平饭店》里面的几个故事是独立的，但之间总有些共同的角色或场景，为它们建立了似有若无的关联，刚开始读时会有点不知所以。您为什么要用这样的结构方式？

陈丹燕：二十年来，我用这种方式写了六本书，有些用了散文体，有些是传记小说，有些则是以真实的事实为基础的短篇小说，最后一本，则是以一栋著名的建筑为主要人物的非虚构体长篇小说。这个故事让人纠缠在它的矛盾性里，它到底是真的还是假的？它到底是在直截了当讲事实，还是充满了隐喻的小说？但我却只想考证出这栋建筑的生命史，只想表达出它自身的复杂与奇特，在我看来，它就是这座城市的主角。其实我的想法是要将这六本书放在一起，当成有六个章节的一本书才算完成。如果将它们这样排列，我选择的虚构与非虚构的写作方式就能获得斑驳的平衡。这座城市提供了如此奇特的故事，写作二十年之后，我才发现，自己笔下渐渐形成的奇特的文体，只是为了合适讲述故事而渐渐完善起来的那件合适它穿的衣裳。上海历史的丰富与似是而非，原来就是我写作的本源。

我的命运就是写上海

记者：你在世界各地旅行，肯定会把这些地方与上海作比较，上海是你最爱的城市吗？许多读者说他们看了你的作品重新认识了上海，你觉得如何？

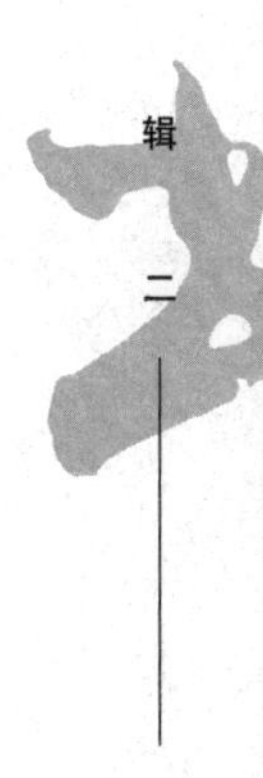

陈丹燕：对我来说，上海是一个了不起的地方。以我自己的经历来看，写上海这座城市非常有意思，也非常边缘，非常容易招致误解，但我从小生活在这里，纵使多年旅行，但看来看去，上海总是我看世界的坐标，千里万里，上海总是相随。一个人把三十岁以后的所有海外旅行都用在对它的探索上，在咖啡馆里草草记下的句子大多是对它的追忆和疑问。一个人，在一台电脑的键盘上用十个手指头埋头长跑。二十年，六本书，其中大多数曾经畅销，又随着时间流逝，渐渐从畅销转为长销，倚靠文学渐渐行来的漫长旅程，却只有一个非常简单的目的，就是想要认识我长大成人的城市。现在想来，非虚构的文体是最符合这种初衷的手段，首先满足了自己探索家园的愿望。我感谢这座城市教会我如何认识一个复杂的事物，理解一种复杂的人，体谅命运下奇异的变化，同情在巨变中分崩离析的记忆与人生，钟爱一种叫做定力的内心力量。我也感谢这座城市给了我丰富的故事，让我能完成自己的创作，得以在写作中成熟，并拥有精神力量。我能感受到自己在写作的探索中心智渐渐的成熟。所以，我的命运就是写上海。

做一个好作家是我的理想

记者：这次在研讨会上看到您的著作堆了一桌子，真有点惊呆了。您那么勤奋地写啊写，考虑过纸质书要灭亡了的问题吗？

陈丹燕：写作，做一个作家，做一个好作家一直是我的理想。我在中学时代开始写作并发表作品，大半生都在写作，无论春夏秋冬，都坐在桌子前，我发现自己非常喜欢写作，从未对它厌倦过。这些年常有记者这样来问我，纸质书似乎就要灭亡了，作家也因为媒介的发达而成为一种公众的职业。不必像古典的时代那样，需要格外的训练。我发现自己心中并未真正为此忧虑过，我想，新时代无论如何的新式，人们内心听故事的欲望，总是与生俱来的吧。做一个好作家，至今仍旧是我的理想。一个人能坚持了自己十岁的时候就在心中确定的理想，应该是幸运的。

（感谢上海文艺出版社编辑陈蕾老师的帮助！）

（2015 年 1 月）

题图为陈丹燕2016年5月10日在上海电视台演讲。

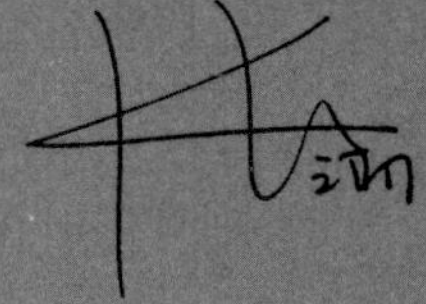

女性的隐忍和力量

——谈《阵痛》

尽管张翎写过《金山》等很有影响的长篇小说，她先后获得第七届、第八届十月文学奖，第二届世界华文文学优秀散文奖，首届加拿大袁惠松文学奖，第四届人民文学奖，《中篇小说选刊》双年度优秀小说奖，并六次进入中国小说学会年度排行榜，她还与严歌苓、虹影并称海外华文女作家的“三驾马车”。但不少读者对她还是不太了解，以至于出版社在她的新著《阵痛》的腰封上要注明：“《唐山大地震》原作小说作者张翎重磅新书”，依仗小说拍成的电影，成了小说作者的广告牌。

为写作做足各种准备

张翎，浙江温州人。“文革”结束恢复高考，她以初中二年级的水平靠自修考上复旦大学外文系英美文学专业，成绩是浙江省外语类考生的第一名。1983 年毕业后就职于煤炭部规划设计总院任英文翻译。1986 年赴加拿大留学，如同她洗碗时先要把锅台擦干净一样，她向往写作，要把外围的东西先准备好了，再进入核心。她分别在加拿大的卡尔加利大学及美国的辛辛那提大学获得英国文学硕士和听力康复学硕士学位。这是两个毫不相干的学位，但她一直觉得，生命中所经历过的一切，都是在为写作做着各式各样的准备。在拿到两个学位的过程中，她搬家超过 20 次，尝试了从卖热狗到行政秘书等多个职业。写作是她的一个梦，只是她相信：太穷、太富都当不成作家。奋斗若干年，她终于对自己说，现在可以动笔了。于是有了 1998 年的长篇处女作《望月》，此时，她已四十岁了。之后便是《交错的彼岸》《邮购新娘》《雁过藻溪》……她说：“表面上你好像浪费了一份大好的创作时光，但实际上让你所有的焦虑和表层的感受，都得到了理性的沉淀。”

张翎现在的工作是注册听力康复师，是为患有听力障碍的病人服务。先要诊断他们的失聪是否由疾病引起，然后再决定是否转给五官科医生做药物手术性治疗，或留下来进行听力康复。她一周工作四天，晚上写作。这个职业除了带给她一份稳固的收入之外，也为她打开了一扇很大的窗，让她触摸到了各个族裔的文化脉搏。“我人生的一切，阅读、阅历、交流、观察，都在准备着写作。总有那些人，眼睛很尖，能看得到生活里各种事情”

张翎现定居于加拿大多伦多市，她很少回国，更很少有机会介绍她的作品，这也可能是读者对她较陌生的缘故。5 月初，张翎到北京、杭州、上海等地介绍她的新著《阵痛》，使记者有机会见到她。

三代母亲的同一道路

“阵痛”，原指女人临产时所遭受的疼痛，小说以此为隐喻，将女性的生命疼痛与历史创痛纠结在一起，正如腰封上的大字所概括的：“三代女人惊世传奇的生命孕育，七十年间天塌地陷的风雨沧桑”，《阵痛》描写了三代身份、际遇迥异的母亲，经历了同一种形如铁律的宿命，由此折射并概括了历史的风云变幻，人世的风波险恶，生命的无常无奈，和足以洞穿一切苦难困窘的母性的坚忍不拔。

浙南藻溪乡的年轻女子上官吟春，被日本鬼子凌辱后怀孕，在山洞里，上官吟春用石头砍断了胎儿的脐带，生下了孙小桃（意逃难中生）。却意外发现，孙小桃竟然是丈夫大先生的亲骨肉。孙小桃在大学里爱上了越南留学生黄文灿，正值越南战争，黄文灿提前回国。在死去活来的痛苦中，孙小桃产下私生子宋武生（意武斗中生）。长大后的宋武生到美国留学，为了有一个合法的身份，嫁给了她并不相爱的杜克。本来不想要孩子的宋武生，意外怀孕，怀着一份愧疚，武生独自到巴黎度假。忽然接到杜克打来的电话，只听到杜克断断续续的声音：“我这一辈子，都爱你……只爱过你一……”晚上的电视新闻一直重复播放着：两架飞机一头扎进了纽约曼哈顿的世贸大楼，武生痛苦中将这个没有了父亲的孩子，生在了路上，取名杜路得……

从上官吟春到孙小桃、从宋武生到杜路得，这个家族的女人，血脉里似乎都有一种说不清道不明的东西。冥冥之中，仿佛有一只无形的手，牵引着她们，不约而同走上同样的一条路。

三代母亲不同寻常的情感和孕育经历，三次传奇般的徘徊在生死边缘的痛苦生产磨难，串起70年人间的悲欢离合。生育的阵痛是暂时的，而苦难的时代带给生命的磨难，又让人看到生命的艰辛和柔韧，让人看到女性的隐忍以及隐忍之下的力量。

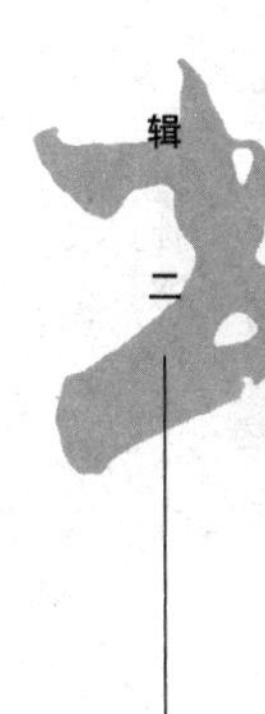

颠覆了以男性为主宰的历史观

著名女性文学评论家何向阳认为：《阵痛》这部小说，虽然从表面上看是一个以女性为主角的编年家族叙事，但这种叙事，在中国当代作品中可以说是领先的。《阵痛》和一般的编年家族叙事，或者历史叙事完全不同，完全颠覆了以男性角度的，或者历史是一种以男性为主宰的传统观念，把历史完全解构，用三代女性的角度，串联起 70 年的历史。战争、解放、"文革"、四清、改革开放……不管这个社会如何变化，女人都要有她的爱情，有她的婚姻，都要经历生育的阵痛，以延续生命。因此，女性永远涌动在历史的波澜壮阔之中，无论经历什么样的苦难，她永远承受这样的宿命。不同于当代长篇小说创作一般的叙事－反思－检讨，或者是上升到哲学思辨的模式，《阵痛》不去论述大道理，深奥的哲理，而是描写生育的点点滴滴，从女性生育这样一个角度去切入，从这样一个命运感，甚至带有一种宿命感的基点去诉说，叙述从容温婉，充满了温暖的语调。

语言温婉细腻以柔含刚

张翎小说的独特语言一直被人们所称道。从《望月》开始，张翎在努力建构一种阴柔婉约的女性叙述方式，而让文字的力度渐渐地力透纸背，可谓以柔含刚。《阵痛》也是如此，故事曲折动人，语言温婉细腻，极富感染力。有人说《阵痛》俨然一部女人版的《活着》、中国版的《小姨多鹤》。而《小姨多鹤》的作者、张翎的好友严歌苓看了小说后称赞道："天生具有好的语感，可张翎还嫌不够，还要语不惊人死不休地锤炼她的小说语言。这部小说就是以她锤炼成金的语言，讲述了三代女人从中国到海外的世纪故事。张翎使我们越过文学熊市看到文学的希望。”

对话：“活下来的都是女人”

记者：尽管您作品不少，但知名度仍不如有些作家，您怎么看？

张翎：有的朋友也许知道，我在海外已经写了很多年的小说。文学，它是一种相当小众的媒介，我想在电影《唐山大地震》上演之前，你到街上随便问一问张翎是谁，我相信没有一个人知道，万一你问到一个人知道，她可能是我的母亲。（笑）这就是大众的媒介和小众媒介之间的巨大差别。我很高兴电影为文学鸣锣开道，开场锣鼓很热闹、很好听，我想请求大家能够慢慢从影视作品的巨大、热闹的开场中走出来，真正走到我的文学世界，把我当做一个小说家来单独了解和认识。这是我的希望。我这辈子唯一做的能过得去的事情就是写小说，其他方面我都是特别无能的人。

记者：您的中篇小说《余震》及后来扩充成的长篇小说《唐山大地震》，新的长篇小说《阵痛》这三部作品都是关于灾难、疼痛、隐忍、力量这一类的话题。你为什么对这一类话题这么感兴趣呢？

张翎：这和我的职业有关。我的职业是一个大家相对而言不太熟悉的职业，叫做“听力康复师”，这是一个很新兴的学科，我在北美曾经做了十七年的康复医师，我的职业给我打开了一扇扇窗，让我遇见了很多病人，我的病人当中有一部分是属于非正常情况下损失听力的，他们中有一部分人是从战场下下来的退役军人，还有一部分病人是从战难和灾荒逃到这里来的难民和灾民。他们对人生的看法，是跟我这样在相对和平的年代里出生和成长的人完全不同的。有时我感觉自己是他们中的一个，他们也把我看成是他们中的一个。这也是为什么我对疼痛的感觉绝不陌生，也不愿意轻易接受“一切都会过去”的肤浅安慰。这让我真

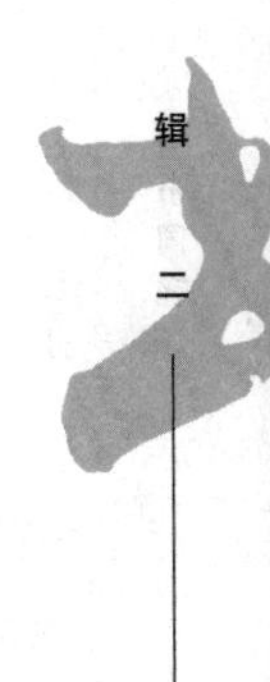

正开始反思什么是灾难带给人的疼痛，什么是生活的隐忍和力量，这些东西后来会星星点点反映在我的小说创作里。

记者：为什么您这几部作品女主角都是女性？

张翎："女性"这个话题，实际上是超越性别、超越国界、超越文化的普适的话题，实际上它是全人类的话题。在动笔写《阵痛》的时候，我当然首先想到的是女人。在我过去的书写里面，我很少主观上把她们认定为女人，我认为她们是和男人一样的、没有性别的人，我只是写她们在各种各样生活状态里面的挣扎。可是在写《阵痛》的时候，突然有一种东西在我的意识里面复活了，我觉得这样的东西就是"女性意识"，我意识到了她们是女人。我在写她们的时候我就在想，如果女人生孩子的这种阵痛，或者是她们生活里面的其他疼痛，这个时代、这个世道不见得能知道。但是如果这个时代、这个世道有疼痛的话，女人是一定能够感觉到的。在这么多天塌地陷的历史事件里面，男人是用钢和铁的材料制成的，他们在天很矮、空间很狭窄的环境里头，他们的反抗方式通常是要站直了，要呐喊，所以他们在乱世里头遭遇沟沟坎坎的时候，他们通常是过不去的，他们就会碎了、断了、裂了。而女人呢？她们真的会改变自己的身姿，她们会把自己挤得这样的扁，好像是一股水，可以从任何一个很细的缝隙里头穿过去。所以在我的小说里头，男人都死了，活下来的都是女人（笑）。

记者：跟《余震》里面女性角色一样，《阵痛》里面的女人也是生活在灾难来临的时刻里，她们有什么不同呢？

张翎：如果要把这两本书的女性形象做一些简单的对比，那她们都是隐忍和力量的化身，只是她们的表现方式会有一些不同。《余震》的故事，就是一个母亲在地震中被迫选择救儿子还是救女儿，接下来她要面对这个选择带来的终生的疼痛。《阵痛》是讲了一个很复杂的故事，它是讲三代的女人在三个灾难来临的时刻以非正常的状态生下她们的孩子的故事。《阵痛》里面的母亲叫上官吟春，背负传宗接代的重任，她与《余震》里面的李元妮都是忍辱负重的代表,可是她们隐忍的方式是不一样的。吟春表现出来的是一种向外的、积极的、发散的力量，李元妮最后爆发的是一种内在毁坏的力量。在某一刻里失去了心爱的女儿时，李元妮是要紧紧地攀在记忆身上她才能活下来，而吟春要忘却一切，她才能活下来朝前走。李元妮要靠惩罚自己而活着，吟春要靠救助别人而活着，这就是一个很大的不同，她们隐忍的内容不同，她们表达的方式也不同。

记者：我们知道《余震》的灵感来自您在机场候机时买的那本回忆唐山大地震的书,《金山》的灵感来自您参观福建碉楼时看到的一件粉红色的旧式夹袄和袖筒里藏着一双已经挂丝的长筒丝袜，那么,《阵痛》的灵感又来自哪里?

张翎：我实际上写了很多江南故土的小说，但是我觉得《阵痛》是离我故土、童年记忆最近的一本小说，它是最大程度上动用了我对故土的童年回忆的小说。那里面的灵感，我想首先是来自我母亲的家族的。我外婆一辈子生了十一个孩子,有十个长大成人了。你想作为一个女人，我外婆在整个生育年龄的二十年里面，她的子宫和乳房几乎都没有闲置过，她生儿育女是在国家一个灾难接着一个灾难的时代里面。我的外祖母早已经过世了，如今我作为一个小说家，回想起我外婆的时候，脑子里面总是有一个意象，就是看见一个女人，在天塌地陷的乱世里面，默默地跪着、爬着，走出一条生路，这是我的外婆。国外近些年有一个蛮时髦的医学理论，它叫“基因记忆”，就是“Gene Memory”，它的意思就是基因本身带有记忆。过去我对这种理论是不屑一顾的，我觉得很好笑,后来我回头想想我外婆养大的六个女儿，个个秉承了我外婆的特性，个个都在艰难的年代里生儿育女，我就想“基因记忆”这件事情还真说不定有点意思。每次，我就想到我妈妈家族里面勇敢的女性的时候，我就觉得她们是野草,在我写作的这片土壤里面,任何时候只要土壤微薄,她们就会像野草一样钻出来，要冒出头来。她们给了我很多很多灵感。我把她们的精神、气血都掰成碎片，放在我的人物身上，所以我的这些

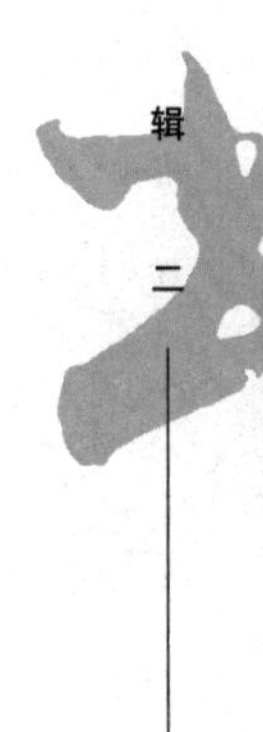

人物，你可以说她们是完全真实的，也可以说她们是完全虚构的。

记者：这三代的女人里面，你最喜欢谁？

张翎：我个人的偏好，我最喜欢小桃。小桃和她的母亲一样，就是在生命的某一刻里稀里糊涂地成为了母亲，她还跟她的母亲一样是母性泛滥的女人。她们并不是在成为母亲的时候，才显示她们的母性的，实际上她们在爱上她们生命中第一个爱的男人的时候，她们就已经是母亲了。她们是一群飞蛾扑火的女人，她们扑上去的原因，并不是因为她们知道代价，而是因为她们浑然不觉，她们看见这个火光，觉得好看、觉得美丽、觉得惊心动魄，她们愿意为了这份美丽、这份诚挚的感情，她们愿意扑进去，所以别人为她们撕心裂肺，为她们揪着心的时候，她们是心怀真爱、终生幸福的。

记者：书的责任编辑之一，作家出版社的金牌编辑王淑丽对《阵痛》的评语是："阵痛中孕育了生命，苦难中开满了鲜花。"你怎么认为？

张翎：我觉得挺有意思的，我想这本书是关于苦难的，但更多的是关于希望的。苦难的历程中那些鲜花是什么呢？是对未来的期待，是对现世黑暗的一种幽默和化解，眼泪里面，依旧有笑声。女人的隐忍，不是一种消极、被动的隐忍，她们是带着对未来的期待而活着。她们所谓的理想希望她们孩子会在太平盛世里面成长起来，而且，会在太平盛世里面生下孩子。可是世世代代，灾难不能幸免，连绵不断，女人这么卑微的希望，似乎总是不能落到实处，因为每一个时代都有每一个时代的灾难，每一次灾难里面，都有稀里糊涂成了母亲的女人，还有不顾一切也要出生的孩子。但是就是这种希望使她们生生不息繁衍下去。

（2014 年 6 月）

题图为2014年5月3日与张翎合影。

一个会吟诗的“福尔摩斯”

——谈《红英之死》三部曲

眼下，在西方读者，尤其是喜好推理小说的读者中，一个东方的“福尔摩斯”引起了他们极大的兴趣，这个“福尔摩斯”叫陈超，头衔是“上海市公安局刑侦处长”，人称“陈探长”。他生活在《红英之死》《外滩花园》和《当红变成黑》这三部书中，如同因《达·芬奇密码》导致世界各地大批读者到法国巴黎卢浮宫去探秘一样，一个又一个“随陈探长的足迹”的旅行团来到黄浦江畔，来到石库门弄堂里。这个“陈探长”的塑造者就是裘小龙。

裘小龙真是个才子。大学就读于华东师范大学中文系，但是大学没有读完就凭优异的成绩考取了中国社会科学院外国文学研究所的研究生，导师是著名诗人卞之琳先生。研究生毕业后分配到上海社会科学院工作。上个世纪八十年代，他翻译出版了《美国意象派诗选》，获诺贝尔文学奖的诗人 T·S·艾略特的诗集《四个四重奏》和叶芝的诗集《丽达与天鹅》。这些诗集均属首次大规模地介绍给中国读者，对八十年代汉语文学，尤其是汉语诗歌的革新与发展产生了一定的影响。同时，他还是一位对文学批评颇有研究的学者，写过很多质量很高的文学评论文章。

1988 年，裘小龙作为访问学者到美国，后在美国留学；现为华盛顿大学中国文学教授。在美国，他一边教学，一边写诗，译诗，主要是翻译中国古典爱情诗词，并且有书出版，引起美国读者对中国古诗的兴趣。

2000 年，他的第一部推理小说《红英之死》在纽约出版。出乎他的预料，小说出版后，好评纷至沓来；许多美国媒体不惜用“无与伦比”“绝对精彩”“一颗无可比拟的珍珠”等漂亮字眼来赞誉这部反映中国当代都市生活的小说。之后，这部小说不仅入选了纽约《新闻日报》评选的 2000 年度最佳十部小说，还入围了在美国很有影响的“爱伦·坡推理小说大奖”和“白瑞推理小说大奖”，之后又获得“第二十三届世界推理小说大奖”——安东尼小说奖。到今天，法国、德国、意大利、日本、瑞典、丹麦、匈牙利、挪威等国家均已出版了这部小说翻译本。

《红英之死》写的是中国东部一座大都市（中文版虚化为 H 市）郊外发现一具无名女尸，刚上任的刑侦队长、爱好现代诗歌的陈超和他的部下在调查此案的过程中，发现死者是一位社会公众人物，著名女劳模关红英。随着调查的深入，他们逐渐发现关红英出乎预料地过着双重生活：她一方面以良好的社会公众人物的形象出现在公众面前，一方面又过着隐秘的孤独与堕落的腐败生活。杀人嫌疑是一个干部子弟，某重要杂志社的摄影编辑、有妇之夫吴晓明。吴晓明借着他的家庭地位和职务之便，与许多女性关系暧昧，关红英就是其中之一。他们的私生活颓废、堕落，假扮夫妻出外旅游，甚至在一起拍摄色情照片。关红英为什么过着这种难以理解的双重生活？她是如何滑入孤独与堕落的深渊的？吴晓明作案的动机是什么？他杀人的证据又在哪里？诗人刑侦队长陈超面对这既复杂又具有诱惑力的案子，就像一个执著的社会学家一样，既困惑又义无反顾。

显然，裘小龙的这部小说并不是一本通俗的、仅供消遣的读物。它只是采用了侦探推理小说这样一种大众化的文学模式，反映的却是非常严肃的社会生活。小说中对九十年代中国都市社会生活的描写既逼真又细腻，成功捕捉住了九十年代都市日常生活的精髓。从普通市民的衣食住行，到社会变革大潮中各个阶层的心理状态、价值观和现实生活变化，以及各色弄潮儿的生活形态，裘小龙的笔触可以说是无所不及。而且面对他所展示的丰富多彩的生活细节，你会情不自禁地产生身临其境的感觉。所以，难怪美国书评家会说："在《红英之死》中，中国不只是故事发生的背景，同时也是故事的主角。"

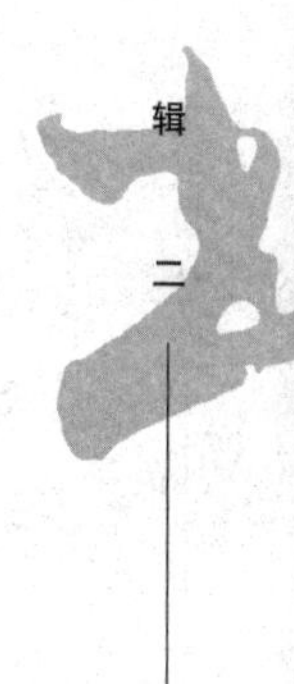

当然，《红英之死》首先还是一部推理小说，它具有一切推理小说所应当具有的套路和要素。比如一起扑朔迷离的杀人案，破案过程中的重重障碍和疑难问题。一般侦探推理小说中的侦探通常都是才干出众，同又兼具某种特殊癖好的人物，而且还会与一位漂亮的异性相互爱慕、但关系又若即若离。《红英之死》中的刑侦队长陈超也是这样的。他受过高等教育，在九十年代初的中国公安系统，尚属凤毛麟角。他的业余爱好是写诗，不仅熟悉西方现代派诗歌的写法，而且对中国古典诗词也情有独钟。他跟一位女记者情投意合，却保持着若即若离的关系。就是这样一个陈超，对中国的改革开放充满信心，希望和热情，因而对自己的特殊工作也特别严谨、执著和负责。另外，像大多数推理小说的人物安排一样，陈超在调查案子的过程中也有一个搭档，一个经常发发牢骚、但办案毫不含糊的警官。毫无疑问，对侦探推理小说模式的熟练运用也是《红英之死》取得巨大成功的原因之一。

《红英之死》大获成功之后，裘小龙驾轻就熟，继续这种体裁的小说创作。他以同一个刑侦队长为主人公，又相继出版了《外滩公园》和《当红变成黑》两部推理小说。在后两部中，裘小龙的写作内容更趋国际化，小说主人公刑侦队长的搭档由一个局的战友，变成了来自西方的女性洋侦探。

迄至目前，裘小龙的推理小说在西方取得了巨大成功。《红英之死》不仅在美国销售很好，而且翻译成法语、德语、意大利语等之后也获得了很大成功。法国出版商为了赶上 2004 年在法国举办的中国文化月，还抢在美国出版英文版之前出版裘小龙的《当红变成黑》。美国有的大学把他的小说作为社会学系、美国亚裔文学的教材。

当然，裘小龙的推理小说也引起国内出版社的注意。上海文艺出版社继出版了《红英之死》后，最近又同时推出他的《外滩花园》和《石库门骊歌》(即《当红变成黑》)。

在上海文艺出版社这三部书的责任编辑曹元勇先生的安排下，4 月初，第二天就要回美国的裘小龙先生在上海文艺出版社书吧里接受了本报记者的采访。

与裘小龙交谈，非常轻松，如同见到一位多年不见的老同学。他一见面就说要感谢本报对他的支持,原来本报《文化广场》版曾发过对《红英之死》的书评，还发过柳叶先生的随笔《我的朋友裘小龙》。

记者：您原来是写诗、译诗的，怎么会转到写小说，而且是写推理小说上来的?

裘小龙：我在卞之琳导师的指导下开始翻译研究外国诗歌，不过卞先生对我其实还有一个影响：他在英国曾用英文写过一本小说。或许从那时起，我也就有了写小说的念头。1995 年后，我经常回来，特别是回到上海，我的家在这里。耳闻目睹改革开放后中国社会生活的巨大变化，我很激动，曾试过用长诗的形式写下我的感受，写了一首叫《堂吉诃德在中国》。但我感到诗歌更擅长于抒情，要描写这个转型期中的社会，小说显得更得心应手一些。于是，我想写一部反映当代中国社会变化的长篇小说。开始也并没有想到自己会写一部侦探推理小说，当年跟着卞之琳先生攻读英语诗歌研究生时，作为消遣，读过许多西方侦探推理小说，那些小说有一个套路，也就是有一个格局和模式，我觉得与其煞费苦心地去另起炉灶构思别的小说类型，倒不如直接采用这种熟悉的小说模式。出乎我意料，编辑和评论家认为这就是侦探推理小说了，我也只能接受。不过在西方的侦探悬疑文学中，有一派就是侧重写社会问题的，还真具有讽刺意味，加州洛杉矶大学的社会学系把我的小说作为社会学的教材使用。

记者：我们熟悉上海情况的人看你的小说，总隐隐约约感到你所写的仿佛就是当年所发生的一些大事件。

裘小龙：你不愧是老上海了。一个作家一般总是选择他感性深处最熟悉、也最亲切的题材，只有这样才能写出感觉来。但我不想去直接表现这些事件，而是借来做背景。西方对中国的介绍较多偏见和误解，也许是他们从小说和电影中对中国人形成的固定形象，如中国人小脚、留辫子、落后、愚昧、迷信、抽鸦片、房中术等等。我希望西方人应该看到一幅改变了的中国图景。不仅经济上的变化，还有价值体系、人们的信仰、生活方式方面的变化。一般的西方读者对中国的了解毕竟很有限，而他们读侦探小说，不是当学问来读，只是作为一种消遣。那么，我一定要想办法把背景交代清楚。对于中国人来说，有些背景不需要交代。但用英文写的时候，我必须想办法能让读者一读就知道在讲什么事情。背景讲得太多，别人不一定喜欢，可是一点都不讲呢，有些读者就会感到困惑。我经常和一些美国朋友谈话，从而知道了我在多大程度上需要通过一些对话和描写交代背景。但美国的评论家说在我的小说中，中国不仅是背景，中国也是主角。

记者：您的作品中好多场景都是外滩公园，因我也住在那附近，“文革”中有段时间天天去那里打拳，所以读起来感到很亲近。你怎么会那么熟悉?

裘小龙：上世纪七十年代初，我初中毕业，因病而未去上山下乡，得以“待分配”在家，但没有工作，也上不了学，更看不到任何前途，只是为了消磨时间，与几个朋友一起去外滩公园学打太极拳。在那里偶遇了一位也在打拳的任老先生，他很热心地指点在那里自学英语的青年人，我也就加入其中，于是，天天去外滩公园，后来才知他一生坎坷，曾是中学校长，兼教英语。我们也成了忘年交。我在他的指导下，读完了“文革”前出版的许国璋的大学英语教材、徐燕谋主编的大学英语教材第七册。全国恢复高考后，我们几个跟任老先生学英语的年轻人都在 1977 年顺利通过了第一届高考（我数学只考了二十多分，但多亏英文考了满分），各自进入大学学习。后来我又去北京中国社科院研究生院读研究生。正因为现在远居异国，不少国内的往事反而像是在回忆中拉近了距离，尤其是那一段跟任先生在外滩公园学英语的经历，关于外滩公园的种种际遇，我后来在一篇文章中写过，还写进了一本小说的背景。在小说的一开始，主人公陈超探长旧地重游，回想起当年在这里学英语的点点滴滴，不禁再一次庆幸自己的运气，居然能在公园里遇到这样一个给他谆谆教诲的长者，从而改变了一生的轨迹。因为陈探长系列小说的写作与出版宣传，回国的机会多了起来。每次回来，我都会去外滩公园转上一圈。公园的变化越来越令人难以置信。那条绿色长椅早消失了，在任先生当年打拳的角落，现在盖起了一家豪华的餐厅……我很怀念任先生。

记者：小说中的陈探长破案时还吟诗，是不是因为您是诗人的原因?

裘小龙：国外的侦探小说中，也有某些探长会写诗。但是作者最多提到一句：他会写诗，诗本身不会在小说中出现。好像在我的小说出现之前，还从来没有一个作家把诗歌写进侦探小说。写第一本小说的时候，我并没有想过一定要在小说里加入诗歌。只是有一个自私的想法，希望能找个机会把我以前写的诗歌，找个机会放进小说里。也没想到这样写了以后，几乎所有人都说里面的诗歌好，有位读者还说能背出书中所有的诗。我还在书中引用了不少古诗，但有时候连接并不那么流畅。这也是一种反差，现代人和古代人的反差，这造成了一种内在的张力。有时候，陈探长会想到古典诗，但是他马上会自己笑自己："你又来了！"有的时候他想到，苏东坡当时是怎么想的，于是就把诗写出来了，但是他马上会加一句："现在根本行不通了！"

另外，我想借着陈探长这个人物，反思整个社会变化中小人物的命运。

有时候我会想，如果那个时候我没有出国，我在国内的情况是不是会和陈超一样，是不是也必须去做些其他事情？做了这些事情，还能不能保持着对文学的激情？你可以看到，陈超在小说里其实已经很无奈了，他经常没时间、也没精力去写诗。因此，从某种程度上，陈超的形象也可以看做是诗人在现代社会的写照。他还没有放弃，但在现实的意义上，他能做的非常有限。

记者：您觉得您是凭借什么得了全球推理小说奖，听说竞争很激烈？

裘小龙：推理小说在西方看的人特别多，书店还在醒目之处设有专柜，写的人也多，许多严肃作家也在写推理，所以确实有竞争。我想，我得奖一定程度上是因为我写了当代的中国，90年代，社会经历了巨大的物质变化、人的精神变化，这一时期本身很有意义。正好西方对中国的兴趣越来越大，而我写的，和他们想象的中国、中国人不同。他们想了解的也不仅仅是30年代的女性，很多人更想知道现在中国正在发生的事情。可能正是在这个意义上，我的小说和他们的趣味很吻合。另一点，就是我不仅仅在写推理，还有社会和文化。

记者：你在用英语写作时有没有表达障碍？为什么中文版不是你自己翻译的？

裘小龙：有这样的情况。我最早用英文创作诗歌，有时候写一首诗，用一种语言写不出来的时候，用另外一种语言去想，很奇怪的，它就出来了。我写小说的时候，有时也会用中文写一些提纲。用中文写提纲给我提供了不同的参照。现在，我基本上用英文思考。使用什么样的句型，都用英文来决定。有一种情况我觉得很意外。我们讲成语的时候，总是希望在英文中找到一些类似的东西来表述。可是我的小说里，我基本上是反其道而行，把一些中国成语故意按它的原样忠实地翻译过去。譬如说"雨后春笋"这个词，英文里说是像雨后的蘑菇一样冒出来。这样说没有错，但是从语言的新鲜度来说就不够了。于是我干脆把它翻译成"像下了一场雨以后的春笋冒出来了"。美国人也知道笋，但他们吃不到笋，他们觉得很新鲜。后来有一些挺有名的评论家把这种例子拿出来，他们认为，这种语言有种新鲜度。

翻译是一种再创作，在这个意义上，由另外的人来做也挺好。我很明白，如果我把自己的作品翻成中文，很大程度上是一种再创作。我翻译别人的东西时，可能还会老实一点，不敢发挥，但对自己的东西，我可能就会控制不住自己，对文字乱发挥。此外时间也不允许。翻译一首诗也许就花一天时间，但小说就等于要重新写。不过我也还在翻译。我在美国出版的一本中国古典爱情诗歌翻译集子，去年由上海社科院出版社出了中国版。今年还有一本翻译集子要出，也还在写诗。

（感谢曹元勇先生对本文的贡献）

（2005年4月）

题图为采访当日2005年3月30日与裘小龙合影于上海文艺出版社咖啡馆。

我跟张爱玲没可比性

——谈《百年好合》

老实说，如果没有这本《百年好合——民国素人志》，我们不会认识蒋晓云。

其实，蒋晓云出道很早，这位 1954 年出生于台北，祖籍湖南岳阳的女作家，几乎跟朱天文、朱天心、吴念真他们同时在 1970 年代末登上台湾文坛，22 岁时她凭借短篇小说《掉伞天》拿下联合报小说奖二奖（首奖空缺），之后又凭借《乐山行》《姻缘路》两次获得联合报小说奖。一开始就深受文坛前辈夏志清、朱西宁等人的认可。夏志清更是称她，“不止是天才，简直可说是写小说的全才”。但与当年的文学小伙伴们不同，她从 1980 年起赴美读书，从文坛消失了三十年，一直到2011年台湾《印刻》杂志发表她的长篇小说《桃花井》才算重新回归。在她缺席的这三十年中，很多新的作家长大，他们不晓得蒋晓云是谁，还以为是大陆作家，或者是一个八十多岁老太太。知道她的人就非常惊讶，因为这个人已经失踪三十年了，看了新作《桃花井》，人们才意识到，那个很会写小说的蒋晓云回来了。据说作家张大春最激动，直说"她是我的偶像"。

回归后的蒋晓云给自己设立了一个庞大的写作计划，写三十八个民国出生的普通女性，从民国元年（1912年）一直写到民国三十八年（1949年），一人一个传奇，她们的故事是野史，也是真实发生的事情，借此编织出不一样的民国图景。目前已写完十四个女性，收录在这本《百年好合——民国素人志》中。

日前，蒋晓云来上海，为她的《百年好合——民国素人志》吆喝。在新经典文化公司的帮助下，记者见到了蒋晓云。

我憋了三十年

蒋晓云的重新出山，或叫重新归队，是大家最感兴趣的。因此记者先想了解是什么原因？

蒋晓云的回答很简单：顺势为止。她说我没有存心躲起来三十年然后再复出的计划，基本上这是一个人生的历程。我比同年龄的女性有自信，我有点义无反顾，觉得很多事情我都可以做，不一定只做写作。当初离开，很多人说你怎么能从名利离开，可是我不觉得名利可以绑住我。因为原来并没有"献身文学"这样的伟大志愿，所以觉得需要去做其他的事业的时候就去做了。过了三十年，突然发现，原来那个才是你的初恋、才是你钟情的地方、你想要做的事情。所以再回头去做的时候那种感觉就非常的纯净。她说：“其实我常常觉得这就像水到渠成一样，就像这三十年我没做这件事情，可我的思考并没有停顿，也许不是在打腹稿，但也是在累积我人生的能量。”

很多人说《百年好合》里头的一个人物的材料就足可以写一个长篇了，而蒋晓云的十二个短篇中写了十四个女人，几乎是每篇一个，是否太可惜了？还有二十四个会出现在什么时候？记者问。

蒋晓云说：确实有人说为什么这样浪费材料，可是我憋了三十年，很着急地要把故事告诉给大家，所以选用这样的方式。如果我用三十八个长篇的方式，有生之年可能就办不到了。而且我觉得我不想要重复她们，所以每一个人都有自己的个性，这里头的故事甚至是有原型的，也有的是拼凑和捏造、或者创作出来的人物，基本上我希望她们有不一样的个性和人生，代表了一个时代的面貌。其他二十四个人物在一个个排队等待我去把她完成的状态里，可能需要两三年的时间。

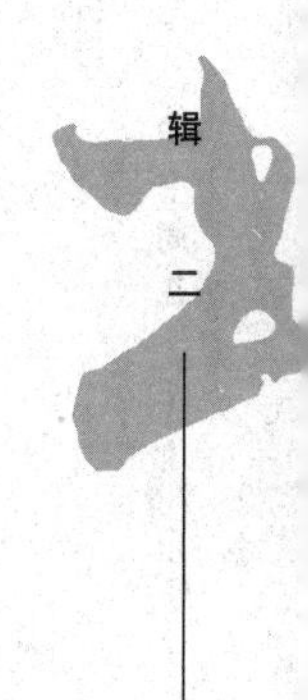

每个人都是主角

王安忆在为《百年好合》作的“序”中写道：“蒋晓云这十二篇小说，分开来各自成立，集起来又相互关联”，记者问：蒋晓云是不是先有一个人物关系谱？

蒋晓云说：先是没有一个人物关系谱的。这是因为当你活到了我这个年纪，你就会回头去看很多事情，你就会发现人和人之间的联系是非常有趣的。有时候在某一个点你碰到的某一个人居然跟你的另外一个时空中的人是有联系的，这常常会发生，所以这个事情很触动我。尤其是，我们是自己故事的主角，可是我们到了别人的故事里头有时候连配角都算不上，只是一个路人甲乙丙丁，可是这个路人甲乙丙丁也有他们自己一生的故事，所以到了我现在这个阶段回头去看，就觉得没有任何一个人是路人，他在他自己的故事里头，他再卑微，他的故事再简单，他都是他人生的主角，所以我就产生了这个念头：每个人都是主角。

我哥哥告诉我，我这也不是什么新创，他说《蜀山剑侠传》里头就是这么来的。这个道人出了门碰到一个剑仙，这个剑仙又碰到一个女神……反正就一路碰下去，故事就一个串上一个。可是我写的时候并没有想到我小时候读的《蜀山剑侠传》。这也是几十年前的记忆了，所以是不是受到这个影响，我自己说不准。

与上海有情结

这本书里的十四个女人，几乎个个都跟上海有些关联，为什么她们的生命必须跟上海有交集？记者问蒋蒋晓云这里有什么故事吗？

蒋晓云说：事实上她们并不都是上海本地人，但她们在 1949 年那个历史点上刚好都在上海。我小时候是在台北的西门町长大，但我从来都不知道其实西门町是一个小上海的缩影，一直到 2005 年因生意上要选择一个组建团队的地点，我忽然发觉，我对上海这个地方特别有感觉，甚至可以产生感情。我走在南京路步行街的时候才知道，我生活的西门町是一个小上海的缩影。于是我决定在这里成立分公司，被外派在这边住了三年。所以我必须要承认，我停笔三十年后是上海给了我灵感，让我想要回去写作，当然我复出的作品并不是这本《百年好合——民国素人志》，可是我的发想却是从这个点开始的。所以我对上海的情愫是非常有趣的，就好像你是从一个赝品里头发现了真品的那种感觉。

没偷白先勇的“尹雪艳”

在《北国有佳人》《昨霄绮帐》这两篇当中有一个人物叫做“应雪燕”，这和白先勇笔下的那个《永远的尹雪艳》有没有关系呢？这可不光是记者想问的问题。

蒋晓云说：事实上我觉得白先勇先生比我胆子大，因为尹雪艳是确有其人的，她是上海当年百乐门舞厅的红牌，她的花名就叫“小北京”。我知道这位人物的时候她已经八十多岁了，住在旧金山郊区的豪宅区，他九十多岁的男朋友就瞒着他一百岁的太太偷偷去看望她。我觉得特别的浪漫，激发了我对这个人物的一种想象，一种好奇，然后我又知道她就是尹雪艳，我就给她编了一生的故事。因为我三十多年前看过《永远的尹雪艳》，所以下笔的时候就觉得她那时候在台北就应该穿着一身白啊什么的，又给她配了一个帅哥空军男朋友，这一部分统统是拼凑的，所以我自己也可以看成这个作品是在向《永远的尹雪艳》致敬。那么有人说我是偷了白先勇先生的人物这就不正确了，因为这位老太太差不多十年前还有一百岁的男朋友去看她呢。

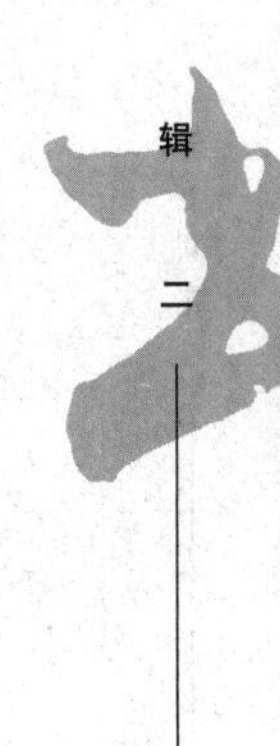

和张爱玲没可比性

有读者称蒋晓云为“小张爱玲”，不仅是因为夏志清称蒋晓云为“又一张爱玲”，夏志清在为蒋晓云的第二本小说集《姻缘路》作序时，曾多次拿蒋晓云与张爱玲做比较，而且她的文字确实与张爱玲有很多相似之处。不知蒋晓云自己怎么看？这也是记者所关心的。

蒋晓云说：对于现在的很多年轻读者来讲，张爱玲大概已经是一个作古的人了，可是在我年轻的时候，她还活着，而且也还有作品，那时候她就写了《色·戒》。在她五十多岁的时候，就是有人拿我和她相提并论，夏志清先生还拿我一篇得奖的文章寄给她看，她不是很开心的，她本人是不喜欢这种比较的。夏志清教授因为是一个比较文学的教授，从他的学术训练上来讲，当一个东西出来的时候当然很容易要拿来和另一个东西做比较，这是一种学术上的探讨的方式。可是作为一个作者或者一个被比较的对象，在我二十岁的时候，那当然是高攀不上的，难怪张爱玲要生气，就有点像说一个小歌星唱得好像王菲啊，小歌星是高兴的，王菲有啥好高兴的呢。所以那个时候我也不能说好，也不能说不好，说不好不是很不识抬举么。可是现在我已经到了张爱玲当时的那个年纪，回头去看，我就觉得一个人的命运、她的文字、她的创作其实都受到个性的影响，基本上我跟张爱玲真不是同一个时代的人，也没有相同的个性。说老实话我很尊敬这些提携我的前辈，可是基本上我和张爱玲没有什么可比性，因为她就是我描述的我的上一辈的母姐辈的人物。她们的幽怨，她们受到环境的限制，尤其张爱玲是一个比较忧郁的人，她看事情总是看到华美袍子上的那个虱子，像我的时代呢，大家要争的是那一袭华美的袍子，那袍子都还没有，哪来的虱子呢？我想可能有人觉得悲剧的境界比较高，那么张爱玲女士以她的才华、以她的历练，作为一个读者我觉得她的作品是非常好看的，我也很喜欢看。可是你说作为一个文学上的后辈，基本上我跟她的个性、际遇都很不一样，起码我在美国的生活可以说是很快乐的，而她在美国的生活是不太快乐的，她喜欢白天躲在家里，晚上工作，我喜欢白天工作，晚上我要睡觉。所以我觉得我是比较俗的。

（2014年3月）

题图为2014年4月与蒋晓云合影。

章小东

吃饭：如此美妙又残酷

——谈《吃饭》

章小东，著名作家、编辑家章靳以先生的次女，在上海的有关纪念活动和在她上海的家中多次见过她。只知道她出身名门，本应成为闺阁中的上海小姐；命途多舛，最终为“吃饭”远渡异乡。在美国端过盘子，打过零工，现在美国的一家电脑公司工作，却依然守着自己的文学故乡，夏志清、李泽厚、莫言，皆是她家座上宾。虽然不再迷信“万般皆下品，唯有读书高”，却依旧笔耕不辍，时常在上海和港台报刊发表些散文。知道她的长篇小说《火烧经》由台湾麦田出版公司出版受到热捧，是因为王德威先生为它写了 3000 字的序，实属难得。最近又出版了长篇小说《吃饭》，被文坛称为“最老练的小说新手”。

6月初，我在香港中文大学书店见有她的《吃饭》，立即买下，并打电话告诉她姐章洁思，等小东回沪时要请她签名。前几天一大早，章洁思就来电告知妹妹回来了。于是，我不顾38.4摄氏度的高温，到了章家。小东忙着给我拿冰冻矿泉水，又忙着搬来小电扇放在我的背后，待坐定下来才知《吃饭》已由世纪文景引进，由上海人民出版社出版。她这次回国是应出版方之邀，参加8月即将举行的上海书展。

《火烧经》记录特殊遭遇

读者往往会被刘再复先生给《吃饭》写的序的第一句话镇住："在海外的生涯中，我和李泽厚先生共同的最为亲近的年轻朋友，要数章小东（章靳以之女）和她的丈夫孔海立（孔罗荪之子）了。"

我了解章小东，她虽出身名门，但父亲去世时才三岁，姐姐章洁思也仅十五岁。我记得章洁思在一篇文章里描述当时父亲下葬的场景："三岁的妹妹是如此无助，她瘦弱的小手紧紧牵着身边人的衣服，仿佛一放手就会跌入深渊。大病后步履困难的我，披着麻衣穿着孝服，在别人的搀扶下弯着身，在寒风中为父亲的墓铲上那最后一坯土……"

尽管父亲去世，家道中落，又逢十年动乱，知交零落，章小东经历了从天堂坠入炼狱的苦痛经历，世情冷暖一下子赤裸地展现在她的面前。眼见善良的受迫害，为恶的畅行无阻，敦厚的被侮辱，恩将仇报的称霸一时，世界在她眼前濒临崩溃，但家学传统一直都深深烙印在小东心里。正因如此，生长于特殊时代的章小东把自己在"文革"期间的耳闻目睹记录在小说《火烧经》里。

她的眼睛就像一台相机

同样也是因为她身份的特殊，她亲眼见证了身边同伴们颠沛流离的遭际。这些本该无忧无虑的孩子，一朝树倒猢狲散，各自境遇皆不同，用章小东在《火烧经》里的话说，她的眼睛就像一台相机，把一切真实地记录下来：他们有的从“上只角”流落到“下只角”，一生都想着翻牌；有的阴错阳差到了远离尘寰之地，成了地地道道的“蛮人”；有的远赴边境，在极端恶劣的生活环境中沦落到与禽兽为伍；有的沉溺于残忍暴行不能自拔；有的在荒诞的世界里荒诞地死去……很少有这样一部作品，能够以这样宽广的视角，展示那个特殊的时代，同时却完全依托于普通人的日常生活。这都要得益于章小东特别的身份和经历。

有位在美国的青年朋友告诉章小东，他把《火烧经》读了四遍，重版后又去买了本新版本，现在已成了她的知交。除了受到普通读者的欢迎，这本书还受到专家的高度评价。在学术领域被称为“眼高四海空无人”的夏志清先生说：“……以前读过小东不少的散文，很是喜欢。不过没有想到她的第一部小说，又是长篇，写得如此具有震撼力！其中上百个人物活灵活现，跃然纸上；文字流畅犀利，叙述新颖简练，实在是一本不可多得的好书！”但是章小东对我说，她自己不敢再去翻它，她姐姐章洁思同样如此，怕再次刺痛自己的心。

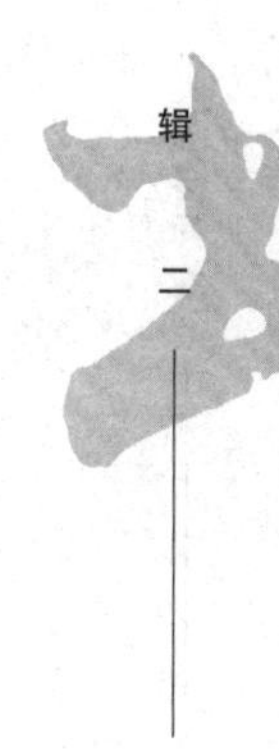

身在海外情牵故土

尽管章小东上世纪八十年代末就去了美国，但是她与自己的文学故乡之间的联系并没有就此中断。

初到美国，她在一家华人周刊当记者、编辑和排版。五年以后，她学习电脑技术，接着在一家电力设计公司工作了十年。这份工作看来与文学关系不大，但章小东一直在悄悄地用功，自上世纪八十年代初期开始，她就在国内外的报纸杂志上陆续发表散文。现在，章小东索性辞职，当起了坐在家里的“坐家（作家）”。

她在为《文景》杂志撰写一个名为“私信”的专栏，每一篇专栏文章都是一封信，写给她文学上的先辈、老友，或是虽不得见面却神交已久的故人：巴金、曹禺、王辛笛、张充和、聂华苓、莫言、朱安、端木蕻良……虽说她远在异乡，与他们很难相见，甚至她所记述的对象与她早已阴阳两隔，她还是在这些文章里勾勒出一个鲜活的“昨日的世界”。在章小东的讲述里，那些对于我们来说伟大而陌生的名字再次还原成实在的真人，他们性格各异，各有各的可爱。她说还准备写萧红、她的母亲等等，写足 20 篇出本书。

“吃饭”关乎家与希望

《吃饭》是章小东二十年在美国生活的凝练。尽管编辑称赞章小东其人是“最老练的小说新手”，可与“最后的贵族”章诒和一比，她的《火烧经》堪称另版的《往事并不如烟》，而《吃饭》是《火烧经》的姊妹篇。但章小东说，相比《火烧经》对人性几乎残酷的逼视，《吃饭》要柔和得多，写起来也轻松得多。

读者可以发现，章小东绝对不是一位温和的作者，即便是舒缓平凡的日常生活，她也可以凭借一支妙笔，揭示出其中的残酷与尖锐。正像刘再复先生为麦田版《吃饭》所写序言的标题“吃饭，如此美妙，又如此残酷”，文景版改成了“民以食为天”，而我却更喜欢麦田版的直率：“美妙”的是“就餐”，“残酷”的是“找饭碗”。在小东笔下出现的一个个关于吃饭的故事，有他们一家，也有亲朋好友，或温暖感人，或残忍骇人，或凄凉苦涩。章小东很有“不虚美，不隐恶”秉笔直书的气概，生活在她笔下显出原形，既不那么好，也不那么坏；置身于其中的人必须要拼全力找到自己的吃饭之道。在章小东的笔下，吃饭无疑是与家和希望密切相关的。因此，《吃饭》虽然写了人为了吃饭所必须面对的残酷和荒诞，它真正的主题仍旧是家庭和希望。

上海书展将对话阎连科

我身边带着相机，想给章小东拍照，但我见她不把我当外人，穿着随便，头发蓬散，就不忍心把相机拿出来。相反，小东的丈夫孔先生，拿出尼康单反，对着我和小东一阵“咔嚓”，可见在小东身后的这位男人肩膀的坚实。

小东给我看了文景版的样书，我注意到后勒口上印着一行小字：“《火烧经》将由本社出版”。小东约我去参加出版社组织的采访，又拿出一幅著名作家阎连科的字“正气浩荡”给我观赏，并告诉我阎连科对《吃饭》的评价：“阅读章小东的《吃饭》，总让人想起余华的《活着》。《活着》为了活着而不断地死去；而《吃饭》为了吃饭才活着。这不是一部虚构的缥缈，而是我们民族人人记忆散片的黑色之花朵，其真实让人不寒而栗；其质朴使真实成为一种境界而让人尊敬和敬仰。在中国为了活着而吃饭，到美国为了吃饭而活着。这些来自物质的精神之思传递了作家写作的生命之光，而那种吃饭就是生命的故事和人物，则又一次让小说回到了我们民族阅读的伤口上。”

章小东告诉我，8 月上海书展时，她还要回来，阎连科已约定与她有场对话。我们期待。

对话：我找到了吃饭却丢失了味道

我应该是个大小姐

记者：《吃饭》是你继《火烧经》后的第二部长篇小说，为什么要写它？

章小东：从小，我好婆（注：上海方言“外婆”）就对我讲吃饭最重要，“文革”中好婆家里被抄得一干二净，我在《火烧经》里已写到。好婆对我们讲，两样东西是抄勿（注：上海方言“不”）掉了，一是吃在肚皮里，二是学到的本事，这本事即手艺就是你的吃饭家生（注：上海方言“工具”）。好婆要我们每个女孩都要学裁缝，从短裤一直到外套都学会了，还要会结绒线衫。男孩要装半导体。一定要学点技术在身上，吃饭就不愁了。到国外去我们就体会到，若你饭也吃不上，什么文学、哲学，样样都无从谈起。出去几年回国后，我发现许多人很浮躁，喜欢在桌面上讲大话，不是做实事，而是做浮夸的事。所以，我决定写本书，写最最实际的吃饭，一步步怎样吃过去。按老法，我应该是个大小姐，可是没关系，我样样可以做，只要不偷不抢，一点也不难为情。因此，这本书不仅是吃饭，还有一层意思就是寻生活，用上海话讲“寻只饭碗头，捧牢饭碗头”。要记住“寻饭碗头”不是一桩容易的事体，要用两只手实实在在做起。

在教堂钟声里写《火烧经》

记者：《吃饭》和《火烧经》有什么联系？

章小东：《火烧经》在我脑子里是想了多少年的事情了。我十几岁就开始发表文章，我心里有个情结，一定要把这个事情写出来。一次与刘再复先生聊天，他听我谈了经历，他说不得了，你碰到许多死人嘛，你可以写篇“八十一死”，九九八十一个轮回嘛。我说我不能写，一个个写过去，都很悲伤，还没到八十一，我自己倒死掉了。你不要看我现在很坚强，其实我很脆弱、胆小。“文革”这件事一直压在我心里，一直放不下。我动手写过几次都写不好，但我不是很着急，我是想留给我儿子看，留给我后人看的。金融风暴中，我工作的电脑公司倒闭了，但丈夫已是终身教授，儿子也有国家奖学金在读博士了，也就是吃饭问题解决了，就想再写了。我到英国去看儿子，一天，陪儿子去以前是教堂的图书馆还书，坐下休息时发现旁边是一个哲学家的石棺，吓了一跳，儿子说你可以隔着时空与这些先人谈谈。之后，我就常去，在教堂的钟声里开始写《火烧经》，一下子写了很多，后来回到美国后写完。写好后我给夏志清的太太看，不久，她拿来了王德威先生给我写的序言。这篇序言写得太好了，使得人家不敢再评论了。可以说，解决了吃饭问题后写了《火烧经》。正如刘再复先生所说：“《火烧经》写的是国内的生活，那是动荡的年月，也是连饭也吃不上的年月；而这一部《吃饭》，写的则是海外的生活，这是平常的岁月，也是寻找‘饭碗’的岁月，然而，却又是找到饭碗却丢失了‘吃饭味道’的岁月。”所以有评论说，《吃饭》是《火烧经》的“姊妹篇”。

在美国，吃饭要吃得有尊严

记者：你书里的人物几乎都是女性。

章小东：是啊！王德威定位我是女性作家，写的是女性的心灵，写女人的故事。当时我已经在写《吃饭》,自己也没意识到这一点,写完《吃饭》我想是啊，我是在写女性，从女人眼睛看女人的故事，男人我是不大写的，以后可能会改变。

记者：你在书中写了某些人在国外的潦倒腔调，虽没把真名点出来，但一看就知道是谁。

章小东：我生活中最艰苦的阶段，一是文化大革命，二就是到美国来。《吃饭》就是讲这二十年是怎样走出来的，不是讲菜谱，而是讲怎样去“寻这只饭碗头”的。我出国前妈妈和我讲了许多话，叫我记牢你是爸爸的女儿，吃饭要吃得有尊严，有目标，不能为了吃饭样样都去做。我在餐馆打工时，一个周末夜里小费就有一百多美金，但我如果跌进钞票这只洞里，我就没有今天。有种人活着没目标，有种人活得没尊严，我看不起这种人。

张充和为我题书名练了好几天

记者：你写的故事有虚构吗？

章小东：大多数是我亲身经历的，少数是听说的。

记者：看起来都像一篇篇独立的散文，怎么说是小说？

章小东：我觉得小说是没有规则的，新式小说不像以前那样一定要如何如何，只要把故事写出来就可以。可以讲这是一只只小故事，也可以说是一只大故事。

记者：怎么请到民国才女张充和为两部书题书名？

章小东：张充和姨妈和我父亲是好朋友。我在 2004 年，第一次到耶鲁拜访她的时候，她抱着我和我的儿子看了又看，说我太像我爸爸了，她说：“小东，以后不要叫我张先生，就叫我姨妈……”她还不止一次地告诉我，父亲在听她唱戏的时候，她还没有哭，父亲倒哭出声来了，就好像自己也是戏中的人一样。当然也不是人人都能求得她的墨宝的。她很谦虚，说为写我的书名，还专门练了几天。

回国才发现，人的味道变了

记者 :《吃饭》的最后一句写道 :“我找到了吃饭，却丢失了味道，这是在我异乡的长梦里常常出现的味道，过去的味道，小时候的味道，我自己的味道……”这句话想告诉读者什么？

章小东 :我出去“饭碗头”是寻到了，但回来发现味道没有了。就像谢晋当年来美国开会一样，我们给他在中餐馆订了三餐，但三餐是同一味道，嘴都吃麻了，因为餐馆用的是同一支调料。同样，我回来吃的咸菜黄鱼汤、油面筋百叶，老早的味道没有了。人也如此，老早的人寻不到了，人与人之间，不真诚。也正如刘再复先生给我的序中所说 :“人毕竟是人，人的肚子害怕被饥饿所折磨，而人的脑子则害怕被空虚所盘踞。”

记者 :下一部书写什么？

章小东 :我正在写我的儿子，书名叫《小狮子》，和《火烧经》《吃饭》正好是老、中、青三部曲。另外，在《文景》开的“私信”专栏已有十二篇，最满意的是写王辛笛、朱安等几篇，都是动了感情的。接下去写我妈、萧红等，写满二十篇后由文景汇编成书。（后由上海人民出版社于 2014 年 6 月以《尺素集》为名出版）

（2013 年 7 月）

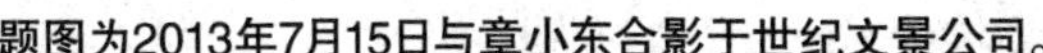

题图为2013年7月15日与章小东合影于世纪文景公司。

我是“文坛钉子户”

——谈《我的千岁寒》

一遍又一遍地吆喝，称得上千呼万唤，终于，王朔带着他的新著《我的千岁寒》要在今天，4 月 1 日，愚人节，登场亮相了。该书的出版人、榕树下文化信息咨询有限公司总经理、总编辑路金波早就告知媒体：这是在全国唯一的一场见面会，王朔不会在其他任何地方搞签售。因此估计，今天从各地赶来凑热闹的同行会有不少。

记者昨天收到路金波从北京快递来的装帧非常讲究的样书。先是一愣：封套是浅乳黄色的，不是在网上盛传，又被平面媒体争相扒下来的淡粉红；再一愣：全书收录的不是到处在传的五篇作品，而是又增加了一篇《与孙甘露对话》，此文原载去年的《收获》第 5 期，原题是《王朔：我内心有无限的光亮和黑暗》。翻到版权页一看，字数也从原先所传的15万字“涨”到27万字了。如果路金波仍是以每字3美元的价格与王朔结算，那总价肯定不止365万元人民币这个数了。不过，再仔细一看，版权上“狡猾狡猾地”没有标出首版印数。另外，原来所收5篇中的剧本《梦想照进现实》，改成了《妄想照进现实》，一字之别，读者自明含意相差之远。

书商出了那么多钱推出一本书，当然要策划一系列活动，也可以说这是“炒作”。但是事情的发展并不按路金波所设想的那样顺利。徐静蕾表示因忙公事抽不出身出席今天的活动。韩寒原本是不想出席的，但路金波送他价值1800元的乒乓球拍，还因最近杂文集《坛》的推迟出版，欠了路金波一个人情，所以答应出席，可是给出的条件竟然是：“我要和郭敬明同台。”对于小兄弟临时给的面子，王朔绝不领情：“郭敬明不许来我的新书发布会，郭敬明敢来我就抽他！”所以估计，今天坐在台上的，除了路金波就只剩王朔一个人来抵挡从四面八方发来的“炮弹”了。“我们主办方不主动邀请任何媒体，但是欢迎任何媒体。说白了，我们不出钱，别说不出机票住宿，我们连200块的车马费也不出。王朔说了，专访要收费10万，这回就当我老路学雷锋，替你们把采访费省了。”路金波说。

为什么偏偏要选4月1日愚人节这个日子来开这个媒体见面会？王朔贼笑了一下说：我也不知道。大概是书没印好吧。王朔以这个回答开始了为他的新书《我的千岁寒》而举行的唯一一次媒体见面会。

新书发布会的主办方原先想安排王朔坐在台上的沙发上，没想到王朔一见这架势坚决不肯上去，无奈之中主办方只好把沙发抬下来，可是王朔一试，人陷在里面又太低了，王朔只好站在记者面前施展他的强项—聊天。有位记者问他有没有开讲座的感觉。他说，您高抬我了，我就是北京海淀区一男的，现在是顺义一男的。这就完了，其他的头衔都是加着的，你看有些人拿出名片是一堆，那是严重的不自信。

大概由于“重庆钉子户”是近来人们茶余饭后热议的话题吧，王朔有四次乐滋滋地说自己是“文坛钉子户”，有点天不怕地不怕的感觉。他说：“我的朋友给我定位是文坛钉子户，坚决不搬迁。我觉得特别像。我就是文坛钉子户。我对自己的评价是中性的，坚持、否定自我，追求不断的进步。外面多少人骂我？不影响我的生活。”

我奉劝年轻人别买这本书

因主办方再三要求记者围绕着书提问，然而，王朔却似乎并不理会，当记者问他为何说此书只是写给高级知识分子看的？他却说：“我是瞎说的，别相信。”对书的销量，他说：“无所谓，我觉得年轻人不要买，对自己生活满意的不要买，生活太时髦的也不要买，我不指望书发财，版费也会捐出去，对很多人来说看了内容再买，媒体不要忽悠，都是我没写完的东西，事不大，我会挂到网上，我会在网上继续写。我原来写第一、第二、第三稿，编辑当中拿掉了，我当时觉得这书像一本诗集。我觉得这个书是我这个年纪的人看的，太年轻的看不了。字体太小，我希望再印用小三号字，这样老同志们看起来方便一些，这不是讲年轻人时髦生活的。”

我只是在小人面前自信

至于书出来后人家的评论，王朔再三说：“不在意，我和路金波说严禁互相吹捧，我太自信了不需要这个，我希望别人特别批评。”他接着不管人家是否要听，大谈一番中学物理常识，记者接着问，心理学上说是不是自信背后隐藏着自卑？王朔反而说：“心理学家说我眼中的正常，我也不认为心理学家说得是，我觉得人在自然界面前应该自卑，我只是在小人面前自信，在自然面前太不自信了，据我侦查的结果，我死后非常美好，但这个没有实证过，我再说成迷信了。”

冯小刚不必和我合作了

有记者问：您是否会和世界一直较劲下去，您哪来这么多劲？王朔说：“这不费劲，社会被我聊两句就聊怕了？怕什么，我手下一个兵都没有。我一辈子见媒体没有几次，对我来说生活第一位，我闲着没事你们爱听我和你们聊聊，我也不能天天和你们聊，我又不是主持人。”

记者问：你还会和冯小刚合作吗？王朔说：“我觉得他可以有自己的风格了，不必和我合作了，我也想今后可能自己拍戏，一下子拍 10 个电影。”至于拍什么？王朔说：“当然拍人间的悲欢离合。”然而他又转移了话题，大谈他们家养了一只猫，似乎他要拍的电影是动画片。

记者问，您书也出了，人也骂了，接下来干什么？王朔说：“书还没有写完，我今年闲到现在，我本来打算在网上开博，才开始。技术交换完了，要在我家架摄像头，玩真人秀。我先真人秀，之后每天有一个播客。我在那边一天聊 10 个小时没有问题，我有很多主持人，民间有很多比我能聊的，女孩子贫着呢，比现在的主持人都棒，我不是挤兑现在的主持人，现在的主持人都是套话，没有网上的视频好。”

你敢和我握手吗？

因有传王朔得了艾滋病，所以几位记者都拐弯抹角地问他身体如何？王朔索性普及艾滋病知识起来，还问一位女记者“你敢和我握手吗？

是你想知道还是人民想知道？人民公投过半我也不告诉你。我给你普及一下艾滋病的普及知识。我们免疫细胞有 600 到 1200，像我身体好的。有 800，感染了艾滋病以后每年下降，下降到 200 以下才需要治疗，我减 600 个需要 12 年，这时候我会得感冒、转肺炎，这时候才需要治疗，但是不需要隔离。大家都是小知识分子，应该懂这些常识，不要推波助澜搞社会歧视。我过去滥用药物，但是停了。我建议年轻人不要玩，里面有大量的假药，会导致精神分裂，会造成妄想而超过、代替现实。我不是国际劝阻组织的，这个一定要科学对待。”

我准备“跨文体”写作

王朔说：“我现在是跨媒体写作的，不要拿小说的一套来说。我准备跨文体，我写成唐诗，我写成回忆录、散文。我其实写小说这么多年，一直想寻求一个突破小说的问题，小说发展这么多年，有很多经典的问题，都在脑子里，写写就束缚住了。一个文体就适合一种表达，你全面表达特别困难。像我以前写的《看上去很美》是一个应用程式，但不太成功，‘拘’在书面语言了。像‘千万别把我当人’完全是口语，我觉得现在是态度问题，我不敢说我就能成功，但是我都写真人真事，涉及别人的隐私我就化名。”

今后 30 年我会把挣的都回馈社会

被问到他的人生规划时，王朔一会说：“我的人生理想不是当一小说家，我想做一个大堂副理，而且不太负责任，能聊就聊，不能聊就支到其他的地方，谁愿意老尽社会责任，多累啊。讲真话吓到谁？真话不一定是正确的话，所以配着真话一定要随时能够道歉。因为我冒充正义之神，处处都真理，那我就傻了。”一会又说：“我能写就写，我的想法尽量表现，我要回馈社会，要当一个高尚、纯粹、脱离低级趣味的人，我未必是，但是我往那儿发展允许吗？我要像女的一样生活，女的都是理想主义者，女的相信爱情，放在现实就不靠谱。我尽管是一个作者，我不是为了读者活的，我是为了自己，我有自己的人生，我不能为了虚幻的所谓人民，我会尽我的社会责任、回馈社会，我 48 岁之前受社会好处很多，今后 30 多年我会把挣的钱都回馈社会。”

我是余秋雨前辈

当记者问，你觉得郭敬明牛还是你牛？王朔说：“我们不是一样的，他就是一小孩，写很适合小孩子看的书。像郭敬明，法庭都判他道歉了，为什么粉丝支持他不道歉？”但当一浙江记者问他为何在一次谈话中歧视浙江作家时，王朔的回答：“我不歧视，你们浙江的评论家太多了，自己吹得太高了。余华，我们是好朋友，余秋雨同志我对他也没有那么大的意见，我也不聊他了，我聊他也不会说什么，余秋雨说给我发过奖，还说支持过我，这个奖是你设的吗？我出书比你早，我是你前辈，我们这行不按岁数排，他是‘90 后’才出名的，我前辈说你两句怎么了？没有恶意。不服气，还收编我。鲁迅同志当然是很伟大，其他的同志也很好，但是你们浙江出商人，我们北京还出皇上呢，大家不要比来比去。”

（2007 年 4 月）

题图为采访当日2007年4月1日王朔为记者签名。

我的诗只是中国诗歌长河中的一滴水

——谈“金钥匙奖”

当地时间10月16日晚，在塞尔维亚第44届“斯梅德雷沃秋季诗人节”上，中国著名诗人赵丽宏先生荣获“2013年斯梅德雷沃城堡金钥匙奖”。他是亚洲第三位获此殊荣的诗人。

“斯梅德雷沃城堡金钥匙奖”评选始于1970年，是塞尔维亚最高规格的诗歌奖项，也是世界著名的文学奖，每年将“金钥匙奖”授予一位在国际上享有盛名的诗人。已有四十多位国际上享有盛名的诗人获此殊荣，迄今仅有三位亚洲诗人获此奖项，分别是中国诗人邹荻帆（1993年）、日本当代著名女诗人白石嘉寿子（2010年）以及今年的赵丽宏。

1952年生于上海的赵丽宏是当代著名散文家、诗人和艺术评论家。当赵丽宏刚满16岁时，遭遇“文革”，后插队到崇明岛，接受贫下中农再教育，期间发奋自学，自1970年起开始写作。1977年恢复高考时考入华东师范大学。现任上海作协副主席、《上海文学》社长。已出版著作70余部，散文、诗和报告文学曾30余次在国内外获奖，部分作品被译成英、法、俄、意、日、韩等多种文字出版。2010年赵丽宏英译诗集《天上的船》在爱尔兰出版。爱尔兰诗人托马斯·麦卡锡曾为其诗集作序，序中写道："赵丽宏诗歌影响了许多中国的年轻作家，他的作品被选入中小学和大学语文课本和文学读本，并被翻译成多种文字介绍到国外。"2012年11月10日，在保加利亚有重要影响的《焦点》杂志刊登保加利亚著名女作家兹德拉夫科·伊蒂莫娃对赵丽宏的专访，称赞赵丽宏的诗歌正应了他那首《莲子》的寓意——"那是一颗埋藏了千年后还能发芽的种子。一颗莲子被埋藏在黑暗中，经历了烈火的炙烤，熬过了无数个黑暗的白昼和夜晚。"保加利亚多家文学刊物已发表了大量被译成保加利亚文的赵丽宏诗作，保加利亚文《赵丽宏诗选》最近将在索菲亚出版。

颁奖仪式在斯梅德雷沃文化中心会议中心举行。来自二十多个国家的诗人和数百位塞尔维亚文学爱好者出席。

专程从首都贝尔格莱德赶到斯梅德雷沃的塞尔维亚作协主席拉多米日·安德里奇在会上宣布，2013年斯梅德雷沃金钥匙国际诗歌奖得主是中国诗人赵丽宏，他以《自由是诗歌的另一个名字》作为颁奖演说的题目，他说："赵丽宏的诗歌让我们想起诗歌的自由本质，它是令一切梦想和爱得以成真的必要条件。"他在颁奖词中引诵了赵丽宏的诗歌《梦境》："你说，要是做鸟多好，做鸟，就能比翼双飞，在辽阔的天空自由翱翔；你说，要是做鱼多好，做鱼，就能随波逐流，在清澈的流水中幽会。生而为人，你我只能被江海分隔，日夜守望……"这是赵丽宏年轻时代的诗作。

随后，斯梅德雷沃女市长贾斯纳·爱芙娃莫维科将一把沉甸甸的金钥匙和12万第纳尔（塞尔维亚货币）奖金授给了赵丽宏。

赵丽宏发表了题为《诗歌是什么》的获奖感言："诗歌是什么？诗歌是文字的宝石，是心灵的花朵，是从灵魂的泉眼中涌出的汩汩清泉。

很多年前，我曾经写过这么一段话：‘把语言变成音乐，用你独特的旋律和感受，真诚地倾吐一颗敏感的心对大自然和生命的爱——这便是诗。诗中的爱心是博大的，它可以涵盖人类感情中的一切声音：痛苦、欢乐、悲伤、忧愁、愤怒，甚至迷惘……唯一无法容纳的，是虚伪。好诗的标准，最重要的一条，应该是能够拨动读者的心弦。在浩瀚的心灵海洋中引不起一星半滴共鸣的自我激动，恐怕不会有生命力。’年轻时代的思索，现在回想起来，仍然可以重申。”赵丽宏说：获得这个重要的国际诗歌奖，“是对我诗歌创作的褒奖，也是对中国当代诗歌的肯定。”他说：“中国有五千年的诗歌传统，我们的祖先创造的诗词，是人类文学的瑰宝。中国当代诗歌，是中国诗歌传统在新时代的延续。”赵丽宏希望将来有更多的翻译家把中国的诗歌翻译介绍给世界。他说：“在中国，写诗的人不计其数，有众多优秀的诗人，很多人比我更出色。我的诗只是中国诗歌长河中的一滴水，一朵浪花。”

赵丽宏致辞后，塞尔维亚著名诗人德拉格耶洛维奇上台为大家介绍了赵丽宏及其诗歌创作的成就和风格。德拉格耶维奇是赵丽宏塞语诗集的译者，他说：“赵丽宏是一位自我反思型的诗人，他的诗歌继承了中国古典诗歌最宝贵的艺术价值，同时又兼容了时代的敏感话题。从他的这本诗集中，读者能够很直接地感受到赵丽宏的个人经历和生活的时代，了解他的生活，他的为人，以及他作为一名诗人是如何在孤独和愤懑的时刻，通过写诗消解了心中的怨恨和不满。”他指出：“中国的诗歌传统和他们的文化一样悠久而丰富，往往在平淡中见真知，在不经意间透出新意。人类几千年的诗歌体验已经证实：简练的语言，丰富的想象，深远的寓意是诗歌的理想境界，永远不会过时。赵丽宏诗集《天上的船》再一次向我们证明了这一点。”德拉格耶维奇翻译的赵丽宏塞、中双语诗集日前已经出版。

颁奖典礼以诗歌朗诵达到高潮。朗诵会用塞尔维亚文、中文和英文三种文字诵读了赵丽宏的诗歌《古老的，永恒的》和《天上的船》。赵丽宏用中文朗诵了自己的诗作，塞尔维亚著名演员聂保沙·坤达基纳随后用塞语翻译朗诵，再用英文朗诵。颁奖和朗诵过程中，会场上不时爆发出热烈的掌声。

颁奖典礼结束后，来自其他国家的诗人纷纷上前表示祝贺，很多塞尔维亚文学爱好者围住赵丽宏要求签名、合影留念。塞尔维亚国家电视台和斯梅德雷沃地方台先后对赵丽宏进行了现场采访。塞尔维亚发行量最大的《政治报》记者对赵丽宏进行专访报道。在场的一位塞浦路斯诗人过来拥抱赵丽宏，他说；今晚的盛典是赵丽宏之夜，是中国诗人之夜，令人感动。

诗歌颁奖仪式开始之前，中国驻贝尔格莱德大使馆在斯梅德雷沃文化中心布置了“美丽中国”图片展，文化参赞徐鸿为图片开幕式致辞，并祝贺赵丽宏获得塞尔维亚最高规格的国际诗歌奖。

在赵丽宏前往塞尔维亚领奖前夕，本报记者在上海对他进行了专访。

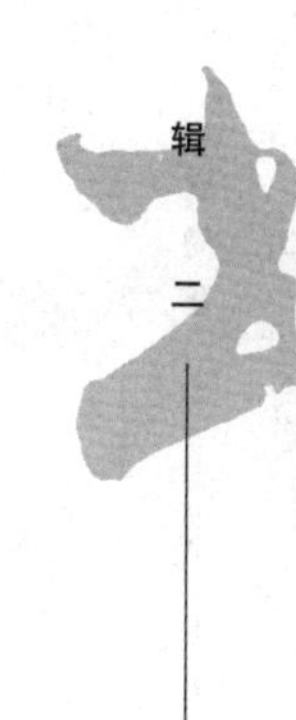

这是对中国当代诗歌的肯定

在谈到“金钥匙奖”在国际诗歌界的地位，并对他获奖表示祝贺时，赵丽宏如平时一样显得很淡然，他说：这是对我的诗歌创作的褒奖，也是对中国当代诗歌的肯定。要感谢德拉根·德拉格耶洛维奇先生，把我的诗歌翻译成塞尔维亚语，没有他创造性的劳动，我在塞尔维亚永远只是一个遥远的陌生人。他又说：中国有五千年的诗歌传统，我们的祖先创造的诗词，是人类文学的瑰宝。中国当代诗歌，是中国诗歌传统在新时代的延续。在中国，写诗的人不计其数，有众多优秀的诗人，很多人比我更出色。我的诗只是中国诗歌长河中的一滴水，一朵浪花。希望将来有更多的翻译家把中国的诗歌翻译介绍给世界。

我是在和自己对话

赵丽宏是一位自我反思型的诗人，他的诗歌继承了中国古典诗歌最宝贵的艺术价值，同时又兼容了时代的敏感话题。记者好奇地问：您的每一首诗歌都是如何创作而来的？赵丽宏说：当我写下我的第一首诗的时候，我从来没有想过我会成为一个诗人，我也没有期待诗歌将成为我的第二个生命。在“文化大革命”期间，我 16 岁就作为知青被派送到崇明岛上和农民们一起劳动。在那里，我从来没有停止过阅读诗歌和书籍，我如饥似渴地寻求任何带有文字的东西。当时，我很孤单，我只能通过诗歌来表达我内心的感受。当我在写那些诗的时候，我觉得我是在和自己对话。周围大自然的一切都用它们各自神秘的语言向我诉说，我倾听它们的节奏，而那些节奏也慢慢地融入了我的血液。

瞬间灵感的闪现

记者的印象中，赵丽宏的诗歌的结尾总是令人过目不忘，回味无穷，那最后的几行诗句是和整首诗歌同时构思而成，还是花了额外的创作时间？赵丽宏说：我倾向于使用那些朴素，深刻，优美的辞藻进行创作，因为那才是人们每天使用的语言。我从没有刻意追求诗歌结尾的特殊效果，很多都是有感而发，有时候是我脑子里瞬间灵感的闪现。中国有着几千年的诗歌文化，中国古代诗歌有着震撼人心的巨大力量，蕴含着复杂的人类情感，每每吟诵都让我热血沸腾。我觉得只有这样的诗歌才真正值得被世代传诵。我不知道自己的诗歌是否会被后人传诵。我想每个诗人，包括我，都希望自己的作品流芳百世。

母语同胞的赞赏是最高奖赏

谈到莫言获奖对中国文学的发展前景的意义时，赵丽宏说：莫言获奖，是他个人的荣耀，也是中国文学的光荣。作为中国当代的优秀作家，莫言获奖当之无愧。莫言获奖对文学创作会起到推动作用。这是西方世界关注并重视中国当代文学的一个重要标志。会使中国人重新燃起对文学的热情，文化的发展将会获得社会更多的关注和支持，尤其在文学创作方面。莫言的书会畅销，他的作品也将会更多地被译成各个国家的文字，它们将向世界展示中国的历史和现实，尤其是中国人的精神和生活状态。我一直为自己是一个中国作家感到自豪，作为中国作家和诗人，最重要的是让自己的作品获得自己国家人民的认可和欢迎。对我来说，我的作品能走进中国的千家万户，被广大黎民百姓所理解，欣赏和喜爱尤为重要。这应该是每个中国作家引以为荣的事情，母语同胞的赞赏，是给作家的最高奖赏。希望继续有中国作家获得诺贝尔奖，但是，大多数的作家是希望自己的作品被母语读者所看好，被自己的同胞阅读并赞赏，并由此成为民众的国家意识中缺一不可的一部分。我认为，这也许才是每一个诗人和作家希望获得的最值得珍视的大奖。

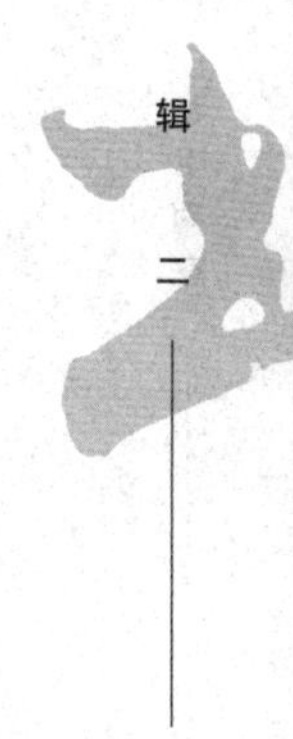

文学翻译举足轻重

记者谈到世界上对中国文学的了解，不如我们对世界文学了解的多时，赵丽宏说：在过去的几年中，我访问了许多国家。我有一个强烈的感受，一个世纪以来，中国人不遗余力地翻译推介西方文学，我们对世界文学的翻译之多之广，可谓世界之最。可是，国外的作家和读者对中国文学的发展却非常陌生。在有些国家，人们对中国的认识和了解还停留在过去，也许滞后了好几十年，甚至很多个世纪。从这个意义上来说，文学翻译举足轻重。中国五千年的历史和文化赋予了中国汉字无穷的魅力。每个汉字背后都有一个故事，每个细节都蕴含着多重的含义，词与词之间细微差别和色调都让汉语文学翻译成为一项非常艰难的任务。同样的文字在不同人的理解下会产生不同的翻译——而正是这种意思上的细微差别，最终造成了完全不同的艺术效果。

我的椅子将会被赋予生命

记者知道，作为奖励之一，“金钥匙奖”的获奖者不仅得到斯梅德雷沃城堡的一把金钥匙、奖金，将用所在国语言和塞尔维亚语双语出一本诗选，赵丽宏的这本就是曾出过英译本的《天上的船》，记者看到有关评论对诗集中最后一首诗评价甚高。赵丽宏说：诗集中最后一首诗是《我的座椅》。是我坐在我的木制座椅，幻想它是一棵有生命的树，把我引向美妙的自然之中。它不仅为我遮风挡雨，还用它那浓密的枝叶将我紧紧搂住。我坐在我的椅子上，我凝视着窗外，我觉得自己慢慢地和美丽的大自然融为一体。当电脑屏幕上不断向我彰显着高科技的巨大成就时，我相信另一种反向的转变也是有可能的——我的椅子将会被赋予生命。

中国应设立一个世界性的文学奖

作为全国政协委员，赵丽宏曾牵头提出要保存和开放巴金、柯灵故居的提案，现在巴金故居已开放一年多，柯灵故居的保护也已被提上议事日程，赵丽宏又提出要在中国设立一个世界性的文学奖，一时在网上网下都引起热议。赵丽宏说：关于此问题其实我已经思考了很多年。在一些人眼里，这是件小事，无关国计民生，可有可无。现在很多中国人没有文化自信，认为一切最好的，最有权威和公信力的，都在西方，对文学的评判，也是西方说了算，中国只有被西方批评的资格，没有评判西方的权利和能力。所以设立中国的世界文学奖声音一出，便有人断章取义，发出嘲讽之声。这其实是缺乏自信的表现。瑞典是一个北欧小国，也不是文学的大国，但诺贝尔奖坚持了一百年，办成最具权威的世界性奖项。中国是一个有悠久传统、有深厚根基的文学的大国，如果中国人认真办一个世界性的文学奖，有何不可？任何奖，都不是一开始就成熟而有权威的，如果我们制定了科学合理的条规，以最高的要求和规格，以公信公正和专业服人，持之以恒，一定能成为一个有世界影响的文学大奖。在中华民族伟大复兴的进程中，我们需要做这样的工作，设一个中国人的世界文学奖，能够表现中国的气度、胸怀和文化自信，也是中国对人类，对世界文学的贡献。中国已经有国际电影节、电视节，每年都评出世界性的奖项，在音乐、舞蹈等领域，也已经设立了国际的奖项，在世界上获得好评，影响力也越来越大。而在文学方面，中国一直无所作为，这样的状况，不应该再延续。我的提案，其实只是提出一个思路，期望引起社会共识，如有了广泛共识，那就可以具体着手来做。至于如何办这个奖，可以征求各方面的意见后再逐步确定，逐渐完善。

（感谢翻译家须勤对本文采写的帮助）

（2013 年 10 月）

题图为赵丽宏（右二）与曹雷（右一）焦晃（左二）曹可凡（左一）2013年10月31日在庆贺赵丽宏荣获金钥匙奖的诗歌朗诵会上。

“科幻”与“纪实”

中国有几个叶永烈?

有人说有两个，一个是写科幻小说的叶永烈，代表作是《小灵通漫游未来》，另一个是写纪实文学的叶永烈，代表作是《“四人帮”兴亡》。

这个说法显然是错误的。叶永烈只有一个，那就是既是科幻作家，又是纪实作家的叶永烈。

11月26日，叶永烈将再一次到深圳书城为读者签名售书。此前，本报记者特地到叶永烈先生沪上住所“沉思斋”拜访。

叶家在上海西南面的一幢高层中。推窗而望，气象万千。客厅陈设简单，但十分洁净，墙上挂着他们夫妻俩旅游的16寸彩照。我们还未坐下就谈起了正题，叶夫人杨老师坐在餐桌旁静静地听着，不时给我们续茶。

记者：你的“小灵通”（2000年出版《小灵通三游未来》）出来后，媒体一片欢呼，但我总觉得你在纪实文学上的成就远远超过科幻，为什么要重操旧业呢？

叶永烈：我在新版的后记中回顾了我当年从事科幻小说创作的历程。自从写了《巴金的梦》以后，我已基本上不写科幻了。在这期间，有许多人希望我继续写，其中也有不少深圳的读者。还有人用激将法，问我你科幻还写得出来吗？尤其是进入新千年，许多媒体来请我谈未来，话题都是从当年的“小灵通”谈起，称我是“小灵通的爸爸”。仅中央电视台就去过两次，一次是《东方之子》，一次是《实话实说》。连温州电视台都要我去做了6档节目，谈“新世纪的衣食住行”，我几乎成了未来学家。于是，我想到中国人关心未来有三个时期，一个是1949年，关心新中国的未来；一个是粉碎“四人帮”以后，关心祖国的未来，小灵通正是在那个年代应运而生，印了300万册。还有一个就是世纪之交，人们在想新的世纪会是怎么样。连我自己都惊讶，22年前出的一本小册子会有这么大的影响，所以我感到是应该“重操旧业”。少儿出版社的周社长来问我能否写三游，我想中国人凡事有三，“三打祝家庄”“三寄小读者”，我就答应了下来。新版果然出了一个月就脱销，在少儿出版社的订货会上拔了头筹，没想到过了22年后仍是畅销书。

记者：重新写科幻，你感觉怎么样？

叶永烈：这也是许多人关心的问题，用白岩松的话来说，也就是你的翅膀还那么轻松吗？事实证明我很轻松。一旦回到科幻，我还像当年一样，非常轻松、流畅。《三游》我只在电脑上敲了22天，完全保持了原有的文字风格，这说明我能驾驭这两种相差非常悬殊的文学创作样式。有趣的是，20多万字的新版完稿后，我用“伊妹儿”只用了三分十五秒就传到少儿出版社的电脑，出版社用15分钟就打印出全文，这是我在1961年写《小灵通漫游未来世界》时，连科幻都没想到的。

记者：你重操旧业是否还有因为写纪实太难的因素？

叶永烈：我觉得科幻和纪实是两个极端，科幻写未来，纪实写历史。一个要求作者富有想象力，天马行空，幻想的色彩越浓越好，一个要求非常严格，一个事件的日期都不能错；一个需要虚构，一个不能虚构；一个对话是调侃、幽默，一个是每句话都要讲究政治的分寸感。比如上海文艺出版社最近要出我的《走进历史的深处》，有70万字，新闻出版部门在审查时就要求所引的中央领导的话都要有出处。尽管纪实的要求很严，要掌握政策的分寸感，什么事该说，什么事不该说，但我的作品都是经中央文献研究室、中央党史研究室审查通过的。

记者：你是怎样走上纪实写作之路的？

叶永烈：一方面是当时科幻创作遭到非常不公正的待遇，福建最近出了我写的《是是非非灰姑娘》，有60万字，记录了当年的科幻创作为什么会遭到猛烈的批判，像高台跳水一样一下子跌下来的全过程，我保存了非常丰富的资料。另一方面，我曾很卖力地写过小说，在《收获》《上海文学》《人民文学》发表过，这说明我当时的文学创作水平还是可以的。后来逐步转向报告文学创作，《马思聪》《傅雷之死》《梁实秋的梦》等，写一篇成功一篇，于是慢慢地形成自己写当代重大政治题材的特色。

记者：你在纪实上获得成功的秘诀何在？

叶永烈：谈不上秘诀，我只是感到要对历史负责，尽量掌握第一手资料。我在写田家英时，非常详细地采访了田夫人董边，包括田在去世前一天的活动经过，和夫人说了什么话，这样我才能第一次披露田是自尽于毛泽东的书房里，在第几排书架中间，以及刘少奇是怎么处理此事的全过程。毛主席在几次庐山会议时住的房间，他在南昌、长沙的住所我都去拍了照。江青被捕的过程是当时执行任务的张耀祠告诉我的。这些都保证了史料的正确。

记者：你自称自己是一个“旧闻记者”，但挖出来的旧闻都是人所不知的，所以也成了新闻。

叶永烈：新闻我也同样不漏掉。戴厚英是我的好朋友，当时她的遇难使我很吃惊。在死因未明的情况下，我一个通宵写了一万字，还找出两张很珍贵的照片发表，引起关注。

记者：有的历史人物很复杂，比如陈伯达，我们所见到的是一纸结论，而事实上肯定是一个立体的人，那你把握的难度更大吧。

叶永烈：我早就注意陈伯达这位当年中央“文革”小组的组长了，在林彪事件后，他排在毛、周之后，是中共第三号人物。我在公安部了解到他什么时候刑满出狱，就去找他，但陈伯达不愿意接受采访。换成我也同样如此，可以理解。他有那么多不好说的事情，好不容易过几天安稳日子，你来挖旧疮疤干什么？他说：“公安部来提审，我不能不回答，叶永烈来采访，可以不理他。”但我认定一定要采访到他不可，他的阅历那么丰富，那么多年担任毛主席的政治秘书。于是，我先打外围战，他的几个秘书我都采访完，又采访他的子女，然后就直接上门。他不理我，我也知道不能正面交锋。我叫他“陈老”，他很高兴。我说我早就见过你，他很奇怪：什么时候？我说在1958年5月4日北大校庆时，你到学校来做报告，我就坐在大饭厅的前排，你还带了一个翻译，因为好多人听不懂你的福建话，我第一次听中国人讲话还有翻译，印象很深。陈伯达就开始与我聊天。我也就赶紧切入正题，问“你是怎么会成为毛的秘书的？”他说从来没有人向我提过此问题。于是就滔滔不绝地讲他是怎么去延安，又是怎么坐冷板凳的，当时他是白区北京市委书记，但到延安人生地不熟，书都教不好。在一次关于孙中山的座谈会上，有人说孙是资产阶级革命家，也有说是小资产阶级革命家，陈说是“半小资产阶级革命家”，毛主席很注意，座谈会后就把陈留下来陪同接见美国记者，

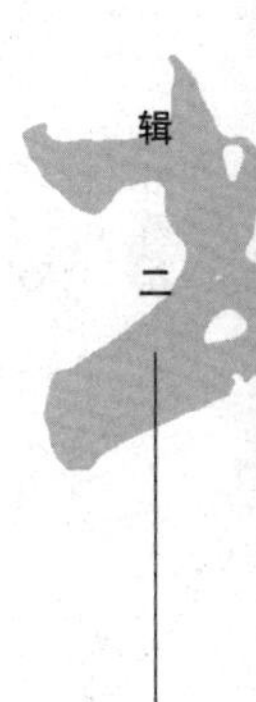

但毛把美国记者和翻译搁在一边，和陈讨论起孔孟庄老，这正是陈很熟悉的，越谈越投机，从此就调来做秘书。我还问他 23 个笔名、绰号的来历，他说从来没有人这么认真考证过。就这样，我获得了陈伯达及他家人的信任，有次晚上从陈家回招待所时错过了末班车，就又回到陈家，睡在陈伯达的床上，就这样，我的采访得以顺利进行，《陈伯达传》一次就通过了审查，陈的儿子买了好多送人。胡乔木看了也没意见，后来，《胡乔木传》也请我写。胡绳看了后说："叶永烈写的陈伯达就是我所认识的陈伯达。"陈伯达又介绍我采访了王力，王力又介绍我采访了关锋、戚本禹。这些都是"文革"的重要人物。所以，一位北京媒体的朋友说，我们在京都见不到，你千里迢迢来的却采访到了。

记者：你在纪实文学的创作中都是一帆风顺的吗？

叶永烈：遇到过一些麻烦，但不大。在深圳就有几次，一次是文稿竞价时，我的《毛泽东与蒋介石》被认为是一部弘扬主旋律的作品，作家出版社已获通过审查的口头通知，底价是 50 万元。就在竞拍的前一天，一位深圳记者在上海《文汇报》上抢发了一条新闻，有关部门见到后立即给作家出版社打电话，问你还没拿到书面文件，怎么能发消息。第二天要开槌，半夜 2 点打电话给我，把《毛泽东之初》换上去，连夜写委托书，到 9 点开槌前一小时才办完全部手续。当然，这部《毛泽东与蒋介石》最后是顺利地通过中央文献研究室、统战部的审查，在香港以原书名，在内地以《国共风云》的书名出版，反响都很好，一再重印。我在今年第 9 期《作家》上发表的《深圳文稿竞价始末》中谈了此事，意思也是说纪实文学的创作是很严肃的事，我们要吸取教训。

记者：你是否会因"小灵通"而一发不可收，重新把科幻当做你的主业呢？

叶永烈：不可能。我此次是偶尔回头，以证明我还能写科幻，翅膀还很轻。纪实的历史价值、深度、力度、穿透力都是科幻无法相比的。

所以我一结束小灵通，又立即回到纪实上来。现在主要写长篇，每本50万字以上，像砖头那样厚，每年做一二块。书主要在北京出，人也主要在北京，有人称我是“上海的北京作家”。当然，人头熟了，也不必像以前每次出差都要到作协开一大沓介绍信。

但又不一定。我对科幻是很有感情的，我曾有过写长篇科幻的设想，像《巴金的梦》那样的风格。这次俄罗斯核潜艇沉没，我又想写此题材的科幻，争取两个月内出版，一定会受欢迎，可是手头上的要紧事放不下，就把此事搁下来了。因为我认为，当一个民族的幻想之情开始减弱时，就是一个民族的倒退。一个国家、一个民族的希望，就在于未来这一代。应该让孩子们从小就富有幻想、喜欢科学、热爱科学。把眼光投向未来，这个民族才是朝气蓬勃的民族。

话越说越多，我们边说边参观了叶家。三居室除了主人卧室和来客卧室外，引人注目的就是书房了。宽大的书架被塞得满满的，有叶先生所有著作的各种版本，其中有正在出的50卷本的前12卷。还有形形色色的盗版本，叶先生抽出一本，竟然不是叶先生所著，却是署着叶永烈大名的，真可谓“欺世盗名”。

书房里有两台电脑，叶先生说和夫人各自一台，互不干扰。打开叶先生的电脑，桌面上布满了大图标，他的全部著作和资料都在里头。他说每天不知要上几次网，他随即点开了本报的深圳新闻网，说在上面查到的有关“叶永烈”的信息有850多条。电脑台上都有一副大耳机，叶先生说主要是与两个在美国工作的儿子打网络电话之用。

特别给人留下深刻印象的是书房里的钟之多，不仅是外形，还有各种计时方式。红色的数字灯管不停地闪烁着，反映了主人对时间的珍惜。我赶紧告辞。

（2000年11月）

他与《十万》的半生缘

早在 1983 年就已“华丽转身”从事纪实文学创作的作家叶永烈，最近又频频以科普作家的面貌出现，讲座、签售、采访，忙得不亦乐乎。原因是《十万个为什么》(以下简称《十万》)第六版又推出了平装本，而叶永烈是这部盛销不衰的著作唯一从第一版到第六版都参与的作者，正如他自己所说：“它对于社会而言，是一部与时俱进的科普巨作，对于我而言，它已深深烙进了我的生命。”因此，他虽然刚完成电影文学剧本《美猴王》的创作，(发表在《中国作家》第三期上)，人很累，需要调整休息一段时间，但仍对《十万》编辑部的要求有求必应，招之即来。

说起《十万》与叶永烈的半生缘，叶永烈是滔滔不绝。

起步于 11 岁时的小诗

叶永烈是温州人，读小学五年级的时候写了一首诗投进《浙南日报》

（现《温州日报》）门口的投稿箱。过了一个星期，像豆腐干那么大小的一首诗在副刊发表，署名就是“十一岁小学生叶永烈”，还拿到旧币8000元（相当现在0.8元的稿费）。他也因此在学校里面大大扬名，一下子就从一个普通的少先队员提升为大队宣传委员，从此就是所有的这些编黑板报，编墙报，编少先队的油印小报，这使他对写作产生了兴趣。

1957年高中毕业。叶永烈想考北京大学中文系的新闻专业，但那一年整个是招五十名，其中半数是调干生，剩下的就是二十来名，一个省一名都不到。他想温州这个小城不见得能排上，但是一定要考北京大学。姐姐叫他考化学系。父亲一听说，好呀，起码将来可以做做雪花膏，做做肥皂，怎么样都有一碗饭吃。就这样呢，叶永烈就把第一志愿写上北京大学化学系，并以第一志愿被北大化学系录取。在前往北大就读之前，叶永烈的父亲特意送给了他两套书，一套是《古文观止》，另一套是梁启超的《饮冰室文集》。

在北大图书馆博览全书

那时的北大排课，有点像哈佛，一周的课集中在两天，从早到晚，其余就是实验和自修。叶永烈的大部分时间要么泡在北京大学图书馆或名系的图书馆，要么去城里的书店淘书。前三年暑假、寒假都没回家，看了很多很多杂七杂八、各式各样的书。他还淘到过一本躲过日寇炮火的"商务图书馆藏书"，作者董纯才都没有，后来他送给了董纯才，整本书被收进《董纯才科普文集》。

《十万个为什么》它本身是一种小百科全书式的一种书，要求是作者的知识结构就应该是百科全书式的。而北京大学有那么多的图书来给叶永烈提供了一个博览群书的一个客观的条件。

“十万个为什么”的出典

1956年10月，毛泽东在中南海接见了1000多名来自全国各地的科普积极分子。参与科普创作成了一种“时尚”，更是知识分子为人民服务、与工农相结合的进步表现。以华罗庚、钱学森等大科学家为代表，一大批科学工作者为科普写作和宣传投入重要精力。但出版的主要是给工人农民看的实用技术类科普书，少儿科普书则严重短缺。因此上海少年儿童出版社第三编辑室的编辑们决心填补这个空白，想出套系列丛书，但取个什么书名呢？要叫得响、传得开。编辑们经过几天讨论，淘汰了“你知道吗？”“知识的海洋”等标题，一致同意借用前苏联作家伊林写的一本经典科普读物的名字：《十万个为什么》。伊林这本书出版于1929年，在前苏联广受欢迎，在我国也大为流行，到1949年3月，开明书店已将此书再版了9次。叶永烈也看过这本书。

其实，“十万个为什么”也并非伊林的原创，而是来源于诺贝尔文学奖得主、英国诗人约瑟夫·吉卜林诗歌中的一句：“五千个在哪儿，七千个怎么样，十万个为什么”。据懂俄语的叶永烈分析，在俄语中，“十万”形容数量很多。

不拘一格降人才

《十万》的第一批作者是上海一所师范学校的7位老师，他们花去将近一年的时间辛辛苦苦完成6万字初稿，但写得味同嚼蜡，不适合儿童阅读。有了第一次组稿的教训，编辑们认为应该不拘一格起用作者。化学分册的责任编辑曹燕芳想到，她当时手头正编着另外一本书，叫《碳的一家》，文字生动活泼，作者是北大化学系大二的学生叶永烈。曹燕芳打算让这个年轻人写几个“为什么”试试看，就寄了五个“为什么”给他。

叶永烈当时才20岁，给比自己小几岁的读者写文章很有感觉，而且他从小就是伊林的《十万个为什么》的忠实读者，模拟“偶像作家”写作，自然驾轻就熟，很快完成任务。曹燕芳很满意，就又寄给他化学分册其他的问题。叶永烈从头写到尾，这些回答竟然全部被相中了。“化学分册176个‘为什么’，我写了163个。”此外，叶永烈还为为天文气象分册写了27篇，为农业分册写了89篇，为生理卫生分册写了43篇。1961年出版的5个分册，共947个“为什么”，叶永烈写了326个，成为是第一版《十万个为什么》当时最年轻的、也是写得最多的一个作者。

当然，叶永烈对每一个“为什么”都极为认真地回答。他举了一个当年写书时遇到的一件事，在写一篇《重水是水吗?》，其中就提到重水含量是多少。当时查了很多书，但讲的都不一样，有的相差十多倍。究竟哪个才是正确的?最后他请教了他的教师、重水专家、北京大学化学系的张青莲教授，张教授在百忙之中专门回信，告诉他计算方法，并告诉他每100吨天然水中有17公斤重水。叶永烈说，他写的每个“为什么”也都是这样一个数字一个数据考证得来的。

胡耀邦向全团推荐

能否受读者、尤其是小读者欢迎呢?出版社也心中无底，当时是编好一册印一册，陆陆续续付印。第一册（物理分册）第一版第一次印刷仅5000册。但没想到一上市就引起了极大轰动。第二册（化学分册）

第一版第一次印刷增加到 2 万册，到第三、四、五分册第一次印 5 万册。

6 月 1 日上市，6 月 4 日《新民晚报》就发表了署名“言微”的评论为《十万个为什么》喝彩，后来叶永烈才知道，这是令人尊敬的晚报总编辑束纫秋先生的笔名，他在为孩子买书时发现了这本书。接着各报纷纷发表赞扬的文章。《人民日报》曾发表社论，评价它是我国影响最大的科普读物，是共和国科学明天的一块基石。

1962 年 6 月 19 日至 7 月 9 日共青团三届七中全会在北京举行。时任共青团中央第一书记的胡耀邦建议，给每位共青团中央委员发一套《十万个为什么》。胡耀邦说：“每个人要从中学点知识。”团中央机关报《中国青年报》予以连载。

著名科学家钱学森，规定其上中学的儿子钱永刚放暑假时每天看《十万个为什么》40 页，要儿子“看不懂就问我”。

到 1964 年 4 月，《十万个为什么》发行了 584 万册（73 万套），其中还供应印尼华侨 2 万套。1964 年，全国具有小学文化程度（包括小学文化）以上的人口有 2.4 亿，相当于每 40 个识字的中国人就有一册“为什么”。其中几个单册的销售量甚至超过《毛泽东选集》。

《十万》成了提亲的礼物

回忆起年轻时的这一幕，已经年过古稀的叶永烈依然难掩自豪之情。

一条“为什么”稿费 5 元，叶永烈因此获得了一笔可观的稿酬。当时他在北大一个月的伙食费才 13.5 元，一千多元绝对是一笔巨款。但后来，编辑曹燕芳告诉他，应该是每一个“为什么”稿费 10 元，领导从爱护叶永烈出发，打了个对折，怕他稿费太高了会成为“第二个刘绍棠”。著名作家刘绍棠出名很早，13 岁就发表作品，在高中语文课本上就有他自己的作品，他用2000元稿费在中南海旁买了一个三合院，但1957年被打成“右派”。

在写《十万个为什么》之前，喜爱写作的叶永烈就到处投稿，但是命中率很低，《十万个为什么》出版后，他再也不用主动投稿了，《光明日报》《北京晚报》《新民晚报》《解放日报》等各大报刊纷纷前来约稿。

1962年，叶永烈回老家，认识了年轻的俄文教师杨惠芬，一见钟情，他上门提亲时送的礼物就是一套《十万个为什么》。少年才气尽在这套轰动全国的“大部头里”显露，杨家深为赞许。一年后，他俩结婚。前年8月25日他们的金婚纪念日时，《十万》专门派人前往祝贺，可见叶永烈与《十万》的情谊之深。

北大毕业后，叶永烈先是被分配到上海一家研究所，但他想搞电影，就去上海科教电影制片厂询问，没想到厂长大喜过望，说他们曾到北大要他，但不给，没想到今天送上门来了，叶永烈从此在科教电影制片厂当了18年编导，还得过电影百花奖。而叶永烈的老师也遗憾这位化学系的高材生成了“叛徒”。

每一版都有时代印记

“随着时代的变迁，《十万》的问题不断升级，每一版都打着时代的印记。”这是从第一版写到第六版，叶永烈感受最深的一点。

1961年出版了5个分册，1962年又增编3本分册：地质矿物、动物和数学。8册一共收录问题1484个，总计100万字。

很多人以为，在“文革”中出版的《十万个为什么》第三版才被打上“左”的印记，其实“左”的影响在第二版时已经渗入。1964

年开始出版的第二版新增的文字显得拘谨，强调“联系生产实际”，新增的许多“为什么”脱离了少年儿童的生活。比如：“西瓜能当炮弹吗？”“食盐是炒菜吃的，为什么炸弹里也要放食盐？”第二版分为十四册。按学科门类分册出版，另外，第二版聘请李四光、竺可桢、华罗庚、茅以升、苏步青等一批著名科学家担任顾问，为每个分册审稿，保证了科学内容的准确性。第二版《十万个为什么》出版后，当时不仅在国内广为发行，而且还走出了国门，如越南等国家。叶永烈后来在参观越南共和国主席胡志明故居时，出现他的书房里也有一套《十万》。

最压抑的“文革版”

到了“文革”期间，《十万》逃不过厄运，成了“毒草”被批判，包括叶永烈写的词条“太阳为什么有黑子”是恶毒攻击我们心中的红太阳毛主席、它的发行超过《毛选》也成了罪名。几十个造反派组织成立了批《十万》联络站。单位里也贴出“十万零一个问题问叶永烈”的大字报，他还遭到了抄家，幸亏他夫人把后来成为畅销书的《小灵通漫游未来》的手稿放在挂在屋梁上的菜篮底下，才躲过一劫。

最压抑是“文革”中出版的第三版。1970年7月，正在“五七干校”田间的少儿出版社编辑室主任王国忠被工宣队叫去，要他用“无产阶级观点”修订《十万》，“这是无产阶级司令部交办的任务，过去的批判是对你的爱护，你如果不肯修订，就是对无产阶级司令部的又一犯罪。”

第三版也就是所谓的“文革版”，它的《重版说明》就是一篇大批判文章，说“在反革命文艺黑线和出版黑线的影响下，出现很多错误，没有积极宣传马列主义和毛泽东思想，脱离三大革命运动实际，宣扬了知识万能，追求趣味性，散布了封、资、修的毒素。”在这个编辑思路下，每个问题的回答都要首先引用毛主席语录和马恩著作。规避科学家的名字,以恩格斯的《自然辩证法》和《反杜林论》所提到过的为准,其余非提不可的一律写为“有人”。“文革版”还加入了很多深奥、生僻、具体的工农业生产技术知识。文风也变得枯燥刻板。叶永烈尽管挨了批斗，但是编辑室还要他参与写作，如“镜子背后的涂层是什么”等。“文革版”上黄皮封面上方是工农兵高举红宝书,确实颇有“文革”特色。1973 年 10 月 5 日,姚文元还要求《红旗》杂志发表对“文革版”的书评。

这一版《十万个为什么》达 21 分册。还有两册因为“文革”结束没有出版。尽管如此，这套书也给“书荒”的中国带来了很多知识，影响了一代又一代青少年。上世纪 80 年代初，曹燕芳碰上过好几位大学毕业生，人家对她充满感激，说都是靠着读《十万个为什么》在恢复高考时考上了大学。“文革版”在 8 年时间里出版发行多达 3700 万册。

“科学的春天”迎来第四版

“文革”结束后,中国迎来“科学的春天”,上海少儿出版社恢复重建,马上就收到大批读者来信,要求修订再版《十万》。编辑们纷纷从工厂、农村回到少儿社三编室，叶永烈说:“这次大修订，肯定了初版本的特色，否定了‘文革版’，着重科普性，依靠科学家审稿，走过了‘否定之否定’的道路。”第四版《十万》仍然是黑色的封面，但内在细节有许多变化，最明显的就是每个“为什么”后面都注明了作者的名字，以表达新时代对知识分子的尊重。正本清源的第四版《十万个为什么》出版共 14 分册,于 1980 年出版,1990 年初又增加了 10 册为“续编本”,卖出了 3000 万册。

今非昔比的《十万》

90 年代初期，下海经商潮也冲击着科普读物，“盗版”也开始流行起来。时隔近 20 年后，1999 年，上海少儿社才推出了第五版：“新世纪版”。第五版着重补充了诸多新的科学技术内容。它的特色一是紧凑简练，一共 12 分册；二是与时俱进，除旧布新；三是强调科学家的作用；四是首次设立资料索引分册。

这一版不再像以往单册陆续推出，而是装在精美的盒子里整套售卖，对于这时的大多数家长来说，为独生子女买下整套精装丛书已不是难事。据出版社统计，新世纪版迄今售出 721 万册。

这次出版的《十万》（第六版）编辑出版工作前后花了五年，用两年做前期调研和策划，再用三年做后期的编撰、加工和打磨工作。而且邀请到韩启德院士担任总主编、21 位两院院士担任主编、768 位全球顶尖科学家和科普作家参加编写，20 余人组成的强大编辑队伍，确保了这套书的科学性、前沿性、权威性和可读性。在北京人民大会堂和上海锦江小礼堂隆重举行了启动和发行仪式，有关领导出席，新华社和各报发了充分的报道。

第六版《十万个为什么》一套集 18 卷，600 余万字，7000 余幅图片，收入 4500 个代表科技发展前沿和青少年关心的热点问题，请专家回答，比如，航天部分就请的是杨利伟来写。这版不像以前那样就事论事，直接说出答案，更是以事实为根据。有些是属于科学还没有解决的问题，就把目前的研究成果告诉小读者。比如恐龙为什么会灭绝？以前的答案就是地球受到外星球的撞击，导致环境变更引发恐龙灭绝。而现在的书里则给出多种答案，目前科学界也没有最终的断定，这样可以让孩子们有更多想法，开辟他们的思路。

第六版还使用反抄袭软件，杜绝在网络上七拼八凑，和在百度百科里复制答案。并且新版是全彩精装，所有图片都是从国际专业图库中购回，非常精美，这些都使图书成本增高。

和第一版一口气写了300多个问题不同，在最新面世的第六版中，叶永烈只回答了20个问题，尤其是近年来关注度很高的诸多问题也落到了这位老将之手，比如“毒牛奶里面为什么加了三聚氰胺”，还有“瘦肉精”“地沟油”等这些问题都是他解析的。

叶永烈很有趣地告诉记者他在各地签售第六版时所见的宣传口号：“一辈子忘不了，几代人用得着”“今年过年送什么，送《十万》正好”。

根据不同读者的需求，第六版除了推出比精装本便宜300元的平装本外，还拆分出“基础卷”（数理化天地生等基础学科）、“专题卷”（动物、植物、古生物、医学、建筑与交通和电子与信息等领域）和“热点卷”（国家战略和未来科技发展前沿的探索）。

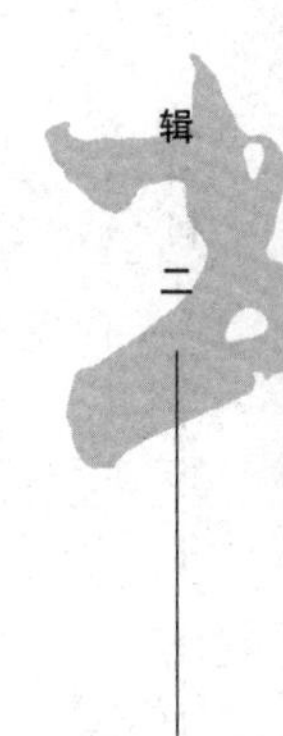

“两个”叶永烈都没停步

八十年代开始，叶永烈的写作就完全转向文学了。开始更多地思索国家的利益，开始思索时代的使命，感到他的报告文学产生的影响远远强于小说，就客观上慢慢使他朝报告文学的方面发展，我意识到我可能更加适合于写报告文学。

因此，当时就有读者问中国难道有两个叶永烈？一个是写《十万个为什么》《小灵通漫游未来》的叶永烈，一个就是写《历史选择了毛泽东》《“四人帮”兴亡》的叶永烈。其实这两个叶永烈是一个叶永烈。记者在2000年11月发表在深圳商报《文化广场》上的叶永烈访谈就是这样开头的。

叶永烈今年已 74 岁，到了应该安享晚年的时期，但他仍然每天坚持写作，至今已达两千多万字，著作“超”身，有 150 本之多。《十万个为什么》的新版本出来，就像新添了个孙子，让他兴奋不已，到处宣讲《十万个为什么》编辑在他“小荷才露尖尖角”时对他的扶植。少儿社也在最近要出一本《叶永烈写的“为什么”》，把他在一至六版所答的“为什么”汇集起来，还要出一本《“十万”背后的故事》，就是今天记者所听到的故事，当然要详细得多。

正如叶永烈所强调的，《十万个为什么》是他的宝贵财富。

（2014 年 3 月 27 日）

“转轨”不转心

——谈长篇小说“上海三部曲”

已有好久未见叶永烈先生了，记者日前去他的“沉思斋”拜访。一进他家，只见客厅一边垒着十几只大塑料箱，原来他与夫人在忙着整理捐赠给上海图书馆的文献资料，每批十箱，这是第六批了。早就看到他向上海图书馆捐赠的消息，还以为只要派人派车来拉就行，哪知道要做那么繁琐的整理工作。叶先生把我看了上图为他定制的塑料文件夹，有8千个！他要把8千多封名人的信一一注明何人何时何地……

更让人吃惊的是当我坐下来后，他拿出新出的长篇小说《邂逅美丽》，告诉我他的“上海三部曲”已全部完成了！我由于近年来身体欠佳，已很少出门参加活动，孤陋寡闻，其实，他的第二部《海峡柔情》在去年的深圳文博会上已举行过首发。大概在20年前，我曾写过一篇叶永烈从科普写作转向纪实文学写作的通讯，今天听说他又已“转轨”，也就不想错过这个机会，来了个刨根问底。

我知道在十一届三中全会之后，叶永烈曾写过一阵子小说，尤其是那篇《巴金的梦》给我留下很深的印象。叶永烈说确实如此，在八十年代初，他曾写过许多纯文学小说和科幻小说，如发表于《收获》的《青黄之间》，发表于《人民文学》的《腐蚀》《正负之间》，发表于《上海文学》的《同行》，发表于《小说界》的《并蒂莲》等等。那时还为报纸写长篇连载小说，在《文汇报》连载《暗斗》，在《羊城晚报》连载《黑影》。

"那么，是什么原因促使您转向纪实文学的写作了呢？"叶永烈回忆道：那是 1981 年发表于《人民文学》11 期头题的《腐蚀》，与当年的全国优秀短篇小说奖只差几票而擦肩而过，使我深感遗憾。这是依据我在罗布泊参加搜寻彭加木的那段生活写出来的，主题是拒腐蚀。如果《腐蚀》当时获全国优秀短篇小说奖的话，也许我会一直写小说。同时，我也在写报告文学，抓"热点"题材，几乎写一篇，"红"一篇，很自然的，我的创作就朝报告文学倾斜了。埋头写中国当代重大政治题材的纪实文学，写出了 150 万字"红色三部曲"——《红色的起点》《历史选择了毛泽东》《毛泽东与蒋介石》，写出 200 万《"四人帮"兴亡》，写出 60 万字《邓小平改变中国》、80 万字《陈伯达传》……逐渐远离了小说创作。

"在中国像您这样的报告文学作家是唯一的，早就功成名就，为什么还要费那么大的精力去写长篇小说？"

叶永烈说，长篇小说是作家的"航空母舰"，一辈子如不写出一部于心不甘，直至 2015 年 3 月完成 75 万字的纪实文学《历史的绝笔》之后，就终于下决心，重回小说创作阵营。对于这次转轨，在我看来是很自然的：一是人生阅历日渐丰富，二是写作历练日渐成熟。叶永烈笑称自己是从事长篇小说创作的"70 后"。70 多年的人生经历，为长篇小说创作提供了极其丰富的素材与细节。我是温州人。父亲早年从军，后来成为温州金融巨亨兼瓯海医院（今温州医科大学附属第一医院）院长，他又是国民党少将。我们家里还住过中共地下党员。新中国成立后，父亲是浙江省政协委员、温州市人大代表。我从小就在“温州华尔街”长大。我的大儿子在台北，小儿子在美国，我几乎每年都要去看他们……这些都是年轻的朋友无法与我相比的。

“那为什么要写‘上海三部曲’呢？”

叶永烈说，常言道，在中国，两千年历史看西安，一千年历史看北京，一百年历史看上海。上海曾经是“冒险家的乐园”，上海也是中国共产党的诞生地，如今上海是中国改革开放的排头兵，所以上海是“一百年的中国”的缩影。从我个人来说，小时候，上海在我的心中是“高大上”的“十里洋场”。我读到的第一本关于上海的小说是《冒险家的乐园》。在北京大学毕业后，被分配到上海工作。从此我生活、工作、成家、扎根在上海，融入了这座东方大都市。我当然要以自己最熟悉的城市上海为背景。其实第一部《东方华尔街》，酝酿甚久，在1993年就被列入作家出版社的出版计划，只是因忙于纪实文学的创作而搁了下来。在《东方华尔街》中，我写了三位从美国来的“冒后代”来到今日上海，与三位上海姑娘之间产生曲折缠绵的异国恋，展现上海最典型的场景——外滩、陆家嘴、南京路风情。《海峡柔情》以朱、姜两户人家从上海到台湾，又从台湾到上海的百年历史为纵线，以两家四代人之间爱恨纠葛为横线，折射了海峡两岸错综复杂的历史，说明台湾和大陆无论如何，都是血浓于水，打断骨头连着筋的“两岸一家亲”。《邂逅美丽》写了在旧上海奇特的四马路上，日、汪、蒋、共以及法租界、英美公共租界六方的错综复杂斗争，方美莲、方丽莲这对“乱世佳人”如何双双走上红色之路。故事性极强，相信会受到读者欢迎。

我也写非虚构的纪实文学，深感为了保证客观真实，所花的精力十

分巨大，因此很羡慕小说家可以“天马行空”。那确实如此吗？我冒昧地请教叶永烈先生。

叶先生笑着说，并不如此。写长篇小说要会讲故事，编故事，在第一部我采用的是“T”字形结构，第二部是“非”字形，第三部是章回体。如果说写第一部时还有点迈不开步的话，当写到第三部时，已可以快步向前了。长篇小说创作，确是寂寞而又吃力的工作。一旦开笔，就要接连数月“闭关”，没日没夜摁键，久久面对电脑屏幕，如同达摩面壁。直至一口气写完几十万字，这才如同卸下沉重的十字架。确实没有充沛的体力，难以承受这样高强度的脑力劳动。今后，我将多写点篇幅短小的长篇小说，以适应当今快节奏的社会生活。

我们又聊了许多其他的事，当我告辞时，发现门口有几只大纸箱，原来是四川人民出版社、四川科技出版社所出的《叶永烈科普全集》，共有 28 卷，叶先生说，为了校这 1300 多万字的清样，看得眼睛也几乎睁不开了。

夫人杨老师再三邀我去吃饭，我不敢再打扰他们了。他们夫妇俩把我送到路口，帮我拦到了出租车。我在回家的路上一直在想，叶永烈先生已 78 高龄，可他还是如此拼命地在工作，完成常人难以想象的工作量，他为的是什么？

（2018 年 7 月）

题图为2000年11月10日与叶永烈合影于他家中。

灾难是学校

——谈《唐山大地震》

当我们的眼球被电影大片《唐山大地震》所吸引之时，还是有许多中年以上的读者却念念不忘那篇报告文学《唐山大地震》。这部在中国当代文学史上有着重要位置的作品，曾在1986年3月以整本的篇幅刊发在《解放军文艺》，单行本几度售罄，一时洛阳纸贵。

唐山大地震有34年了，出书有24年了，作者如今在哪里？记者今天在上海见到该书的作者钱刚，这位当年23岁的解放军年轻战士，后来上过解放军艺术学院、上过前线当过战地记者、创办过《中国减灾报》、办过《三联生活周刊》、参与创办中央电视台的《新闻调查》，作为副总编在《南方周末》度过难忘的7年。如今他给记者的名片上印的是“香港大学新闻及传媒研究中心研究员”。

他为组稿去唐山

钱钢曾是著名的“南京路上好八连”的五班班长，因喜爱文学被部队选送到当年的文学月刊《朝霞》当工农兵编辑，负责诗歌散文。

1976 年 7 月 28 日唐山大地震发生后，钱钢主动要求到第一线采访组稿，他打起背包来到虹桥机场，想搭运送裹尸袋的军机去唐山，但未获准，只得随上海医疗队改乘火车。当时由于通讯不通，许多人不知在唐山亲人的下落，钱钢的兜里塞满了拜托寻人的字条。其中一张是钱钢母亲写的，她要寻找“蒋叔叔”——一位在唐山民政局任局长的老战友，但钱钢一下火车，满目疮痍，那里还有什么街多少号。不料，一天钱钢到上海市六医院的驻扎地时，只见一位身上只有一件破背心的人在大声指挥，声音熟悉，钱钢上前一看，正是他要找的蒋叔叔。当蒋叔叔认出站在面前的小战士是战友的孩子时，先是笑。后是哭，脸部抽搐，一把把钱钢抱住，手指着下面，语不成句：“你看我们唐山，我们唐山……”钱刚把军装脱下给蒋叔叔穿上，又把一罐椰子糖塞到蒋叔叔手中，因为当时上海有个说法。吃一颗椰子糖可以抵得上两顿饭。钱钢如今说起这一幕还颇为激动，就如发生在昨天。

得知蒋叔叔一家四口躲过浩劫，钱刚马上设法把两个孩子送往杭州自家，自己跟蒋家一起过一个普通灾难家庭的生活。先是住在芦席旁，再就是住帐篷，天冷了赶快盖起了越冬的简易房。钱刚成了蒋家的一员，并成了蒋叔叔工作上的得力助手，这段亲历同时也为钱钢今后的写作打下了厚实的基础。

送孤儿去石家庄

因为蒋叔叔是民政局局长，所以他就给了钱钢一些特别的机会，最重要的是让他参加护送孤儿去石家庄的“育红学校”。

唐山的孤儿有三、四千，这些小孩有的是姐妹，姐弟，有的是兄妹，6岁的姐姐带着3岁的弟弟，7岁的哥哥带着2岁的小妹妹。有的小孩左手一个手表，右手一个手表，这是好心的邻居挖出来他们爸爸妈妈的遗产。还看到一个小孩，脖子上挂着缝纫机头。他们穿着统一的蓝衣服，胸前别着写着姓名、出生地的小布条。钱钢当时担心，很小的小孩，那个布条别的又不牢，一阵风吹跑了，永远就没有个人的信息了。钱钢记得那天早上他看到的小孩是很高兴的。有的农村的孩子不要说火车，就连汽车都没有坐过，那天他们既坐了汽车，还要坐火车，不但坐火车还要过北京。这些小孩没穿过新衣服，他们今天穿的是新衣服，他们从来没有得到过那么多的好东西，他们今天发了小书包，书包里边有苹果和饼干。还有搪瓷的新茶缸子。所有工作人员的任务就是一路上逗孩子们玩，避免他们情绪波动。到了天黑的时候火车开进了石家庄。蒋叔叔跟所有人员讲不要跟小朋友说再见，赶快走，你要是不走，小孩子这一天下来会依恋。

回到唐山以后，钱钢向上海医疗队做了一次内部的报告，大嫂、大姐她们听了泣不成声。钱钢说 :“我当年23岁，是一个写着革命英雄故事，写着革命诗篇走出来的文学青年，23岁的人，其实我们已经不会说话了，在常年的教育中我们变成一开口就按照某一个套路说话。可是跟医疗队大哥、大姐说的时候就如实道来。我第一次感觉到不带宣传色彩的如实报道是怎么样打动人的。”

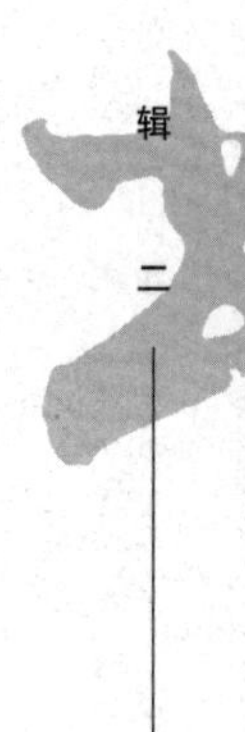

不写“新生”写“毁灭”

钱钢进了解放军艺术学院是 1984 年，《解放军文艺》的编辑找他，说再过两年就是唐山大地震十周年，咱写一个报告文学，写《一座城市的毁灭和新生》。于是，钱钢边读书边一次次回到唐山采访。有时骑着自行车，有时乘着蒋叔叔的破吉普。那个时候钱钢已经是一名记者，受过新闻的训练，心目中有那么多报告文学的偶像，这个时候再回唐山怎么就觉得写一座城市的毁灭和新生是不舒服的。这时，钱钢又在街头买到了一本约翰·赫西的报告文学《广岛》，他当时就心里想我要写一本书跟他一样，坚信唐山大地震属于人类，我的作品，不同国家的人都能看懂。回京后钱钢就跟编辑说，为什么只能用灾难来衬托成就，而不能直接去写当时唐山人所受过的苦难呢？“新生”就不要写了，我就写灾民、灾难、大毁灭。编辑的思想也很开明：你说的对，为什么不可以。钱钢感慨地说：“那个时候文学青年、作家很狂，有什么不可以，当然可以。就写了。所以你想，我的编辑允许我、支持我把重心回到了痛苦的，惨烈的灾害里来，这是一个多大的进步！”

钱钢特别强调，有没有职业新闻记者的训练非常不同。他在唐山有两部分资料的融合，一部分是亲历，一部分是采访，获得了大量的证人和证言，尤其是找到了十几位见到地震发生时场景的人。解放军报当年发给他的微型录音机，一共十盘磁带，他都用来录目击者言。钱钢说：“80 年代中期我还不懂什么叫做口述历史。事实上我们当时做了大量口述历史的工作，那些资料是原生态，最真切的。我当时很狂妄说要把这些磁带送到大英博物馆永久收藏。”

2006 年无数的新闻记者重回唐山，他们拿着钱钢书中的线索一个一个追访当事人，等于让钱钢经受了一次事实的检验。钱钢发现他们写的和自己当年写的没有太大的差别，很欣慰，因此而非常感谢在 80 年代初期在解放军报和新闻界所接受的职业训练。

《唐山大地震》的微博版

钱钢告诉记者，1986 年作品发表时，谢晋导演就想拍成电影，并做了大量的准备工作，但后来因种种原因而没开工。此次冯小刚导演的《唐山大地震》他没看过，不能妄加评论。

有人说电影与报告文学同名，是否会造成误解？钱钢风趣地说："我在 1986 年的时候还没有版权概念，没有到国家版权局注册。现在当然有一点点困扰，日后如果年轻人永远上网，永远不看书，只看电影，不看书，日后他知道的唐山大地震是一部电影，不是一部书。我今天在网上看到如果说用激烈的言词在评判这个电影，我也看得心惊肉跳，因为看起来好像说我一样的。这个不好再说什么了。照理讲你是做父母的，我要给我儿子起个名字，我明明知道我邻居家有一个挺出名的小子叫这个名字，现在我也起同样的名字，我想这没有什么不可能，可能打一个招呼更好一点。说我的孩子给你取一样的名字，我说很高兴啊。岂不更好？当然这是说笑话。"

钱钢说：香港中学课本在 1988 年就把书的引言《我与我的唐山》收入其中，至今已有 22 年。大陆也有江苏、辽宁的课本收入。

钱钢觉得我们必须适应这个网络时代，电玩一代，手机短信一代，微博一代，你得适应他们。于是把书中的精彩片段拆成 20 多段，挂在自己的微博上，点击率非常高。

他把灾难当学校

《唐山大地震》不仅是一部作品，它对钱钢本人的影响是巨大的。1986 年他只是一个《解放军报》的记者，在《唐山大地震》发表了三年之后命运发生了急变，到了不同的地方去从事不同新的事业。有的是全新的，有着非常多的困难，但是唐山地震的经历，《唐山大地震》采写是一次深深的耕耘，它让日后的播种有了可能。

钱钢说：对我个人来说确实灾难就是一所学校，无论是唐山还是日后所经历过的很多自然的灾害或者人为的灾害对我个人来说都是锻炼。我想起来我的好朋友，已经英年早逝的一位 CCTV 制片人，他说过一句话，“今天是行色匆匆的时代，我们越走越快，越走越远，有时候忽然就记不起我们是从哪里来，又要到哪里去。”我想这是很重要的，我们走的再快，再远，不要忘记从哪里来，要到哪里去。

（2010 年 8 月）

题图为2010年8月10日与钱钢的合影。

梁鸿

乡土文明向何处去

——谈《中国在梁庄》《出梁庄记》

“中国的乡村受城市化的时代潮流裹挟，传统文化和乡村文明的样态已经沦陷，整个村庄已是文化废墟。乡村无论是在地理上还是文化样态上，都处于坍塌和被抛弃的状态。”日前在福建泉州举行的“东亚文都文化传承与发展国际论坛”上，中国青年政治学院教授梁鸿的尖锐发言受到数十位中、日、韩文化学者、作家的关注。梁鸿是因非虚构作品《中国在梁庄》《出梁庄记》而在海内外广受关注的。

梁鸿出生于河南邓州穰县，姊妹七个，她排行第五。上世纪 70 年代的梁庄人多地少，家里经济压力很大，父母经常教育子女好好学习，将来留在城市。梁鸿初中毕业，15 岁考上了当时的邓县师范学校，毕业后分配到邓州下面一所乡镇小学教书。工作三年后，梁鸿报考了南阳教育学院，脱产读大专。大专读完，她又通过了本科自考，考上郑州大学中文系的研究生，接下来又读了北京师范大学中文系的博士。2003年，梁鸿留在北京，成为中国青年政治学院的老师。

然而，离开了梁庄的梁鸿却又无时无刻不在思念着梁庄："它是我生命中最深沉而又最痛苦的情感，我无法不注视它，无法不关心它。"

梁庄曾有150户人家，640多口人，如今留守者不到200人，大多是老人和儿童。梁庄的现状是中国农村的缩影。梁鸿不停地思考，"从什么时候起，乡村成了改革、发展的累赘？什么时候起，乡村成为底层、边缘的代名词？又是从什么时候起，一想起那寂寞的乡村，想起那在城市边缘忙碌，在火车站奋力挤拼的无数的农民工，就有悲怆的感觉？这一切又是如何发生的？或许，这是每一个关心中国乡村的知识分子都必须面对的问题。"

2008年的夏天和冬天，梁鸿回到梁庄，对梁庄的村民、自然环境、文化结构、伦理结构和道德结构进行了考察，用纪实的方式写出梁庄人的故事，时任《人民文学》总编辑的著名文艺评论家李敬泽予以高度的评价，在《人民文学》上首开"非虚构"专栏予以发表，人民文学出版社以《中国在梁庄》为名出版。2011年1月和7月初，梁鸿重回梁庄，了解梁庄在外打工者的故事，梁鸿说："只有把这群出门在外的'梁庄人'的生活状态写出来，'梁庄'才是完整的'梁庄'。"2013年4月，"梁庄"姐妹篇《出梁庄记》出版。令当下中国文坛掀起"非虚构热潮"。

梁庄的现状是中国农村的缩影

记者：我第一次见到您还是在上海作协和《南方文坛》举办的"今日评论家"首届论坛上，当时，李敬泽在发言中对《中国在梁庄》作了高度评价，老实说我那时还没关注到，没想到您又接连推出《出梁庄记》，轰动了文坛。

梁鸿：对我来说，写梁庄的故事是个很自然也是长期积累的过程，也包含了个人对社会的认知。当初写了《中国在梁庄》，我没有料想影响这么大。我其实在写作中也一直在思考，《中国在梁庄》大部分写的是在家的老人、妇女、儿童，还有梁庄的自然环境，以及他们在当代中国的命运和状态。但是梁庄最重要的一部分，在外打工者并没有呈现出来，他们的喜怒哀乐与梁庄是息息相关的，他们是一起存在的。只有把这样一拨打工的梁庄群体写出来，那么梁庄才是完整的当代村庄，也才是完整的生命存在。后来我跟李敬泽、阎连科等朋友在一块聊天的时候明确提出这个想法，要把这样一个工作再做完，等于把梁庄写完，最起码把梁庄两个群体完整地呈现出来。但是怎么写我当时也不是很清晰，因为我不知道我的一些乡亲们到底走了哪些地方，只能边走边看边写。

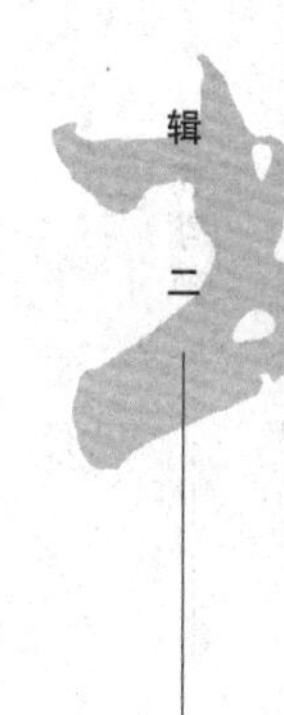

乡村的现实太让人感伤

记者：您在调查中发现，现在乡村里青壮年很少，因为他们20岁左右就外出打工了，出门讨生活；留守妇女的生活看起来挺不错，但是她们实际上在情感上非常空虚，因为她们的丈夫不在家；相当一部分孩子的父母不在身边，这就决定了教育是先天不足的；老人特别善于承受命运，不管什么苦难、不公都能承受，有一点点幸福就特别开心和满足……因此您就非常难受。

梁鸿：还有就是各个地方污染都很严重，如果我们生活在一个环境优美的地方，我们对事物的感觉就能变得阔大、美好，我们会对美有基本的领会，人也高尚起来，反之，如果我们天天被污染包围，整个环境是肮脏的凌乱的，那么我们的心灵是什么样子的呢？生活在发黑、发亮的河流边，生长在垃圾堆旁边，这样成长起来的孩子，他们的心灵会是什么样子的呢？从客观上讲，最近这七八年，污染是受到了特别关注的，也在着手改变，但是我认为，人们还没有意识到这种改变对我们这个民族的情感和心灵到底有多么重要。

传统文化在乡村的坍塌

记者：所以看您的书，不觉得是在看文学作品，而是在看社会学者的论著，您的论述是够犀利的。

梁鸿：这四五年来，我以梁庄为原点，住下来，做了一些考察，同时我也沿着梁庄人出去打工的足迹，又走了好多地方。在这两个过程当中，我有一个特别大的感觉，如果说中国的传统文化是在一个乡村、在一个村庄里面落脚的话，我看到的是一个传统文化坍塌的状态。

传统文化在一个村庄里是日常生活的综合，反映到点点滴滴的生活里面。从一个村庄的调查来看，不管是宗族的关系，还是血缘的地缘的情感的状态，甚至包括一个生活的共同体，已经非常淡漠了。传统文化的仁义礼智信，在村庄里面也是非常淡漠的。

这种衰微不单单是经济的原因，实际上是文化共同底线的丧失，这种丧失我觉得才是最根本的丧失。这也是使得我们所谓的文化的基根很难落到一个实处。那我们要在乡村文明处于坍塌的状态、乡村已经变成文化废墟的情况下，怎么来谈乡土？这个实际上是一个特别现实的问题。当我们说怀旧、说乡愁的时候，其实已经把它淡化了，已经把它变成一个过去了的事物了。

禁说方言是极大的不自信

记者：我们往往把农民思乡幻化成一种多么浪漫美好的事情，其实他们的思想和我们不一样的。家乡是他们唯一可以回去的地方，但是他们不想回去，这里面包含了很复杂的因素。

梁鸿：是的。农民长期以来一直处于一个历史的最底层。这就形成一个特别大的移植化的假象，认为只要把农民变成市民，只要把农民变成城里人，那么农民就可以完全好了，但是背后一个大的文化的背景是没有人考察的。相反的，文化的思路并不是意味着一定要让农民回到农村，而是说我们没有去想怎么样让农村变得更好，怎么样让农村更像农村，怎么样让农村适宜居住，并且同时保留文明的样态。

实际上从生活的层面来谈文化，可能更有启发性，比如说方言问题，在学校里面讲方言，可能被嘲笑，然后可能就意味着你具有某种缺陷。前一段时间也有电视台禁止方言。我觉得这意味着要我们过一种普遍的生活，不要那种地方性的生活，因为方言是跟大地、气候、空气，跟整个当地的文化最相一致的，是从土地里生产出来的语言。如果你要把这种语言强行地消除的话，就意味着你要消除你跟这片土地的关系。你只能过一种公共的、普遍的生活，而没有地方生活。这背后是一种巨大的不自信，对我们这片土地里面生长出来的这种性格、这样一种气质、这样一种发音的方式，都是非常的不自信的。

观念里隐含对乡村的抛弃

记者：我们国家的城镇化水平已经达到52%，并且还在不断提高，您如何看这个现象？

梁鸿：什么样的城镇化才是好的城镇化，是不是全国统一一样的镇一样的城？一定要把农村变成城，农民才能更好地生活吗？有些农村如果有较好的资源条件，它可以成为好的农村，成为一个有特色的地方，那里的农民也可以依靠自己家乡的山和水过上很好的日子。我觉得这些都是需要调研的。但是我们缺乏耐心，还缺乏思维，我们以为只要进了城就是好生活了，这是个很大的误区。因此我认为，"城市，让生活更美好"这句话就有非常大的歧义，就意味着农村不好。虽然没有这样判断，但其实背后是有这种潜在的观念，每一个生活在中国的人都知道一种观念，作为农村的孩子，小时候父母告诉你，一定要考上大学，一定要吃上商品粮，为什么呢？因为农村非常苦、贫穷。吃上了商品粮，意味着你有吃有喝。

希望能进入生存内部来理解农民

记者：您觉得该如何解决城镇化进程中所出现的问题？

梁鸿：我毕竟不是一个社会学家，无法找到完全的解决之道。对我来说，更倾向于把故事和情感的细节完全呈现出来，使大家关注农村的生命和生存状态，不只是问题化，我希望大家能够进入生存内部来理解农民，他们的困惑，他们的苦恼不仅仅在钱上。希望我对农村个体生命的一种书写，让读者达到这样的痛感，有所体会。如果一个社会，从制度层面到普遍的、普通的观念层面，都对乡村的抛弃，是对所谓的传统文化的一种抛弃。那么在城镇化发展中乡土文明的走向并不乐观。

（2014 年 9 月）

题图为与梁鸿2013年6月15日合影于复旦大学。

郭一江

定格的历史不容否定

——谈《中国最后的“慰安妇”》

2018 年 8 月 21 日，第 15 届上海书展闭幕的这一天，在中心活动区，一个规模盛大的新书首发式在这里举行。

这本新书就是郭一江先生的摄影画册《中国最后的“慰安妇”》。望着许多前来祝贺的新闻界、摄影界、史学界的领导、同行，望着那排着长龙等待签名的读者，这位文汇报老记者真是感慨万千。

一次撼动心灵的采访

2014 年 4 月 16 日，上海师范大学“中国‘慰安妇’问题研究中心”

主任苏智良教授来电告知：4月10日，一位叫李秀梅的日军“慰安妇”受害老人不幸去世，问《文汇报》能否派记者随同采访。不巧，部里几个年轻记者都另有采访任务，军人出身的老记者郭一江在毫无准备的情况下，背起摄影包，急匆匆赶到机场和苏智良教授、陈丽菲教授夫妇汇合，来到山西盂县一个偏僻的山村，向二战日军“慰安妇”性暴力受害者、第一批向日本政府提起索赔诉讼的最后一位老人——李秀梅大娘告别、送行。在李秀梅大娘的遗像前，郭一江静静地三鞠躬。而苏智良、陈丽菲和他们的一位年轻的研究生赵文杰，却跪在李大娘灵前三叩首，将杯中的酒轻轻地洒在灵前，郭一江深为感动。

郭一江虽然在1995年和2002年采访过两位“慰安妇”受害老人，但都只是发了新闻照片，从来没有进行过深入采访。到了山西，采访了李秀梅大娘的葬礼，还见到了张先兔、曹黑毛两位老人。在老人的破炕上，面对老人的哭诉，陈丽菲和老人久久地、静静地相拥在一起，没有多说一句话，似乎时间都凝固了。小小的窑洞里只听到微弱呼吸和啜泣的声音。

苏教授夫妇和他们的学生从1992年起，开始在全国各地调查中国“慰安妇”历史问题，一一走访受害老人，寻访残存的“慰安所”遗址，建立了中国“慰安妇”问题研究中心，做口述历史，帮助老人到日本打官司，控诉日军暴行，接济劫后幸存、生活在困境中的老人们。苏教授说：“她们遭受的苦难是难以想象的！这不仅是她们个人的苦难，更是我们这个民族的、人类的悲剧。她们幸存下来极不易。还她们做人的尊严。她们值得我们敬重。”苏智良夫妇20多年来和老人建立的深厚的感情，也深深地撼动了郭一江的心灵。

一版编好而不发的稿件

回到上海后，郭一江选编了10多张照片，写了一篇5000来字的特写稿。在《文汇报》“天下”版面做一个整版，应该没有问题了。

但最终稿子还是没有交！郭一江总感到题材沉重、意义重大、责任在肩。“国内受害老人仅有24位老人在世了！”在山西采访时得到的信息，令人揪心。还应该再采访一些老人！直觉告诉郭一江。他把这组稿件压了下来。

2014年5月，在《文汇报》副总编缪克构的支持下，郭一江和年轻记者单颖文认真准备，做足功课，开始了广西、海南的采访之旅。然而，这更是一次“未知之旅”——老人住址变化、联系方式、身体状况、家人态度等等，她们能否接受采访？都是未知数。

他们先易后难——广西荔浦县韦绍兰老人的女婿武文斌热情地与他们联络了，让他们顺利采访到了何玉珍、韦绍兰两位老人。海南西北部澄迈县政协副主席黄大强亲自驾车，冒着酷暑，带他们采访了符美菊、李美金、王志凤三位老人。在黄大强电话导航下，他们自行到临高县找到了符桂英、林爱兰两位老人。

而在海南南部居住的其他几位老人，完全要靠他们自行联络寻找了！

其实，此时能采访到广西、海南7位老人，他们已经感到十分幸运了。老人生存状态的现场实景、口述历史的采集，及历史背景的核实等，仅从写稿来说材料已经很丰富了。如果此时打道回上海，也不是不可以。

但是他们坚持了！既然已经到了海南，就不要留下遗憾！“说不定其中哪一位老人明天就离我们而去了！”一想到这里，他们决定尽最大努力找到所有名单上的老人。

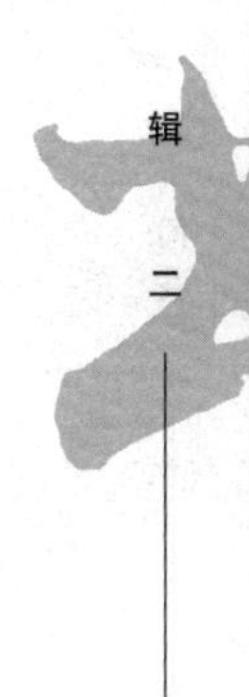

海口市"'慰安妇'民间调查员"陈厚志，20多年来坚持在海南村寨寻访愿意站出来的受害老人。他为20多人作了口述历史，陪老人到日本打官司，令人敬佩。郭一江虽未能与他谋面，但电话中他给郭一江提供了不少信息。

四川一位纪录片导演郭柯，几年前曾拍摄过"慰安妇"题材的纪实片《三十二》。在郭一江采访时，他也同样在一一走访老人，筹备拍摄第二部纪录片《二十二》。郭柯的寻访行程和郭一江前后就差半天。当郭一江他们在陵水、保亭几次走错路时，全靠他在微信上发来了导航照片引路。

小单记者的手机多次因为联络、导航，流量暴增，耗电已尽，被迫关机。

终于，郭一江他们在陵水、万宁、保亭等县市寻访到了陈亚扁、黄有良、陈连村、邓玉民四位老人——海南已知幸存老人全部采访到了，他们这才松了口气。

一组震撼人心的报道

2014年6月10日，就在他们回到上海后准备继续赴山西、湖北、黑龙江等地的采访时，传来联合国受理了我国提交的"南京大屠杀"和"慰安妇"历史档案世界记忆遗产的申请的消息。报社当即决定，暂停采访，利用这一新闻节点，利用现有采访素材，请苏智良、陈丽菲协助，立即做"中国境内最后的'慰安妇'调查"专题版面，全面报道中国"慰安妇"问题的历史和现状，配合联合国申遗的"国家外交"举措。

专刊部把郭一江他们采写的2万多字、精选的30多张照片，精心编辑了4个整版，强势推出。特别是80后年轻记者单颖文，饱含深情写出的韦绍兰老人和儿子的专访，文到情到，震撼人心。见报后，国内外门户网站广泛转载，受到热评。

4个版面都做了，此时也许可以停下了。但是郭一江并没有。

郭一江知道山西、湖北、黑龙江等地还有10位幸存老人没采访。还要不要继续采访？即使采访了，肯定也不能再这样大篇幅报道了。郭一江犹豫了。此时，海南传来邓玉民大娘不幸去世的消息——离他们采访老人才刚刚过一个月，刊登老人照片的报纸还没有寄出呢！对此，郭一江心灵震动很大。

苏智良也传来消息：为了充实幸存老人的口述历史，陈丽菲教授和学生，决定在暑假期间再赴山西，寻访老人。还有纪实片导演郭柯自费投资的纪录片《二十二》也在继续收集素材。

中国境内最后的“慰安妇”幸存老人们的生存状态牵动着众人的心。不能犹豫了！

郭一江想：即使《文汇报》暂时没有版面再刊发深度报道，“2014，中国最后的‘慰安妇’”这一段历史都有必要记录下来。

2014年9月、10月、12月，郭一江到山西、湖北、黑龙江等地，一一寻访到李凤云、毛银梅、郭毛孩、郝菊香、郝月莲、李爱莲、刘凤孩、任兰娥、赵兰英、刘改莲等最后10位老人。老人们当下的生存状态着实令人震惊。然而，和老人接触中郭一江感受到老人内心深处的渴望：讨回公道！让人类的历史悲剧不得重演！

到2014年年底。郭一江终于采访到了目前国内二战日军“慰安妇”制度性暴力受害的全部24位幸存老人。这后来的采访虽然都未能见报，但郭一江内心依然十分欣慰。这都是开始时根本没有想到的。

一个影响海内外的展览

2015年，是世界纪念反法西斯战争胜利70周年，也是中国人民纪念抗日战争胜利70周年的重大历史节点。在纪念抗日战争的胜利，纪念中国人民抗击侵略不屈不挠的民族精神的同时，我们不能忘记日本的侵略给中国人民带来的苦难——3500万军民伤亡、30万同胞在南京大屠杀中遇难、超过20万的中国妇女成为"慰安妇"制度的受害者。在文汇报社、中国"慰安妇"问题研究中心、上海市新闻摄影学会、上海市摄影家协会支持下，郭一江决定举办"中国境内最后的'慰安妇'大型摄影展"。

此时，郭一江已退休，但《文汇报》领导给予了他财力物力人力全力支持。苏智良教授，上海市摄影家协会领导等都给予了他专业指导。根据原始影像素材，最后决定以每位老人一张1米巨幅特写照片、配一组生存状态的生活组照形式制作编辑，共选择了54个版面，200多幅照片。

展览计划在2015年10月中下旬——联合国宣布"南京大屠杀"和"慰安妇"历史档案审议结果之后举行。然而，10月10日，联合国教科文组织宣布的申遗结果却令人遗憾："南京大屠杀"历史档案申遗成功，而"慰安妇"历史档案落选了！

面对这一结果，展览还要不要按时开幕？此时我国外交部新闻发言人回答记者问十分明确：联合国教科文组织日前向中方反馈了《"慰安妇"档案》申报世界记忆名录的意见：除中方外，还有其他国家也是"慰安妇"问题的受害国。教科文组织国际咨询委员会根据世界记忆名录申报指南的有关规定，鼓励有关国家联合申报，并将于2017年举行的下届会议上对该项申报进行评审。中方将认真考虑和研究教科文组织上述意见。

苏教授指出：这说明我们提交的“慰安妇”历史档案是没有问题的，联合国没有否认“慰安妇”历史，只是因为其他国家也是受害者，也在申诉，希望我们和韩国等国家联合申办，这样的要求合情合理。

当然这次没有申遗成功，还有日本政府千方百计的破坏等原因。在这种情况下，郭一江认为更应按时举办展览，扩大社会对“日军强征‘慰安妇’历史”这一问题的认识，揭露日本安倍政府否定历史的企图。

10月25日，“中国最后的‘慰安妇’”大型摄影展在上海报业集团大厦开幕，展出后反响强烈。新华社、解放日报、文汇报、东方早报、凤凰卫视等平面媒体、社交网站全都发消息。10天后，这个展览又在宝山区展了半个月。在宝山区图书馆展出期间，传来了山西张先兔老人去世的消息，人们在老人的巨幅展览照片前献上了白色鲜花，给远在山西的老人送行。

2016年6月20日，南京侵华日军南京大屠杀遇难同胞纪念馆特别邀请“中国境内最后的‘慰安妇’摄影展”到南京展出，同时收藏了展出的全部24位老人的图片影像资料。展览受到南京市民的关注，媒体做出了全面立体的报道。

一本让历史定格的画册

摄影展引起关注、热议，于是有了诸多希望出版摄影画册的提议。对此，郭一江申请了上海市专项文化出版基金。在摄影展选片基础上增加了图片。有关每位受害老人的苦难经历的文字，全都由中国“慰安妇”问题研究中心提供，以求准确、权威。

遗憾的是在准备出版画册之时，各地又传来不幸的消息。海南的符桂英、广西的何玉珍、海南的林爱兰、山西的郭毛孩、张先兔等老人又相继去世了。就在画册付印时，7 月 24 日又传来山西的曹黑毛老人去世的噩耗。郭一江几乎在与时间赛跑。

一场尚未结束的战斗

这部画册的出版，郭一江多年多来的采访可以告一段落，但他认为，对我国“慰安妇”历史遗留问题的关注他会继续下去。

郭一江说：回顾采访、展览和出版画册的过程，最令我感动的还是画面上的主人公——在那场由日本军国主义者发动的侵略战争中受害的老人们！采访、拍摄、走近这些遭受凌辱的老人，我们心灵受到极大的撞击。我们努力用镜头刻画她们的内心世界，记录她们的生存状态。她们虽然遭受了那么多难以想象的苦难，但在生命的最后时刻，她们还是勇敢地站出来讲出压抑在自己内心深处的经历，为历史作证，向日本政府提出诉讼控告。她们是勇敢的老人，值得我们敬佩！今天，她们的形象出现在这本画册中，这些照片影像资料也将永远留存在我们心中。我想，这对她们是个安慰。

苏智良教授说：随着时间流逝，这些老人终将离去，但历史早已定格。定格的历史不容歪曲，更不容否定！

（2018 年 8 月）

题图为与郭一江2018年9月20日在上海合影。

張平宜

凉山上的“台湾娘子”

——谈《触：台湾娘子上凉山》

在央视“2011感动中国人物”的颁奖典礼上，我们认识了“台湾娘子”张平宜。

正如颁奖辞所说：“蜀道难，蜀道难，台湾娘子上凉山。跨越海峡，跨越偏见，她抱起麻风村孤单的孩子，把无助的眼神柔化成对世界的希望。她看起来无比坚强，其实她的内心比谁都柔软。”曾经是台湾资深记者的张平宜，十余年来勇闯凉山彝族自治区越西县大营盘高桥村，来回穿梭不下百次，经历了无数坎坷艰辛，改变了麻风村的面貌和孩子们的人生。

2011年年底，张平宜在台湾出版了《台湾娘子上凉山》，真实记录、呈现她十余年在凉山所触、所见、所闻、所感。她说，“出书的目的是记录自己十年来奔走大凉山，为一群麻风村孩子争权益求教育的过往，总想着有一天告别这段在麻风村艰苦的奋斗，将是生命中不可磨灭的一段印记。”今年1月，《触：台湾娘子上凉山》由九久读书人、上海文艺出版社联合策划出版。此次简体字版，增加了《十年手记》和历史附录两部分内容，书中所附50余幅黑白图片由台湾金鼎奖最佳摄影林国彰先生拍摄。

作家阿来曾去过大营盘学校，他说，“读《触》，与她一起触摸你不曾触摸的世界，或许还可以找到触动你心灵深处的那一丝丝酸与痛。”在北京举行首发式时，作家阎连科说，《触》这本书，他连续看了四五个小时，有时感动得热泪盈眶，有时气得双手发抖。他说，“看到这本书，你会知道生活中确有高尚存在、有理想存在。我们经常抱怨这个社会没有底线、道德堕落，但是通过这件事情，我们可以感觉到社会上还有温暖。”阎连科当场表示，用1万元买书支持张平宜做公益，“表达自己的心意，也表明在生活中还是有人关心这些事情的。”

3月1日，“台湾娘子”张平宜来到上海，连续几场读者见面会。目的一个：请大家买她的书。她设想如果卖掉一本，她可收入3.6元的版税，如果卖掉30万本，就有100万元。按有关规定，有100万元就可以有资格申请挂靠在慈善基金下的一个项目，她就可以名正言顺地筹集更多的善款做更多的善事。张平宜说：“我2005年的时候帮助凉山的孩子们找到了身份，可是我一直没有为自己找一个身份，2014年，我想借这本书为自己找一个合法、合理的身份。希望大家都来买这本书，少吃一碗面吧，无论在书店或网上都可以买，帮我的目标早日实现。”

所有的开始都源于触动

记者：你写书卖书的举动使我联想起你当初在台湾卖艺术蜡烛筹

款，可是要卖掉 30 万本不是一个小数目，行吗？

张平宜：行！我有信心，只不过时间长短而已。我只能用这种方式，过去卖蜡烛，因为蜡烛是人家捐给我的。其实这也跟卖蜡烛一样，是一个战斗目标，也是一个希望。当然有时候我们找有钱人赞助，更容易，但是我们要先努力，你的努力要被看见。

记者：大陆简体字版的书比台湾版多一个繁体字的"触"，是特意加上去的吗？

张平宜：是的。我所有的故事都缘自被一群孩子"触"动。你会发现这个繁体字，右侧是"蜀"，左边是"角"，包含了四川的角落的意思。其实我所有的故事正是从四川那个角落开始的。当时取这个书名的时候，我坚持不用简体字，繁体字有它的意义在的，后来当成一个美术的字做成这样一个封面，我感觉很好。其实我是被这群孩子触动，人的感情都是需要有一个那么的 Touch，有那样的一个触动，不管我今天触动的是一个怎样的话题，其实所有的开始都源于一个 Touch，触动。王安忆老师也说用这个"触"好。

孩子们的眼神在召唤我

记者：是什么促使你辞掉记者工作，丢下年幼的孩子去大凉山？

张平宜：我常常讲我不是一个勇敢的女人，但我是一个有一点傻的一个女人。应该说，有一点正义感，如果生在古代我觉得我是一个女侠，还好我也当了一个很有正义感的记者 12 年。生命当中有非常多的偶然，我自己从来没有想过有一天我要做这样的事情。

当记者的时候人家叫我"张大胆"，什么题目都愿意采访。台湾曾经把患有麻风病的病人全部都集中在叫做"乐生"的疗养院里面，一辈子要在那里过完你快乐的一生，那是很悲哀的一生，但那里都是老人。我去采访过。后来，当有了治疗麻风病的特效药物，这些病人逐渐少去，疗养院也要拆除时，有人提起大陆还有麻风村，我当时正怀第二个孩子，已 9 个月，就想去采访。在我生完孩子三个月后，第一次踏上了凉山，在云南和四川的边界，我 12 天赶了 6 个麻风村。说真的，没有想到那一趟例行性的采访会改变了我的一生。因为我没有预期到，我进去以后看到的是一群群小孩，无论我到哪看到的都是一群群小孩。

那时候看到小孩，对刚生完第二个孩子的我来说，那个当妈的意识是十分强烈的，撼动我的是那些小小的生命。我也不知道为什么那群孩子脏兮兮的脸、无助的眼神就这样一直刻在我的心里，我也尝试着想挪开，可是挪不开，我感觉那是奇怪的召唤。原本我想像一般的记者一样，帮助他们募一些款，当时考虑的思维都还是记者的思维。后来我自己发现这个问题可能不是只有帮助他们募款这么简单，我真的觉得这群孩子需要有人照顾的，他们是需要被看见的，他们是需要被关怀的。他们如何被看见，如何被关怀，记者是非常好的媒介，在那个时间点我走进去了，我把他们的需要传达出来了。

我觉得应该是记者那样的一个训练让我看到了这么多的问题，然后我也知道，希望这些村子被看见，让这些孩子能够拥有身份，回到社会上面来念书，这会是一条很长、很寂寞的路。我觉得我如果只是当做一个兼差，或者当做是一个偶尔做一下的志愿者，所有的关心还只是蜻蜓点水式的，没有办法成就任何一件事。我只是觉得，也许我在某一部分而言，有一点点自我燃烧的热情，所以我想了很久之后，就把记者的工作辞掉，专心跳下来做这一块事情，因为我知道这是很长的一条路。我比较笨，我想说，我选择的是跟这些孩子们共同携手去走这条希望的道路。

教育是改变命运的唯一出路

记者：你是怎么想到通过教育来改变孩子们的命运？在中途打过退堂鼓吗？怎么又坚持了下来？

张平宜：我感觉很难过的是这些小孩没有病，可是因为出生在麻风村，到处受到歧视，不仅连读书的机会没有，甚至连身份都没有。老人可以让他们逐渐地尊严地凋零，可是小孩怎么办？我希望他们能够尊严地回到社会，就只能用教育。小孩子六年才能够小学毕业，你又开始烦恼他们中学的问题，中学毕业以后又烦恼他们到社会怎么办呢？又把他们弄到青岛我弟弟的公司里搞一个两年的半工半读的职训。就这样，这条路走了事先预料不到的十多年。说实话，在这十多年里放弃是常常想的，有时候停水停电就会骂自己，干什么在这边？但情绪很快就会过去的。为什么又坚持下去了呢？你在书中找答案吧。

记者：我看你一直在笑，平时都这样吗？这些年里你最开心的是什么？

张平宜：我有烦恼，但大多数时间很开心，孩子们洗干净了，露出漂亮的脸蛋，我很开心；孩子们有了营养午餐，我很开心；校舍一幢幢盖起来了，我很开心；网络接进去了，有了多媒体教室，我很开心；孩子们知道我爱花，周一来上学时一路上采来的野花摆满了走廊，我很开心。

我感谢我两个孩子

记者：现在你的孩子也长大了，他们对妈妈的工作理解吗？

张平宜：我不是把所有的爱都给了凉山的小孩，我只是跟自己孩子相处的时间可能不如传统母亲那么多。我觉得，面对自己的小孩，因为那是自己生的小孩，那个爱当然就不用说，很自然的。我要做那份工作，势必要付出某些东西。我是让孩子认同我的工作，他们小的时候跟我去当志愿者。我暑假在那边的时候，孩子跟我在那边过暑假。现在两个儿子每年都会去做志愿者，我希望他们能学会与人交流，在爱自己的同时也懂得爱别人。他们对我十分的包容，这个过程当中他们可能也体会出母亲的善良。我的两个孩子都是非常好的小孩，功课也很棒，长得也很帅。我只能讲我感谢我两个孩子，感谢我爸妈的辛苦，感谢我先生的体谅。

记者：现在学校规模怎样？如何维持开支？

张平宜：我们学校从当时的一间破破烂烂的教室发展成有 11 栋建筑，凉山 17 个县里面有 11 个县的孩子在我们学校寄宿就读，人家叫我们是凉山的“贵族学校”。现在我们学校有 450 多个小孩，住校的孩子从 5 岁一直到 20 岁，我们学校从学前班到初三，总共有 10 个年级，所以我想说责任还是很重大的。我每一年花在大营盘学校的费用，包括工作人员、厨房员工、小朋友的吃喝拉撒、交通费、生活费，一年是 100 万元。现在还主要靠台湾朋友们的资助。

这辈子大概离不开麻风村

记者：你现在在村里是什么身份？

张平宜：只有一个身份：张阿姨。这大概也是孩子们学会讲的头三个汉字。孩子们，甚至家长们有什么事都会来找张阿姨。我觉得我的角色就是不断地要，没老师，就要老师；没水电，就要水电。

记者：下一步你想过怎么办吗？

张平宜：我这辈子大概逃离不了麻风村，还需要张阿姨跟他们一起奋斗。成立基金之后我可能会走出凉山，可能到云南、贵州，一些需要的地方去。那里的草根组织做得很辛苦，但他们没有像我一样被发现、被了解。我已经有这样的光环，我要跟他们共享这样的资源。我曾说一个人的梦想只是一个梦想，但如果这个梦想是一群人的梦想，那梦想一定成真。如果有一天顺利募到款，我可以做到更多的事，也不会辜负大家对我的掌声，这是我未来的规划，张阿姨更苦而已。

（感谢九久读书人编辑杜晗老师的帮助）

（2014 年 3 月）

题图为2014年3月1日与张平宜合影于上海。

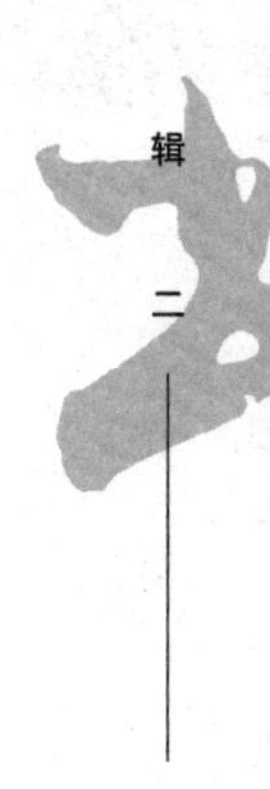

詹宏志 2012

他有满肚子台湾的故事

复旦大学出版社近期推出了詹宏志的四本书：《人生一瞬》《绿光往事》《詹宏志私房谋杀》与《侦探研究》。

詹宏志是谁？搜索一下，真不得了：中国台湾电影新浪潮重要推手，“台湾新电影宣言”起草人，文学评论家，出版家，意见领袖，创意大师，潮流先锋，网络教父，完美儒商……梁文道说，“这些作品当然可以让大陆读者一窥詹宏志那百科全书般的知识配备与无线电望远镜似的敏锐触角，也当然能够略显这位绝代才子的蕴藉光华；我唯一担心的是，这就够了吗？到底要怎么做，才能让大陆读者明白：没有詹宏志，就没有今天的台湾？”梁文道是不会瞎捧场的，那难道真有那么神吗？

在见到詹宏志前，先把他的这四本书翻了一下。《人生一瞬》与《绿光往事》，是他的成长经历的回忆散文，娓娓动听。《詹宏志私房谋杀》与《侦探研究》，是世界推理大师作品的导读，可以说是既入门又专门的侦探文学指南。这四本书可以说是一捧起就难放下。

詹宏志披着一头已夹着白发的长发，颇有艺术家的儒雅风度，听说他有 200 多种名片，他说是自己频频调动工作的缘故，而他双手递给我的名片上的标志是 PChome，头衔是“网络家庭国际资讯股份有限公司董事长”。

采访詹宏志是一件愉快的事，一开口，你就会体会到梁文道所说的“那百科全书般的知识配备与无线电望远镜似的敏锐触角”，你只要提一个问题，他就会旁征博引，滔滔不绝。然而时间有限，其他同行都等在一旁排队，我的采访也只好限于读书和出版。

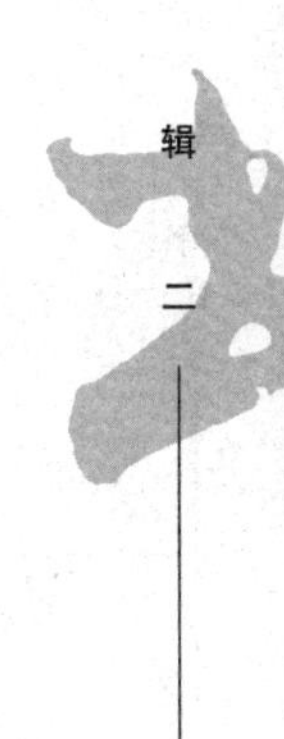

没有詹宏志，就没有今天的台湾

记者：梁文道说“没有詹宏志，就没有今天的台湾？”此话何讲？

詹宏志：我也不知梁文道是在什么场合讲这个话的。这句话放到台湾也没有人相信的。他是我的好朋友，他不会损我的。我也听不出来是恭维还是谴责，我想他说的意思可能是因为某种因缘际会，我跟台湾 80 年代以后的很多文化事件，都有一点关联，虽然主角都不是我，因为他们都是我的朋友。各种事件我好像恰恰都在那里，所以如果你看那个记录，好像这个名字会在各个事件里面统统都出现，其实我是恰巧在那里，是路过的人。并不是发动那件事的人，但是我可能一定个性上的原因，就是为什么所有的事件我总是被牵连在里面，这个事值得解释一下。比如，在台湾的新电影发展过程中，有一个叫做

"新电影宣言"的事件，很多地方说这个新电影的宣言是我起草的，法国的电影笔记出了一本书讲世界电影史的《电影一百年》里也这样说，写得很浪漫。其实并不如此。那是杨德昌 40 岁生日的时候，他家里开 party，但我因父亲病重而不在场，他们当时有一个感触，觉得好像应该合起来发表一个言论。讨论最后得到的一个结论说，我们去找詹宏志写这个东西，朋友就告诉我有这个聚会的事，告诉我聚会的结论，我听了，也没有说好，也没有说不好，只要朋友说的，我都愿意试试看。然后我的电话又响了，因为我父亲又病危了。所以我回到另外一个城市我父亲的病床旁边。我就坐在病床旁边的休息室草拟电影宣言。后来我父亲的情况又稳定了，我回到台北就把那个宣言交给了我朋友。他再拿去给杨德昌、侯孝贤等看，后来有四十几个人就签了名。我要说这个故事的意思是说，80 年代台湾那么一个小地方，有很多的事件，这些故事看似不相干，最后被描述成了那三十年台湾发生的种种力量的某一个切片，因为我恰巧是很多人的朋友，所以每个事件我都参加了其中。所以今天回头看有的人误以为在每个事件都有的那个人可能是很重要的人，像梁文道就是这样想，事实上不是这样的，这些事的发生都跟我没有关系，大部分时候我都不是发动者，但我是某种缘故，个性上特别爱惜朋友，只要有朋友说，我就试试看。所以好像每件事最后都有我的影子。现在的台湾跟我所描述的台湾也已经不一样了。那么我也在猜想，我对台湾的影响也越来越小了，我变得越来越不要紧的人，也许还会不好意思，

记者：好像最后对这个宣言的意见并不一致?

詹宏志：所以这个宣言真正出来的时间，真正发布的时间是比杨德昌生日宴大概要晚上三四个礼拜。但是电影宣言出来之后，其实情势是有很大的变化的，因为包括签字人在内心情都是复杂的，因为那个宣言挑战的旧有的势力，其实每一个人的态度是不一样的，有的人就觉得这

个宣言重了，有的人会说我在上面签了字，我以后还有工作吗。有的人就觉得这个宣言太温和了，太软弱了，这样子哪革得了命呢。所以宣言不写还好，写完之后大家之间的真正的差异就明朗起来。所以后来新电影运动工作者从前是大家相互帮助，从此之后各自打拼了，四分五裂是从这里开始的。

马英九称其为“阅读达人”

记者：你早就和大陆出版界有联系，为什么你的书到现在才介绍到大陆来呢？

詹宏志：是一个很特别的机缘，我有机会有几本书在大陆出版。当然有很多朋友很意外，我在出版过程这么多年，我的书始终没有在大陆出版，其实这个也解释了我这个牵肠挂肚的人，总觉得我写的书，我可以想象它跟我自己假想的台湾的读者，是怎么样沟通，有什么样的相同的基础。但是这个书如果要在大陆出，我就很惶恐，我不知道我所假设的前提对还是不对。不过因为出版社这些同事热情的邀请，我就变得昏了头了，同意了这个事。有一个好的副作用，就是我就有机会来到大陆结识很多新的朋友。

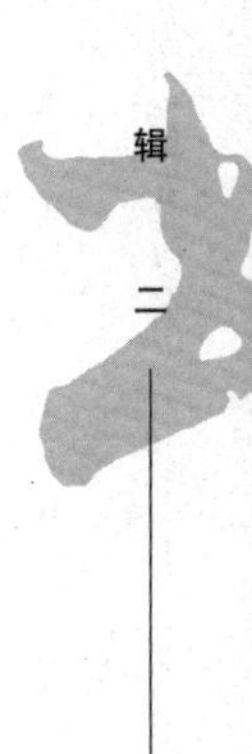

记者：马英九称你为“阅读达人”，我还听说你有一次坐在马路边看书，被狗仔队拍到了，看就是那个 PChome 的董事长。

詹宏志：我是利用一切碎片化的时间来读书，就是在电梯里也看书，偶尔不看，人家就以为我刚才是不是在路上碰到什么事了。这个习惯是我小时候形成的。那时候，很多人都像我一样读书，原因无他，因为除了读书之外没有其他的休闲娱乐。我当时在乡下长大的时候，我最大的苦闷是觉得这个乡下太闭塞，我找不到足够的知识性的材料。“二二八事变”后，曾受到日本教育的父亲为避嫌，把书都丢到井里面去。村里的民众服务社，只有三个铁柜的书，我也大概花了半年多的时间看完了。我当时只要有文字的东西我都看，我当时不是追求这些文字背后代表的意义是什么。我有一个姐姐在台中读书，当时的出版社不肯把书送到乡下去，因为不划算。所以这个书就送到大城市为止，乡下书店就拜托姐姐下了课就去把书拿回来，隔天早上交给他。这样，每一本书我都有一个晚上的机会阅读，不一定一本书，有时候是五本书。很多人问我说，听说你有很快的看书速度，我说是的，我一个小时可以看十万字。我就是从小训练的，因为每一本书来了，不管它多厚，有多少书，我都要在那个晚上读完。我读到双眼流泪，天要亮了，鸡要叫了，我就非常着急，因为鸡一叫，这个书就要离我而去。我必须把握所有的机会。

读书快乐在与书的搏斗

记者：你的动力来自何处?

詹宏志：读的快乐，在与书搏斗的过程，因为一本书总是有一点挑战性，在半知半解之间，去克服一整本书，有点涩、有点苦，但看完之后，知识的跃进、自我成长的满足，嗯，就像痛快痛快——痛和快总是分不开的。一个学生有了第一次读书的美好经验，他一定会为了追求那样的滋味，而一次又一次地读下去。

记者：现在孩子们的阅读状况你知道吗?

詹宏志：我家乡的晚辈们有一次对我说，可不可以在村子里办个文学营，请你回来给小孩子上上课。我当然很高兴，衣锦还乡，回到家乡去给年轻朋友说说一些台湾文学上的事,本来是很开心的。但讲什么呢?我就想讲在台湾谈到文学你很难不谈到的人，甚至这些人的作品已经跑到教科书里面去了，比如像黄春明、白先勇，这几位作家总是比较容易知道的。可是，等我上了台一讲这些故事，我看台下的眼睛一片茫然，我心里就开始慌了，我就想想是不是应该再换一点更容易读的书呢？我就开始讲琼瑶，开始讲金庸，发现他们还是没看过。那我就开始着急了，我想他们有没有可能看过一些儿童读物，看过西方的《鲁滨逊漂流记》，《金银岛》这些书呢？我又开始讲，我发现他们还是没有反应。所以最后我只好停下来问，你们到底看过什么，可不可以告诉我。有的人看过一些漫画，有的人看过一些卡通。我说没关系，那我们就用这些书来谈吧。当然那是个过程，当我回程的车上心里就有很复杂的感触了，觉得我离开了家乡，的的确确是需要更多的帮助。

记者：你是怎么走进文化这个圈子的？

詹宏志：我在读高中时，因假期不舍得花钱回乡下，被文学营叫去帮出海报。我创造性的用纸雕的方式来做海报，受到来演讲的诗人痖弦先生的关注，当时他是台湾一本很有名的刊物《幼狮文艺》的主编，当时，他的美术编辑走了，你搞摄影的应该会知道，这个人就是阮义忠。主编邀我去做美术编辑，有薪水。当时杂志社规模也很小，他也要我多做一些事，比如说他想要把一些年轻的小说家集合起来到他的杂志上去写东西，他让我给这些人写信，所以我就一封写给当时才大一的张大春，一封信写给当时才大二的朱天文，写一封信给当时才高三的朱天心，台湾后来都很有名的作家，我每个都写了信，邀他们来写稿，这是我的工作。我就这样变成了一个身份上有一半做美术，有一半做文字。后来这位主编就被美国的爱荷华大学请去参加作家工作坊，这两年我就到其他的地方，可是我已经有了这么一个背景，我就到其他的出版社，包括非常有名到远景出版社工作了几年时间。1978 年，我这位原来的上司到了《联合报》副刊之后，又问我愿不愿意到《联合报》去工作？我也还没毕业，我就到了《联合报》去工作，《联合报》副刊是由林海音先生主编的。

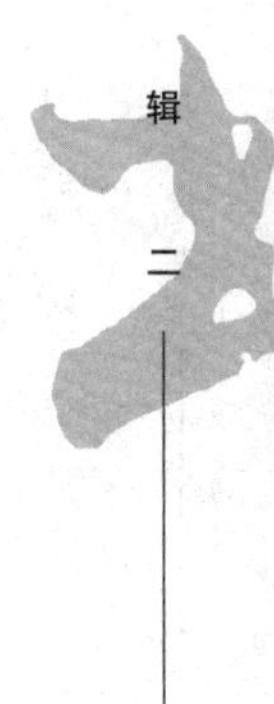

当时新闻管制很严，但一个管理愈严的地方，愈会得到某些委婉的艺术。我在这几年的副刊工作，几乎认识了后来台湾在我之前的二十年，在我之后的二十年所有的作家，我大概在这几年全认识了，全接触了。其中也引发了台湾所谓的台湾文学主体性论战，这就不扯开了。

记者：我看了你的履历，跳来跳去，但都和读书、出版有关。

詹宏志：我自己做的选择就是到出版社上班，这是我真正的选择，因为我需要一个在上班的时候能看书，没有人会怪我的地方，这是我在出版社工作的最重要原因。有一段时间我被所工作的报社派到纽约去工作，但在纽约工作的时候，我慢慢就觉得，在纽约工作没有像在自己家乡工作那么有意思，觉得这样的一个文字工作和它的根源是脱了节的，我在纽约想了一年，想完之后我就觉得应该辞职了。

回来我就去了滚石唱片公司做总经理。那时候滚石很小很小的，连我在内总共就四个人。我第一个案子就是罗大佑的案子。两年后，我就觉得这事我做不下去，我需要一个上班看书理直气壮，而且我没有心理障碍的地方。我上班看书下班看书。上班看的书跟出版要出的书有关，下班看的书，看那些我绝对不会出的书，这样我就心理上非常非常自在，也觉得没有愧对老板，也没有欠任何人、任何事。任何我在上班、下班看的书，我都想办法把这个钱赚回来，这是我真正所做的选择。所以这是解释了为什么因为《悲情城市》很卖座，在全世界都赚了很多钱后，有非常多的片商跑来找我说，你一年给我们做几部戏，每部戏我给你多少钱都没说动过我的原因。我一直都坐在出版社的办公室里面，那里是每一天我在工作的时候把书拿出来，我是完完全全、心安理得，而且相信这样可以给出版社做出最大的贡献，那是我真正的选择。

记者：你自己的写作是从什么时候开始的？

詹宏志：我早期的写作大体上都跟我的工作有关，包括有些人刚刚说他十几年前读过我的书，这是一本叫做《趋势报告》的书，这是写在

1987年的，我说“写”这个字也不太对，那是一个口述的书，那是台湾一个财经杂志——《三月周刊》，它有三个编辑，每周六来我家里坐一个早上，这样做了几十个礼拜，我每次讲一到两个我自己观察台湾当时社会的变化的心得。我当时心里有很多的忧虑，我看着这个社会像一个无法停止的火车往某一个地方闯去，我很想描述出来说，如果这个继续往前走，那这个车子就会开到一个叫做哀伤的地方，或者一个叫做恐怖的地方。我没有能力能够创造或者是改变那个趋势，但我希望能够说出来，假如社会对这个是有异议的话，那我们现在还来得及提出一些态度、做一些改变。所以这些书不像是一个创作者，这些书像是一个议题的提供者，像是一个对社会变化讨论的人。这是我年轻的时候。

记者：我看了你的《人生一瞬》《绿光往事》两本散文，真佩服你的记忆力，能够那么清清楚楚地记得小时候事情的细节。

詹宏志：我说了很多我自己小时候经历过的乡下的故事。但我为什么有这么一个动机去写这个东西？我猜想第一个原因是因为我老了，我的未来很少，过去多起来了。我的资产变成我的过去，而不是我的未来。我开始是一个有时间去整理我的过去，看到里面其实有诸多美好的事物。可是我写的时间，大部分是我对社会毫无影响力的时候。比如说我讲的是60年代的事情，那个时候我只有5岁、10岁，这个时间。那个时间我对社会无能为力，它的存在我就是一个观察者，我唯一能做的事就是像画片一样把它记录下来，我只能说60年代台湾农村的景色这个样子，人跟人打交道这个样子。我很想要把60年代的气氛重新复制出来，重新书写出来，说那里曾经有过这样一个时代，还没有经过现代化冲击的那样一个农村社会。那个社会里面当然有很多是我不要再回去的东西，但也有很多我怀念不已的东西。可能人世间都有很多这样的事，每当社会往前走，有些事变得更合理，有些事变得更怪诞。那我们有得有失，得的到底是什么？失去的到底是什么？如果这些东西我们可以检查，可

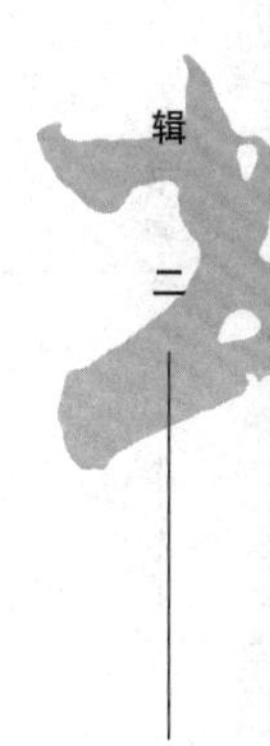

以检点，说不定我们有机会可以拿它来做一个自我的拼装组合，说我更希望这个社会有一部分像过去那样，有一部分像现在这样。这样那个社会是我们更想要的社会，虽然我们不一定都拿得到，我们可能常常得到这个就要失去那个。但是如果那些是可能的，如果不要被忘记，如果有新一代的年轻人会说，原来过去的人是这样子生活，是这样子打交道的，里面如果引发了我们对某一种价值的好奇，说不定那些美好的过去的事还有一点机会。但这个是太个人了。我写这个故事一部分是这样来的，一部分当然也是感觉我的生涯是来到了尾声了，所以我想知道一个人为什么会走上这条道路？每一件事当然都是你每天做决定。可是决定摆在你面前的选择却是那个社会所提供的。

为何成了“台湾推理小说的教父”

记者：你被称为是“台湾推理小说的教父”，是怎么走上写推理小说这个道路的？

詹宏志：我其实没有写过任何推理小说，我是一个推理小说的读者。我是在 1993，那时候因为我失业在家，当时想可不可以把某些我很喜欢类型的作品挑出一些来，给它一个脉络，然后把它变成一个编辑计划，来跟出版社商量，等于我是做一个策划人。其中就有这么一个计划，叫做“谋杀专门店”，这个计划就是想用这 101 本推理小说去涵盖推理小说近 160 年历史变迁的面貌。因为我本来失业，后来又有了工作，这个工作就忙起来，所以时间比原计划长出了很多，本来按照原来的计划一个月两本书，照理说一年应该要有二十四本书，那一百本的计划再怎么做，四年、五年应该做完了，不过这个书后来做了将近十年，我为每本书要写一个导读，最后我写了 93 本，有 8 本出版社已经忍无可忍，找了其他作者帮我写足了。不过101本书写了93本也是相当努力的一个工作。你看到《私房谋杀》当中其实有若干的文章就是当时我在做这个书的编辑工作里面的导读，我又要介绍这本书，又要介绍整个推理小说的历史，以及这本书在那个历史里面到底起到什么作用。因为要做这个事，我还得花更多的工作，希望整个社会对推理小说的兴趣再高一点，对推理小说的主流经典，有更强的动机想要多看看，看看跟现在的推理小说之间的关系到底是什么。后来因为这个计划我就不得不到各个地方去演讲、参加活动，解释这个书的意思。后来就变成了人家说的"台湾推理小说的传教士"了，这也给了我一个新的身份，我就有机会去写侦探研究这种书了。《侦探研究》这本书其实是一个典型的"书呆子"的书，是把他读过的小说合起来当做一个世界来看待，然后去检查小说里面的人物演化的轨迹。或者用今天的话来说，侦探的那些运营模式是怎么回事，他的收入是什么，支出是什么，我当初就花了很多力气，把历史上各种推理小说的这一面拿出来。

我没有写过任何推理小说，也有动过念头，但我觉得我没有写应该是比较正确的选择了，创作有不同的才气跟才分的需求，我有更多的朋友是合适的。推理小说好的创作者，一般是不看别人的书的，创作者的感觉多半不是因为看书得来的，看书看很多只会变成批评家，不太会变成创作者。

记者：你认为两岸的出版业要如何合作才好？

詹宏志：1986年之前我已经开始在跟中国内地的出版界合作，我是中国台湾最早把大陆书引进到台湾出版的人之一。1986年我在香港书展演讲的时候，我就提出一个单一华文市场的概念。我一直说，政治上因为各种缘故我们分处各地，各自有各自的发展，但是使用中文这件事是共通的，我的眼界是宽广的。如果华文会逐渐编辑、融解形成一个单一的语言市场，这就有意思了，因为这个市场就变得大了，面对的读者多了，你面对的作者多了，你能为中国做投资也变了。所有的内容，华文的内容我们用这样的方式做，我们就可以给它一个非常高的品质的标准。也就是说华文单一市场会带来一个华文世界，这个世界会变成全世界第二有价值的经济语言。只要用这个语言做的东西，它的经济价值起码就是第二位的，未来还有可能坐二望一，不是很好嘛。当有这个华文世界形成的时候，华文也不是你了，华文就变成世界华文，每个国家都知道华文是一个大市场，它都要来的，它都要参加的，不是只有使用华文的人在从事华文的内部生产，任何一个其他语言，德文、英文、日文都会进来开分公司，培养中文的人才，出品中文的内容，要跟中国的其他出版者一竞高下。这个是你要面对的一个新的世界，一个我们应该更快的促成那个世界。当然说这个话还没有变成事实，但是那个解释了我后来在出版上为什么去建立城邦这样的集团，为什么会在短短几年之内，我会创办了将近五十种杂志，我会试着想要用资本市场手段把它变成一个大陆港台都有活动的一个出版组织，那个当然是从经济面来看。但是从工作的内容面，我也提出一个主张，就是说未来出版者那个力量，出版本身有力量，但现在这个力量有点被经济的力量给倒过来，好像商业的力量超过了出版原始的内容的力量。本来商业手段是一个新的力量，现在倒过来，好像是一个压迫者，变成是一个破坏者。我们如何能够用到市场的力量是正面的，而原来出版的价格仍然可以存在。我当时在城邦就提出这样一个概念来，“我们创造一个水平，几个垂直。”，垂直指的就是领域，就是我刚才指的书系、领域，这个是垂直的，要让它愈自由，愈接近出版概念愈好。但是跟商业手段有关的，譬如说印刷、采购，你要采购纸张，你要建立这整个工作系统里面的一个信息，你要做电脑的投资，你要租房子，你要管理仓库，你要做发行，你要做广告的采买，这些东西通通都是有规模，才有效率的东西。那我就把它统和起来，我只统和，我把出版社变大集团，但我只统和跟管理相关的，或者说资源面，或者说后场的，这一部分统一起来。但跟编辑有关的，全部独立，谁也不管谁，我们只要规则来工作。所以用出版人做中心，出版我们用结果来管，而不是用前提来管。我把它称之为花园主义了，真正的花园不是一种花的花园，只放了一种花的那通常是某一种花的花田。真正你在家里后院你经营一个花院，你是希望它百花齐放，争奇斗艳。这些看起来像自然一样的生态的形态，但隐藏着人工的努力跟次序在里头，它是模仿自然，但它隐藏次序，它看起来各唱各的调，但它其实背后有一个要塑造出一个彼此可以对话的喧嚣的这么一种环境。但是我这个工作并没有做完，之后我就撞进了互联网的时期。

记者：正想请你谈谈互联网。现在不管是写作还是出版，面对一个信息量庞大的互联网，不知道您在这方面有些什么思索？

詹宏志：我很愿意回答这个问题。我要这样说，从创作上看，历史上没有比现在更好的时候了。任何人都写作，任何人都能发表，你有个博客，你就发表了，你并不需要出版者。那我又可以这么大胆地说，有人在提供内容，有人在读，那就是出版。我们如果出版还要指的是一定把书印出来，这也把出版缩小了。我也觉得所有的出版家应该这样想，既然读书的来源已经扩大了，那出版者的活动范围就该一起扩大，出版本来就是知识的代理者，知识生产的管理者。任何人求知的地方都应该如此。所以你要把互联网跟出版对立起来看，这件事并不适合。在我看来，互联网就是我所认识的出版。只是互联网工作者未必意识到互联网有出版者的责任跟努力的目标。出版者未必意识到互联网是他的领域，也许我们应该更积极地说，像我这样年纪的人，我过去求知的过程 90% 以上的知识是通过某一种印刷品得来的，不长这个样子，长另外一个样子，基本上都长这个样子。可是我今天看我小孩，他取得的知识，他从书本这儿来的显然没有那么多，比例没有那么多。我刚才说小时候是不放过任何一本走过我面前的书，因为我没有书。现在我家里有四万本书，我

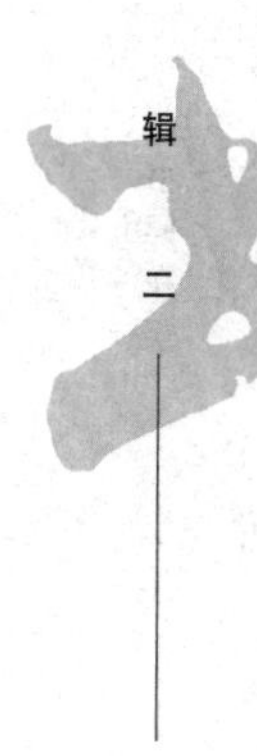

的小孩每天在书架里走来走去，完全没感觉到它的存在。他每次是到了写报告的时候，才问我说，咱们家有没有这一类这一类的书。因为他没看过架上，所以他不知道架上有什么。当然我也不介意，我就翻箱倒柜把结果搜寻出来给他。所以我也开玩笑了,我说他们如果没有百度百度，他们就要百度我了。他问我，我可以把这个书找出来，但我也明白这些书对他的意义不大了。他并没有因为这样，就变成真的什么事不知道的人。某种意义上说，在我像他这么年轻的时候我知道的事没这么多的，因为资讯这么广，他比我更见多识广。所以我不应该替他担心，每一个世代有他自己生存的方法，或者套句现在流行的话说生命会自寻出路。从一个出版者的立场，任何人取得知识的地方，我都应该去，我都应该在，这才是出版者，出版者不可以把他的命运跟纸张联合在一起的，纸张只是工具。既然有比纸张更新的印刷术出来了，出版者应该欢天喜地地去接纳它，掌握它，甚至去领导它。这样说迟早也会发生的，只是今天恰好在一个青黄不接的时候，互联网跟出版者两者是一个见面不相识的人，互联网不了解出版几百年来追求的价值，出版者不认识这个才十几年的、二十年的新技术。贯通这两者知识当中还需要一点点过程，我也愿意开放一点地想，别着急，二十年后这个一定会有很大的变化，做互联网的人会越来越像出版者，做出版的人会越来越了解互联网。而且更大的好处是二十年后这两件事都不干我的事了,我不需要为它们忧愁，因为我已经没有能力了。所以我有时候会解释我做互联网的原因，不是我改行了，是行改了。

记者：你是太超前了,《明日报》的失败就是例证，不过这样的失败在你的生涯中是很少的。

詹宏志：不，不！我不是做了为数很少的失败，我有非常非常多的失败，很多失败没怎么出名。《明日报》是一个出名的失败，这是我一生唯一一次上了《华尔街日报》头版头条的一次，就在关报纸的那一天，

《华尔街日报》头版是我的一个员工泪流满面的照片。《明日报》有一个背景，就是在1999年，那是全世界第一波的所谓互联网的狂热。那个狂热有一个特质就是非常多的资金在追逐为数不多的案子，每个案子都觉得取得资金很容易。我在互联网工作的案子是从1996年开始，一路就有发展。但互联网因为当时的能量太大了，我就做了好几个互联网的事业，每天都有很多新的钱来敲门说，你跟我们一起来做哪一方面的互联网工作。但因为情况是一片荣景，而且每一个互联网的业务推出来，在那个时候都是很短的时间内就有一个爆发性的力量。就拿《明日报》来说，它出来才不到一个月，它当时已经是一天首页的访问量大概就已经有400多万，出来才一个多月的时间，它已经变成一个家喻户晓的媒体，大家知道有这个报纸，可是街上是看不到的，很多当时没有上互联网的读者还会打电话来说，我怎么哪都买不到《明日报》，因为根本就没有印出来的报纸，这是一个网络的原生报，原生报是每一则新闻都是为网络而写出来的，我有200多个记者。这个网站就在一个多月的时间就震撼了台湾所有的媒体，因为它是15分钟更新一次。所有的新闻不会等到明天，因为本来传统的新闻是今天采访完，晚上才写稿，半夜才印报，早上才送达。所以明天会送达的报纸，今天就看到，我给它取名《明日报》。而且这个新闻，15分钟前发生的新闻，你现在就看到，因为我是15分钟重新组版一次，15分钟更新一次。我当时在做这个事的时候，我又感觉到一个事，我有两百个记者，我一天发个一千条新闻，已经超过台湾媒体的综合，但我还是觉得一千条新闻是不够的我应该开设一个新闻，让读者来写自己的新闻，找他自己的读者，这就是当时《明日报》做的个人新闻台的由来。这接近现在博客这样的东西或者Youtube，这个服务推出来之后果然很受欢迎，在很短的时间，就有15万人上来开台。开了新闻台之后，我就发现上来写新闻的人是非常非常少，绝大部分的人都是上来写心情，所以后来变成一个重要的网络类似——心情日记。我做这个事情的时候还没有博客，这个就是博客的前身。更有趣的是写心情的人也跑去看别人的心情，五六个人大家都相连接，所以在我的新闻台上可以看到你的标题，你的新闻台上可以看到我的标题，我们就变成一个小的新交换，内容交换的群，这个你也看出来了这就是今天的 Facebook 样貌，这在当时《明日报》都发生了。我犯了一个重大的错误，这是发生在 1999 年，当时众多的人希望我来做这个报纸，愿意投资这个报纸。我们当时就有一个这么乐观的念头，我把报纸做出来，我的流量变这么大，我再做第二轮、第三轮的融资，我再给它 IPO，就跟今天你听到的互联网的工作模式一样。这当时说这个话也完全合乎逻辑的，而且也有很多人约定好下一轮投资。2000 年 3 月底 4 月初，美国的纳斯达克股价就崩盘，网络泡沫就破灭，这一破灭，所有的投资者通通不见了，原来约定的要仰赖资本市场不断的注资方式来支持这个新业务的发展，就不能很乐观，你就必须要关掉它。如果我以为那个市场处境永远是这样好，这是一个不对的假设，因为你根本不知道有一个危机更在转角之处。虽然从互联网角度看，也有很多收获，但财务上的规划跟当时财务的情境显然是不对的。

我后来一直在想，如果我当时想的不是二百个记者，而是用六个记者，模式对了再放大，极可能今天《明日报》就还在。当时去做那样的计划跟我当时拥有的组织所能够创造的利益，是不平衡的，过度涉险了。当然《明日报》所犯的错误，后来也让我在经营事业上有非常多的新的理解跟产生新的行为，也许这个新的行为被现在很多人觉得我太胆小了，不过我觉得那是比较稳健的路。

（2012 年 5 月）

题图为2012年5月14日与詹宏志合影于复旦大学光华楼。

舒國治

人生何处不理想

——谈《理想的下午》

舒国治在台湾人称“舒哥”，赫赫有名，有人甚至说提到台北不可不提舒国治。但在大陆，了解他的人并不太多。年初，经梁文道的推荐，广西师大出版社出版了舒国治的《理想的下午》大陆版，于是，目光聚集在这位被套上散文家、旅游作家、晃荡达人、小吃教主等等“桂冠”的小老头身上。新书与传奇一同不胫而走。

然而，使媒体记者感到不解的是，舒国治此次来北京和上海共五天，每天仅只接受一家媒体的采访，他要睡懒觉，尤其是上海这几天虽然已到春眠不觉晓的时光，但料峭的寒风仍是刺骨。而且采访时间、地点要等他在街上晃荡得够了，累了再定，“越晚越好”，最好是在夜深人静的半夜。

记者们虽是抱怨，但一听到他将出现在某个公众场合仍是趋之若鹜。

14日下午,《外滩画报》的外滩论坛邀请舒国治举行讲座，与读者交流。没想到消息在网上一挂出，报名立即满员，其中就有不少媒体记者。

舒国治1952年生于台北，原籍浙江，是60年代在外国电影与摇滚乐熏陶下成长的半城半乡少年，70年代初做电影，后注心思于文学，曾以短篇小说《村人遇难记》备受文坛瞩目，1983—1990年七年，开了辆破车游遍美国,此后所写多为旅行。舒国治著有《理想的下午》《流浪记》《台北小吃札记》《穷中谈吃》等。

“女强人”陈文茜曾这样描述舒国治：“一桌子人，最快乐的就属那一个人，他无家、无产、无债、无子、无物欲，如今难得有个女友。多数时刻月黑风高时他才出门，整个台北城已然倦怠，他却兴致勃勃，准备高谈当日的即兴阔论。衣服只有几套，人生却晃游阅历无数。他的财富以千元台币计算，每次户头到了见底，只剩几千元，才提起笔，给自己增加一些零头小钱。”“对舒哥而言，他活在自娱娱人的世界，他的人生从来不是当代,而是已精采又复杂地存在了无数年的世界。认得他时，他才二十，却已长得半个小老头模样（仍非批评）。”

在梁文道看来，“最会玩，最会讲故事”的有两个人，一个是阿城，另一个就是舒国治。别看舒国治常带笑容,用梁文道的话说,舒国治的“眼光锐利，甚至可以说是毒”，“除了舒国治，我想不出还有谁能简简单单地只用两个字就这么精准地写出纽约的抽象、日本的气氛,以及英国的萧简。”

大陆版《理想的下午》较2000年的台湾版多了7篇文章，他特别强调，内地版增加的内容不是补充，而是原来写这本书的时候就想过有些内容可以多写写，但当时写得比较短，另外，过了这些年后有些感觉可以再加上。“我总希望新版能多给读者一些东西，可能也埋伏了读者有兴趣的小机关，比如我听的音乐，我如何看待什么东西，我希望在这些表达上不吝啬”。同时也是因为横排要多一点字数才显得有那个厚度，他说：“一本书的大小如同我们旅行，应该跟你去什么地方干什么有关，这就是我们对人生很好的掌握。”

《理想的下午》之所以取这个书名，因为下午是他主要的时间，他最知道怎样享受下午的时光。可是14日的下午，没有暖暖的阳光，也没有他所钟爱的电闪雷鸣，有的只是丝丝细雨。蓝衣服蓝围巾，舒国治如同去年12月来沪时的穿着一样。接过外滩讲坛主持刘莉芳的雨伞，他却没打开，享受着潇潇春雨。高高瘦瘦的舒国治一跃上舞台，就把双肩背包解下放在地上，这是他的标志性动作，尽管宽大的沙发上并没有旁人坐。在开讲之前他要求需录音者须得到他的同意，更不用说拍视频，据说在北京也如此。居然真的有听众乖乖地把录音笔交给主持人。

在简短地介绍新书后，舒国治请听众提问，提问者的男女比例如同听众一样，女多男少。渡口书店的老板也说，到她书店买此书的也是女生居多。所提问题尽管离不开旅游、摇滚、散文、人生，但似乎比北京那场演讲时的听众提问有水平，也许听众们做足了功课，不再重复罢了。

等舒国治为排着长队的读者签完字后，本报记者请他到楼下的咖啡馆小坐。他给记者留了手机号码，手机是《龙的传人》的作者侯德健送给他的，还开通了漫游，从此也结束了满世界都找不到他的历史。昨晚他就接到台湾《联合报》“名人堂”专栏编辑的催稿电话，赶出稿子传真过去。不过，对深圳商报“文化广场”的约稿是很认真的，尽管与编辑陈溶冰没见过面。

引得记者关注的，是舒国治拿出的一本通讯录小本，记着杨德昌、李安等当年搞电影时的好友的电话，而这个小本子的红色塑料封套却是有毛泽东头像的《最高指示》，我还真以为是本《毛主席语录》。

舒国治说明天就要回台湾，每次来上海都是匆匆几天，不是住在朋友家，就住在经济型旅店，只要有张床就可以。不过地点都要在华山路以东，陕西路以西，静安寺以南，建国路以北，这里环境幽静，有许多花园洋房，如打不到车逛逛也舒服。与舒国治告辞时，记者请他在刚才已签名的书上加句话，他不假思索地写下："人生何处不理想"。

记者：您头上的桂冠很多：散文家、晃荡达人、职业晃悠者、旅游作家、小吃教主等等，您认为哪顶最合适？

舒国治：一个人为什么不可以拥有多顶帽子呢？

记者：您满世界的晃荡，对你最大的压力肯定是经济，是否有朋友亲属的接济？

舒国治：当然有。对于钱，是有多少花多少，活在当下，不会为了存钱现在先忍着，《理想的下午》里最后这篇文章就是要讲来这三十多年我所看到的华人世界对于钱的处置。

记者：《理想的下午》的台湾版是在 2000 出版的，而大陆版今年刚出，相隔 10 年，与在大陆出书的台湾的其他作家相比，您是否晚了一点？

舒国治：还好。我不是那种在二十几岁就写书，到五十几岁就是很老的作家的那种人。在这之前我在干其他事。

记者：您的文章在台湾影响很大，也有年轻人仿效您，但是估计也不会太多，否则社会怎么进步？您对仿效者有什么忠告。

舒国治：我要对向往这种生活的年轻人说，就在你目前的岗位上同样可以做得自在，那就是要舍得，但说"舍得"好像有些太深刻，换句大白话就是"去他妈的"，不能所有的事都买账，不要被一些人为的意识套住。有的的人活得很累，被社会压迫得不行，妈妈要你嫁人，老板要你把事情办好，你的论文又要交了，房子要还货款，车子又被人撞了一下，等等，等等。我建议你把手机关掉三个钟头，仔细想想，去他妈的，我只做一件事，其他的都丢开，这下就有个理想的下午了。要乐天知命，随遇而安。

记者：长辈给您起名寄托着特别的含意吗？

舒国治：我以前有个其他的名字，后来上小学时改成舒国治，也没特别的含意，我这一辈是治字辈，很普通。你提到名字，我想说，台湾有不少女孩活得很不愉快，她们要改名字，因为她们算了命，对以往的状态不满意，所以要换个新命。其实台湾的人瑞老太太，活到一百多岁，名字很奇怪，什么陈尾、陈妖都有，她一辈子在农田干活，根本不理会人家怎么叫她，世界如何解读，自己过得好好的，名字根本不能奈何她。你根本就不要去得到某些暗示，去钻牛角尖，这样会使人很烦恼，台湾就有许多阿姨喜欢去参加什么道场，来驱赶心中所谓的恶魔。

记者：您的散文确实写得很好，文白相间，深富雅韵，是得益于您在学校所受的教育呢，还是个人进修的结果？

舒国治：你整天在说顺口溜，总会觉得有一、二个节拍，用词最好的。你要找到你享受的韵律，又能把你想讲的事恰如其分地讲出来，不要太造作，就可以了，当然我也会写些很平淡的东西。这和我成长的年代，有关，大家用很零乱的语言，我很不喜欢自以为是二、三十年代的所谓白话文，要用一种比较说得过去的办法来写。

记者：余秋雨与董桥的散文在两岸都影响很大，您是如何评价？您来大陆那么多次，与余秋雨见过面吗？

舒国治：前不久在《天下》杂志的一个聚会上与余秋雨打了个照面，在此之前没见过。我没看过他写的东西，据说看过的人很敬佩他咏叹得很深的东西。董桥每周都有短文，大都是在书房和读书的表达，看到一个在旧书摊或文物摊上找到的东西，勾想起某学者在苦难年代所受的波折，这是一种很特殊的感怀方式，他应该跑到这个人的家里与这个人沟通，而不是待在书房里。

记者：梁文道推荐您的书在大陆出版，您对他有什么评价？

舒国治：梁文道帮我在大陆出了第一本书，帮我赚了钱，我很感谢他。他太累了，我都替他捏把汗，每天睡得很少，一直在赶稿子，旧债未还，新债又来。他这种自我抽鞭的受苦过程如同一步三拜的朝圣者。因为台湾人看不到凤凰卫视，所以对他了解不多，他的书不如在大陆卖得好。

记者：您经常往来于台北、香港、上海，您对这三个城市有什么比较？

舒国治：三个城市都是外来人口比较多。台北是 1949 后来的各地的人，西方人、东南亚人没有香港、上海那么多。以女孩子为例，香港的女孩子自我制约最好，最勤劳，不多表达自己的嗲声嗲气。而台北的女孩在 80 年代有个嗲气文明，同样说吃饭，香港人说："我们吃饭去。"而台北人会说："我们去吃饭好不好啦。"上海女孩最娇，因为上海的父母把她们照顾得最好，使她们有一种自然撒娇的本能。比如天一冷，小姑娘跑到弄堂口，会翻上领子，头颈一缩："啊呀！冷煞了，冷煞了！"一方面是表达了对自然界的一点一点埋怨，另一方面吸引了别人的关注，她们懂得在有限的条件下过生活，这是很棒的。相比之下，香港的女孩就坚忍容忍得多，她们更如西方人，我能，就行，我不能，也不过于求人。香港、上海人很多，相比之下，台北只是个小村庄。

记者：您那篇香港的巴士写得很诱人，我就是读了那篇才去香港乘巴士逛的，您有没有类似写在大陆晃荡的经历，然后出书？

舒国治：我在 90 年代的中后期也写过一些到大陆爬山游览的文章，到目前还没那么多，所以没排上出书的时间，将来会出的。90 年代的大陆和现在已很不一样了。

舒国治曾说："懒，是我这辈子最大的缺点，也可能是这辈子我最大的资产。因为懒，太多事皆没想到去弄……"但记者与舒国治简短的接触中发现他并不如此。

（2010 年 3 月）

题图为2010年3月14日与舒国治合影于上海同乐坊。

文潔若

乔伊斯的“民族魂”

——谈《尤利西斯》的翻译

文洁若，著名翻译家，1994年她与她的丈夫萧乾先生共同翻译出版了詹姆斯·乔伊斯的《尤利西斯》中译本。在海内外引起强烈反响，被誉为“是对人类文化的又一巨大贡献。”此次，文洁若先生专程到上海，参加爱尔兰文化部和上海市有关方面6月16日“布卢姆日”在上海鲁迅纪念馆举行的“乔伊斯和《尤利西斯》”展暨“乔伊斯和他的世界”国际学术研讨会，并作了专题演讲。趁午间休息，记者对老人家进行了采访。

记者：没想到您老会专程来沪参加这个纪念活动，您的身体那么好，我想广大读者都会和我一样感到非常高兴的。我想问一下，您为什么会选乔伊斯的民族主义思想这个主题来做您演讲的主题的？

文洁若：这其实是十年前我所研究的一个课题。乔伊斯博大精深，可以从各个角度去研究。我之所以选这个题目，是与我们的民族有关，我们和爱尔兰民族一样，曾受到外来民族的欺压，读《尤利西斯》会产生这种共鸣。有位日本作家就说，他们不会选这个题目。

在乔伊斯自传体小说《艺术家年轻时的写照》的末尾，主人公斯蒂芬在日记中写道："欢迎，啊，生活！我准备第一百万次去接触经验的现实，并在我心灵的作坊中铸造出我的民族那还没有被创造出来的良心。"这里，"民族的良心"指的也就是我们通常所说的"民族魂"。读《尤利西斯》时，不可忘记乔伊斯写此书之际，爱尔兰尚是大英帝国一属邦。书中不时出现"家里的陌生人"一语，即指英国人。爱尔兰原是个古老的独立王国，曾经有过灿烂的凯尔特文明。公元五世纪后半叶，圣帕特里克从不列颠岛前来爱尔兰传教，在爱尔兰建立了基督教会。这些传教士尊重凯尔特传统，很受爱戴。到了七世纪，凯尔特族基督教传教士高隆班及其后继者们从爱尔兰出发，辗转赴西欧各国传教。后来，爱尔兰的基督教会就归属梵蒂冈的罗马天主教廷了。但是继续保持其特色。进入十六世纪以来，爱尔兰天主教与英国国教的对立愈益尖锐。英国是在十二世纪中叶开始入侵并占领爱尔兰的。至十五世纪末叶，爱尔兰就沦为其属邦。十七世纪初起，英政府还进而没收了爱尔兰北部大片土地。

当时凡是迁移到那里的英国殖民者，只要宣誓效忠于英王并且承认信奉新教的英王为宗教领袖，就能够领到一份土地。从此，当地信奉天主教的爱尔兰农民便成为佃农。经过前赴后继的流血斗争，爱尔兰人的处境才略微有所改善。

记者：是否可以这样认为，读这本书必须把它放到当时爱尔兰反英的历史背景下，否则就无法读懂。

文洁若：对。读《尤利西斯》，无法不感到弥漫在全书的反英情绪。

第九章中提到凯曼林。这是爱尔兰诗人、剧作家叶芝的同名剧本中的女主角。这个贫穷的老妪也象征着处于英国殖民统治下、失去自由的爱尔兰。她那四片美丽的绿野（指爱尔兰四省：阿尔斯特、伦斯特、芒斯特、康诺特）都被夺走了。这部剧本唤起人民强烈的民族主义感情。

十九世纪末叶至二十世纪二十年代初，爱尔兰人民的民族意识高涨。年轻的乔伊斯虽然未直接参加这一运动，却同他们保持密切联系，还把其中的几位写进《尤利西斯》。尤其是诗人拉塞尔，在作品中频频出现。全书十八章，竟有六章都写到了他。《尤利西斯》中，几百年来凡是在抗英斗争中有过丰功伟绩，或为之献身的爱尔兰民族英雄，一个个地都被提及。当然，《尤利西斯》并不是爱尔兰民族起义的史书，而是一部小说，对这些只是点到为止，尽在不言中。但是，给人印象最深的莫过于罗伯特·埃米特慷慨就义的场面了。这位爱尔兰民族领袖曾参加一七九一年成立的以解放天主教和实现议会改革为宗旨的爱尔兰政治组织爱尔兰联合会，并率领一批抗英起义者向都柏林堡（英国殖民统治机构所在地）进军。事败后被捕，定为叛国罪，被处死刑。作者用很大篇幅描述了行刑场面，揭露那时英国当局对起义者是何等残酷。

记者：乔伊斯几乎一生在外漂泊，为什么他的《尤利西斯》却要以故乡都柏林作背景？

文洁若：乔伊斯自从二十岁出走巴黎，他一生在欧洲大陆漂泊将近四十年，其间只回过都柏林三次，每次也只作短期勾留。叶芝于一九二三年这样描述过乔伊斯："他是个流亡者，起初在苏黎世，接着又回到了巴黎。他逃离自己所憎恶的事物，却连那些商店的字号都始终铭记在心头。他既恨都柏林，对它又难忘怀。"转年叶芝获得诺贝尔文学奖，丹麦诗人、评论家凯·弗里斯—莫勒向乔伊斯转告了叶芝对他所做的评语："多了不起呀。乔伊斯打年轻时就没在都柏林呆过，然而他笔下却只写都柏林。”乔伊斯曾借用十九世纪的爱尔兰女作家西德尼·摩根夫人的“亲爱而肮脏的都柏林”一语作为《尤利西斯》第七章中一节的题目。这句话可以概括作者对自己生于斯长于斯的故土的眷恋。所谓“憎恶”，其实是恨它不争气而已。依恋故乡而寸步不离是一种爱法，由于有如此执著的故土情结，身虽不在那里，不管离开多少年，相距多么远，依然梦魂萦绕，毕生只写以故乡为背景的作品，又是一种爱法。

记者：乔伊斯为什么要以匈牙利裔犹太人布卢姆作为本书主人公，以至现在全世界都以“布卢姆日”来纪念乔伊斯。

文洁若：乔伊斯之所以选定匈牙利裔犹太人布卢姆作为本书主人公,绝不是偶然的。他在一封信中写道:《尤利西斯》是一部两个民族(以色列和爱尔兰)的史诗……当时，爱尔兰本来就已沦为英国属邦，而作为归化爱尔兰的匈牙利裔犹太人，布卢姆更是受着双重的压迫和歧视。他父亲鲁道尔夫就因濒临破产，服毒自尽。他素来温文有礼，与世无争，然而一帮心地狭隘的爱尔兰市侩偏偏抓住他的种族问题寻衅。他忍无可忍,被迫反击了,大吼一声:“为以色列三呼万岁!”接着就严正指出:“门德尔松是个犹太人，还有卡尔·马克思、梅尔卡丹特和斯宾诺莎。救世主也是个犹太人，他爹就是个犹太人。……你们的天主是个犹太人。耶稣是个犹太人，跟我一样。”这番话说得理直气壮，不啻是给反犹分子的一记响亮的耳光。

记者：乔伊斯如此反英,《尤利西斯》在英国的出版肯定不会顺利。

文洁若：是的，1936年，乔伊斯边读着英国版《尤利西斯》的校样边对弗里斯—莫勒说：他为了这一天，“已斗了二十年”。自从1914年着手写《尤利西斯》以来，直到1918年美国的《小评论》才开始连载,最早的单行本则是1922年在法国由莎士比亚书屋出版的。德(1927年)、法(1929年)、日(1932年)译本相继问世后,美国版(兰登书屋,1934年)也出版了。然而毫无疑问，对乔伊斯来说，最重要的是此书在英国本土的出版。也难怪他接着以更加豪迈的口气对丹麦诗人、小说家汤姆·克里斯滕森说："现在，英国和我之间展开的战争结束了，而我是胜利者。"他指的是，尽管《尤利西斯》里对1901年去世的维多利亚女王及太子［当时（1904年）在位的国王爱德华七世］均有不少贬词，英国最终不得不承认此书，让它一字不删地出版。

记者：您能否给我们评价一下《尤利西斯》的文学意义和把它介绍到中国来的意义。

文洁若：借用《尤利西斯》第一章中的话来说，乔伊斯是用手中那把"艺术尖刀"，一杆"冷酷无情的钢笔"，为他那处于水深火热中的爱尔兰同胞和他们的生活做了素描。起到了唤醒民众的作用。

爱尔兰民族一向酷爱自由。三十年代，爱尔兰文学在中国就十分走红。当时，格雷戈里夫人的《月亮升起》简直不知道上演了多少场，因为两个国家都受到各自邻国的压迫。民族主义同是思想界的主流。在一个意义上，《尤利西斯》在爱尔兰，正如《阿Q正传》在中国，都是以恨铁不成钢的悲愤心情而写的。萧伯纳认为，足以告慰的是，终于有人（指乔伊斯）由于对都柏林的落后面感触极深，因而敢于面对它并将它的丑态统统写下来，"而且用自己的那份艺术天才，强迫人们去正视它。"当乔伊斯正酝酿并撰写《尤利西薪》时，爱尔兰这座"绿宝石岛"还是英国一块属地。《尤利西斯》脱稿的那一年（1921年），爱尔兰成为英联邦中的一个自由邦了。一九四八年，爱尔兰终于脱离英联邦，成为一个共和国。在二十世纪小说史上，《尤利西斯》是一座奠基石。在爱尔兰民族独立史上，它的功绩也是不可磨灭的。

（2004年6月）

题图为1991年5月13日萧乾与文洁若在书房中合影。

投入智慧女神的怀抱

——谈《蒙田随笔全集》

马振骋，法语文学翻译家，从 1981 年的《人的大地》到 2009 年的《蒙田随笔全集》，马老先生翻译了圣埃克苏佩里、杜拉斯、昆德拉、蒙田的多部优秀的法语著作，有人说他是“为法语文学而生”，而他笑说要改两个字“以法语文学为生”才更准确。早在 1993 年，马振骋就曾和另外六位译者合译了国内首版的《蒙田随笔全集》三册。马振骋回忆，以前多个出版社零星推出的蒙田随笔，翻译者往往不去标明译下了原作多少页，“其实没有真正把蒙田翻译出来”。而译林出版社那次的七个人合译，每个人的理解、行文都不一样，翻译起来“心态很不一样”。从 2004 年起，马先生开始了独力翻译三卷本《蒙田随笔集》的重任，他不用电脑，全部译文一笔一画写出来，而且因坐骨神经痛，不能久坐，大量文稿都是站着完成的。这样认真严谨的翻译态度令人感叹。近日本报记者专访马振骋先生，请他谈谈《蒙田随笔全集》翻译背后的故事。

马先生的寓所在徐汇区的一幢高层住宅中，书房井井有条，他把阳台封闭成一个会客的小天地，吊篮和小盆景点缀四周，令人赏心悦目。知道我们的来意，马先生先是搬来了许多词典和各种版本的《蒙田随笔》，他说“你不是想知道我为什么要做这件吃力不讨好的事吗，那我得先给你介绍蒙田。”

蒙田是一个什么样的人

记者：马老师能否向读者简要介绍一下蒙田？

马振骋：我虽然小时候在韬奋的生活书店里早就看到过英文版的《蒙田随笔》，也在教书时就开始译法国文学作品，但真正接触蒙田也是在1993年开始合译时。当时我译的部分约占全集的五分之一。我先向你简单的几句话介绍蒙田是一个什么样的人。有一位作家说过，一个人的死和一个人的生关系密切，从一个人的死可以看出一个人本身是什么样的性格。比如说，拜伦为了希腊牺牲了自己的生命，莫里哀为了戏剧死在舞台上，小王子的作者为了航空在二次世界大战的侦察中失踪了。蒙田这个人是死在他的床上的，一听就知道蒙田很平淡普通，也没有什么劳顿。蒙田的性格和时代是完全不合拍的，他对人性有很大的自制力。他出生在1533年，到1592年去世，这是一个宗教革命的纷乱时期。同时代的人有伊丽莎白一世和玛戈皇后。我们通过玛戈皇后知道大屠杀，背景是30年法国的宗教战争。但蒙田这个人在这种乱世中，天主教（旧教）和新教两派打了三十年，在路上碰到对方不敢说自己信仰是什么，

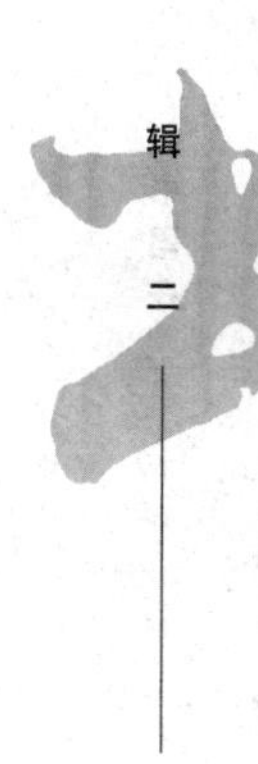

说出来马上就能动手打起来。他处于非常险恶的年代。我们从蒙田的书里可以看到这个。蒙田是怎样一个人呢？他父亲在意大利打仗，回家时带回一个德国教师，把刚出生的蒙田交给他。这个德国人不会说法文，只能教蒙田拉丁文，这决定了蒙田对拉丁文化的深厚基础。随从父亲读了法律后，蒙田在波尔多工作，一生中做过两次波尔多的市长。他也到了法国陪法国国王巡游，他在蒙田古堡里也曾接待过亨利二世和亨利四世。他是一个贵族。他到了37岁就不工作了，回到蒙田庄园，他说自己要“投入智慧女神的怀抱,在平安宁静中度过有生之年”。蒙田这个人，经历了人生的所有形态，所以他越写越精彩，越写越深刻。我们做翻译的也越译越来劲。2003年上海书店出版社的领导问我有没有兴趣独译全集，只要译出来，他们就有勇气出，我也就答应下来。不过现在书都出来了，双方合同还没签过，大家就是讲信用。（大笑）

“读蒙田永远不会过时”

记者：我是很佩服上海书店出版社的勇气的。现在有多少人会静下心来读蒙田，再说前面已有多种译本。书价又定得那么低，三大本只有60元。

马振骋：这就涉及到一个为什么要读蒙田了。蒙田博学多才，在全集中，日常生活、历史人文、传统习俗、人生哲理等等无所不谈，特别是旁征博引了近1200条古希腊罗马先哲的论述。随笔中，蒙田还对自己作了大量的描写与剖析，使人读来有娓娓而谈的亲切之感，增加了作品的文学趣味。蒙田的随笔是十六世纪各种思潮和各种知识经过分析的总汇，有“生活的哲学”之美称。作为法国第一部用法语写作的哲理散文，《蒙田随笔》不仅在法国散文史上占有重要地位，在世界散文史上也具有极其重要的地位。在16世纪的作家中，很少有人像蒙田那样受到现代人的崇敬和接受，《蒙田随笔》问世400多年来，先后被译成几十种文字，读者遍布全球。无论年龄层次，无论教育背景，无论文化差异，几乎每位读者都能从中寻找到精神的共鸣。其恒久的生命力，不仅来源于蒙田朴实无华的语言文字，更在于他对生活、对生命、对人性的思考和观照。他不教训人，他只说人是怎么样的，找出快乐的方法过日子，这让更多的普通人直接获得更为实用的教益。早在十九世纪初，已经有人说蒙田是当代哲学家。直至进入了21世纪，法国知识分子谈起蒙田，还亲切地称他是我们这个时代的贤人，仿佛在生活中随时可以遇见他似的。因此可以说，蒙田虽然生活在16世纪，却是19世纪、20世纪、21世纪的“当代人”。读蒙田永远不会过时。

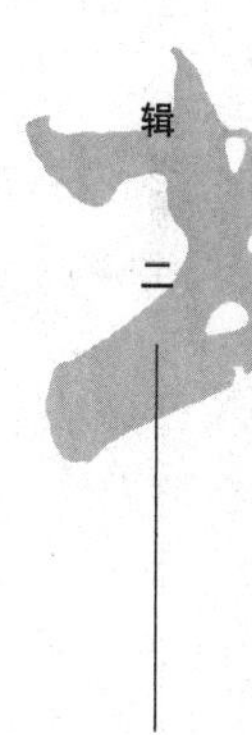

做翻译必须有人生积累

记者：现在媒体的报道中总是集中在您的“手译”上，似乎是手工艺制作会更值钱。我看您家里有电脑，为什么不用呢？

马振骋：他们的用意也是好的，想吸引读者的眼球吧。我总认为，一个人的笔好，不一定字写得好。一个人有好的纸张，不一定文章写得好。尤其是我们搞翻译，要精雕细琢，我把文章写得好放在第一位。

记者：有评论说，翻译蒙田不仅需要勇气，更需要同样丰富的人生，你不仅用中文来对应蒙田的法文，而且还用自己的全部的人生智慧来传达蒙田在随笔中要表达的涵义和思想。所以我对您所说的可以有二十出头的诗人，不会有二十出头的翻译家的观点印象很深。

马振骋：但是我的这个观点也得罪了一些年轻人。其实，我的意思是做翻译和做医生、做演员一样，要靠实践的积累，只有到了一定年龄，一定人生阅历的层面，才能理解原著作者在文本中包含的思想，准确地、恰如其分地把它表达出来。《小王子》里小王子在沙漠中的这一段，就像唐诗中大漠孤烟直的意境，没有孤独遭遇的人是很难想象的。《蒙田随笔》更是如此，这是法国第一部用法语书写的哲理散文。行文旁征博引，非常自在，损害词义时决不追求辞藻华丽，蒙田认为平铺直叙胜过转弯抹角。对日常生活、传统习俗、人生哲学、历史教训等无所不谈，偶尔还会文不对题。他不说自己多么懂，而强调自己多么不懂，在这“不懂”里面包含了许多真知灼见。不少观点令人叹服其前瞻性，其中关于“教育”“荣誉”“对待自然与生活的态度”“姓名”“预言”的观点更可令人听了汗颜。因此翻译者不能随意编造，必须忠实原作者的思想。《随笔》的文章原来段落很长，这是古代文章的特点，就像我国的章回小说也是如此。为了便于现代人的阅读习惯，我把大段落分为小段落，在形式上稍为改得轻巧一点，至于内容与语句绝不敢任意添加和删节。

“翻译，当然是现在的好”

记者：粗粗翻阅了一下您的全译本，感到很好读，一点也不晦涩，也正如有的评论家所说读您的译作，似乎会产生一种错觉，就如同蒙田在用中文写作似的。您在翻译的过程中遇到过什么障碍吗？

马振骋：有人说外国人说话疙疙瘩瘩，这不对，是我们翻译者没有处理好，大作家的文笔是不会有问题的，至于不通，是译者没有理解透。有人以为翻译时外文不重要，中文重要，其实这是误解。我在译蒙田时，也有不少障碍，比如里面有许多希腊、罗马的轶事，我们不了解，就要查大量工具书，七星文库版从 1433 页到 1729 页都是注释，就像我们看明朝的古籍一样，他们看400多年前蒙田的著作也要注解。另外我有两部英译的蒙田，他们是向英文读者介绍的，这就为我提供了很好的参考。我还查阅了大量的历史著作和词典。在语言上有时也会“夹”住，上海也无法找到这样的法国专家请教，但我想语言肯定是有逻辑的，依照这个逻辑会找到根据的。因此，尽管外界评价很高，但我明白，就像蒙田经常所说“我知道什么？”对翻译的角度来说。错得不是太丢脸就是一本好的翻译书。我的译本也会有许多问题的，但限于我目前的水平，也只能如此。蒙田说只要我的语言是符合大家现在嘴上所说的，语法上的问题我是决不改的。可见当时法国的语言也没定型，如同胡适当时的白话文与我们现在的不同一样。所以关键还是要吃准原文。

记者：您是怎样来比较现今的翻译与先前的翻译的呢？

马振骋：有人也问过这个问题，我明确回答，当然是现在的好。当初他们大多是法语一窍不通，到法国勤工俭学回来后做翻译的，怎么能和现在的翻译人才大多经过专业训练的来比呢。至于现在有的翻译作品水平低下，还应怪出版社和责编，你们为什么要去找这样的译者？蒙田在中国知识分子里很出名。之前的版本，出于种种原因，有没讲清的问题，还有略译，没有把易懂的都翻译过来。

你问，到底是现在的译本好还是从前的好？我觉得不好说，这还是我前面所说的观点，和人的履历有关系。几十年前的翻译今天看不合适了，说现在比从前好不是要否定什么，这些都是历史长河中的积累，以前通过认真工作为翻译做出贡献的人都是我们的老师。一个人从出生到现在，都是在吸收和利用先人的成果，正如今天我在这里，有可能成为后来人的老师一样。

记者：现在书出版了，您还在忙什么？

马振骋：出版社要我配合做些发行的宣传工作，当然是义不容辞的。

但是我希望所有的宣传都要纳入读书的范畴，不希望像《小团圆》那样的炒作。

不知不觉之中，暮色降临，只能告辞，在经过马先生的写字桌时突然发现桌面上有两大叠杂志，上面搁着一块板，板上又斜放着一块绘图板，就像以前设计室里的绘图台，一问之下才知原来马先生因坐骨神经痛，不能久坐，他的大量文稿就是这样站着完成的，马先生轻描淡写地说："这样很好，累了看看窗外也方便。"

窗外是色彩斑斓、错落有致的房顶夹杂着翠绿的树冠。我不禁肃然起敬，马先生不也正是"投入智慧女神的怀抱"吗?

（感谢本书责任编辑张玉贞的帮助）

（2009 年 4 月）

跟着蒙田去旅行

——谈《蒙田意大利之旅》

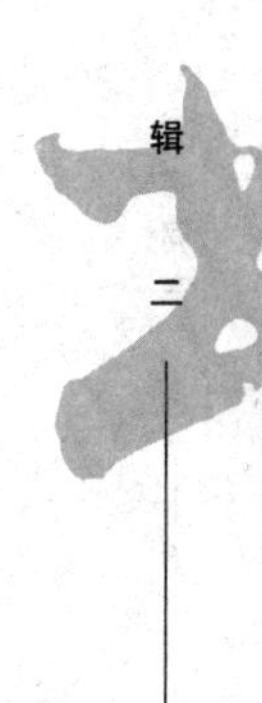

用“马不停蹄”“快马加鞭”“老骥伏枥，志在千里”等一系列与马有关的成语来形容著名法文翻译家马振骋先生，是再贴切不过的了。

2009年他的《蒙田随笔全集》（三卷本）获“首届傅雷翻译奖”，又被评为“2009年度十大好书”之后，以七十多高龄，接连推出《俄罗斯三部曲》（《圣彼得堡故事》《克里姆林宫故事》《独特的俄罗斯故事》），《纪德·道德三部曲》（《违背道德的人》《窄门》《田园交响曲》），又以《七星文库·蒙田全集》为底本，译完《蒙田意大利之旅》，赶在上海书展之前由上海书店出版社推出，不得不令人佩服。

这是蒙田去世后178年被发现的遗稿，中文版是四百多年来首度问世。

蒙田，这个习惯于在书本中漫游、遐想、探索的人，一旦走出塔楼里的圆形书房，他会看到什么呢？日前，马振骋先生就为什么要翻译这本书、怎样看这本书等问题向记者作了介绍。

178年后被发现的文稿

当年，蒙田（1533—1592）在《随笔集》第三卷提到，他获得罗马元老院和平民会议颁发的“罗马公民证书”，人们才知道他曾到过瑞士、德国和意大利。然而这次历时一年多的漫游在《随笔集》却只字不提，未免让人感到意外。岁月荏苒，这件事慢慢也被人淡忘了。1770年，尚斯拉德的教堂司铎普吕尼神父，为了搜集关于佩里戈尔地区的历史资料，来到了从前蒙田居住的城堡，管家捧出一只旧箱子，神父在里面发现一份书稿，疑是蒙田写的旅行日记。神父披览良久，对这份遗稿的真实性深信不疑后，再带到巴黎向专家请教，他们一致认为旅行日记确是蒙田的手迹无疑。

这是一部颇为奇特的文稿，手稿中约有三分之一出自别人之手，三分之二是蒙田亲笔。蒙田书写部分中一半多，用的是意大利语，回到法国境内又改用法语书写。

若要让这么一部作品出版，需要做大量校勘编辑工作。这工作先由普吕尼神父开始做了，后又交给更有名望的学者、国王图书馆馆长默尼耶·德·盖隆编辑出版。参加编辑工作的人定下原则，原书只改动错别字，词汇与结构基本保持不变，即使有点欠通、而又没有把握勘正之处，为了不让读者怀疑对原作曾有丝毫的不尊重，也尽量保存原貌。

1774年，盖隆在罗马和巴黎接连出版了三个版本，稍后在当年和第二年又出了两个版本，可见当时此书受欢迎的程度。后来，存放在国王图书馆的旅行日记原稿不翼而飞，从此再也没有见过影踪。盖隆主持出版的五个版本有不少欠缺之处，而且相互还不完全相同，但是后来的人再也没有办法根据手稿审核校勘，只能用这五个版本进行比对了。

蒙田为何去旅行

原稿到编者手里时并不完整，缺了前面几页，据盖隆说 :“好像是撕去的。”不管出于什么原因，缺了这几页，也少了一些重要信息。当年蒙田正在专心写他的随笔，怎么突然决定离开妻女，撂下庄园管理外出旅行，而且一走就是十七个多月？

《随笔集》对这次旅行没有直接的记载。他只是在一处中说道 :“旅行我觉得还是一种有益的锻炼，见到陌生新奇的事物，心灵会处于不停的活跃状态……”在另一处又说 :“贪恋新奇的脾性养成我爱好旅行的愿望，但是也要有其他情景促成此事。”

那么是什么“情景”促成了他的旅行呢？马振骋说，缺了那几页，我们也只能从历史与传记中去拼合当时的情景。

1580 年，宗教战争在欧洲打得不可开交。法国历史上称为“三亨利之战”也在这时候爆发。从《意大利之旅》和蒙田年表来看，蒙田在 1580 年 6 月 22 日离开蒙田城堡。蒙田虽把战争看成是“人类的一种疾病”，但还是义不容辞地去履行贵族的义务。他 8 月 2 日，他的好友、王室宠臣菲利贝尔·德·格拉蒙伯爵在阵前受重伤，四天后去世，蒙田参加护送格拉蒙的灵柩到苏瓦松。后又去看望了受伤的伯爵，同行者只是四个不满二十岁的青年。

神秘的“秘书”

马振骋说 :“意大利旅行日记一个特殊之处，就是前面三分之一是由别人代写，由于他的介入，我们在阅读这部书时就多了一个维度。”

这个人是谁？不知道。什么身份？也不知道。他在旅途中照顾行李、安排行程、联系食宿，对蒙田的生活起居非常关切，此外还执笔撰写沿途见闻。因而姑且称他为“秘书”。

秘书提到蒙田时，称“蒙田先生”；可是他的文风与蒙田颇为相像，因此后世人认为他是在蒙田口授下写的。

在他写的那部分，“我认为”“以我看来”，只是指秘书本人自己；“他们”指“蒙田先生等人”，“我们”指“蒙田他们和自己”，偶尔“我们”与“他们”交替使用，这确实是一种奇异的文体，要读了上下文才明白。然而，有意思的是秘书以旁观者的身份实录旅途情境，不论如何客观，总掺杂个人的感情，因而在他的笔端，我们看到的不是在书房对着白纸说话的蒙田，而是在生活中对着人说话的蒙田。这部分就成了珍贵的蒙田画像与自画像。这对蒙田其人其事，反而有更多的记述，也带来更多的想法，无意中也包含更多的暗示。

蒙田看到了什么

蒙田，这个习惯于在书本中漫游、遐想、探索的人，一旦走出塔楼里的圆形书房，要看的是什么呢？

他有机会深入到不同的国家，在每个国家里抓住机会去了解当地人。一般游客都会说上一大套的名胜古迹，不是他的重点关注对象。他的目光停留在表现“人”的标志上，不论是乡野播种的土地，还是城市里的行政结构、马路铺设、建筑特点；对于新出现的工艺技术与农耕器械，都表示同样强烈的兴趣。他饶有兴趣地观看刑场上江洋大盗卡泰纳的伏法场面，犹太会堂的割礼仪式，礼拜堂内装神弄鬼的驱魔，赛神会中鞭笞派惨不忍睹的自虐。蒙田读过许多古希腊罗马的书籍，在罗马、威尼斯想与青楼女子聊一聊，然后谈话费与度夜资同价不打折，这令老先生像挨了斩，感觉很不爽。

蒙田到了一个地方，不喜欢扎堆。他远远避开老乡，最怕有人用法语跟他搭讪。他入境随俗，充分享受当地人的舒逸生活，组织舞会邀请村民参加，做游戏，搞发奖，时而还跟村姑说几句俏皮话调调情，充分发扬法国中世纪乡绅好客的风气。

蒙田性情温和，洞察世事人性。他毫不讳言自己是天主教徒，但是他心底所谓的神性其实只是最崇高的人性。当新旧两大教派在欧洲大打出手时，他觉得都是在假借神的旨意做违反神的事。他对宗教战争深恶痛绝，他一路上遇到新教中的人，他都主动进行交流，努力理解他们推出改革的真意。这种做法在当时需要极大的勇气与宽容，因为那是个不同教派的人都可以相互任意诛杀的时代。

蒙田旅行，就像蒙田写作，表面上信马由缰，最后告示世人怎样过好这一生。蒙田走在旅途上，好像也是走到哪里是哪里。有评论家说，要不是波尔多议会正式函告他已被选上当波尔多市长，敦促他届时上任，真还不知道他走到什么时候结束行程，打道回府。

对古希腊罗马文化的朝拜

那么，这趟不知其如何开始如何结束的旅行，到底是为的什么？马振骋认为，既然我们已无法从其主观意图上去了解，那么不妨从事实过程上去揣测和分析。

蒙田在意大利整整过了一年又四天。旅居意大利时，又两次进入罗马。1581 年 4 月 5 日获得正式罗马公民资格证书。他进入罗马城时是旅客，离开罗马时是公民。一直自称不慕名利的蒙田在《随笔集》里全文转录证书的内容，可见自尊心感到极大的满足。

在欧洲首先举起文艺复兴火炬的是意大利，在文学艺术、知识科学、风俗习惯以及实际事务上，无不表现出古典主义精神。那时亚平宁半岛上各城邦公侯都称雄一方，为了建立自己的霸业与威望，竞相网罗人才，奖励文学艺术、知识科学。这大概也是今日所谓的软实力，在东西方历史上早已不乏其例。当时欧洲人到意大利旅行，接近于一种朝圣行为。

马振骋认为，在蒙田内心还有更深切的冲动与理由。我们知道，蒙田还只有三岁时就学习拉丁语，开始他的罗马文化培养。蒙田说自己知道卢浮宫以前就知道朱庇特神殿，知道塞纳河以前就知道台伯河。他更可以算是个罗马人。他初到罗马，还雇了一名导游，后来嫌他讲得不好，把他辞了。前一个晚上静心在灯下阅读不同的图片和书籍，第二天游览现场去印证自己的书本知识。普通游客看罗马只是它头上的一片天和脚下的地理位置，而蒙田对罗马的认识更多是抽象与静观的。他说："我永远看不够罗马人的街道与房屋，以及罗马直至对跖地的遗址废墟，每次都兴意盎然。看到这些古迹，知道曾是那些常听人提起的历史名人生活起居的地方，使我们感动不已，要超过听说他们的事迹和阅读他们的记述……""天下还没有一个地方受到天庭这么坚定不移的厚爱，即使废墟也辉煌灿烂，它在坟墓里也保持帝国皇家的气派。"

因此，马振骋认为，蒙田到意大利的旅行是对古希腊罗马文化的一次朝拜，为他的写作增添更为深刻的论述。

“游记”是“随笔”的后店

《意大利之旅》在我国还是初次翻译与出版，我们今天能从这部书里看到什么呢?

对于这个问题，马振骋说，首先是它直接反映了16世纪的意大利。蒙田看到的主要是希腊艺术的传承与新旧罗马的交接，这点与二百多年后歌德的游记颇不相同。歌德看到的是文艺复兴后结出的果，蒙田看到的是文艺复兴前留下的根。

《意大利之旅》还向我们证实，蒙田在《随笔集》中对自己的描述是真诚的，首先这部书是写给自己看的，生活中的真性情与语言上的不讲究毕露无遗。有人说《意大利之旅》是《随笔集》的后店，意思是店堂卖的与库房藏的货色没有什么两样。不是像卢梭在《忏悔录》中说的：“我把蒙田看做是这类假老实的带头人物，他们讲真话也为的是骗人……只暴露一些可爱的缺点……蒙田把自己画得更酷似本人，但是只画了个侧面。”《意大利之旅》给我们提供了另一个侧面，这两个侧面是完全对得上号的。

这部作品文采不追求飞扬华丽，真情则相当流露。从阅读的角度来看，也有一些不甚有趣的章节。马振骋说，蒙田对《随笔集》在出版前后都做过几次重大修改，《意大利之旅》若由蒙田亲自定稿，肯定不会像目前这样。如今这部率性之作，读者看来也有其自然妩媚之处。

由于此书在中国是首次翻译出版，马振骋先生特地撰写了中文版“译序”，详细介绍了这部游记的来历和他的思考。书中还收有蒙田的39封信、39篇家庭纪事、57条书房格言。这些用希腊语和拉丁语写的格言，是蒙田叫画匠绘在他书房的45根柱子和两根横梁上

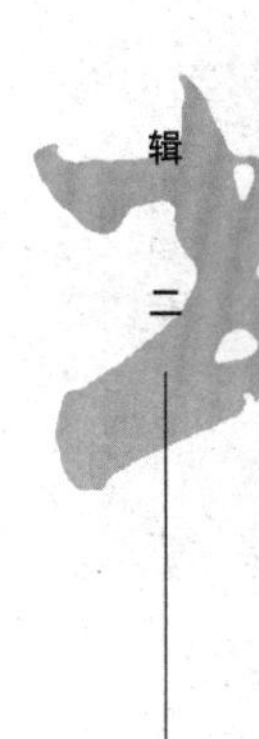

的，据考证，大多写在 1575 年间。这些不仅给专业研究者提供了宝贵的资料，就是普通读者读来也颇有趣味。

（2011 年 9 月）

题图为2009年4月11日与马振骋合影于他家中。

《魔戒》告诉了我们什么

——谈《魔戒》的翻译

托尔金的《魔戒》对西方奇幻小说的启蒙做出的贡献无与伦比。为此，尽管先前已有中译本，电影也已引进，但世纪文景按照全部引进托尔金作品的宏大计划之一，特邀托尔金研究专家、台湾翻译家邓嘉宛女士重译《魔戒》，经过精益求精的编辑，予 8 月份上海书展期间隆重推出。前不久，本报记者有幸见到了邓嘉宛女士，就《魔戒》以及托尔金的有关问题向她讨教。

邓嘉宛，是托尔金的“超级粉丝”，在专业从事翻译之前，是在一家驻台湾的英国市场研究公司担任研究员，负责市场调查报告的笔译和口译，经常来大陆，由于北美、亚洲、欧洲的时差，使她一直处在忙碌之中，压力颇大，经常一天睡不到三、四个小时，三年下来身体向她提出抗议；之后，她到英国念社会语言学硕士，她从此初步接触托尔金的作品，那充满神话寓言和气势磅礴的中土世界，让她入迷。邓嘉宛说，身为基督徒的托尔金，把信仰不着痕迹地写进故事里，写得极好，“就像把盐巴放进水里，水变好喝了，但你看不见。”回台湾之后，得知台湾联经出版公司已经出版了《哈比人》（又译《霍比特人》）和《魔戒》，于是向联经自荐翻译《精灵宝钻》。因为合作愉快，所以后来联经又找她翻译了《胡林的子女》和《哈比人》的漫画版。其大气华丽的文字，深受读者喜爱。

邓嘉宛确是个托尔金迷，她连自己的名片也没有，送给我的是一枚不锈钢薄片制的托尔金书签。采访邓嘉宛也确实是听她上课，每一个问题，她都好像能给你上一堂课。

托尔金是在战争结束多年以后写下《魔戒》的，而非如有些人想象的那样，在打仗的间隙匆匆写下几笔。当然，早在战争之前，中土神话与历史就已经盘桓在托尔金的头脑之中了，它们是他的精灵语的形成背景，战役之后，托尔金的创作开始从精灵族向人类转移。他意识到精灵固然典雅高贵，但人类才是诸多造物中唯一具有自由意志、可以自由选择生活方式的种族。这是他们许多弱点的来源，但也是他们最值得骄傲的天赋。人类终究要取代精灵，成为中土世界的主人。

《魔戒》显著的特色之一，在于托尔金为了这部小说，专门创造了若干种新的语言。根据学者们的考证，《魔戒》中可以确定的特殊语言，一共多达15种，几乎“魔戒”世界的每个种族，不论是人类、精灵、矮人、神、兽人、树人，等等，都有自己的语言。不过为了不让《魔戒》小说成为一部“天书”或语言学辞典，托尔金有意的减少了这些特色语言的出现次数。按照他的儿子克里斯多福的说法，那是“他理想中的语言，他心中的语言”。托尔金特意写了一本叫做《For translation》的书，其中详细规定了《魔戒》中精灵语的读法和译法，何时音译，何时意译，使我们体会到托尔金不仅是奇幻文学的开创者，更是一位严谨的语言学家。邓嘉宛也谈到在她翻译过程中得到了许多不同国家托尔金研究者的帮助，有个在线的托尔金论坛，只要提出问题就有很多人回答。

《魔戒》在我国已有译本，为什么要重译呢？该书的责任编辑张铎先生对本报记者说：先前理解《魔戒》都是停留在奇幻文学、大众文学，我的理解托尔金既是牛津的语言学家，又是20世纪的文学大师，他作品蕴藏的深度和广度，在先前的译本中没有得以认识。重新委托翻译，目的就是想把托尔金的形象重新还原出来。此次三位译者也是三位托迷组成一个团队合译，质量肯定是无可置疑的。4月26日，在上海天平路一条小弄堂里的一个小咖啡馆里，记者与翻译家邓嘉宛进行了采访。

记者：《魔戒》在台湾早有译本，也被大陆引进，随着电影的放映而大卖，为什么还要请您重译呢？

邓嘉宛：虽然这本书在十年前就在台湾大卖，但它使用的语言基本上适用于台湾的读者，与大陆读者的语境还是有点距离的。我之前译过《精灵宝钻》《胡林的子女》，比较了解托尔金神话故事的背景。因此当世纪文景来找我，我就高兴地答应了。我想你只要是托迷，只要是翻译，一定会想把书翻过来。我有个朋友是香港人，他用广东话翻译了《魔戒》，只是因为没有版权而无法出版，只能自印。我们这个版本我是主译，主要翻译故事的内容。全部诗歌由杜蕴慈女士译，托尔金写故事的时候，经常用诗歌的形式把故事写下来。大陆译者石中歌先生统稿并附录的翻译，以符合这里的语境和读者的阅读习惯。我们三人融合得非常好，就如霍比特人在一起的关系。石先生是研究托尔金的专家，他做了大量的工作，但不要署名，年龄也要保密，是我再三坚持，才把他的名字署上去的。因此，你也可以预料得出我们这个译本的不同。

记者：您是在一种什么状态下想到要译托尔金的著作的？托尔金对您究竟有怎样的魔力？

邓嘉宛：我英国读硕士时才看托尔金的书，第一次看时完全不了解他的背景，完全不了解他是一个怎样的人，书拿起来看后就放不下了。托尔金的故事里充满了浓厚的基督教色彩。托尔金本人是虔诚的天主教徒，所有他灌注在中土神话中的磅礴与细腻，都源自他的信仰，是他模仿那创造他的上帝所进行的“次创造”。他成功地以文学的形式，让不信或不认识上帝的现代读者，毫无障碍地分享了他的基督信仰。

记者：您认为托尔金作品风靡世界的原因是什么？

邓嘉宛：估计全世界的托迷有上亿。《魔戒》翻译了40多种语言，卖了一亿多套。《霍比特人》译了60多种语言，卖了1.5亿本。他们喜欢托尔金的原因我不清楚，也许和我一样。

记者：您把书和电影比较过吗？

邓嘉宛：书是作者的，电影是导演的，两个是不同的作品。我身为读者和观众看到的是作品，一般不作比较。

记者：您认为翻译托尔金的难度在哪里？

邓嘉宛：托尔金是个学者，本身研究中古世纪的英文，他又是上世纪前半叶的人，因此他的书写习惯跟当代作家有些距离，譬如用词遣字不是我们现在所熟悉的意思，他的叙述经常句式冗长，倒装句特多等等，翻译起来都比较费心，难度比较高。虽然我翻此书用了10个月，但之前我已花了十几年时间在这套书上面。其次，托尔金深爱他自己创造的中土世界，因此他不厌其烦地详细描述，高山流水一草一木都写得非常仔细，他所写过的动植物甚至可编本《〈魔戒〉动植物图鉴》辞典，因此翻译他的作品需要很有耐心。另外，对于他的幻想世界，那些他自创的语言跟特殊名词，需要绞尽脑汁去想对应的词汇。我自己不懂精灵语，但精灵语的专家会帮助我。我若找不到资料，就到托尔金的论坛上发问，他们会回答我。这比总经理当年的译者有优势。

记者：《精灵宝钻》很悲伤，而《魔戒》则轻快，您是如何掌控的？

邓嘉宛：《精灵宝钻》很沉重，翻译时经常有心情难以平息，茶饭不思的状态。尤其是在翻《精灵宝钻》第十八章后那种悲痛、失落的感觉，持续了很久。第十八章内容是故事里最重要的主角之一阵亡，我阅读时那种冲击已经让我感到喘不过气来。于是就出去走走，走到很远很远才回来。1954年出版《魔戒》时是没有人知道《精灵宝钻》，《精灵宝钻》是在他去世后三年的1976年才出版的。我看《魔戒》，里面常常有轻松愉快的东西，虽不像《精灵宝钻》从头到尾都沉重，其实也是很悲伤的。在里头用得最多的是"再见"，它和我们平时用的不同，意思是"这次出去，我们就永远不相见了"。有种祝福有伤心在里面。这是《魔戒》很迷人的地方，也是托尔金的作品与其他奇幻故事的差别，他的快乐里有悲伤。

记者：这和他参加一战及他的好友牺牲有关吗？

邓嘉宛：托尔金一生经历了两次世界大战，他自己参加了第一次世界大战，他儿子参加了第二次世界大战，他在一战中失去了高中时期最好的两个朋友。托尔金本人则参与了惨烈的索姆河战役。不知是不幸还是幸运，托尔金在索姆河战役期间患上了"战壕热"，仅仅在战场上待了4个月就被送回了后方。他的好朋友史密斯死在战场上之前，在战壕中给在后方医院中养病的托尔金写了一封短信："我强烈地感到，如果我今晚死去，我们伟大的TCBS至少还保存着一颗种子，他能代替我们继续呼喊那些我们曾经热爱和赞同的声音。一名成员的死去，决不会中止我们不朽的四人组合。愿上帝保佑你，亲爱的约翰·罗纳德，愿你能够发表那些我们曾试图发表的文字，因我不再有这个机会了。"大多数托尔金研究专家认为，这封信是托尔金进行创作的精神支柱。他在《魔戒》里写了四个霍比特人去冒险，把四个好友的心愿表现出来了。

记者：我们读托尔金的书当做神话，但他是用神话来解释现实世界，他为什么要用这种方式呢？

邓嘉宛：他说希腊有希腊的神话，北欧各国有自己的神话，可是英格兰没有神话，他就要给英格兰写个神话故事。他的专业是教英语，他很喜欢语言，他把北欧的语言与古英语糅合在一起，发明了他的精灵语。他写小说时就把这语言用上了。他有个好朋友，就是写那里亚王国的路易斯，说现在的小说不好看，我们要想看的小说没人写，我们就自己写吧。于是，路易斯写了那尼亚王国，托尔金写了《魔戒》。

记者：你对托尔金很了解，他在生活中是怎么样一个人呢?

邓嘉宛：他在生活中很严肃，但又很喜欢搞怪。学生在回忆他时说，他走进教室，会用北欧的腔调朗诵一段诗句，会把大家吓一跳。他们常在牛津一个小酒店喝酒，谈文学，读作品，有一次他一个人去，见服务员盯着他看，就在付账时把钱和义齿一块儿放在桌上，吓人家一大跳。

记者：原来如此，他有一颗童心。那么，《魔戒》究竟想告诉我们什么?

邓嘉宛：我的理解这是一本教你选择的书。人生中会碰到非常多的情况你必须作选择，小到起床时选择穿什么衣服，吃什么早餐，大到面临人生的选择，你如何判断。这本书让你看到各式各样的人是如何作不同的选择的。托尔金把权力、欲望、道德、荣誉全部写在里面，里面的许多情节会打动你，与你的经历磁到一块了，就会引起你的共鸣。

记者：这里面有很多道理吗?

邓嘉宛：托尔金是个虔诚的天主教徒，他的神话世界的架构是与圣经对照着来的，用了非常多的元素。众人如何合作去完成毁灭魔戒，靠一个信仰一直往前。在艰难险阻没有办法的时候，会用信仰的角度看高天之上有光明，这是邪恶无法盖过去的。我把圣经与它对照，可以看出《精灵宝钻》与旧约完全相符，而《魔戒》是与新约相符的。我希望一般读者去读的时候被鼓舞，要看到生活中有些困难是单独的力量无法克服的，托尔金告诉你是要有朋友，群体的力量总要比个人的力量强，特别是在碰到邪恶的时候。

记者：你会发现，我们的生活节奏那些快，对现实的关注超过了一切，在这样的环境中读这样的书，大家是否真的能理会托尔金的意思？

邓嘉宛：不要急。现在人如玩电玩一样，很急于知道要怎么样了。首先你要在生活中把某个部分的节奏放慢下来，你才能更深地体会他的故事。托尔金是距本世纪前的作者了，时代的速度和现在不一样。可能你一开始会不习惯，因为速度较慢，会渐入佳境，越读越喜欢。我自己读时也已 40 岁，一读就喜欢。这本书一开始很轻松，当你慢慢进去的时候，里头讲的无论是人性还是人的道德标准，或者人在生活中碰到各种情况时的反应，给你一些开阔的新的想法。

记者：您会不会翻译中土十二卷？

邓嘉宛：不会，中土十二卷是托尔金就同一故事的不同演绎版本，版本之间有一些差别，还有大量的注释，可读性不强，所以也不会译成中文。

记者：您下一步会翻什么？

邓嘉宛：接着会为世纪文景重译《精灵宝钻》和《胡林的子女》。托尔金给译者写过一本《〈魔戒〉译名指南》，我们要编一本《托尔金作品的中文译名系统》，把我们译的，吴刚译的《霍比特人》，只要是托尔金写的关于中土世界的都收进去，这是很有价值的。

记者：您个人的工作风格是什么？除了翻译，还做些什么？

邓嘉宛：我个人喜欢一个人工作，不大跟人家接触，喜欢自己把事情做好。工作之外，喜欢旅行，到各地看看朋友，聊聊天。去年就去过雅安，也就是今年地震的那一带，太漂亮了。

（感谢该书责任编辑张铎先生的支持）

（2013 年 4 月）

题图为2013年4月26日与邓嘉宛（右二）诗歌译者桂蕴慈（左二）责任编辑张铎（左一）在上海一弄堂咖啡馆合影。

“下岗”校对员创造文学奇迹

——谈《已知的世界》的翻译

上海文艺出版社 7 月推出美国黑人作家爱德华·琼斯的《已知的世界》中文版。

中国读者似乎对爱德华·琼斯和他的著作都比较陌生，日前，记者访问了该书译者、翻译家、上海文艺出版社的副总编辑曹元勇先生。

爱德华·保罗·琼斯曾在华盛顿的《税务评论》杂志社做了十多年校对员和专栏作者。他上一本书——短篇小说集《迷失在都市》的出版还是 1993 年的事情，尽管那本书获得了海明威笔会奖、入围了美国国家图书奖，当时给他带来了一定的声誉，但他为了生计之故，必须把主要精力放在为那家杂志的工作中。

2002 年 1 月，杂志社付给他两个星期的福利金辞退了他。但是，他在窘迫的生活中回到了他的小说创作上。靠失业救济金为生的爱德华·

琼斯在简陋的家中，坐在租赁来的电脑面前，用了不到三个月的时间，一鼓作气把他在心底酝酿了十多年的《已知的世界》“敲”了出来。整个过程中，他几乎没有遇到任何困难，因为所有的故事线索——无论多么复杂——早已像一目了然的地图一样清晰镌刻在他的脑海里，所有的人物形象——他们刚步入人生时的生活和他们临死时的生活——全都像过电影似的被这个“创造者”看得清清楚楚；可以说，在他坐下来写作之前，整部书稿就已经在他脑子里几乎全部成形了。

一年之后，出版过爱德华·琼斯第一本小说集的阿米斯塔德出版社（Amisitad）出版了他的这部长篇处女作，随之而来的便是浪潮般应接不暇的赞誉。这部作品当年即获得美国国家图书奖提名；第二年4月，由美国各家媒体的700多位专职书评人组成的美国国家书评人协会把“最佳小说奖”授予《已知的世界》；紧接着，美国最高文学大奖“普利策小说奖”也颁给了这部作品。到了2005年，这部作品又使他获得了美国跨领域最高奖“麦克阿瑟奖”和国际上奖金最高的小说奖爱尔兰“IMPAC都柏林文学奖”，《纽约时报书评》也把这部作品列入“近二十五年来美国最佳小说”书单。

当初，《税务评论》杂志社将他辞退的时候，肯定没有预料到这次人生的低谷竟然变成他跃上辉煌巅峰的起点，也肯定没有想到他们所辞退的可能是他们的首都华盛顿有史以来最伟大的一位作家。因此曹元勇风趣地说：美国文学、乃至世界文学应该感谢这家杂志社。

触及美国历史最敏感的一页

记者：我们没读过这部书，对美国黑人文学更缺乏了解，怎样理解这是一部“把美国黑人文学推向新的高峰的长篇小说”？

曹元勇：《已知的世界》触及了美国黑人历史最为敏感的一页。以往的美国黑人文学通常都是侧重书写奴隶制和种族歧视背景下的黑人的痛苦遭遇，侧重从黑人与白人的二元对立角度，书写白人如何残酷、黑人如何屈辱，以及黑人为自由和尊严如何进行抗争等。而这部小说前所未有地写到在美国南北战争之前，拥有种植园和黑奴的不仅是白人奴隶主，而且也有不少黑人奴隶主。可以说是在世人似乎已经熟知的世界和历史中，发现了一个人们并不了解或被遮蔽了的现实，从而用令人震惊的方式再现了美国历史上蓄奴制问题的复杂性。

记者：你被这部小说最触动的是哪一点？

曹元勇：这部小说的主要线索之一是黑人奴隶主亨利·汤森一生。亨利从一出生就是黑奴，他的原来也是黑奴的父母先是为他们自己赎身变成了自由民，后来又花钱给他赎得自由。成为自由民的亨利在白人奴隶主威廉·罗宾斯的引导下，凭借自己的手艺和善于经营的头脑，从拥有属于自己的一小片土地开始，逐渐发展到拥有自己的种植园和三十多个黑奴，成为在作者虚构的弗吉尼亚州曼彻斯特县里的大奴隶主之一。当然，如果《已知的世界》只是描写亨利如何从黑奴变成自由民、又如何变成种植园主、如何把一个个他的同种族的人变成他的奴隶财产、甚至如何对他的奴隶财产施以酷刑，那么这部小说的力量势必会大打折扣。实际上，黑人奴隶主亨利的故事只是这部小说的一个有力的切入点。他真正要勘探的是把亨利和其他各色人物联结在一起的非人道的奴隶制度，以及在这个非人道的制度下，不同人身上所表现出来的复杂人性。

每个人物都是一条强劲的线索

记者：这部小说的结构有什么引人入胜之处？

曹元勇：小说是以亨利·汤森种植园里的奴隶监工头摩西的故事开头和结尾的。小说影像更迭般地引出身份各异的众多人物：白人、黑人，奴隶、奴隶主、自由民，黑人女教师、黑人牧师、黑奴情妇、私生子、赌徒，移民、治安官、奴隶贩子等等。他们每个人都有自己复杂的故事，每个人几乎都是一条强劲的线索；他们的故事和线索互相交错、互相纠结，犹如一座蛛网迷宫，一步一步从不同的角度逐渐展开。换个比方，也可以说：这些人物的故事和线索犹如人身体上的一道道血管，无论大小，全部有机地活跃着，在同一个人体上运行；而这个人体就是历史上美国的蓄奴制社会。当这些不同人物的线索相互穿插着向前缓慢发展到一定的程度，所有的矛盾突然纠结在一起，从而导致不可避免的爆炸性剧变：在小说中就是亨利·汤森的种植园突然失去控制，濒临崩溃，就像美国南方蓄奴制在南北战争前夜濒临散架一样。在一定程度上，这部小说的结构方式颇像近几年美国流行的电视剧集。

各种艺术手段的综合运用

记者：在写作上，这部小说有何特别之处？

曹元勇：除了运用多重线索、多维视点的叙述方式来建构整部作品，拓展小说的表现空间，爱德华·琼斯还充分调动起文学创作中的各种艺术手段，来增强这部小说的活力和张力。在语言上，他大量使用美国黑人的民间口语；在叙述时态上，他经常采用过去将来时、过去将来完成时或虚拟语态。而在描写手法上，这部小说又是将传统现实主义、纪实和幻想传奇等写法相互交织，融合为一。当然，最值得一提的是这部小说对象征、暗喻、引申、反讽、幽默等艺术修辞的巧妙使用，对美国黑人文学中关于预兆、灵魂出窍等神秘事件的超验幻想传统的大力继承。

（2010.7）

题图为2010年7月13日与曹元勇合影于复旦大学。

吴昊 张彬

还原一个真实的斯大林

——谈《斯大林传：命运与战略》的翻译

斯大林执政近 30 年，是苏联执政时间最长的领导人，也是一位备受争议、影响深远、极其复杂矛盾多面的历史人物。2014 年 3 月，上海人民出版社首次推出了《斯大林传：命运与战略》的全球中文译本，书中通过对大量未发表的珍贵史料的解密，力求客观全面地还原一个真实的斯大林，重新看待那段无法回避的历史。

本报记者日前对有关专家和译者吴昊、张彬进行了采访。

为什么引进推出这本传记

在斯大林逝世50周年之际，一份民意调查显示，已经将近有三分之一的俄罗斯人认为“凭伟大的卫国战争的胜利可以原谅斯大林的一切”，将近一半的俄罗斯人对斯大林主要持正面评价，近来俄罗斯新版的历史教程开始对斯大林做出了新的评价。在俄罗斯生活了近30年的译者吴昊说，到了今天，对斯大林的评价，俄罗斯人分成三个群体，“完全否定、完全支持以及普京所代表的第三派。普京对斯大林的评价是，他反对斯大林对平民的迫害，但也肯定斯大林对苏联的建设和卫国战争的功勋。”

2007年俄罗斯莫斯科青年近卫军出版社推出了著名传记作家雷巴斯和女儿合作的《斯大林传：命运与战略》。该书出版后，就在俄罗斯引起强烈反响，赞誉者有之，诋毁者有之。中国社会科学院世界史研究所研究员、俄罗斯历史与文化研究资深专家闻一先生，在众多的有关斯大林的传记中，发现此书，于是，在4年前他向上海人民出版社推荐这部书，推荐了译者吴昊，并为中译本作序。

斯大林就是苏联

《斯大林传：命运与战略》约120万字，作者以现代俄罗斯人的全新视角描述了斯大林富有传奇色彩的一生，完整地记述了他从一个鞋匠的儿子成长为超级大国领袖的历程。

吴昊认为，该书在俄罗斯出版时，俄罗斯主流社会对斯大林的评价已远离了神圣化或妖魔化两个极端。加之苏联档案的解密，使作者有条件更为客观公正地去还原那段历史的本来面目，去研究斯大林的成长轨迹，去探寻历史事件发生的偶然性和必然性，去挖掘历史谜团背后的真相。作者借用了斯大林对儿子瓦西里说的一句话作为评价斯大林的最主要线索，这句话就是“斯大林不是我个人，斯大林就是苏联。”闻一先生认为这句话的含义有三个层面，“首先，斯大林是他生活的那个时代的产物；其次，斯大林是千年俄罗斯传统的继承和东正教文化的符号；最后，评价斯大林就是评价他生活的时代和国家——苏联。”作者尽可能从社会、心理、性格、道德等多方面来全面、客观、公正地描绘一个真实的全面的斯大林，有时甚至是把俄罗斯一千多年的传统制度和思想意识作为评判传记主人公的文化背景，这使得本书体现出一种深厚的历史底蕴。

传记的作者和译者是谁

传记的两位作者是父女。老雷巴斯，斯维亚托斯拉夫·雷巴斯长期在青年近卫军出版社和《文学俄罗斯》等媒体工作过，是俄罗斯很有名气的传记作家。作为虔诚的东正教信仰者和斯拉夫文化的赞颂者，他获得过“圣谢尔基·拉多涅日斯基勋章”和“神圣莫斯科大公达尼尔勋章”。老雷巴斯现年68岁，毕业于高尔基文学院。叶卡捷琳·雷巴斯是他的女儿，是当代俄罗斯作家，以小说为主。

好的译者是中文版成功的关键。本书中文版的译者吴昊、张彬是一对夫妻，都在俄罗斯留学、工作多年。吴昊先生和老雷巴斯一样，他的博士学位也是在莫斯科高尔基文学院攻读的，只不过吴昊要晚许多年。在文学院的学习使他对文学的俄罗斯、文化的俄罗斯、精神的俄罗斯有了与他人不同的深刻感受。文学院毕业后，他一直留在莫斯科做中俄文化交往和中俄友好工作，对这个国家的历史有了进一步的认识和理解。吴昊先生在莫斯科的华人中享有盛誉，因此当选为俄罗斯华侨华人青年联合会会长和俄罗斯中国和平统一促进会的秘书长，是俄罗斯著名侨领。此书的翻译工作始于三年之前闻一先生的推荐，而毕业于莫斯科大学的其夫人张彬的加盟，使这部翻译作品成了他俩爱情的又一结晶。

苏联的得失成败是面镜子

老雷巴斯在写这本传记时反复强调："斯大林不仅仅是斯大林的个人现象。俄罗斯作为一个世界现象，它在千年之中经历了数次大的劫难，但还是能够站立起来。俄罗斯若是否定斯大林极其残酷的合理性，就是不愿意了解他之所以会出现的环境，并且为此已经付出了代价。"

吴昊说，老雷巴斯在与他者交谈中也说："我的传记有别于其他关于斯大林的著作之处在于，我既把斯大林看成一个大伟人，也看成一个大罪人。对他，我既不夸大其词，也不恶意诋毁。我试图通过这部传记对我们的胜利和失败进行再反思，以便我们能够整装前行。"在原作之序中，译者也接收到了这一信息：古老的俄罗斯在苏联旗帜下不可思议地再生了。斯大林重建了类似古希腊模式的国家，实现了其结果令人震惊的现代化并成为世界上第二个强国。然而在斯大林去世后，苏联解体了。"这一命运的教训是什么呢？"作者所提出的问题，也正是译者所关注的问题。吴昊说：作为局外人，我们在翻译过程中不但多祸福倚伏、成败相因的历史沧桑感，而且深感应该重视对斯大林这位20世纪最具争议性政治人物的再研究，再认识，把世界上第一个社会主义国家的得失成败作为一面镜子。

此书是一把双刃剑

关于斯大林这么一位在世界现代史上产生过重要影响历史人物，后世对于他的功过评论褒贬不一，有时甚至可以说是截然相反。雷巴斯虽没有简单地选择一个阵营来表达自己的立场，但仍引来不同的反响。

有意思的是，当雷巴斯把此书送给当年的莫斯科和全俄大牧首阿列克西斯二世时，大牧首回信这样写道："我和你们一样希望，过去的历史不会白白流逝，它们应该被当代人所思考。所以，只有当俄罗斯最终成为精神强大、道德健康和经济发达的国家时，才是我们大家共同的欢乐。"

俄罗斯工业家和企业家协会副主席的于尔根斯认为：这本传记开始了斯大林研究的新方向。作者令人信服地证实，对俄罗斯的历史是绝不能割裂的，不能沉默的，不能歪曲的。

鲍勃科夫大将认为：这本书很突出、犀利，所以它是有害的。它将独裁者的概念翻了个个儿，因为它摆在第一位的不是他的罪行，而是国家间为争夺政治主导地位和经济利益的不断的秘密而公开的战争。当然，历史不是涅瓦大街。

上海师范大学历史系教授、苏联史专家叶书宗在肯定该书的同时也提出了与作者不同的意见。但他认为，是历史和俄罗斯的传统选择了斯大林这样一个人物，在当时这样一个历史和社会环境中，不是斯大林就可能是另外一个人出现。同样的，半个多世纪过去，到现在，"为什么是普京，也可以从这本书里找，这本书是从俄罗斯的传统中看斯大林这个历史人物，也可以看到俄罗斯为何会出现普京。"

闻一先生在本书的序言中写道：《斯大林传：命运与战略》是一

部在俄国千年传统的统治制度和思想意识上，从心理、性格、道德等各个层面分析和总结斯大林一生功过的评传作品，它对斯大林的赞誉和肯定是极为清晰的，对他的罪行与错误的讲述与辩解也是另辟蹊径的……《斯大林传：命运与战略》似乎是一把双刃剑，斯大林的赞誉者可以用来做武器，而斯大林的抨击者也会以它来反对反对者。

（感谢上海人民出版社许卓老师对此文的贡献）

（2014 年 3 月）

题图为2014年3月11日与吴昊张彬夫妇合影于上海人民出版社。

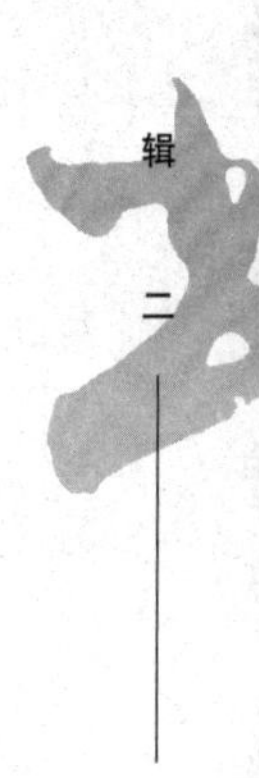

戴从容

乔伊斯所设的一个谜

——谈《芬尼根的守灵夜》的翻译

8 日晚上，在上海爱尔兰中心，上海人民出版社前所未有的以酒会的形式举行新书首发式，隆重推出爱尔兰作家詹姆斯·乔伊斯的文学巨著《芬尼根的守灵夜》(第一卷)中文版。沪上文化界人士齐聚一堂，把酒话书。今年 8 月份的上海书展期间，曾掀起过一阵芬尼根的热潮，人们知道了这是一本乔伊斯的“天书”。出版社还印制了抽印本(书籍的第一章)，邀请专家在京召开研讨会，专家们对本书的翻译出版做出了巨大的肯定，同时提出了诸多宝贵建议，译者戴从容非常重视，对书籍的内容再次进行精心修改。出版社也决定将 9 月的上市推迟到了今年年底，如今一本装帧得像《圣经》一般的新书呈现在读者面前。

译者戴从容是复旦大学副教授，1993 年于南京大学中文系获学士学位，1996 年和 2002 年在南京大学中文系获比较文学与世界文学硕士与博士学位，后在复旦中文系从事比较文学专业的博士后研究。她所开设的有关乔伊斯的课受到学生广泛的欢迎。

日前，本报记者带着大家所关心的问题，访问了戴从容老师。

记者：人所共知《芬尼根的守灵夜》是本“天书”，为什么一定要读它呢？

戴从容：乔伊斯的文学声誉主要来自他的小说，但就小说而言他一生只创作三部长篇和一部短篇小说集。虽然学界对《芬尼根的守灵夜》(以下简称《守灵夜》)是否属于“小说”尚有争议，但必须承认这四部作品每一部都在世界文学史上取得了重要的地位。跨入 21 世纪之际，美国兰登书屋的《当代文库》编辑小组公布了“20 世纪 100 本优秀英文小说”，乔伊斯的三部长篇全部入选，其中《尤利西斯》和《一个青年艺术家的画像》分列第一和第三，《守灵夜》排在第 77 位。事实上，读过《守灵夜》的人都不会为该书排得如此靠后感到吃惊，反而会敬佩《当代文库》编辑小组将《守灵夜》列入其中的勇气，因为《守灵夜》是一部在英语世界即便英语读者也很少能够读懂的天书，也是这一百部作品中唯一一部天书。

记者：乔伊斯的《尤利西斯》折磨了读者和研究者半个多世纪，而他的《守灵夜》干脆让绝大部分文学读者望而生畏。从这部小说的第一句话开始，乔伊斯似乎就在拒绝读者，他还放话说，要用 300 年的时间才能解开小说里的谜团。那你为什么要耗费大量的精力来翻译这本书？

戴从容：尽管乔伊斯有此狠话，但一代代的乔伊斯研究者和读者似乎不愿就此认输。《守灵夜》是一个英语文学的里程碑，无论喜欢或不喜欢，都无法绕开它。乔伊斯的作品就是一把去打开各种文化的钥匙。《守灵夜》是一部敞开的没有边界的作品，相当于一个文本链接，可以连接到其他文本。从语言上看，《守灵夜》要比《尤利西斯》更加打破句子规范。它难的不只是那些词，还有句子。很多作家间接受到乔伊斯影响，打个比方就是时装大师设计的时装你看不懂，但那些元素会渐渐用到其他服装中去。乔伊斯做了很多文学实验，和其他写作者相互影响创造新的东西，最后影响我们的文本观念甚至对社会的看法。自 20 世纪 60 年代后期，西方的评论界就越来越认识到这部书既是乔伊斯对自己过去创作的一次超越，也是对当时文学的一次超越，是从审美到观念的一次重大转变。乔伊斯觉得应该有人能读懂《守灵夜》，会有人解开，而事实证明后人的解谜速度远远超过他的 300 年的预估。设谜解谜是一种智力游戏，用他的话说，正是因为设了这个谜，才会吸引你忙上 300 年。

记者：你说《守灵夜》是一部没有故事的小说，但我们还是希望知道它到底讲了什么？

戴从容：与在《尤利西斯》中选择《奥德修纪》作为作品的脚手架一样，在《守灵夜》中，乔伊斯选择了意大利哲学家维科在《新科学》划分的人类历史四个阶段作为全书的框架。《守灵夜》共四部。第一部共八章，呼应着维科模式中的“神的时代”；第二、三部各四章，分别呼应着维科模式中的“英雄的时代”和“人民的时代”；最后一部只有一章，呼应着维科所说的历史的“回归”。前三部的章节数目都是四或四的倍数，显示出各部书的内部同样呼应着维科的四阶段说。与《尤利西斯》的戏剧化开篇不同，《守灵夜》一开始就是外部叙述者的跨时空叙述，它讲述了历史上特里斯丹从英国北部到爱尔兰，圣帕特里克在爱尔兰传教，雅各骗取父亲对兄弟以扫的祝福，斯威夫特与史黛拉和瓦内萨的纠葛，挪亚赤身睡觉被儿子含看见；讲述了泥瓦匠芬尼根的跌落，蛋形人汉普蒂的跌落；讲述了大洪水后爱尔兰早期部落之间的战争，教会的混乱，伊瑟尔德收拾父兄的残骸，新生命在灰烬上再生；讲述了芬尼根的生活、他的纹章、他的跌落和人们为他守灵。这四段涵盖了都柏林的地理环境和创世以来的人类历史，同时，《守灵夜》的主要人物也以各种化身在这里出现。

目前我已翻译完成的是第一部，在章节上占了全书的近一半，篇幅上占全书的三分之一还多。该部从各个角度讲述了主人公 HCE 与他的妻子 ALP 的身份和传说，其中还穿插一章描述了 HCE 的儿子山姆的种种品性和劣迹。全书的主题和母题在这一部中都得到概括和总汇，后面几部可以说是这一部的扩展，因此了解这一部分可以对了解整部《守灵夜》起到提纲挈领的作用。

记者：许多翻译家都望而却步，翻译此书的难度主要在哪里？

戴从容：《守灵夜》一半以上的词语都是乔伊斯自己制造的，而且每个词语，哪怕是最普通的词语，都可能包含不止一个含义。至于该书的句子和结构，更是失去重心，颠三倒四，来去随意，不知所云。即便一个以英语为母语的人能够一口气读上 5 页的都不多见，更不用说外国读者了。曾有一位乔伊斯的英语研究者声称要想真正读完《守灵夜》最少需要 1000 个小时，也就是说，即便每天读 10 个小时，也需要 3 个多月才能读完。

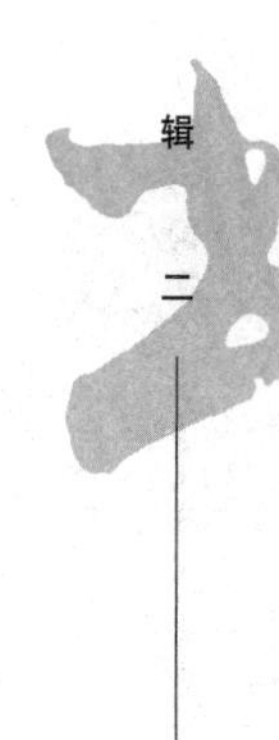

翻开《芬尼根的守灵夜》的第一页，读者就会被满纸俯拾即是的生词感到错愕，而当他发现这些不认识的词其实在世界上任何一本辞典上都找不到时，恐怕就只能望着这一整纸的迷宫目瞪口呆，困惑地去猜测乔伊斯意欲何为了。《守灵夜》中使用了包括全部的欧洲语言以及梵文、中文、日文等共约 50 种语言，不过多数外来语并不是用该语言的文字拼写的，而是用英文字母拼出相似读音。书中一些外来语连乔伊斯自己都不懂，有时只是为了要用这些词而已，并非文本必需的。加入这些外来词，不少情况下是看中它们作为外来词这一点本身。这些字谜使《芬尼根的守灵夜》的阅读甚至写作部分地变成一种文字游戏。用克莱夫·哈特的话说，就像龙虾一样，《守灵夜》最难的就是它的外壳。

记者：乔伊斯为什么要用这样的语言？

戴从容：要让作品具有万花筒的眩目、闪烁、千变万化，只能使用《守灵夜》的语言。《守灵夜》的语言其实是人类整个历史的语言，是世界历史的语言，这个语言不但必须具有一般文学语言的多义性、双关性，还必须具有现有语言所没有的包容性、衍生性、变动性，必须能把历史和当下融合在一起，把个人和整体融合在一起，把已知和未知融合在一起。乔伊斯寻找着这种语言，它不在任何现存的语言之中，必须由乔伊斯自己去创造。只有这种语言才能与人类历史的呼吸相呼应，只有在这种语言中乔伊斯才能听到整个世界的骚动。乔伊斯早就意识到 word（词语）就是 world（世界），他最终找到了这个与世界有着共同脉搏的词语。

记者：乔伊斯为什么要创作一部读者读不懂的作品？

戴从容：有一种说法认为乔伊斯在这里放入了一切性的、色情的心理内容：浪漫爱情、自恋、恋粪癖、乱伦、鸡奸、手淫、同性恋、窥阴癖、裸露癖、施虐狂、受虐狂、阳痿、口肛交，以及种种所谓的性变态，可以说人类有史以来的所有性心理和性幻想都被囊括其中。根据弗洛伊德的理论，在文明的时代，性意识的内容势必受到潜意识的压抑，只能用晦涩的语言和混乱的叙事曲折地表达出来。这种说法不无道理，对性的双关和暗示充斥着《守灵夜》的字里行间，浸淫全书。乔伊斯自己既是一位大雅的先锋作家，又是一个大俗的酒吧常客，大雅与大俗，经典与大众，在乔伊斯这里结合得极其自然。更让人拍案叫绝的是，乔伊斯在《守灵夜》中找到了一种可以将大雅与大俗，深邃的历史传统与黄色的市井笑话天衣无缝地结合在一起的语言。《守灵夜》的语言的内涵更丰富，书中的很多话既可以让心无芥蒂的人哈哈大笑，让寻找刺激的人心痒难耐，也可以让仰慕历史的人悠然神往，让透视人生的人掩卷沉思。高雅文学与通俗文学在《守灵夜》里模糊了界限。

记者：你是如何解决翻译中的困难的？

戴从容：汉译本是我在10余年研究《守灵夜》的基础上，集国内外研究结果所得，不仅有翻译，也有注解，相信很大程度上减少了中国读者的阅读难度。不过，词语含义的丰富多变是《守灵夜》不同于其他小说的重要特征，翻译时如果只由译者根据自己的理解译出一个或两个含义将使译本过于肤浅和狭隘，而且会误导中国读者，因此本译注本将尽可能地把目前已经解读出来的所有含义和译者能够解读出的所有含义都呈现给读者。

在这个译本中，脚注的重要性不亚于正文，不但其他的可能含义都放在了脚注中，而且脚注可以帮助读者认识到《守灵夜》叙述的多元性和开放性。对于《守灵夜》这样自称“万花筒”的作品来说，每个词里包含的丰富含义和典故不是任何译者能以一人之力穷尽的。虽然译者有权选择他理解的含义，而且确实有其他语种的译本以译者自己的理解为主，但我的译注本参考了乔学界已有的研究成果，现在我尽量把一个意思的所有可能的语言都放入脚注，因为千变万化的语言本身就是《守灵夜》的意义之一。考虑到现在中国读者大多学过英语，我也把“英文”原词及其可能的衍生词与中文翻译一起放入脚注。总的来说，我的翻译并不完全是翻译，也不完全是注释，而是包括我自己的理解的解读。在翻译过程中，我深感从某种意义上说，《守灵夜》翻译其实比起研究更难，因为研究遇到不懂的地方可以绕过去，但翻译必须一句句地寻找汉语表达；在所有的翻译方式中我给自己选择了最难的一种，但我觉得这是对读

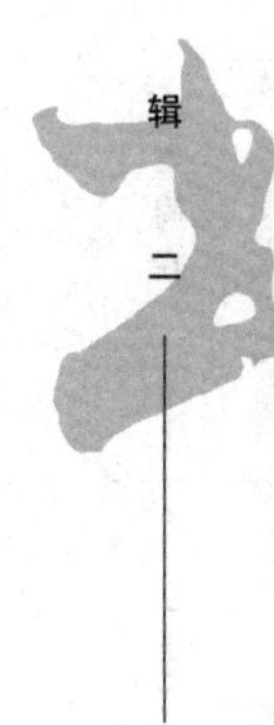

者最负责的一种，是最不会糊弄读者的一种。

记者：阅读《守灵夜》会得到什么样的乐趣？

戴从容：一般人读小说在乎乐趣，但现代主义文学作品讲的不是乐趣，讲的是启示，讲你看世界的眼光。文学的作用是什么？我们都打着一把伞，文学就是伞上的一个洞让你看到一片天。乔伊斯这批作家把他们的直觉写进小说，读这些作家的作品，读者如果能概括出一些东西当然很好，但这并不是最重要的，而是怎么被它们影响，潜移默化地影响。《守灵夜》不仅对当代文学的面貌产生了深远的影响，它同样影响着当代的文学观念和文学理论。解释学的大师德里达曾说他读乔伊斯已经读了25年或30年了，而且每次写作，乔伊斯的幽灵总在其中浮现。后现代文学理论奠基人伊哈布·哈山更是把《守灵夜》作为建立他的后现代理论的基础，称“它比《追忆逝水年华》《喧哗与骚动》《魔山》《恋爱中的女人》，甚至《城堡》蕴含着更多的可能”。这些当代重要的作家和理论家早已在国际上声誉卓著，不需要用《守灵夜》来为自己增光添彩，他们对《守灵夜》的推崇和借鉴完全出自这本奇书自身深刻的启示性。《守灵夜》就如思想的源泉，影响着当代众多有影响的作家和思想家，并通过他们影响着我们今天的文化，尤其是大众文化。正是因为《守灵夜》在一定程度上塑造了当代的文学和思想，因此即便这是一本需要巨大的勇气、毅力和悟性来阅读的天书，却是当代人不能不读的一本小说。

（2013年8月）

题图为戴从容2015年2月17日应美国加州州立大学邀请，做讲座时所摄。（戴从容提供）

陈思和

精神不飞翔　文学就死亡

——谈《上海文学》

《上海文学》是一本严肃的文学杂志，我当然要坚持它原有的高雅品位和文学立场，坚持它原来所坚持的创新、理想和民间的道路。文学贵在创新，墨守成规不能发展艺术生命。文学的创新包容了对文学观念、审美观念以及文学语言技巧的全方位的突破，才可能真正形成反映我们当下生活的艺术风格。文学需要理想，文学创作是人类精神飞翔的哨音，哪一天人类精神不飞翔了，文学也就死亡了，所以，诺贝尔文学奖的获奖标准也明确规定要有一定的理想性。什么是文学的理想？如何定义？我想，这还需要在创作实践中去逐渐感受和领悟，但是有一点，文学即使不能给人指出应该如何生活的道路，至少它可以告诉读者，什么样的生活是不能再继续下去的。

文学要坚持民间立场，感受民间疾苦，善于在民间日常生活中发掘和感受真正的美和力量，寻找一种健康的精神力量。

——陈思和

一个地方文学刊物主编的更换，竟会在全国文坛引起如此之大的反响，这恐怕是当事人都始料未及的。

我想，是否有两个原因：一是全国文学刊物普遍不景气，以致不少在八十年代叱咤文坛的名刊不得不随了时尚的大流。全国的眼睛都看着上海，《收获》能发到十二万份，是因为有“巴金”这面大旗撑着，《萌芽》发到二十多万份还供不应求，是随刊的那张“新概念作文大赛”参赛表吸引着无数不管今后考文科还是读理科的少男少女。而你中不溜秋的《上海文学》怎么办？二是因为陈思和，正当不少作家进校从教之时，你陈思和却从“围城”里跑出去，自觉自愿地跳入“苦海”，行吗？

记得有一次一位朋友从电视中看到陈思和的“光辉形象”，和我说，没想到陈思和那么年轻。因为按“上海作协副主席、复旦大学人文学院副院长、中文系主任、博士生导师”这几条来套，人们往往会想到是位头发花白的老先生了。可他们不知道，陈思和是1954年生，1981年从复旦大学毕业，二十余年来的辛勤劳作，已著作等身，桃李满天下，尤其在巴金研究、中国现当代文学的研究上学术成果颇丰。他提出一整套有关二十世纪中国文学史的理论：战争文化心理、民间文化形态、潜在写作、共名与无名等文学史理论新概念，并从这些新概念出发，重新整合从抗战到“文革”这40年间的文学发展史。以这些新关键词为线索编撰的《中国当代文学史教程》是目前在中国高校里最有影响的文学史教材之一。在对中国知识分子的精神活动的研究中，现代知识分子处境的艰难与尴尬引起了陈思和的思考。他提出知识分子在转型期的三种价值取向——庙堂意识、广场意识和岗位意识的理论，认为现代知识分子应该明确自身在现代社会中的“岗位”，负起学术和社会的两重责任，并以其良知来“维系文化传统的精血”。

两年前，陈思和“当官”曾成一新闻热点，这次和他谈起此事，他很轻松地说担任中文系主任后主要进行课程改革，让进中文系的学生在前两年从《论语》开始读十几部中外名著，甚至要读原版的《尤利西斯》，实施下来学生老师反映都不错，但还要两年才能完成此工程。这和他前几年与辽宁出版社合作的80本一套的《火凤凰中学生文库》有异曲同工之处，都是为了先“补拙”。此次出任《上海文学》主编看来也是与此有联系。

《上海文学》的办公室在作协所在的旧时爱神花园老洋房的三楼，坐在不久前还是别人的办公桌前，他似乎有些不自在。但我从他与几位青年人的讨论中“偷听”到已有多篇好稿在他手上，作协主席王安忆的两个短篇给他是理所当然，旅美作家严歌苓的新作已经寄出，贾平凹等名家也都主动来电表示支持，因此陈思和感到很踏实。

担任主编心情很愉快

记者：您新近被任命为《上海文学》杂志主编，在中国文坛上令人瞩目，本报发了消息。本报的《文化广场》已复刊有6期，当年曾得到您的支持，因此，这次来主要是代表《文化广场》向您表示祝贺和支持，也想了解一下您有什么新思路。

陈思和：这次担任《上海文学》的主编心情很愉快，因为这样我就能为文学多做一点事了。《上海文学》曾经是一个很有影响的杂志，就是在今天它的品位还是不错的。但是我希望它能够被更多的爱好文学的读者所欢迎。我现在是《上海文学》主编，虽说现在才5月初，但《上海文学》第五期、第六期的稿件都已发排，我现在只能签发第七期的稿子，所以改版只能从第七期开始。我想，到第九期《上海文学》才会有较大的、整体的改变。

记者：看来您对前景很乐观？

陈思和：我出任《上海文学》主编是上海作家协会党组的安排。我虽是上海作协的副主席，但我是复旦的人，对作协的工作并不直接负责，但是当任仲伦先生（注：时任上海作协党组书记）等人几次来找我商量时，我确实被他们对我的信任所感动。我想，他们之所以希望我去编这个刊物，主要是因为他们对《上海文学》怀有很深的感情，抱有很大的希望。《上海文学》目前在经济上亏损严重，编辑风格上也面临市场的严峻挑战，前几任主编都为之心力交瘁，所以我感到担子很重，乐观不起来。

与文学有关的工作我都有兴趣

记者：记得您在《上海文学》上也曾发表过许多文章。

陈思和：对。我个人曾经受惠于《上海文学》，我走上文学研究和文学批评的人生道路，有几个报刊直接提携过我，除了《上海文学》，另外就是《文汇报》和《文学评论》，我把它们归纳为一报二刊。几位编辑，像李子云、周介人、褚钰泉、王信等对我都有非常关键的帮助和提携，这是我终生难忘的。尤其是《上海文学》，我差不多在 1980 年前后就认识周介人先生，他一直以兄长般的热情关心我的进步。现在他去世了，我想我有机会来做这份工作也是对他以前栽培我的一种回报，没有比办好这份杂志更好的纪念周介人了。

记者：您是上海市作家协会副主席、复旦大学人文学院副院长兼中文系主任、博士生导师，身兼数职，又担负着许多社会活动，现在又去主编《上海文学》，您忙得过来吗？

陈思和：中文系主任是在两年前担任的，主要是进行课程的改革，目前正在实施之中，可以说已走上正轨。另外我除了带几位博士生外，还给本科生上课，几乎天天要去学校，确实忙了一点，身兼数职并不是一件好事。但我觉得只要与文学有关的工作我都有兴趣。所以我对这次担任《上海文学》主编还是抱着一种愉快的心情，希望我能为文学工作多做一点事。

这是一本分量很重的刊物

记者：社会上人们常说，就像见了女人不能问年龄一样，见到总编千万不能问发行量。但是我今天还想问一下《上海文学》目前的发行量是多少？与它的地位相称吗？

陈思和：我不回避，据说七千左右，实在是有愧于它的历史和地位。《上海文学》的前身是《文艺月报》，已经有半个世纪的历史了。著名老作家巴金、唐弢、魏金枝、李子云、茹志鹃等都辛勤浇灌过这块园地。它在历史上还一度改名为《收获》《上海文艺》。我对它的印象是在"文革"以后，记得1977年复刊时还不敢恢复用《上海文学》的名字，而是用了《上海文艺》。但传统是割不断的，"文革"以后，《上海文学》已是一份面对全国的重要文艺杂志了。在创作上，当时有许多作家都把他们最好的作品交给它发表，像阿城的《棋王》《遍地风流》、陈村的《死》、马原的《冈底斯的诱惑》、史铁生的《我与地坛》、张炜的《融入野地》、池莉的《烦恼人生》、方方的《祖父在父亲心中》等作品。到现在我仍然觉得是这些作家全部创作中最好的作品。在理论上，现在活跃在上海文艺理论界和文学评论领域的50岁上下的文艺评论家，几乎都得到它的支持和培养。因此，《上海文学》是一本分量很重的刊物，它的名字是与许多当代文学史上的名篇名作紧密联系在一起的，

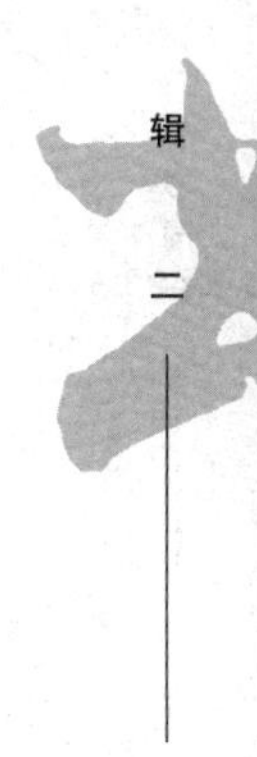

它在长期的实践中形成了自己的历史和传统。

不能陶醉在光荣的历史中

记者：《上海文学》近年来遇到了困难，其实，许多文学刊物可能都存在这个问题。请问那是杂志定位问题还是作品质量问题？

陈思和：纯文学的杂志不景气是文学本身有问题。我想文学的生命应该在于读者，文学有这个责任创造出美好的世界，为读者所欢迎。在九十年代，文学不如八十年代那样风光了，文学受到社会的关注少了，特别是网络文学的兴起和繁荣，连过去做文学梦的文学青年也无需依靠文学刊物来发表自己的作品。这对文学刊物当然是一个严峻的挑战，它所面对的不仅仅是经济上的压力，更大更重的是来自社会关注点减少的压力。就像一个人虽然穷，但受到人们的尊敬，他依然有良好的自我感觉，如一旦连社会的尊敬也失去了，他就会觉得受苦受穷一点也不值得。信念既倒，一切都会付之东流。文学现在正面临这样的困境。许多文学杂志惊慌失措，纷纷改变了原来的面目，拼命向市场靠拢。《上海文学》则是少数几家能够坚守阵地的文学刊物，但也坚守得很辛苦。周介人先生可以说是为杂志鞠躬尽瘁，蔡翔先生也是一路风尘，坚持到现在。所以，我也在想，既然接受这个重任，就不能光陶醉在光荣的历史中，还是应该多看到今天的举步维艰，才能有所准备。

创新、理想和民间道路

记者：那您如何来给《上海文学》定位呢？

陈思和：《上海文学》是上海作协的刊物，它的定位和编辑方针，在我接手前，作协党组已经讨论过，他们是决定了刊物的定位和编辑方针后才物色主编人选的。如果《上海文学》要走通俗、时尚的路，那他们就不会来找我了。我只是在实现作协领导对刊物的定位和要求。在他们的心目中，《上海文学》是一本严肃的文学杂志，我当然要坚持它原有的高雅品位和文学立场，坚持它原来所坚持的创新、理想和民间的道路。这三点是我归纳出来的。

记者：您能具体阐述一下这三点吗？

陈思和：文学贵在创新，墨守成规不能发展艺术生命。文学的创新包容了对文学观念、审美观念以及文学语言技巧的全方位的突破，才可能真正形成反映我们当下生活的艺术风格。其次是文学需要理想，文学创作是人类精神飞翔的哨音，哪一天人类精神不飞翔了，文学也就死亡了，所以，诺贝尔文学奖的获奖标准也明确规定要有一定的理想性。什么是文学的理想？如何定义？我想，这还需要在创作实践中去逐渐感受和领悟，但是有一点，文学即使不能给人指出应该如何生活的道路，至少它可以告诉读者，什么样的生活是不能再继续下去的。再其次是文学要坚持民间立场，感受民间疾苦，善于在民间日常生活中发掘和感受真正的美和力量，寻找一种健康的精神力量。我一直记得，许多年前巴金老人在病床上口授过一篇序文,他一字不差地背诵了柴可夫斯基的名言：“如果你在自己身上找不到欢乐，你就到人民中去吧，你会相信在苦难的生活中仍然存在着欢乐。”他说得多么好啊。

记者：《上海文学》曾以创作和理论并存成为它的特色，那你的编辑设想是什么？

陈思和：我会坚持这些好传统和特色。我编辑设想的重点之一是短篇。《上海文学》是月刊，篇幅有限，不可能发表长篇小说，只好以短篇小说（包括篇幅短小的中篇）为创作主打。现在文化市场被经济力量所决定，长篇小说最流行，原因是长篇小说可以转化为影视作品，产生延续性的经济后果，所以出版社推出长篇小说都愿意开发布会做宣传，传媒也多关注。而短篇小说没有可能直接带来经济效益，则很少引起评论家的关注，更主要是很少引起文化市场的关注。但事情总是朝着相反方向发展的，长篇纪实创作越来越粗糙，有些几乎就是专为拍摄电视连续剧准备的，作家只提供一些故事的线索而已，大量细节描写都不见了，反之，短篇小说无利可图，倒是越来越接近文学本色，艺术上也日见精致，许多作品可以作为文学爱好者赏玩和咀嚼的精品，评论家细读和讲课的文本，文学青年学习和模拟的样板。我们过去拥有汪曾祺、高晓声等短篇小说大家，曾经备受重视，九十年代以来文学领域出现一批绝好的短篇小说作家，我举几个名字：刘庆邦、阿成、迟子建、石舒清，等等，均可以在短篇小说创作上独领风骚。我的想法是应该把短篇小说家们吸引到《上海文学》来，为他们准备特辑，隆重介绍、研讨、分析他们的短篇小说作品，从内容到艺术全面宣传，使《上海文学》成为将来短篇小说创作的最佳刊物和权威刊物。当然，我提倡短篇小说并没有拒绝其他文类的意思，譬如中篇小说、百家诗页等仍然会是《上海文学》的一个特色。

精致的短篇好看的中篇

记者：《上海文学》一向有理论上的优势，您准备如何加强文学批评的声音和力量？

陈思和：目前上海文化市场上有的是通俗杂志，却没有一家专业的理论刊物。任仲伦先生明确希望我加强《上海文学》的理论篇幅，我理解任仲伦先生的心思和意图，如果要杂志挑起创作和理论两大主题，非扩大版面不可。《上海文学》的理论特色要加强，我要加强的不是一般学理性的文章，而是贴近文学创作实践的文章，是优秀的文学评论和作家创作论，是偏重于对作家风格的研究和对小说、诗歌、散文等文体形式的研究，是对于当前文学领域重要现象的反馈和研究。具体地说，就是围绕文学创作而发出的各种声音。我希望的是评论贴近创作，创作贴近艺术，艺术贴近生活。《上海文学》也仍然会保持文化批评的特色。现在文化研究很流行，如果不是去迎合国外的某种时髦潮流的话，我想这本来是属于历史学和社会学的工作，如果引入文学研究，也不妨是一个新课题。但我不认为它就可以取代文学本体的研究。文学研究和文化批评是相对独立的领域，两者之间不要互相取代，可以各自发挥作用。上海目前在如何发展自身文化建设，如何打造城市文化精神等问题上已经处于迫不及待的境地，我想《上海文学》应该对此作出它自己的贡献。

记者：您能描绘一下未来《上海文学》的形象吗？

陈思和：我的追求是：精致的短篇，好看的中篇；敏锐的批评，民间的立场。这是我与编辑部的同仁们一起设计出来的刊物目标。我希望《上海文学》能像当年李子云老师主编时那样，成为上海文学理论家和作家们的精神相凝聚的场所。

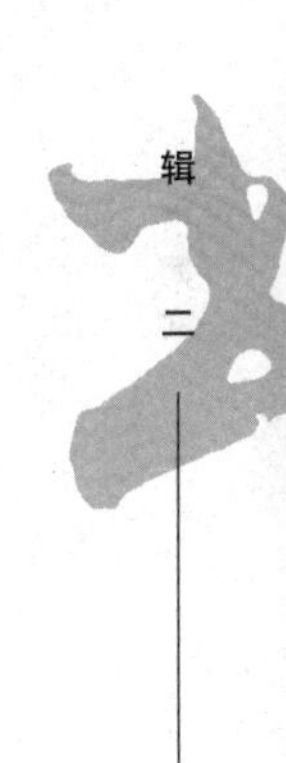

最理想的文学青年和文学读者在大学校园

记者：我们注意到，您采取的第一个举措是让《上海文学》与复旦大学出版社合作，建立起以上海一批年轻的评论家、教授为主体的编辑委员会，直接的目的就是让《上海文学》与广大青年学生紧密联系在一起，那是否就像《萌芽》在中学生中打开市场那样，你希望在大学生中发现作者，团结读者？

陈思和：前一阶段在交大召开的全国文学期刊会议上，已经有人在议论：纯文学的杂志或者学术杂志放到大学里办，是保证杂志的纯粹性的一条出路。中国在二十世纪上半期曾经有过这样的尝试，《新青年》就是一个典型的例子，当年陈独秀在上海办《新青年》充其量也只是一家激进的文化批评杂志，在商业市场上未必有更大的发展。1917 年《新青年》随陈独秀进入北大，很快就成为新文化运动的旗帜。现在《上海文学》与复旦大学相结合也是一种尝试，把学院的纯粹性和杂志的应时性结合起来，究竟有没有好处，还需要通过实践来证明。对于杂志来说，有一种学术理念作支撑，能够贯穿知识分子的人文理想，文学底蕴更加厚实。再说，现在最理想的文学青年和文学读者还是在大学校园里，文学刊物除了走市场外，还要以大学校园为信息交流的主要对象，这样能为刊物带来新的信息和新的力量。对于大学校园来说，文学刊物可能有利于沟通学院与社会的交流，不但给学院带来新鲜的时代气息，也有利于开展大数字校园的文学普及教育，这对于活跃学生的文学热情、帮助他们关心社会很有意义。因此，我想这样的组合应该是一种相得益彰、有利无弊的尝试。

记者：看来，您充满着信心。

陈思和：我想，中国是个有着十几亿人口的文化大国，上海是个正在走向国际化的大都市，只要人们还存在对理想的追求，存在对美好的精神生活的向往，我想文学是不会消失它的作用和意义的，永远会有读者喜欢纯粹的文学艺术，向往精神的高高飞翔。关键是我们要把这样一批爱好文学的读者真正团结在刊物的周围，使《上海文学》在他们的眼里成为一块真正的文学绿洲，成为精神的慰藉和情感的花园。

（2003 年 5 月）

题图为采访当日2003年4月8日摄于上海作协。

子善

读书、编书、写书、藏书……

一个编著等身、在中国现代文学史料挖掘、整理研究上有突出贡献、在海内外有着广泛影响的著名书人；一个对现代文人生平行谊、著译佚作的考证辨析上有新发现，对一些长期有争议或真相不明的文学史悬案多有澄清，对若干被忽略和被歧视的重要作家的研究有很大推动的著名学者——他，就是陈子善先生。

虽然同在一个城市，但和子善先生碰头的机会却不多，而且往往是另一个城市的朋友来访，大家聚一聚时，才会走到一起来。原因当然是大家都在忙，按子善先生的说法，“各忙各的，这就对了”。

他最近是在忙硕士研究生的论文答辩，每天都排得满满的。他说，今年有研究现当代文学的5位硕士生毕业，手头上还有6位，下学期还要招3个博士生。这不禁使我想起那篇起源于《北京晚报》，后来在网上到处转贴的“陈子善想当‘教授’”：一个著作等身，在中国现代文学史上有那么突出贡献，在海内外有如此之广泛影响的学者，却因为学历上的缺陷，久久不能评上“教授”。但愿这种事都成为过眼烟云。

他眼下也在忙于新房的装修，两年前就买下的新居，由于种种原因才刚刚装修好。不过，当时的房价是每平方米3300元，而现在呢？真够他偷着乐的。

与他约采访的地点时，他主动说去他的新居，正合我意。我可能还是他的新居的第一个客人。新居的油漆味还未散尽，子善先生把所有的窗子全部打开。用句时髦话，最“吸引我眼球”的是墙上那些“软装修”——迎面是一幅章士钊先生手书给友人诗的立轴，子善先生说他有不少这样的精品，可以每个月换一幅。我只好伸伸舌头了。餐桌旁挂着的是黄永玉先生的套色木刻《爸爸送我去上学》，床头挂的是丝网版画《大河》、走道旁挂的是七幅国外铜版画藏书票，统统是原作。每幅作品的来历都有一个故事，子善先生说得眉飞色舞。

书是读书人的性命，所以在不影响整体观瞻的前提下，子善先生请设计师把一切可用的空间都让书架、书柜占领。就连九十高龄老母亲的卧室里书柜也是占了一面墙，好在母亲十分理解儿子：“只要给我有一张床就够了。”三间房都做了卧室，子善先生的书房依然没有着落，于是只好把客厅兼做书房，两面墙都是顶天立地的大书橱。就是有这么多的书橱、书架，子善先生担心把他旧居里的书搬来还是不够用。

不够用的岂止是书橱，更不够用的是时间，在我们交谈的两个小时里，子善先生的手机不知响了多少次，几乎都是与他专业有关的。我庆幸他没有牵涉到有关张爱玲的电影、电视拍摄活动中去，他也这样认为。正如他在《文人事》的“跋”中所写：“聊可自慰的是，我研究的重点一直放在对现代文学史料的挖掘整理上，一直放在对现代文人生平行谊、著译佚作的考证辨析上，在这些方面，我多少有些新的发现，对一些长期有争议或真相不明的文学史悬案多少有所澄清，对若干被忽略和被歧视的重要作家的研究也多少有所推动。”这段话得到夏志清先生的极为欣赏。

子善先生这些年来的辛苦确实功德无量，他所做工作的意义将会日益显现出来。柯灵先生生前曾为子善先生的《文人事》作序，其中一段话是对子善先生的肯定，更是对后人的勉励："新文学运动的丰功伟绩早有定论，不可动摇。但不等于不容回顾反刍。传统与西化，国故与新知，白话文的得失，左右翼的功过，作家、作品、流派的评估，至今聚讼纷纭，却无不证明冷静思考探索切磋，有助于澄清问题，接近真理，是理智和智慧的胜利。前人种树，后人乘凉；前人种了苦果，后人也要分尝。历史永无终结，后之视今，亦犹今之视昔。'鸡声茅店月，人迹板桥霜'，我们还得继续赶路呢。"

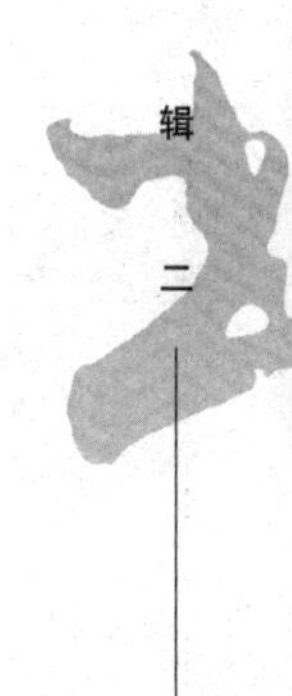

最近在编《猫啊猫》，说起来有点"不务正业"

记者：陈老师，您是我们的老朋友了，所以也就省了许多客套，直接切入主题吧。现在，如果自称是读书人却不知道"陈子善"的，恐怕是没有的。因此，您自然地成了读者眼中的公众人物，读者最关心的是最近将有什么大作奉献给读者？我知道您前一阶段在写一本《名人与猫》，不知进行得如何？搞文学研究的人怎么会去弄这玩意？

陈子善：是啊，我是编了一本关于猫的书，不过书名不叫《名人与猫》，而是《猫啊猫》，已交给山东画报出版社。我的专业是中国现当代文学，《猫啊猫》是派生出来的副产品，严格说起来是"不务正业"，因为这不是学术研究嘛。（为什么不去写狗？）养猫的难度要比养狗来得大。有记载表明，人类驯狗的历史有上万年，而养猫的历史只有几千年。狗早已融入人类社会，被人所同化。猫还是很有个性，与人的关系是若即若离，与人保持相对独立性。主人叫狗，狗会在第一时间里作出反应，而猫却会爱理不理。心情好的时候会理你，反之，睬都不睬你，如果对它凶一点，它甚至离家出走，和你“拜拜”。在这次 SARS 中，野猫多于野狗就有这个原因。同样是家畜，狗仗人势，狗看着主人和你交谈几句，马上会对你摇头甩尾，认为你是主人的朋友，但猫却不是，始终对你保持高度的警惕性。这是动物学家研究的范畴。我是在做我的文学研究的同时，发现 20 世纪中国（包括港台）作家写猫的名篇佳作之多远远超过写狗的，作家通过对猫的人文写作来反映社会的变迁。

记者：您从这些猫文中发现了什么呢？

陈子善：从我的研究中可以看到，中国内地从 50 年代到 70 年代末，写猫的文章屈指可数，只有老舍、周瘦鹃几篇，还都是从实用价值写的，因为当时认为玩物丧志，是资产阶级生活方式。也有写猫而惹祸的，如丰子恺，因为写了一篇《阿咪》，在“文革”中被批为攻击社会主义。现在当然不可能了。相对来说海外作家写得较多。70 年代表后期开始多起来了，这反映了人们生活开始丰富多彩起来。这些文章的感情很丰富，从写作的角度来看也是称得上是美文的。台湾有一作家从养猫来看一个人的道德修养，我把这篇文章作为此书的压轴。整本书分两部分，一是作家的亲自经历，如铁凝、蒋子丹写猫的始终，如季羡林写猫在生命结束时是如何处理自己生命的做法等等。另一部分是写关于猫的议论，如梁晓声写猫的眼睛，作家描述事物的细致在写猫中也反映出来。长长短短有四五十篇。目前，书店里能买到的关于养猫的书都是技术操作的层面，从人文关怀的层面的一类书还是较少，中国人自己写的还没有，而在国外这方面的书很多。这本书至少可告诉世界，中国的文人对这个问题不是不关心的，中国作家有自己的体会，自己的认识。我编了那么多书，大概这本与我的专业离得最远，但不是无关，与我的专业有间接的关系。书中要配很多精彩的图片，有冰心、夏衍、柏杨与猫的照片，有丰子恺画的猫，著名摄影家拍的猫等等，图文并茂。

国内对张爱玲的研究有些贫富不均

记者：您是内地最早介绍张爱玲的专家，您是怎么看待现在的"张爱玲热"的？

陈子善：从八十年代初期开始，我在张爱玲作品挖掘、研究上做了一些工作。但我对目前的所谓"张爱玲热"是不满意的。张爱玲现在好像成了一个时尚的话题，一件事情一旦成为时尚，它本质的东西就被掩盖掉了。大家都谈张爱玲，好像不谈张爱玲就不够时尚，讲来讲去却都是穿旗袍、她的生活方式等等，不是进行很深入严肃的研究。我认为，对张爱玲，可以有赏析性，但不是唯一的。目前，张爱玲的基础工作没有很好去做。包括她生平上的盲点，包括作品不同版本的整理研究。很多关于张爱玲的书都是抄来抄去。可以说，从1995年张去世以来，对她的研究没有大的突破。对她的评价可以各不相同，但对她在中国现代文学史上的重要性无法否认，与其他重要作家相比，对张爱玲的研究有些贫富不均，现在仅仅停留在感性的层面上。

记者：那么，您可以做些什么呢？

陈子善：我，一是编一本《张爱玲书影》，是她生前出版的著作各种版本的介绍，这是既带有学术性，又带有普及性的工作。二是编一本《张爱玲的画》，她既是作家，又是一个出色的画家，她为自己作品画过插图，画过封面，可以与鲁迅相比。中国现代文学史上自己设计封面的不多，女性更少。我们说张是才女，那到底体现在那里，她曾说自己在选择人生道路时，在画画和音乐之间犹豫，当时她还没提到写作。三是编一本《张爱玲年谱》，年谱是对研究作家很重要的工具，可以从中看到作家这一路上是怎么走过来的，许多著名作家，甚至一般作家都有年谱，而张爱玲却还没有一本完整的年谱。这无疑是个缺憾，我想来做个尝试补这个空缺。当然，今后别人也可以编，甚至编得更好。比如鲁迅年谱就有好多种。在中国做学问的方式中编年谱是必不可少的。四是编一本简明扼要的《张爱玲研究资料》。八十年代时中国社科院文学研所牵头编过一套有一百多位作家的研究资料，这其中是没有张爱玲的，说明当时的思想还不够解放。现在时机已成熟，我们应该来编这本张爱玲专集。按研究资料的体例，试图比较全面地收集国内外研究张爱玲的成果，特别是有学术价值的成果，为今后张爱玲的研究提供一个平台，包括生平简历、著作目录、重要的有代表性的评论，限40万字的规模。这就涉及编者的眼光，选什么，不选什么，有什么道理，有什么标准，目录是越全越好，选文是越精越好，这要花心血的。我目前正在做这四方面的工作。

记者：接下来关于张爱玲的电影、电视都要出来，可以预料又将出现新一轮“张爱玲热”。

陈子善：我的书出来正好和电影、电视碰在一起，这是一种巧合。电影电视不出来，我的研究工作还照样要做，我不去赶潮流。这是我们要反思二十世纪中国文学的必不可少的工作，就像当年我们研究徐志摩和电视《人间四月天》是两回事一样。他们有他们的思路，我有我的做法，双方承担的任务是不一样的，各人做各人认为应该做的事，这就对了。

大好年华都放在编书上了

记者：我们注意到，在您的研究领域里，似乎都是一些非主流作家，这是为什么？

陈子善：我主要关注点还是现代作家以及相关的问题。我编过的作家全集、文集、研究资料集开个名单就比较长了：周作人、郁达夫、梁实秋、林语堂、台静农、徐志摩、张爱玲、苏青、钱歌川、黎烈文、叶灵凤、潘汉年、刘半农、邵洵美、林以亮、吴兴华等等，这些大部分是非主流的，或者说是在文学史上受到过不公正待遇的。因为我并不比别人高明，我就不多凑热闹了，大家都在研究的，比如鲁迅、郑振铎，别人都做得很好，我们就要借鉴、运用他们的研究成果，没有必要重起炉灶了。而我所研究的作家，在我之前都没引起注意，或者说研究得不够，我感到有责任、有必要来研究。比如梁实秋，在我开始时，评论界已有文章在研究了，但对他的作品注意不够，只知道《雅舍小品》。就是《雅舍小品》也不仅仅是一本小册子，他的作品很多，由于各种原因，他没把自己的作品编起来，经过我的考证发掘，编了一本对读者有帮助的选本。

记者：您的大好年华都放在编书上了，自己写得少了，不遗憾吗？

陈子善：这是值得的，因为好的选本的学术价值是大于写的，是有生命力的。但相对来说，在编的方面花的时间多了，写的时间自然少了。不过这几年我在两岸还是出了几本书，如《遗落的珍珠》（论文集）、《中国现代文学侧影》（学术随笔和资料）、《捞珍集——陈子善书话》（学术随笔）、《文人事》（学术论文集）、《生命的记忆》（学术随笔）、《海上书声》（学术随笔和论文）、《说不尽的张爱玲》（论文集）、《陈子善序跋》（学术随笔）、《发现的愉悦》（学术随笔）。

记者：您在九十年代初就热衷于介绍海外华人作家，当时出过一本海外学者散文《未能忘情》，这是为什么，也是拾遗补缺吗？

陈子善：我编董桥时，前面已有三本，我以为既然要介绍，就要把他的作品全貌尽可能地呈现出来，退一万步说，哪怕是不成功的，不可能每一篇都是精品，董桥早期的个别作品他自己也不满意的，我把它都收集起来，就可看出董桥的发展脉络。比如，最近又编了一本林行止的

《闲读偶拾》，是他的读书札记。在这之前，林行止的书已有好几本，但我是从他是经济学家、时事评论家，同时他杂七杂八的读书札记又写得如此漂亮的另一层面来看他的。还有陶杰的《流芳颂》，用很优美的笔调写中外文化史上的女性名人。杨振宁的好友、电子学家陈之藩的《剑桥倒影》也非常好。我们对海外作家的关注还是不够，特别是那些四九年后去海外的作家的后半生文学历程。比如曹聚仁、姚克，还有蒋彝，他是搞英语写作，还画中国式的插图，名译“可口可乐”就是出自他手。这些作家的成就有高低，影响有大小，但他们都是在中国文化传播研究做了很多工作的。这些人很多，我们对他们不了解。总之，我就是要把人家不太注意的，或者关注不够的作者和作品介绍给国内，使大家更全面的关注，或进一步关注。

记者：您一直和出版界打交道，您认为目前出版界的状况如何？

陈子善：首先，现在的出版非常繁荣，丰富多彩，国外的书越来越快地能和我们见面。我们这里在大肆宣传，好像很了不起，其实在三十年代就做到了。施蛰存老先生亲口对我说，在三十年代上海的外国人开的书店里就能订国外出版社的签名本。我们现在可快一点看到原版了，作者的签名本还没有。如哈利波特迷能得到作者的签名本一定很高兴吧。我们现在所做的还是第一步，接上了三十年代断了的传统。但并不是你的创新，而是题中应有之意。我们希望更多的书籍，不仅是文学作品，还应有学术作品，更好地引进来，使读者在第一时间读到原著。如《海边的卡夫卡》，为什么不在第一时间引进呢？诸如此类，我们还有许多路要走，还有许多工作要做。另外，现在的图文书很红火，我有自己的看法。这个中国古代就有了，《三国演义》《水浒》等都有很精彩的版画插图，外国也是这样，莎士比亚、托尔斯泰等等，但这些插图都是和内容紧密相连的，当然单幅来看也是很不错的艺术品。但现在有不少根本是风马牛不相及的，硬凑的，此风不可长。至于对图文本是否好，国外学者也有不同看法。我认为是以图为主，还是以文为主，要进行分析。图文要配，不能拉到篮里就是菜。

如果要评“文化偶像”，倒可以像电影金鸡、百花那样搞专家版、群众版两个版本

记者：您对最近“十大文化偶像”的评选怎么看？

陈子善：我不知道这活动是谁搞的，听说已经评出，好像是鲁迅第一、金庸第二，王菲第十。我觉得有几个问题：一、这个文化偶像是在什么层面上搞的，比如是大家只知道他的名字，还是对他的作品、思想都比较认同，对我们现在的生活会产生巨大影响的。这是不同的。比如金庸，他在武侠小说上的成就是巨大的，但是否称得上文化偶像就很难说。又比如张国荣，如果没最后的结局恐怕能否评上也很难说。因此我认为这个活动有作秀的成分在其中。二、偶像这个词本身就比较敏感，偶像是和崇拜连在一起的，是否有那多人崇拜鲁迅、巴金、老舍呢，也是个大问号。名人比偶像要好一点，更符合实际一点。我们是不希望盲目崇拜，比如在流行歌曲领域，影响力到底是当年的邓丽君大还是如今的王菲大，这都是可以讨论的。了解、喜欢、爱好和崇拜的程度有很大不同，而却把它搅在一起，评比的可信度就有问题。至于这种形式，我认为不可多搞，偶尔搞一次，也未尝不可，无伤大雅。其实，它倒可以像电影金鸡、百花那样搞专家版、群众版两个版本，多一个参照系。

（2003年6月）

题图为采访当日2003年6月24日摄于新居梅川书舍。

你所不知道的林语堂

——谈《近幽者默 林语堂传》

“林语堂是中国现代文学史上最难写的一章”，这是林语堂的好友徐讦的原话。但就是有人写了这“最难写的一章”，而且获得众口称赞，这就是施建伟先生的《近幽者默 林语堂传》。在今年的上海书展上，此书的首发式的盛况令书展组织者都大跌眼镜，献鲜花者，赠书画者，络绎不绝。购书者排起长龙，不得不临时再调书应对。

林语堂是一位知名度极高的作家，曾被美国文化界列为“20世纪智慧人物”之一。用英文写作来向外国人直接介绍中国文化，这是林语堂文化活动的一个特征。他曾出版过三四十种英文著作，每一部作品通常都有七、八种版本，其中《生活的艺术》从1937年发行以来，在美国已出到四十版以上，英国、法国、德国、意大利、丹麦、瑞典、西班牙、荷兰等国的版本同样畅销四五十年而不衰。1986 年，巴西、丹麦、意大利都重新出版过，瑞典、德国直到 1987 年和 1988 年仍在再版。1975 年在国际笔会第四十届大会上，当选为国际笔会总会副会长，并提名为诺贝尔文学奖的获得者。1989 年 2 月 10 日，时任美国总统布什在国会两院联席会上谈到他访问东亚的准备工作时，说他读了林语堂的作品，内心感受良深。布什说："林语堂讲的是数十年前中国的情形，但他的话今天对我们每一个美国人都仍受用。"

然而，在中国的两岸三地，他却是一位争议极大的人物。褒之者说他是"一代哲人""蜚声世界文坛的中国大文豪"；而贬之者则斥之为"反动文人""洋奴"等。但不论是赞赏他还是批判他的人，都不得不公认一个事实：林语堂一生的主要活动是把中国文化介绍给世界，又把世界文化介绍到中国。正如他为自己做的一副对联中所说："两脚踏东西文化，一心评宇宙文章。"

施建伟教授是从研究中国现代文学的流派开始接触林语堂研究的。当时，研究林语堂在大陆还被认为是"禁区""雷区"，但他矢志不渝，乘着改革开放的春风，排除种种干扰，广泛收集资料，深入进行研究，发表和出版众多文章、专著，接受央视和上海、香港、台北、旧金山等媒体的多次采访，出席海内外各种学术会议，扩大研究成果，提高民众对林语堂的认识，获得学术界的高度评价。有的称他为"研究林语堂的首批吃螃蟹的人"，有的认为他是"中国研究林语堂第一人。"这本《近幽者默 林语堂传》正是施老毕生研究心血的结晶。

没想到的是，施建伟先生寓所就在我家小区对面，我们居然是"邻居"，于是我立即登门拜访。施先生虽已八十，但精神矍铄，健步如飞，言语中充满青春活力。我们从书展、从他的研究谈起。

记者：从上世纪五十年代起，我们这一代人是从鲁迅著作中知道林语堂这个名字的，那些有关“打落水狗”“幽默”的片面注解，造成我们对林语堂的印象，其实，当时我们根本读不到林语堂的书的，你是如何开始对林语堂的研究的?

施建伟：我自“摘帽”“改正”后就放手研究中国现代文学，着重研究各种流派。80年代初，我拿着学校开的介绍信，证明我是为学术研究的需要，到上海图书馆、徐家汇藏书楼，查阅林语堂的一些作品和资料。从这些并不完整的资料中，我惊奇地发现，原始的史料与当时文学史中的观点竟有如此之大的落差。因林语堂是鲁迅先生“下过结论”的人，若要予以还其真实面貌，岂不是要踩“雷区”？尤其是当我专程从上海直奔漳州平和县,探访林语堂的出生地的所见所闻使我感慨万分。平和县本是山地，难行有加，然而到了目的地更是使我大失所望，林语堂出生的楼房早已塌为废墟，可奇怪的是厕所、猪圈却保留得完好。我只好伤心地拍下了能勾起人们回忆的曾陪伴林语堂居住的芭蕉树。当时我作了随机性的抽样调查，发现绝大多数当地的老漳州，竟然不知林语堂为何人，令人无比惆怅。这就更加使我坚定了要研究下去的决心，不能对文学史上明显的冤案熟视无睹。

我一头扎进了徐家汇藏书楼，一字一句地手抄了林语堂的《人间世》和《宇宙风》;我走访了林疑今、周黎庵、章克标、徐铸成、施蛰存、陶元德等前辈;又先后拜访了福建、上海、北京、重庆、台北、香港等林语堂生活过的地方;采访了林语堂的家属林太乙夫妇、林相如女士;又和世界上研究林语堂的学者交流、切磋。林语堂的形象就渐渐地在我面前立体起来。

记者：毕竟因先入为主，人们对林语堂的认识还停留在当时中学教科书注解的水平上，会不会对你的研究形成阻力?

施建伟：你说得对！当然有阻力，而且还不小。举个例子：1989年，我的《林语堂出国以后》刊登在上海《文汇月刊》第7期上，8月2日的文汇报和8月3日的上海人民广播电台都作了专题报道。但一些啼笑皆非的消息也接踵而来。一位当地的高层领导指着杂志说："现在居然还有人为林语堂翻案。"闻者无不为我捏一把汗。更有知音密友们的忠告，一股合力对我形成了强大的压力。八十年代末，人们的思想虽有解放，但"左"的阴影留存应属正常，然而对我来说，在夹缝中生存，艰难程度可想而知。我心中自然明白，要突被长期被禁锢的瓶颈肯定不易，就在这最艰难之时，我收到了唐弢先生的信："尊作《林语堂出国以后》已拜读，我以为持论公允，有许多材料，实为前所未知，读此大增知识。尤其是在三十年代，我和语堂先生曾有来往，更觉欣慰，专此致谢。"

于是，我信心大增。坚信历史不会再走回头路，不可能又重新回到那个"集体失语"的时代。我就咬定青山不放松，孜孜不倦地研究下去。

记者：徐讦说"林语堂是中国现代文学史上最难写的一章"，那你是怎样认为的呢？

施建伟：林语堂的确是"最难写的一章"。主要难度在于林语堂本人思想、性格、气质、兴趣、爱好的多重性、复杂性和矛盾性。他集古今中外各种文化因素于一身，看似中西结合，却又不中不西，又中又西。任何事情，哪怕是一件芝麻绿豆的生活琐事，林语堂都会借题发挥小题大做，都可以变成东西文化冲突或两种文化比较选择的大题目。别人所极力掩盖的，正是他着意要暴露的；别人梦寐以求的，他会不屑一顾。林语堂始终坚持独立思考的品格和对理想主义的追求，从不放弃知识分子的独立人格。他只做自己愿意做的事，说自己愿意说的话，不随波逐流，不趋炎附势。他继承了中国古代士人的精神和传统，百折不挠地守卫自己的核心价值观。在"五四"以后，左右双方都以"舆论一律"为己任的年代里，林语堂是为数不多的坚持发出自己的声音、拒绝失语的独立人士。因此，就成为左右双方轮番交替攻击的靶子：时而把他当做盟友，加以拉拢；时而又把他视为不驯服的挑战者，口诛笔伐，从未得到客观公允的评价。这种复杂的情势使他成了中国现代文学史上“最不容易写的一章”，他曾自诩为“一团矛盾”，而那些对他的评价，也真是一团矛盾、矛盾百出。但这种复杂的情势也激起我们对林语堂探索研究的兴趣。

记者：那你又是如何解开这“一团矛盾”的呢？

施建伟：国内对林语堂的评价，大致上有三种意见：一是认为鲁迅早已给他定过性，因此，永世不得翻身。第二种认为，林语堂是“五四”以来著名的文学家、翻译家、评论家，也是一位热烈的爱国者，不应全盘否定。第三种意见则认为，现在的林语堂研究存在不少空白点，当务之急是发掘资料，摆出事实，填补空白，而不是忙着给他定性。我就是持此观点。因此，为了解开这个“一团矛盾”，这些年来，我阅读了我所能找到的林语堂的全部论著，查阅了数以千万计的资料，及时抢救和发掘了一批珍贵的史料。比如 1934 年 7 月 26 日，《申报》上有篇《声讨鲁迅林语堂》的檄文，有五条措施“严厉制裁鲁迅及林语堂两文妖”。如果说，1926 年在北京，他们同时被列入军阀的黑名单，证明了鲁迅和林语堂是同一战壕里的战友，那么，八年后，在上海，他们又同时被“声讨”，这至少也说明了林语堂和鲁迅一样，被当局认为是叛逆作家。那怎么能把林语堂说成是“围剿”左翼文艺的“反动的文学派别”呢？这岂不是颠倒黑白吗？至于“费厄泼赖”“幽默”等问题的由来，我在此书中有详尽的阐述。我就是这样在史料的基础上拆解这“一团矛盾”中的各种矛盾，一步步地还林语堂的本来面貌的。

记者：听说现在漳州上下都能为有林语堂为荣，还建了林语堂纪念园和林语堂纪念馆。你有什么感受？

施建伟：现在漳州，人人都把林语堂看做是漳州的骄傲。特别是 2007 年“林语堂国际研讨会”在漳州举行，这是史无前例的第一次。会上，当我听到不论是与会的官员和学者，还是会外的漳州百姓都众口一词地宣称林语堂是漳州的文化名片！我作为从八十年代起，最早一批在林语堂研究的“禁区”里吃螃蟹的人，在大会发言中，回顾了自己探索历程中的甜酸苦辣，对比眼前的盛况，在这巨大的反差面前，万千感慨，可以一个字概括“值”！

记者：你认为林语堂的研究应该朝哪个方向发展?

施建伟：我在研讨会的发言题目就是《林语堂的精神遗产——坚持独立思想和独立品格》。保持独立人格和独立思想是林语堂是留给后人，特别是中国当代知识界最重要的精神遗产。这份遗产所包含的文化价值和思想价值远远超过了世人所称道的林语堂在一切领域所有成就的总和。我们的研究不能满足于表面的热闹，要深入下去。

记者：您下一步的打算是什么?

施建伟：当我为这本书画上最后一个句号时，我丝毫没有松口气的感觉。也许是徐訏的那句“林语堂是中国现代文学史上最难写的一章”，给了我无形的压力。我总觉得，我，或者说我们这一代人，与这位博学的文化名人之间，有着一条历史的沟。要跨越这条沟，必须付出时间、精力和汗水。

（2018年8月）

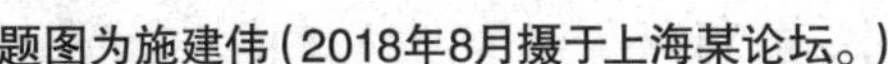

题图为施建伟（2018年8月摄于上海某论坛。）

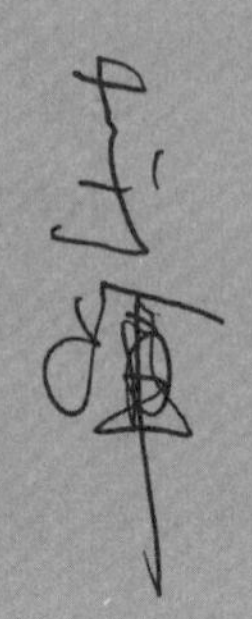

民间档案的作用

——谈《传奇黄永玉》

前不久，一位可以复制他的成功的“成功者”由于在他的自传中的学历露出破绽，经不起人们穷追猛打，偶像瞬间倒塌。最近，某作家经过与一位经济学家个把星期的采访，就写出一部传记，引来众多非议，甚至传主都说有些内容欠正确，使这本本应很有权威性的传记大打折扣，令人遗憾。面对书店里满架的人物传记，我们心存疑惑，有多少成分是可信的呢？

13 日，冒着酷暑，著名传记作家、人民日报文艺部副主任李辉到上海作协，就“民间档案与历史写作”为题在小范围作了演讲。

李辉从他的近作《传奇黄永玉》切入谈起这个问题。

黄永玉 1924 年出生于湘西凤凰，堪称中国才华横溢、颇具传奇色彩的一位艺术家。他的名字与不同的传奇紧紧联系在一起：小学毕业却成为艺术名家、“文革”中的猫头鹰“黑画风波”、电影《苦恋》的主人公原型、创造集邮奇迹的猴票、领设计风气之先的“酒鬼”酒瓶、著名八十几岁继续创作长篇小说在《收获》连载……

众所周知，李辉主要从事传记文学和随笔创作，长期研究文艺界现代史料，先后发表《巴金论稿》、历史纪实《胡风集团冤案始末》等论著，对萧乾、沈从文、黄苗子、郁风、老舍、黄永玉等近现代文艺名家都有深入的研究思考。李辉特别注重对于史料的钩沉和重新发掘，而传主黄永玉又是有着不可复制的传奇人生，李辉对黄永玉进行了 20 多年的交往与采访，搜集了大量的史料，经过慎重的考证，终成此著。他说这是他耗时最长和心灵最受震撼的一本书。我们注意到，这部书的名字是《传奇黄永玉》，而不是《黄永玉传》，李辉解释道：“这不能算是一本严格意义的传记，它更像一本介于传记与评传之间的散记。”可见李辉学风之严谨。从时间上看，本书应是《传奇黄永玉》的第一卷，而 1976 年之后的生平与创作，应是下一卷的主要内容。

讲故事也要尽量有佐证

李辉说：“黄永玉是一个非常善于讲故事的人。所以他的故事讲得非常生动。生动的好处就是，大家知道他很多事。对一个传记的作者来讲，我再写他的传，仅仅停留在他讲述的基础上，无非就是把他的材料转述。严重点可能是抄袭，顶多就是大量引用。作为我个人来讲，原创性就差了，不是很有力度的传记。”

传主的年龄往往是个大问题。人们记忆犹新，前几年李辉正是从文怀沙的年龄着手，还文怀沙的原貌。《传奇黄永玉》从黄永玉的童年一直到 1976 年。但在青少年期间缺少史料，因此这部分以故事叙述为主。尽管如此，李辉绞尽脑汁搜寻史料，比如黄永玉的年龄，李辉找到了 1939 年黄永玉从凤凰到集美学校时的年级册。又把黄永玉 12 岁时穿着童子军装照片与当年集美学校童子军集会的照片中的服装进行对比。证明黄永玉的回忆是正确的。

史料的发掘尤为重要

李辉认为，传记要建立在史料地惹上，如史料没有求证，宁愿采取一个比较不能确定的一种叙述口气。有了史料要用来解读传主与某一个具体人物的关联。

比如黄永玉多次谈起汪曾祺当年就看好他，在给沈从文的信说过，如果谁投资了黄永玉，一定不会亏。

李辉对此将信将疑，因为觉得 1947 年的汪曾祺不到 30 岁，黄永玉 20 多岁,那个时候他怎么知道黄永玉后来的发展。作为投资商业的眼光，他怎么能够知道黄永玉后来商业上的发展。李辉觉得这肯定是有点吹牛，就一直没有写这段。一直到前年，找到了当时汪曾祺写给沈从文的信。一共有七页，还找到了当时汪曾祺为什么要给沈从文写信的原因，才确定了此事。并从当年黄永玉的木刻成就，到受到左翼力量的批判，再到萧乾、朱光潜、沈从文的被批判，一直到为何 50 年代后钱锺书、萧乾、沈从文，甚至包括曹禺，都在创作上收敛了很多。早年的豪迈、才华都受到了影响。一连串事件都串了起来。

以点带面拓展考证

李辉以“黑画事件”为例来说明借传主的故事进而展开对某一时期某事件整体的考证与叙述。

“文革”中的1973年有个震惊全国的“黑画事件”，那是因为国家财政的需要，把一些原先“打倒”的老画家画作以换取外汇。然而不久又被认为是“文艺黑线回潮”，李可染的泼墨山水被认为是诬蔑祖国山河，宗其香的林中三虎是为林彪叫屈，而黄永玉的眼开眼闭的猫头鹰被认为是对社会主义的不满，而被列在批判的首位。老画家们被逼着去看“黑画展”，过着心惊肉跳的日子。包括黄永玉在内的不少老画家在回忆文章、自传或接受采访中都说“受到了点名批判”。然而，李辉并不人云亦云，而是翻遍了当时的主要报刊，竟找不到一篇点名批判的文章，更没有盛传的“初澜”的批判文章，有的只批判，没点名，甚至此事后来是不了了之。这是什么原因？这个情况一直到2008年，一份档案在民间市场上出现，最后落到了黄永玉手上。这是当年于会泳写给姚文元的一封信，四周写满了张春桥、江青、姚文元的批示。读了这些批示，“初澜”文章之所以“夭折”之谜应该说终于水落石出了。

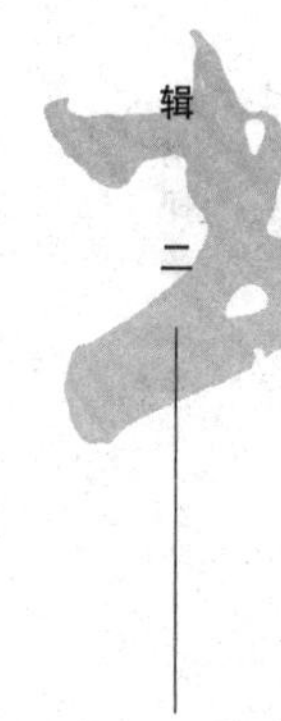

原来当时毛主席批评了江青，他们有所收敛。李辉说：“档案的妙处就是有很多这种信息是字里行间看的，如果没有原件，这个信息读不到。”

李辉感慨道：“这样的一个档案，在我们解读一个重大历史事件所起到的作用，远远超出我们十个生动的故事，甚至一万字的分析。这就是我为什么这么多年比较感兴趣的，搜集各种各样的档案，能够尽量把档案穿起来读。”

写到这部分，《传奇黄永玉》关注的重心已经不仅仅是黄永玉一个人的遭遇，更是一大批艺术家的命运和一个特殊时期的历史情形。除了当年的报刊、现在已经公开的文献、当事人的回忆和访谈，李辉还搜集了大量的“文革”小报、批判材料汇编的小册子、往来信件等等，从中找出历史的脉络，使得还原历史情境的叙述能够落到实处和细处。作者搜集这些资料时付出的精力与良苦用心跃然纸上。

新闻媒体的责任

会后在与本报记者的交流中，李辉说：“我做的资料工作史料收集，这比我的写作有价值的多。因为史料是永远不变的。”当谈到眼前一些粗制滥造的人物专访，李辉说：我们现在新闻界相对比较浮躁，往往是为了追求吸引眼球和收视率，你讲的越生动就越好，都是经不起推敲的。这个我们确实认为媒体应该担负一定的责任，首先要对这个事情大致有所判断。另外，我们应该有一些相应历史的常识，往往只是凭一些叙述的故事，是说明不了问题的。

（2010 年 8 月）

超越个人恩怨，立足历史高度

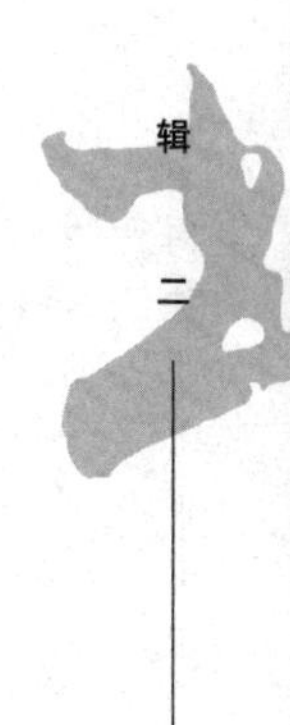

由巴金故居策划的《生命的开花——巴金大型回顾展》。开幕当日，著名传记作家李辉专程到沪作了演讲。以巴金为例，认为反思历史问题要“超越个人恩怨，立足历史高度”。

李辉1956年出生于湖北随州。“文革”期间还是一个少年，理应对“文革”知之甚少。所幸在恢复高考后考入复旦大学中文系，以巴金为研究对象，得到了巴老的关心，并获得了贾植芳先生的具体指导。1982年毕业后先后在北京《北京晚报》《人民日报》担任编辑、记者时，对许多与巴老同时代的文化老人进行了采访、组稿，与他们结成忘年交。重要的是受萧乾的影响，开始了传记写作，主要作品有《胡风集团冤案始末》《沈从文与丁玲》《沧桑看云》《和老人聊天》《巴金传》《传奇黄永玉》《李辉文集》等。近年来又在《收获》开设个人专栏“封面中国——美国《时代》周刊讲述的故事”“绝响谁听——八十年代的文化记忆”。因此李辉有足够的资格和充实的资料谈论巴金与他的朋友们。

李辉说，从薄熙来事件到所谓“抗日”的打砸，无不说明巴金等老一代文化人担心“文革”会重来的担忧不是没有道理的。因此，巴金所希望建的“文革博物馆”现在固然不可能，但我们心里要有个“文革博物馆”，必须正视、反思“文革”。而这个反思，不是纠缠在个人所受的苦难和恩怨，要站在历史的高度上。

李辉说，我们通读《随想录》，可以发现，当同代人还讲述苦难时，巴金就已鲜明地提出：一、“文革”是全人类的灾难，对文化的破坏，对知识的破坏在人类史上是罕见的；二、认为对“文革”我们每个人都有责任。表现了比同时代人要站得高很多的境界。

李辉讲了巴金与萧乾之间的故事。1979 年萧乾平反后写了一篇《猫案真相》的文章，说叶君健 1952 年没把外国友人托交的照片转交给他，而在 57 年反右时交给组织，导致他被打成右派一事，此文发表在香港的《开卷》杂志上。巴老见文后连续给萧乾去信，要萧乾“不要总纠缠在猫案上，要想得开些，那件事就请你到此为止吧，不要因小事浪费时光，我们已浪费得太多太多了。气量大总比气量小好，你在作文做人要更深沉一些。”萧乾因此没把此文在内地发表，也没把此文收到他所有的集子里去。可以设想，如果此文在内地发表，一定会引起互相揭短报私仇的没完没了。

李辉说，巴金认为“文革”是国家的事，是民族的事，这才是大事，不能让时间耗在你来我往的这种纠葛上。巴金提出气量要大，所谓气量大就是一个人对历史要反思，对个人要宽容。从 80 年后，新的萧乾出现在中国文坛上，他写了许多有关反思“文革”的文章，他不再谈个人的遭遇，不点人家的名；他呼应巴老要建“文革博物馆”的倡导；他修正巴老关于“讲真话”的提议，说“尽量说真话，坚决不说假话”，使之更符合实际；他给青年作家古华、戴厚英、张辛欣、贾平凹等予以实实在在的支持；他的文章也越写越好，给人以“含泪的笑”。他说“要跑好人生的最后一圈。”当然，这“跑得好”是受巴金的影响。他称巴金是他的“挚友、诤友、畏友”，他说“我一生最大的幸运是在三十年代初在北平认识了巴金，七十年来一直保持着友谊，沈从文教我怎样写文章，巴金教我怎样做人，可惜我不是及格的学生，一想到此就感到惭愧。”

同样，冰心、柯灵、吴祖光等也都这样，都是受了巴老的影响。九十年代，柯灵与黄裳打过笔仗，巴金说他们是“无聊”，也是体现了这种思想，因为巴金不主张文化人卷入很琐碎的个人恩怨中去。

为什么,那些老一代文化人被巴金骂了,还心悦诚服,按巴金说的去做?李辉用黄永玉先生的话说，在他们眼中巴金就是“圣人”，不仅是因巴老在自己的文化生活出版社为许多人出过书，甚至鲁迅晚年的作品，支持过他们，更主要就是巴老有博大的胸怀，不同观点的人在他面前都很“乖”。

李辉说，当年冰心是用基督教的爱的哲学、人道主义反思“文革”，萧乾是从自由主义、民主法制的角度反思“文革”，巴金是从道德人性进行综合性的思考,八十年代的“文革反思”呈现一种丰富多彩的局面。因此，李辉说他一直在想，如果八十年代没有巴金，没有冰心、萧乾等一批老文化人为年轻人的成长、发展挡住“子弹”，中国文坛会是怎样?当时的年轻人怎样摆脱批判的压力？现在，八十年代的年轻人成了中年人、老年人，有些人在谈从八十年代自己如何如何，但请别忘了，真正起作用的是巴金他们这一代人，不能因为他们都不在了，年代久了，而把他们抹去。他们是多么的重要。我们要静下心来,把他们的书拿出来,重温一下他们的文章。

李辉还透露,他在《收获》开设的专栏“封面中国——美国《时代》周刊讲述的故事”将跳过五十年代，在明年直接切入六十年代。

（2012 年 11 月）

题图为2010年8月13日与李辉合影于上海作协。

手稿背后的故事

鲁迅先生说过："想知道要怎么写，要读名著；想知道不怎么写，要读手稿。"手稿不仅是岁月的留痕，而且是时代的见证。正由于如此，上海作家协会研究中心，将所征集到的 130 余位老中青三代作家的手稿举办了展览会，吸引了海内外无数文学研究工作者和文学爱好者。当我们身置其中，虽然听不到作家的声音，却可以想到，它是一份份时代的记录，从作家的思想、文字到她使用的笔墨纸砚，都留下了一段特定的历史；我们还可以想到，她是作家创造性劳动的心血和智慧，留在人世间许多难以磨灭的动人形象和真、善、美，就是从这儿的字里行间诞生的；我们更可以想到，许多优秀作家的手稿是值得珍贵和纪念的历史财富，它是我们泱泱大国延续数千年文明的一个组成部分……

陈望道的手稿从何而来

陈望道先生是中国共产党最早的党员之一,《新青年》杂志编辑,《共产党宣言》第一个中译本的译者，1934 年始主编《太白》半月刊。新中国成立后曾任华东文化部部长，复旦大学校长,《辞海》编辑委员会主编，社会影响甚大。上海作协要举办《上海作家手稿展》，如有他的手稿参展，必将为展览增光添彩。奈何他去世较早，有些社会关系一时不易找到，寻找手稿事一时尚无头绪。正在寻寻觅觅之际，一日，不想转机来了。

7 月的一天，研究中心冯沛龄主任如约前往著名作家叶永烈先生寓所去取他捐赠给上海作协的手稿和作品。自 1951 年 11 岁小学五年级时发表第一首诗迄今已著有作品 2000 万字，他家的书架上各类资料一应俱全，井然有序。他的作品和有关评论都按时间先后排列整齐。手稿也由夫人装订成册，编有目录，甚至从小学一年级到大学毕业的成绩报告单，均保存完好。他还保存着名人、作家、科学家给他的十余册书信集珍，他打开一册，第一封信竟是陈望道先生 1962 年 12 月 9 日给时在北京大学求学的叶永烈的回信！叶永烈说，在 19 岁读大学二年级时，已写出科普读物《碳的一家》，对科学普及甚是热衷，他向望道先生去函请教当年《太白》半月刊提出的“科学小品”是谁首倡的，望道先生回函一一作了回答。叶永烈激动地说：“当时我只是一个普通的大学生，而望道先生是大名鼎鼎的复旦大学校长，亲自复函给我这样一个小人物，令我十分感动，至今仍心存感激，此信我一直视为珍宝保存。‘文革’浩劫中被抄走，后终于发还，更感珍贵。”叶永烈慨然应允借用参展，冯主任喜不自胜。这正是踏破铁鞋无觅处，得来全不费工夫。

巴金的笔砚是真的吗

巴金60年代的日记是写在毛边纸上的，在所展出的手稿旁放着一支小楷笔和一个普通的小砚台，冯主任告诉记者：巴金日记，就是用这支笔和这个砚台写成的。这些手稿是1994年的3月21日巴老亲手捐赠的。手稿现放在上海浦东发展银行的保险箱保管。

冯主任回忆：那天，巴老寓所的杜鹃花和樱花艳丽多姿，悄悄地怒放着，前去接受巴老捐赠的同志，心情都很是激动。巴老在客厅等候。见到作协的同事们，他亲切与大家打招呼，接着他让家人把早已准备好的书和手稿取来。巴老捐赠的书，是14种不同版本的《随想录》，其中的一种版本巴老自己家里也只剩下唯一的一本了，但巴老也毫不犹豫地予以相赠。巴老的手稿，是他在1962年11月1日至1966年9月3日与1977年5月23日至1982年4月30日的日记原稿。其中，1977年6月23日之前的日记，巴老是用毛笔书写在毛边纸信笺上的。自1977年6月24日开始，至1979年10月21日，巴老改用钢笔写日记。这两部分的日记共计1042页。1979年6月24日至1982年4月30日的日记，巴老用钢笔写在一本淡黄色的硬面笔记本里，计有52页。在1966年9月4日至1977年5月22日期间，巴老没有记日记。在这些手稿里，1962年11月1日至1965年12月31日的手稿，其文字是从未发表过的，这是第一次公开面世。1966年1月1日后的日记，在巴金全集的第26卷已经发表了。“这已经是40年前的笔迹了，那时候巴老才58岁，这些手稿上的毛笔字非常流畅，信手写来，一气呵成。”说到1982年4月后巴老不再写日记，冯主任解释道，巴老将自己的精力全部倾注到《随想录》的写作中去了，“再说巴老那时候也毕竟已经78岁了”。

柯灵为何写《七绝》

所展出的柯灵的手稿是一首《七绝》:“文格晶莹气亦清 / 渊渊掷地作金声 / 不须刻意媚时俗 / 自出心裁论古今” 用毛笔写在一尺长、半尺宽的座化印馆华笺上。这首《七绝》还有一段鲜为人知的故事。九十年代初，上海大学美术学院教授戴明德找到上海作协的陆正伟，希望他能提供几幅巴金的照片，给他画巴老的肖像作参考。陆正伟非常支持。戴明德画了十几稿后终于画出满意的，挑了一幅给巴老外也送了一幅给陆正伟。陆正伟拿了画像想请巴老签名，又一想巴老住院后原先的几位老友都难得见面了，何不让几位老人在画像上聚一聚。于是，朱屺瞻欣然题词 :“寿比南山”；夏衍题词 :“仁者寿”；曹禺题词 :“说真话者”。陆正伟去柯灵家拜访时，柯老说 :“我习惯用小号纸，就另外写一幅吧。”几天后，当陆正伟接过柯老墨迹时，激动万分。8 年前往事，俯仰之间已为陈迹。几位老人亦一一驾鹤远去。欣慰的是走过一个完整世纪的巴老刚刚过 99 岁生日。

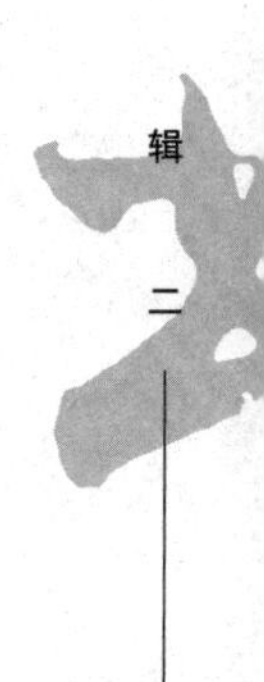

闻捷向女儿说什么

诗人闻捷在“文革”中被打成“叛徒”“特务”“现行反革命”，不幸于 1971 年 1 月 13 日含冤而死。现在不少中青年是通过戴厚英的长篇小说《诗人之死》了解了这段惨事的。当时，大女儿赵咏桔、二女儿赵咏苹均在黑龙江农场，唯一在上海念书的小女儿只有 15 岁。所以上海作协向家属和几位和闻捷熟悉的老作家征集手稿时，找不出片纸。去年 8 月的一天，家属兴冲冲送来一封家书，是闻捷写给二女赵咏苹的，此信现在就挂在手稿展的镜框里。信中建议女儿探亲、看病要先照顾别人，要顾全大局，要从有利于党的事业出发，要有利于反修防修。还谈到自己单位里正在整党建党，一切精力都集中在准备自己的斗私批修发言上……当记者读完这张已变成咖啡色的信纸时，情不自禁地泪流满面。这样一位才华横溢的革命诗人，竟会在三个月后惨死在“四人帮”的淫威之下。

作家们喜欢用什么纸

参观手稿展，你会惊奇地发现，许多作家喜欢把作品写在本子上或者是练习本的纸上。杜宣手稿是一本黑色大活页簿，内有三部话剧剧本草稿 :《难忘的岁月》《无名英雄》和《初升的太阳》; 王元化的读黑格尔《小逻辑》笔记名副其实是写在 12 本 22 开的学生练习本上 ; 王安忆的《我爱比尔》草稿，芝麻大的字铺满了 43 页活页笔记纸 ; 赵丽宏的二十余篇散文是写在一本笔记本上的，与众不同的是他还结合内容画了不少插图，还相当专业。当然也有写在别种纸上的 : 陈思和的散文写在复印纸的反面 ; 余秋雨似乎更钟情绿格文稿纸的反面 ; 秦文君的《女生贾梅》是写在信笺上的……真可谓百花齐放，繁花似锦。

为了满足更多读者的需要，上海作协把手稿展搬到他们的“文学会馆”网站，不过，在网上是体会不到捧着一杯热气腾腾的咖啡，徜徉在手稿之林，与作家心灵互动的感觉的。（冯沛龄所著《世纪墨珍——现代作家手稿集萃》于 2004 年由上海辞书出版社出版）

题图为冯沛龄2009年4月27日探望黄裳先生（右）时的合影。

附：故纸堆里觅宝记

冯沛龄

1997 年 5 月，上海作家协会资料楼准备翻造新房，8 年间书库中堆得密不透风的图书，开始捆扎打包，我的目光停留在墙角的一捆捆旧资料上，有点犯愁。有人在旁边说："这些都是过期的资料，已经堆放了不少年，没什么用，当废纸处理掉算了。"我随手拿了一叠翻了翻，上面满布灰尘，呛得人直咳嗽、打喷嚏。纸张已泛黄变脆，轻轻一碰，碎纸片便纷纷扬扬地洒落一地，包扎的绳子已变色发脆，还未解开先就断了半截。五花八门的什么东西都有，订书单、废报纸、过时的资料等等，确实没什么用处。"这纸堆里是否还混着些有价值的东西呢？"我心生疑虑，有些不甘，决定一点一点一页一页翻看清理，意想不到的是竟因此而开始了为时四年之久的觅宝经历。

犹记得 1998 年的夏天，有点热。当我打开一捆资料时，忽然眼睛一亮，有几张纸上的笔迹似很眼熟，仔细一看，原来是巴金先生在"文革"中被迫写的交代材料四份、致友人的信件一封及有关历史材料数份，令人触目惊心的是竟还有所谓"打巴小组"批判巴金"罪行"的大批判材料 20 余份。发现巴老亲笔写的材料，我是高兴的，但仔细翻阅这些材料，尤其是那些所谓大批判材料时，我的心情顿时沉重起来。我记起了巴老在《怀念萧珊》一文中说过的："在'四害'横行的时候，我在原单位（中国作家协会上海分会）给人当做'罪人'和'贱民'看待，日子十分难过。我每天在'牛棚'里劳动、学习、写交代、写检查、写思想汇报。任何人都可以责骂我、教训我、指挥我。任何人都可以闯进我家里来，高兴拿什么就拿什么……"。我想，这些被发现的材料是极为可贵的历史资料，它将活生生地展示出在那种非常岁月里，文学泰斗巴金的真实心态，以及典型的社会环境。

1999年，我又发现了著名作家鲁彦周于1950年9月13日写竣的未发表过的处女作长篇小说《丹风》书稿一部，共是11本（原为12本，现缺1本）。用的是16开的毛边纸，每本大约40页，纸已发黄，显得很薄很软，正反两面都用小楷毛笔写得满满的，全是竖行，繁体字。每个字都如黄豆般大小，字迹，一笔一画，十分秀气。第1本封面上还画了图案，写着两个正楷字"丹风"，下面写着"作者：彦周"。鲁彦周的文学和电影创作，从50年代开始。他的电影《三八河边》《凤凰之歌》，以及后来轰动全国的《天云山传奇》均名闻遐迩，他还创作了多部长篇小说如《春前草》《彩虹坪》《阴阳关的阴阳梦》等。他没想到，在22岁创作的视为"孩子"的处女作《丹风》，竟会在相隔整整50年后，又回到自己的身边。2000年9月16日，当作协领导将这部书稿原璧归还他时，他双眼含泪，抱起文稿深深地亲了一下，情景十分感人。

这期间，我又找见到新中国建立后于1950年7月召开的上海市第一次文代会的全部原始档案，其中有不少当时会议期间拍摄的照片，如陈毅市长、潘汉年副市长、舒同、夏衍、陈望道、冯雪峰、于伶、周信芳、靳以、陈白尘等同志在大会上发言的照片、大会主席团会议的照片、美术界、音乐界、戏剧界、剧影界小组讨论会的照片等，十分珍贵，从未发表过。这些照片中的人物，大都已离开人世。但，我们可以从中看到陈毅同志、潘汉年同志当年和知识分子亲密无间、心心相印的音容笑貌，倍感亲切。

《横眉小辑》是1948年2月由满涛、肖岱、樊康三人在上海办的纯文学刊物，仅出一期，即告结束。据估计，全国仅存2–3册，十分稀有。该刊有王元化先生以笔名“方典”撰写的《论香粉铺之类》一文,因涉及对当时出版的《文艺复兴》杂志上登载的钱钟书小说《围城》的文学批评，文坛颇有争议，影响甚大，故来查阅问津者甚多。资料室原有一本典藏，不知何故遍寻不着。几年前，元化先生曾托我代为查找，以将该文收入拟议出版的《集外旧文钞》中。我托多人赴北京等地查阅这本刊物，均无结果。去年春天，在尘封的资料堆里，突见一份陈旧的上海市公安局卷宗，翻开一看，正是众人寻它千百回的《横眉小辑》，不禁喜出望外，正是踏破铁鞋无觅处，得来全不费工夫。仔细看那卷宗，上面用钢笔字写着“证据材料”及“订密卷”几个大字。此刊为何落在故纸堆里深藏数十年，至今仍未搞清，也无须追根究底了，刊物失而复得，毕竟是一件十分愉快的事。

去年春天,我又在故纸堆里觅得一份巴老写于1958年8月8日的“后记”原稿一份。“后记”是为1958年4月由巴金、任干、胡万春、靳以、魏金枝五人合写的特写报告《创造奇迹的时代》（副题为“党挽救了邱财康同志的生命”）一文而写。巴老在后记中说：“我们五个人在采访和写作的过程中，自己就受到了一次共产主义的教育；同时我们还得到了各方面的热情帮助,使我们深深感觉到新社会的无限温暖。”巴老在“后记”中还说：“前些日子我去广慈医院，在隔离病房窗外走廊上站了一会，看见邱财康同志仰卧在转床上，一位护士用汤匙把食物送到他的嘴里。他的发红的脸上带着笑容……三天前，我又去医院，又在病房窗外站了几分钟。邱财康同志仍然安静地躺在床上，燃伤最严重的右下肢已经在长新皮了。……”四十三年后，当我看着巴老的手稿原文，字里行间透露出他对伟大祖国的无比热爱，对广大人民群众的深情挚爱，深深

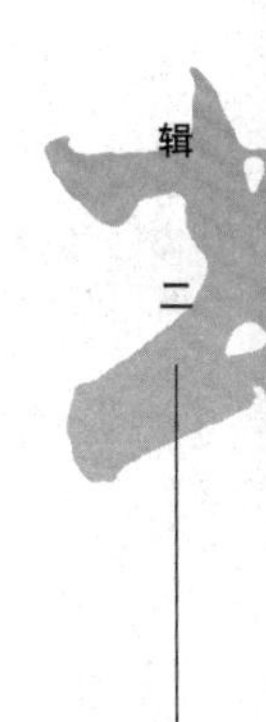

地感染了我，我激动得热泪盈眶，不能自已。

去年夏天，我看到一本紫红色硬面笔记本静静地躺在故纸堆里，笔记本有点破旧，系上海沈华胜制本工场印制，共92页，内页署名是王西彦，笔迹很淡很淡，要费力才能看清，讲义的“义”已看不真切。翻开笔记本，有王西彦先生读鲁迅《阿Q正传》、茅盾《子夜》、曹禺《日出》而撰写的文章三篇。每篇均有如下几个章节：一、作品产生的背景；二、思想内容的分析；三、技巧的研讨；四、和现实的印证。王西彦先生是现代著名作家，主要著作有长篇小说《古屋》《寻梦者》《神的失落》《村野的爱情》《微贱的人》等，出版有《王西彦选集》5卷。西彦先生已于1999年9月在上海病逝。这次发现的西彦先生的《现代文学名著选读讲义》，经考证，约写于50年代末至60年代初，迄今未见发表，有一定的参考研究价值。

这以后又陆续寻觅到现代著名作家靳以的创作手稿8份。靳以先生青年时期即从事文学创作，从1939年起曾长期在复旦大学任教。先后主编《文学季刊》《文学月刊》《文丛》《收获》等文艺期刊，著有长篇小说《前夕》、短篇小说集《圣型》、散文集《热情的赞歌》等，1959年在上海病逝。这次发现的手稿中，有3份尚未发表过，甚是难得。这三份遗稿是：一、《在朝鲜战场上的几点体会》写于1953年4月26日，12000字。二、《农民弟兄喜临门》写于1956年1月21日，诗歌，16行。三、《荣鸿仁访问记》写作日期不详，3000字。

日月如梭，几度花开花落。如今，宽敞明亮的新资料楼已屹立在作协的花园中，寄存在外的图书也已搬回，整理上架。故纸堆里觅宝已告一段落。觅宝的四年岁月，虽然漫长了些，但至今想来，仍感充实满足。我对自己说：挺有意思！挺有意思！真的！真的！

（原载《上海档案》2002年第3期）

“让历史像散文一样好看”

——谈《变化》

一部记载和反思 1990 年至 2002 年中国政治和社会文化史的书——《变化》在社会上引起强烈反响。十三年的风云际会、谷底和梦想、潜流和转折，十三年间的历史脉络在本书众多的人物与事件中清晰可见。

在作者笔下，1990 年至 2002 年中国的格外引人入胜之处，不是在于她的轰轰烈烈，而是在于她的平淡从容；不是在于她的崇尚伟大精神，而是在于她开始关注普通人的需要；不是在于她的伟人风范和英雄辈出，而是在于一代新人已经长大。对变革的期待取代了对历史的崇拜，进而成为我们国家的主流。

凌志军，人民日报社主任编辑、主任记者。最近五年连续出版五部著作，全部进入“畅销书排行榜”。其中《历史不再徘徊：人民公社在中国的兴起和失败》，这本书被国外的中国问题专家作为重要的参考资料。《交锋：当代中国三次思想解放实录》引起了学术界和评论界的极大争议。而他的另一本书《追随智慧：中国人在微软》则被很多人视为被微软所收买、为微软歌功颂德、掩过扬善的宣传品。

记者：你在书中写到了当年写《交锋》的过程，这次写《变化》也是那么偶然吗？

凌志军：和写《交锋》不一样，这本书经过长时期的考虑。从1999年我就在想写一点当代的历史，写刚过去的东西，先写1999年，提纲都已列出，写了一章。因为我认为那是20世纪的最后一年，反映了100年的脉络，20世纪的许多事情都在这一年反映出来。但写了一章后感到不成熟，就放下了。我在1996年写《沉浮》时就把中国的改革分为两个阶段：一是70年代后期到1989年，二是从1990年到2002年。这是在中国历史上有特殊意义的一页。所以，我决定把这十三年作为聚焦点。

第二个理由是我写书有强烈的意识是要读者爱看，愿意掏钱买它，和有的作家自我欣赏的想法不一样。这是一个切入点，每个选题都是这样考虑的。当时我确认，中国人会关心这本书，这是因为他们刚刚走过这十三年。

记者：为什么把主题定在“变化”上？

凌志军：当时《南风窗》约我写“邓小平南巡十周年”一文，出乎我意料影响非常大，为什么？我慢慢地悟出来：那十年中国人的生活变化非常大，但人们并没有很自觉地去想，忙忙碌碌，没有很好地去想过，你说出来就会引起他们的共鸣。于是，我确定了书的主题就是“变化”，立即在电脑上打出这两个字，当时，我有些激动，确信读者会喜欢这个主题，当时认定中老年的读者会喜欢，出乎意料，许多年轻人也爱看这本书。不同年龄层次的人都从中找到了引起自己共鸣的东西。到了这个时候，你很难区分这是预谋，还是偶然，这是一个渐渐聚焦的过程。

记者：你从哪里来的那么多资料？

凌志军：这是一个大家都问的问题，很多人都很惊讶。实际上我的资料积累有个很长的过程，我有个习惯，把平时看的、听的、想的都记录下来。像写到齐奥塞斯库被枪毙这事，我写了当时在央视新闻联播中排在第几条，人家问你怎么知道得那么详细？这是我当天的日记里记的，当时我的感受很多，这样一条新闻竟被排在最后。我当记者二十多年了，以前在总社经济部，1994 年到上海分社至今已八年，现在当编辑，我一直认为我是一个记者，一直不停地在采访，从高级领导人到最底层百姓都有机会接触。记者在任何人面前都一样，不会在名人面前觉得低，也不会在乞丐面前觉得高，我和流浪者在一起睡觉，和叫花子彻夜长谈，实际上我所掌握的资料比书中所用的十倍都不止，光为此书录入电脑中的资料就有三四百万字，而写出来的只有四十万字。

记者：好像有的是从以前的内参上摘下来的，比如深圳的股票风潮？

凌志军：所有的材料都是公开的，绝对没有内参，这有个保密问题。公开出版物很多，但其中水分很大。有时一本书中只有一段话觉得很好。还有是我直接采访过，别人也写过，我会把两者拿来比较。比如禹作敏，我曾多次采访过他，后来看到中青报张建伟的采访，我就拿来做补充，但注明出处。深圳“8·10 股票潮”之事，深圳有人来问你怎么知道得那么详细，我们在深圳都不知道。这事来源很多，有一个好朋友当时是深圳一证券杂志的总编，他是亲历者，和我讲过很多故事，他也写过一本书描述过当时的情景。我完稿后把这段给他看，他说都对，只要求把他的名字删掉。

记者：有人评论这本书的第二部分写邓小平的和第三部分写朱镕基的最好看，你是否这样认为？

凌志军：我并不完全这样认为，可能他们更关注大人物，我写大人物和人家不一样，我是很个性化的，这种写法至少在内地的各种媒体上是看不到的。有人说这是很西方的写法，我认为写法上没有东西方之分，表述历史你可以用很公共的写法去写，也可以用个性化的写法去写，没有优劣之分。我个人更喜欢书中描述普通人的那些部分，他们是历史的一部分，有些研究历史的人对我说，从来没想到历史可以这样写。也有媒体的朋友说从没想到记者可以这样做的。

记者：我对你前言中的“让新闻成为历史，让历史像散文一样美丽，让政论像小说一样动人。”很感兴趣。

凌志军：我一直用这样的标准来要求。对有历史价值的新闻我特别感兴趣，比如齐奥塞斯库被枪决的新闻就很有历史价值，中央电视台的新闻节目把这条新闻放在最后播出，这就有历史价值。同时某地的一个冰灯会开幕消息单独来看没什么历史价值，但被排在齐奥塞斯库这条新闻之前就有历史价值。凡是我认为有这样的历史价值的新闻我会把它的细节记下来。历史像散文，这主要是历史本身不都是那么轻松美好的，有时很沉重。但写历史的人不要把它写得很枯燥，应让历史更好看。报刊政论也应是这样，要像小说那样有故事，有情节，有起伏。要像写思想那样写故事，像写故事那样写思想，这个目标我在二十前就确立了，思想和故事水乳交融分不开，这是写作技巧，更重要的是思维方式。有篇书评说这本书是非常好看的政论大片，像好莱坞影片。有个人在评论我以前的一本书时说从来没想到政论可以写得像小说一样，我的概括是从他的话来的。所以说，是读者给我力量，给我启发。读者不是不喜欢思想，读者是不喜欢没有意思的思想、枯燥乏味的思想、没有思想的思想、没有故事的思想。你是真正有思想的、生动的思想，再商业发达，再物质第一，人们也是需要精神的，不是人家不需要，而是我们的表达方式不好。

（2003 年 3 月）

题图为采访当日2003年3月25日与凌志军在人民日报办公室合影。

周立民

《随想录》的导读

——谈《巴金〈随想录〉论稿》

常常看到一些文章，对巴金先生的晚年巨著《随想录》妄加诋毁，但从那些狂妄的字里行间你可以发现，作者往往不顾巴老当时的历史环境，甚至连《随想录》的文本都不曾通读，就抓住断章取义的片言只语，用“文革”中常见的语言来给这位已故的老人扣上莫须有的大帽子。似乎捍卫者也懒得再与这些人费口舌，于是这些人自鸣得意，越说越离谱，有些读者，尤其是年轻读者，也被越搞越糊涂。于是，我在想，应该有人来写一部书，系统地回答“巴金为什么要写《随想录》？《随想录》写了什么？《随想录》文字背后又有什么？”等一系列问题。而最近复旦大学出版社出版的周立民所著《巴金〈随想录〉论稿》正是我所期盼的这部书。

贮满了情感记忆的书

复旦大学博士，任巴金研究会副会长兼秘书长、巴金故居常务副馆长的周立民，1988 年在大连农村读初中时，就对包括《随想录》在内的巴金著作产生浓厚兴趣，他节衣缩食，从南方邮购来《巴金六十年文选》，如饥似渴地读完书中选入的《随想录》篇目。后来，从图书馆借到《随想录》五卷本，又把《巴金六十年文选》中没有收录的篇目全部抄下来。他回忆当时的心情说："在阅读中，我感受到巴金先生那颗火热的、坦诚的心，触摸到他孤独的灵魂，处在青春期的少年似乎有很多话是不愿意对身边人说的，而我的想法遥远的巴金仿佛都能理解，在他的作品和世界中，我找到了自己的心里话，存放了自己的情感。《随想录》让我了解了巴金，也不断认识了自己。我曾经说过这是伴着我成长、对我精神产生重要影响的书。特别是在高中时期，学习的压力很大，而我满脑子都是各种奇奇怪怪的活跃想法，但是屈就于高考的强大压力又得不断压制着它们，久而久之，会觉得十分矛盾和苦闷，我不愿意剪刈自己的个性，此时《随想录》对我无疑是最大的精神支援，因为巴金在这本书中反复强调要独立思考，做人应当保持自己的本来面目；他还强调探索，并指出探索不是一帆风顺的。"

因此，周立民说："《随想录》对我不是单纯的研究对象，而是一部贮满了情感记忆的书，写一本谈论它的书，在我是为逝去的青春岁月留一份纪念，也为了报偿这部书带给我的精神恩惠。"

研读手稿是本书的源头

幸运的是，周立民"才露尖尖角"，就受到了李存光、陈思和、李辉等巴金研究专家的关注和关心。1999年年初，李辉送了一部《随想录》手稿本给周立民，周立民花了几个月时间把手稿与刊出本逐一做了对校，将作者删改之处都标注出来，他发现巴金曾在不同时期里，根据社会环境的变化对《随想录》进行过大量的修改。这样的文本细读使他仿佛能够更接近巴金先生的创作思路和内心想法。比如巴金对《怀念老舍同志》这篇文章的删改甚至使一篇文章出现了两个内涵不同的文本。按照手稿恢复被巴金删去的这些文字，我们会发现在这篇文章定稿中并不明朗的一层意思，变得十分明朗：巴金对建国后知识分子所走过道路的反思，对知识分子政策和知识分子改造的质疑。当时人们习惯把一切罪名都推到"四人帮"身上，而从巴金的话语中，我们看到的不仅仅是对"四人帮"迫害老舍的控诉，造成老舍的悲剧还有更深层的原因："为什么对知识分子总是不信任呢？"同发表出版的稿子比较，手稿中表达的思想更为丰富和尖锐。于是周立民就写了一篇谈《随想录》手稿的文章。他认为"相对于由冰冷的铅字印出的定稿，作家的手稿保留了许多作者修改过和社会机器过滤掉的信息，它们虽然芜杂，却更接近于作者的原初思想，反映了作者心迹的真实变化，是一个更有诱惑力和思想价值的文本。"

这也可以说是这本《巴金〈随想录〉论稿》的源头。1999年，周立民去湖北襄樊参加巴金国际研讨会的途中，曾跟陈思和详细谈过初拟的提纲。2006年11月，在杭州召开的纪念《随想录》出版二十周年的座谈会上，众多专家在发言中都指出搞一本《随想录》注释本之重要与紧迫，与会的周立民就开始了新一轮对《随想录》的研读。

理清《随想录》内部脉络

这一次，周立民想理清《随想录》内部脉络，关注它们的形成过程，也注意到一些基本观念之间的彼此联系，这也是本书以主题词为线索解读《随想录》的重要原因。

周立民认为，《随想录》的写作过程中，巴金的思想不断地在变化，但他的总体思路没有太大的变化，因为有些这里没说出来的话在那边又说出来了。比如说胡风的问题。1981年他对《朝日新闻》的记者说对胡风的批判是错误的，他自己曾写过很多批判胡风的文章，现在想起来很羞愧。1981年胡风还没有平反，但是他敢于公开对媒体这么说，但是这篇文章没有出现在《随想录》里，直到最后一篇《怀念胡风》才把这个思想表达出来。像知识分子的问题，在关于老舍的文章没有表达出来，但两三年后他又写了一篇知识分子的文章。大多数时候，巴金采取的是容忍和理解，等待大环境容许的情况下，再表明自己的态度。

其次，周立民还有意识地将《随想录》与相关的史料结合、对照起来，他读了不少关于二十世纪下半期的历史著作、重要历史事件的专题研究著作，还有很多个人的回忆录，希望能在一个更为广阔的历史背景中认识《随想录》的创作价值和意义。比如三十多年前，巴金举起"讲真话"大旗时，很多人都不理解，其实这不过是巴金从五四前辈中接过的火炬，鲁迅先生在1925年就呼吁作家应当撕下"瞒和骗"的假面，"真诚地，深入地，大胆地看待人生并且写出他的血和肉来"。但他们没看到经历过十年"文革"，对自己的人生经历重新反思时，巴金对于"讲真话"有了更为痛切的体会，于是他呼吁讲真话，义无反顾捍卫讲真话的权利。他也曾为不被理解而感到孤独，为遭受误解而忧愤，可是，晚年的巴金是在不断地挤出历史留给他的脓血，疗治岁月的创伤，更为重要的是在这一过程中净化自己的灵魂。

今天我们看到《巴金〈随想录〉论稿》中那些章节的标题：《〈随想录〉的写作缘起和背景》《〈随想录〉的精神资源》《〈随想录〉中的道德伦理》《〈随想录〉的核心诉求》《〈随想录〉中的自我救赎》《〈随想录〉

中的价值观》《谈不能对象化的〈随想录〉》《〈随想录〉的手稿解读》《谈晚年的冰心》《巴金和中国知识分子精神传统》。以及几乎每页下方所列出的资料出处，可见周立民所下的工夫，绝不是花拳绣腿。

为《随想录》注疏本写长长的导言

这些年来，周立民常为这部书而苦恼，不仅是因为繁重的工作、琐碎的家事压在这位新上海人的身上，更为不断发现的史料像滚雪球般地越来越大，使得他兴奋，也使他纠结，他必须对书稿不断予以修正或补充。因此，当他当机立断结束修订，把这部书稿呈现在读者面前时，又想将来必须得做个《随想录》的注疏或集注本，甚至还可以再写本读《随想录》札记，而这部《巴金〈随想录〉论稿》更像是他设想中的《随想录》注疏本一篇长长的导言。

而我更感到这部书是《随想录》的导读本，正如周立民所说："无论本书还是其他研究著作永远替代不了对《随想录》的研读。愿有更多的读者在它的引导下，仔仔细细地捧读《随想录》，走近晚年巴金的心灵。"

（2012年1月）

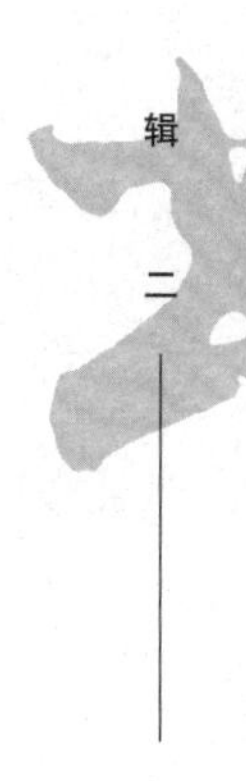

题图为2018年4月与周立民合影于巴金故居。

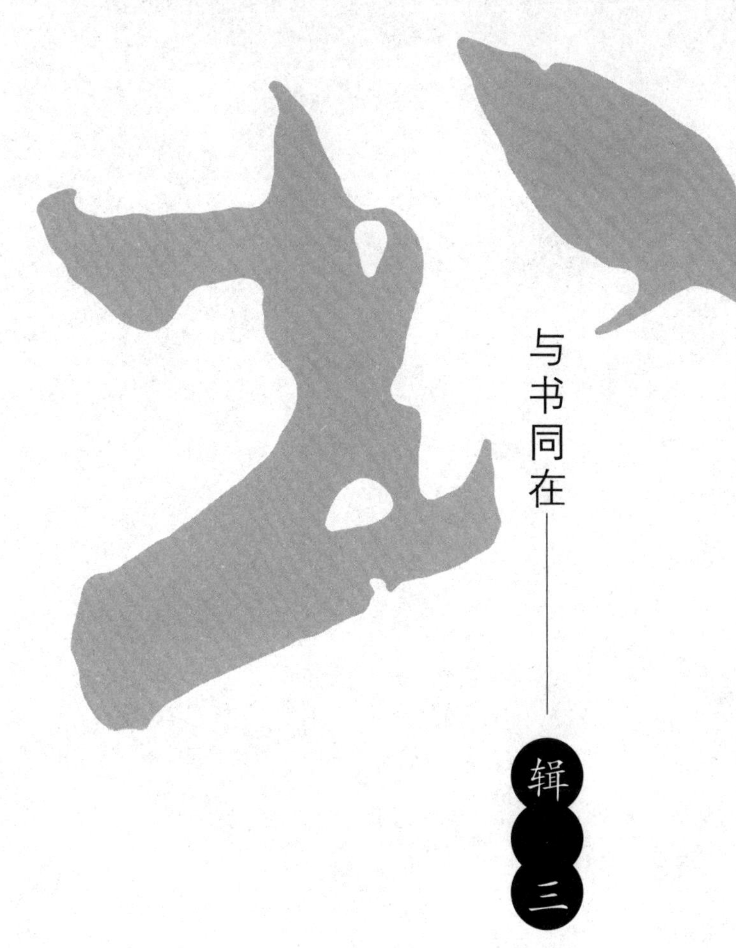

与书同在

辑三

中国作家与诺贝尔文学奖

——访诺贝尔文学奖终身评委马悦然

马悦然，大名如雷贯耳。

他不仅是位著名的汉学家，瑞典学院的院士，更是诺贝尔文学奖评委中唯一懂中文的评委。

因此当复旦大学中文系主任陈思和先生一告诉我马老在复旦的消息，我立即中断在外地的采访，乘了五小时闷热的长途汽车，返回上海。

会面的地点在复旦南校区步行街东头的一家叫“泰晤士河”的小咖啡馆里。匆匆途经步行街上四家书店，总算觅到一本马悦然的大作《另一种乡愁》。这本三联版的散文随笔集，收集了马悦然有关中国的文章，本报《文化广场》曾予以隆重介绍。

一头银发的马悦然和他的助手、原台湾《中国时报》的著名记者、作家陈文芬小姐早已在咖啡馆内等我们。见到马先生，首先是恭恭敬敬地捧出先生大作，在座有广西师大出版社副总编郑纳新先生，他赠余一本刚出的马悦然《俳句一百首》，也一并请他老人家签名。

马老把我的名字翻成英文,"马先生为什么不写中文？""怕写不好。"（众笑）"那你平时怎么用中文写作？""用电脑。""用什么码？""我习惯用拼音。"

1946年，马悦然开始跟随瑞典著名汉学家高本汉学中文。学了两年的古文后，获得美国"煤油大王"的奖学金来中国，在峨眉山古刹报国寺中精心研究成都方言的声调在句中的变化。他曾说："1948年到1950年，我开始对中国早期的诗歌感兴趣，读了不少汉朝、南北朝、唐、宋诗人和词人的作品。中国伟大的诗人好像成了我的好朋友。我书房里藏的诗集特别多。虽然空间和时间的距离不允许我随时去找他们，但我可以请他们到我家里来：我愿意跟李白摆龙门阵或者跟稼轩居士干一杯酒，我可以到书房去找他们。自己没有的书还可以在我们'远东图书馆'里找到。因此，我不感觉寂寞。"1950年他和房东的女儿陈宁祖女士结婚，当年秋天返回瑞典，1952年在斯德哥尔摩大学获博士学位，1956年到1958年任瑞典驻华使馆文化秘书。先后执教于伦敦大学中文系、澳洲国立大学中文系、瑞典斯德哥尔摩大学中文系、1990年退休。1975年当选瑞典皇家科学院院士。1985年当选瑞典学院院士（即诺贝尔文学奖评选委员会），1987年当选瑞典皇家科学院院士，1980到1982年，1986到1988年两度当选欧洲汉学学会主席。1985年以来，马悦然把中国古代、现代、当代的文学作品翻译成瑞典文，他的译作包括《诗经》(一部分)、《楚辞》一部分、大量的汉代诗歌，唐诗，宋诗，宋词，元曲，新文化运动以来的诗人郭沫若、闻一多、艾青、臧克家等人的作品。此外他还翻译了《水浒传》

《西游记》和沈从文、李锐等现当代作家的作品。

中国伟大的诗人好像是我的好朋友

记者：您老教了多少学生？

马悦然：（略有所思）伦敦二年，澳洲三年，哦，哦，难以估算了。

记者：您认为汉语难学吗？

马悦然：不难，不难。当年高本汉教我们时从《左传》开始，在读过《左传》之后，我开始阅读“春秋三传”的其他两传——《公羊传》与《谷梁传》。当时《道德经》就有 30 多个译本，我们不知哪个最好。高本汉说他的最好，我们就读他的译本。我们请老师，教一点现代点的东西吧！老师就说教一点陶渊明。就这样。1948 年到 1949 年我在报国寺住了 8 个月，老和尚非常有学问，每天早上跟他学两小时汉朝五言诗、唐诗宋词。中国伟大的诗人好像是我的好朋友。我教学生也是这样，不读课本，读名著。读《故乡》,《逝水》比课本好。汉语语法非常简单，只有语法没有构词法。只要知道一个词在句子中的位置，在语音上很自然学会。我的学生每天半小时，四个月就能讲中文了。

记者：您也翻译了毛泽东诗词，怎么评价它的艺术价值？

马悦然：毛主席诗词第一次公开发表时，我正在北京工作，我立即就全部翻成瑞典文，并加上非常详细的注解。他的小令写得不错，如十六字令三首。诗写得一般。词写得很好，如辛弃疾，有浩然之气，我特别喜欢他的《沁园春·雪》。我很奇怪,他怎么会有功夫写那么好的词。另外，我感到很奇怪，当时的中国最高领导，除了林彪，人人都出了诗集，请注意，不是发表诗，而是出诗集。朱德的菊花诗写得很好。

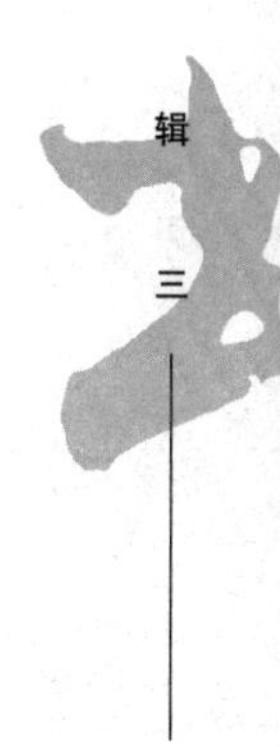

看得上眼的中国当代作家只有李锐?

马悦然近年来翻译了山西作家李锐的大量的作品，去年秋天，他时隔多年后到中国大陆访问，就去了李锐小说中的原型，插队时的小山庄，住在窑洞里，还特意请房东杀鸡宰猪，款待全村的老乡，回来后十分兴奋，逢人就说我去过吕梁山了，“我原以为那里很穷，结果发现大家过得挺好的。窑洞特别漂亮！”难道马悦然看得上眼的中国当代作家就只有李锐吗，这不仅是记者的问题，许多作家也颇有微词。

记者：您平时对中国文学动态是怎么掌握的?

马悦然：有互联网，大家都会给我发 Email，我还会收到许多刊物。

记者：你对哪些当代作家比较熟悉?

马悦然：我翻译了包括《厚土》《万里无云》《旧址》等在内的大部分李锐作品。李锐一直关注吕梁山区的农民生活，写的是典型的“农民小说”。此外，苏童的《米》、阿城的“三王”（他还在写吗？）、冯骥才的《三寸金莲》、王安忆的系列作品我也很喜欢。我最近翻译的作品是曹乃谦的小说《到黑夜想你没办法》，他是一个山西大同警察，很穷，写 1973 年到 1974 年农村的生活，有 30 篇小说，运用了典型的农民语言，是一种山西地区的“要饭调”，但这不是“要饭”，是当地的一种情歌，其文学价值不可小看。他懂音乐，会拉二胡，吹笛子，耳朵很灵。我是去年到山西时李锐介绍给我的。明年春这本书就可在瑞典出版，明年 7 月香港也会出版。你看过他的小说吗？发表在《山西文学》上，（他见记者很疑惑，就再次说）曹操的曹，乃是的乃，谦虚的谦。

“中国有《诗经》时瑞典人还披着熊皮在森林里呢”

组织者曾事先关照，马悦然此次来沪十分低调，只是想会会老朋友，不想惊动有关方面，所以不接受任何媒体专访，更不要提有关诺贝尔奖的问题。因此这个问题在记者嘴里含了好长时间，终于吐了出来。

记者：非常冒昧地问一下先生，中国作家要达到什么水平才能得诺贝尔奖?

马悦然：（笑着说）经常有人问我，中国有五千年文明史，为什么冰岛、英国、法国、意大利等国都能得到，而我们却没有？首先要搞清楚的是，诺贝尔文学奖是给作家个人的，不是给国家的。是的，中国有悠久的历史，《诗经》是全世界最古老、最优秀的诗歌，《左传》《庄子》是世界文学史上最优秀的作品，曾几何时，瑞典人还披着熊皮在森林里呢。前几天我去看王元化，他是研究《文心雕龙》的权威，世界上有哪部著作可以与《文心雕龙》比。五四以来，二、三十年代的现代文学是最好的，鲁迅、郭沫若、闻一多、艾青等等。四十年代后，许多人就不写了。沈从文也去搞考古了，原因不必由一个外国人来告诉你。六十到七十年代，有哪些文学价值高的作品出现过？除了浩然，还有谁在为读者写作？有什么作品可以吸引我？所以，这个问题不应问瑞典学院，而是要先问自己。高行健得诺贝尔文学奖时，朱镕基正好在日本，一个中国记者问朱，你知道高行健获奖吗？朱答：知道，他不是法国人吗？记者又说，他是用中文写作。朱说：那很好嘛，说明中文是个很好地表达工具，将来会有更多中文作家可以获奖嘛。你看朱镕基说的是中文作家，而不是中国作家。

曾听说，美国人很早就翻译了沈从文的《边城》，但翻译得不全。后来马悦然翻译了沈从文大量的作品，瑞典文学院的同事们都比较喜欢。沈从文 1987 年和 1988 年两次被提名。从当年同事们的评论来看，他是很有希望得奖的。1988 年，正要投票时，传来沈从文去世的不幸消息，他就打电话到中国驻瑞典使馆核实，但使馆接电话的那位老兄居然不知沈从文是何人，这使马悦然非常恼火。当后来证实沈从文先生确已去世，使马悦然难过了好长一段时间。

“诺贝尔文学奖的标准非常主观”

记者：那么，获诺贝尔文学奖有什么标准？

马悦然：只有一个标准，文学价值！头 30 年确实给了一些不应该得的人，如法国一位诗人，卞之琳气得要命，说太不像话了。但是最近五、六十年，我觉得还是成绩比较好。但我告诉你，这个文学价值是非常主观的，我爱读的作品文学价值就很高。比如刚才说的曹乃谦，有人认为他的语言粗、脏，看不下去，而我却认为好，没有客观的标准。18 个院士也不要意见一致，只要半数以上通过，这个奖就给谁。院士中懂中文的只有我一个，我的工作是做说服。是的，非常主观！（马悦然坦率地再次强调。）

几乎每年我们都会看到几位旅美华人组成的“推荐委员会”说某某今年要获诺贝尔奖，事后证明完全是炒作，但炒的不是某某作家，某某作家往往也很反感，炒的是他们自己。但诺贝尔文学奖的评选过程到底是怎样的呢？读者肯定很关心，记者得寸进尺想问一下。

记者：马先生是否能给我们介绍一下诺贝尔文学奖的评选程序好吗？

马悦然：好。诺贝尔文学奖不是作家申请的，而是要有人推荐的，不能集体推荐，要个人。有推荐资格的人很多，作协的主席、副主席，笔会的主席、副主席，大学文学系、语言系的教授、副教授。光一个复旦大学就有几百个。推荐在每年2月1日前结束，然后由一个五人小组进行整理，往往有二百到三百个，到4月份就筛选到20多个，到5月份就只有5个了。6、7、8三个月就看他们的作品，9月份每星期四开会讨论。10月份投票，一次；二次，三次。最后决定谁是获奖者。今年比较轻松，因为今年5位中，2位是前年的，3位是去年的。只要看一些今年的新作品就行。如果我一个人喜欢，别人不投，我投了也没意思。去年对某作家我很不满，真想把书扔出去，但没办法，只好读下去。

我在翻译中文作品时一般要看三遍，才动笔

记者：今年的5个人中有中国人吗？

马悦然：（顽童般笑着说）你可以问我，我可不能告诉你。

记者：评委中只有您一人精通中文，影响其他评委的是不是关键在翻译？

马悦然：对！翻译的水平太差，完全没有了原著的意韵。这是个老问题了，巴金的《家》《春》《秋》的英译本，对话部分翻得还可以，但很多叙事部分因为译者觉得烦琐竟被大量删除。偷工减料。五十年代我请老舍吃饭时，他就说有人把他《二马》的结局改成好莱坞式的大团圆，真是哭笑不得。我在翻译中文作品时一般要看三遍，才动笔。等到你感觉到作者通过书在和你交流，你能感觉到作者的呼吸，四川话就是“拍子”，这时我才开始翻译。而且现在翻译的稿费很低，我翻李锐的一部长篇只有一万元港币，当然我不在乎这个，那青年翻译家呢？

记者：外国作家用中文写作恐怕不多，《上海文学》上发表你的

"小说九段"，今天又得到您的这本《俳句一百首》。您怎么想到会用中文写作的?

马悦然：莫言在今年《上海文学》第一期上发表了"小说九段"，莫言创作长达几十万字的小说多年后，又开始尝试微型小说，其创作能力着实令人吃惊。我模仿他的，也写几段微型小说，一下子写了四十多段,还有用古文写的,就从中选了九段发表。俳句是原来发表在台湾《联合报》上的，后来，他们认为好，就结集出版了。

记者：那您认为哪首写得最满意?

马悦然：(不假思索)当然是第100首啰!

记者翻到最后一页，只见第一百首只有一个字：空。记者赶紧问，为什么说它最好?马大声回答，空嘛!（众哈哈大笑）

上海今年的夏夜闷热得烦人，可是这一夜聆听这位81岁老人用普通话夹杂着四川方言和英语单词的谈话，心里真够爽的。

(2005年7月)

批评莫言获奖使马悦然很生气

来得早不如来得巧，马悦然先生和夫人陈文芬在数月前就定下了10月中国行，为他翻译的去年诺贝尔文学奖得主托马斯·特朗斯特罗姆的作品《巨大的谜语·记忆看见我》中文版做宣传。据说当时还计划有一场与莫言的对谈，然而，10月11日，莫言获得诺贝尔文学奖，与莫言的对谈无法安排，但使马悦然的此次中国行更加引人注目。

无论是21日下午在上海举行的《巨大的谜语·记忆看见我》发布会，还是当晚的主题演讲《心有灵犀：中国小诗的发展和特翁的俳句》，除了主题发言之外，马悦然几乎都在回答有关莫言的问题。

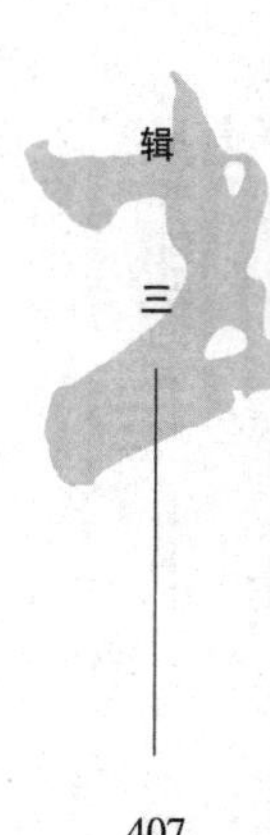

评委对莫言得奖意见一致

记者：有人说您在莫言这次获奖中起到很大的推动作用，你认同这个说法吗？这次评选竞争很激烈吗？

马悦然：每一次争论都很激烈。我们的评选过程是这样的：每年 2 月 1 日以前，我们把推荐作家的名单寄给瑞典文学院，2 月底有一个诺贝尔文学奖的 15 人小组，从 250 个推选的人中选出三四十个作家介绍给院士们，作为初步选择。到了 3、4 月份，名单缩小了，到 5 月底只有 5 个人入围。瑞典文学院夏天不开会，我们在夏天就集中看那五个人的作品。到了 9 月中旬开始开会，马上就讨论这五个人到底是谁应该得奖，每一个人都要把自己的意见讲出来，最后投票在 10 月初。其实今年不算太激烈，大家的意见比较一致。

文学质量是唯一标准

记者：评选诺贝尔文学奖的依据到底是什么？是否有政治上的考虑？

马悦然：唯一的标准就是文学质量，我们对于作者的政治立场是不管的，文学质量是唯一标准。

记者：很多人批评诺贝尔文学奖颁给莫言，你怎么看？

马悦然：我对现在的媒体有一些意见。第一点，瑞典文学院公布莫言得奖，有人说莫言是共产党员，而且是作协副主席，这样的人怎么能得奖？批评莫言的那些媒体人他们一本莫言的书都没有读过，这个让我非常生气。第二点，我也读过很多当代一些中国小说家的作品，但是没有一个比得上莫言，他敢批评中国社会黑暗、不公平的地方，别的人就不敢。但是跑到外国去的非常爱讲话的人，他们很容易来批评莫言，我觉得是非常不公平的。

（**陈文芬：**马悦然在瑞典批评瑞典媒体，“你们都不读书，你们凭外表评判一个作者，这是很可怕的知识分子的懒惰”。）

莫言非常会讲故事

记者：您到底喜欢莫言什么？在莫言和托马斯·特朗斯特罗姆这两者之间，有没有共同点，为什么？

马悦然：我喜欢莫言就是因为他非常会讲故事，托马斯·特朗斯特罗姆不讲故事，他写诗，但是托马斯·特朗斯特罗姆跟莫言有一个相同的地方。托马斯·特朗斯特罗姆60岁的时候写了《记忆看见我》，写他小时候的活动。莫言长大以后也写了很多关于他小时候的事，他们有相同的地方。

托马斯·特朗斯特罗姆最喜欢去的地方是一个博物馆，他对动物很感兴趣。莫言也同样对自然界是非常感兴趣的，但是他的兴趣是另一方面的，他分析的是能吃的和不能吃的东西。因为大跃进那几年肚子总是很饿，他希望找到吃的东西，但是他们对自然界的兴趣是相同的，这也许是他们唯一相同的地方。莫言看过我翻成中文的托马斯·特朗斯特罗姆的一些诗，非常欣赏。

和莫言见过三次面

记者：您和莫言的联系多吗？

马悦然：我头一次跟莫言见面是在香港中文大学，我在中文大学当了一个学期的客座教授。后来莫言来了，我们有一个下午花了几个小时聊天。第二天他回去了，为什么呢？因为要分房子，我不知道分房子是什么？觉得很奇怪，后来听说他没有分到。第二次是在台北，他跟9个大陆的作家（苏童、余华、丛维熙、张炜、舒婷、陈丹燕、池莉等）

一起来的，有一天他们晚上出去看热闹，莫言不想去，就跟我在饭店里喝威士忌酒。第三次是 2005 年参加一个斯特林堡的戏剧节，那天来的中国作家有李锐、余华、赵玫、莫言等。我们没有多少机会见面，但是我们经常通信。

诺奖不是世界冠军

记者：很多人觉得，在中国跟莫言一样优秀或比他更优秀的当代作家都没有得奖，莫言得奖了，是不是说诺贝尔奖有一定的偶然性？

马悦然：诺贝尔文学奖不是世界冠军，而是颁发给一个好的作家，莫言就是一个好的作家。世界上的好作家可能有几千个，但是每年只能颁发给一个。今年我们选的是莫言，明年就会选另外一个。

记者：是否有很多中国作家联系你，希望通过你把他们推荐给诺贝尔文学奖？

马悦然：我每个月都会收到信和稿子，有些人给我寄来稿子，让我翻译成瑞典文，让他们得诺贝尔文学奖。但是他们不是真正的作家，只是写小说的人。比如有一个山东的文学干部，半年前给我寄了很多画，还有什么古书，我都给他退回去了。但是没有一个我认识的作家或者我读过的作家会那样给我写信。

模仿莫言写微型小说

记者：您以前是不是说过莫言写得太长了？

马悦然：我觉得他真的写得太长了，但是 2004 年《上海文学》刊登了他的小说《九段》，非常短，两页的小说，我觉得非常好，我马上翻译成瑞典文。那个时候我就开始对微型小说感兴趣，开始自己写。

记者：从那个小说《九段》开始，你是不是觉得他对文字掌握能力非常好？

马悦然：对。

（**陈文芬：**他模仿莫言的《九段》开始写微型小说，他写了60个故事我写了40个，应我要求，莫言替这本书写序。）

《生死疲劳》80%很好

记者：您翻译过莫言的哪些小说给瑞典文学院看？

马悦然：我开始翻译的时候，就我看写得最好的一篇中篇小说叫《透明的红萝卜》，另外一个幽默感非常强的就是《30年前的一次长跑比赛》，这个你们也应该看。还有一些像《会唱歌的墙》和《姑娘翱翔》，这是莫言写得最像英文的一篇东西了。

记者：想问一下您对他长篇的感觉是怎么样？

马悦然：《丰乳肥臀》是非常好的一部小说，《生死疲劳》到末了就稍微不够味了，80%非常好，但是后来读者的兴趣好像稍微减弱一些，那本书能缩短一些就更好了，这是我自己的看法。

（**陈文芬：**但是你觉得他短篇任何一个字都不必改了吧？）

马悦然：对。

（**陈文芬：**因为莫言的短篇他都非常喜欢，有一个故事《船》你说写得像沈从文？）

马悦然：对，这个是非常让人难忘的小故事，让我想到沈从文的短篇，非常像。

翻译中国文学是我的责任

记者：您翻译过多少中国作品？

马悦然：我翻译的小说有50多本，从五四运动以来的诗人作品我翻译了可能有100来个。还有古代的《水浒传》《西游记》，再早就是《诗经》《离骚》等等。我一读中国文学著作，就想把它翻译成自己的母语，让我的同胞们也有机会享受我喜欢的文学。当然我的能力有限，不能把我所有喜欢的文学作品都译成瑞典文，我需要选择。我选的不是个别作品，是一个作家的著作。比如说我非常欣赏闻一多先生的作品，我就把闻一多的两个诗集翻译成瑞典文。我喜欢沈从文，就把他很多作品翻译过来……

翻译莫言的书不拿版税

记者：现在网上有传闻说将有您翻译莫言的作品出版。

马悦然：莫言没有得奖之前，我就已经翻译好了，但是我不能发表。因为我一发表，就有人会说，一定是莫言要得奖了，所以我要等到莫言得奖之后才能发表。一公布莫言获诺奖之后，我就把稿子寄给了出版社，但他们觉得太多了，就分成两部出版。头一部包括《透明的红萝卜》《30年的一次长跑比赛》等中短篇，第二部是那些他写小时候的短故事。

在瑞典，在欧洲，他们都说马悦然要发财了，因为他可以卖书了。其实我一分钱都不拿，因为我是瑞典文学院的院士，瑞典文学院叫我翻译莫言的作品，我翻译的时候已经得到稿费了，所以出版社就可以白出，当然他们是很高兴的。但是有很多媒体，尤其是中国大陆媒体说马悦然先生发大财了。

记者：莫言的授奖辞中，有一个关键词的翻译各不相同，大家常常把它译成魔幻现实主义，你怎么翻译？

马悦然：我译成“幻觉的现实主义”，融合神话、历史和当代。当然，莫言的小说里也有魔幻现实，但这在莫言的作品中都不太重要。

喜欢艾青卞之琳的诗

记者：马老这么喜欢中国的诗，为什么这个奖没有颁给中国诗人呢？您对中国现代的诗怎么看？

马悦然：顾城、北岛、舒婷都是很好的诗人，北岛的诗我翻译过95%。我更欣赏上世纪二三十年代中国的诗，比如艾青等，中国现代诗那时很兴盛。

（**陈文芬：**他还说过卞之琳的诗比现在的朦胧诗要朦胧得多了。）

但是，现在有好些诗人都没读过那时的诗。上世纪80年代，北岛有次住在我家里，我向他谈起过二三十年代的诗，并把我所欣赏的诗集拿出来给他看，他却不以为然。顾城就不一样，除了看唐朝的，也看二三十年代的。

相信莫言会写下去

记者：莫言获奖以后，将给中国文学在世界文坛上的地位带来什么样的变化？

马悦然：中国文学早就登上了世界文坛，只是翻译成外文的中国作品太少。有的中国作家非常好，也有世界水平，莫言可能是中国译成外文最多的一个当代作家，所以莫言的那些著作帮助中国文学走向世界文坛。瑞典文学院以前的常务秘书，他说世界文学是什么呢？世界文学是翻译。他说得很对，没有翻译就没有世界文学。

记者：你对莫言未来的创作有什么样的期待？

马悦然：有的得奖的人，得了奖之后就停止写作了，不知道为什么。我想莫言肯定不是这样的人，他内心很强大，非要讲故事不可，他一定会继续写。

（2012 年 10 月）

题图为2005年6月29日与马悦然合影于复旦大学。

Kjell Espmark
May 10, 2015
万之 于上海

诺贝尔文学奖评委会前主席谢尔·埃斯普马克：“我们是不可贿赂的”

莫言得奖之后，诺贝尔文学奖终身评委马悦然来上海，是来宣传他的新译著，所到之处人山人海。23 日下午，谢尔·埃斯普马克也出现在上海，他可是瑞典学院院士、诺贝尔文学奖 5 人评选委员会成员、曾经连续 17 年担任诺贝尔文学奖评委会主席。他是为了推介他的七卷长篇《失忆的年代》（中文版）新书而来。显然，记者们对于诺奖的话题，比埃斯普马克自己的小说要更感兴趣。在《失忆的年代》发布会举行了近 2 个小时之后，记者才终于等来“诺贝尔时间”。针对 21 日马悦然与媒体对话中，有人谈到有人试图贿选评委一事，埃斯普马克非常严肃地表示：“这完全是编的。”

诺奖评选标准一直在变

虽然马悦然几天前已经回答过“评委会是怎么工作的？诺贝尔文学奖是如何出炉的”之类问题，但还是有记者提出，他们希望前主席埃斯普马克的回答更权威一些。

“诺奖评委员会由5位瑞典学院院士组成，他们的工作量巨大，要看很多作家的书，眼睛都快读伤了。从2月至5月，先从全球200位被提名作家中选出20来人，5月底再筛选出5个决选名额，通常这5个作家来自不同国家。而从6月起，院士们开始放假。看这5名作家的全部作品成了18位院士整个夏天的暑假作业。这5个名字，只有这18位读者知道，我们必须小心地守住秘密。当9月开会再聚时，经过三周的激烈讨论，最后由全体院士投票，决定今年的获奖者。辩论很有意思，但是内容我不能告诉大家。5位评选委员的辩论不涉及任何政治性，关注的是作家的作品质量。”埃斯普马克强调，“诺贝尔文学奖不带有任何政治性，因为诺贝尔文学奖不是颁给一个国家，而是颁给一个作者的。”

而诺奖的评选标准，也一直让人们争论不休。埃斯普马克坦言，标准的确一直在变化：“实际上，战后那一代院士对作家的选择，更强调文学的标新立异，这成为我们从上世纪50年代到70年代之间的一个选择标准。这个标新立异的标准，到了上世纪80年代，就被后来的院士打破了，他们更注重的，是把奖给那些不太为人注意、但我们认为很优秀的作家。”

针对21日马悦然与媒体对话中谈到有人试图贿选评委一事，埃斯普马克非常严肃地表示：“这完全是编的。我听说过这个传闻，但这完全是胡说。没有人试过，他们知道我们是不可贿赂的。我还听过传闻说马悦然在诺奖评选中起决定性作用，但他都不在5个人组成的诺贝尔评选委员会里面，他只是18个院士之一。”

莫言作品超越了马尔克斯

大家非常关心埃斯普马克是如何评价莫言作品的。埃斯普马克称，他已经阅读了莫言的大部分作品，这些作品大多是法语版本，因为莫言作品在国外译本最多的是法语，有20多部作品。

对于莫言的获奖，埃斯普马克认为这是实至名归，中国从来都拥有最好的作家，“莫言获得诺贝尔文学奖，也许能让中国作家更多地向自己的传统文化致敬，并且回归到中国文化本身去挖掘属于自己的文学叙述方式。”

今年诺奖评委会给莫言的颁奖词在国内的官方翻译是，“莫言的魔幻现实主义作品，融合了民间故事、历史和当代社会。”埃斯普马克认为将颁奖词的“魔幻现实主义”翻译为幻觉、幻象和想象力等更恰当。“莫言获奖最重要的是他对现实的描写，他是现实主义描写的魔法师。莫言关注现实，关注中国，将幻象和现实结合在一起，这是他的创新之处。”埃斯普马克认为将莫言的作品定义为魔幻现实主义，会很容易让人联想到南美大文豪马尔克斯，联想到他是在模仿马尔克斯的作品。但实际上，莫言不是模仿马尔克斯，莫言对发生在中国的故事有自己的表现形式，在结合幻想和现实方面他甚至超越了马尔克斯。

鲁迅生前婉拒提名

现场有记者问：“为什么诺奖这么晚才轮到中国？”埃斯普马克似

乎也为中国作家鸣不平："我们有位院士曾说，全球文学创作进程中，亚洲国家有些落后，但什么叫落后？产生过李白、杜甫的国家怎么会在文学上是落后的？"

埃斯普马克说："上世纪30年代前，瑞典学院并没收到多少来自亚洲国家的提名。1913年，印度作家泰戈尔获奖的提名来自英国，且基于其本人的英译作品。上世纪30年代，像鲁迅一样的中国作家有获得诺奖提名的资格，但是诺奖委员会没有收到推荐，而是瑞典文学院的调查员自己发现了鲁迅。当时评委会辗转通过瑞典地理学家斯文·赫定以及刘半农，以非官方的途径去询问鲁迅先生是否愿意被提名为候选人时，鲁迅以'配不上诺贝尔奖'为理由婉拒。还认为当时中国没有作家能成为诺贝尔文学奖候选人。不久，鲁迅去世。"

在二战期间，唯一被瑞典学院讨论过的东亚作家，是女作家赛珍珠和林语堂，但最终觉得林语堂在陈述中国转变时的作品，尚缺"精准的人物描写"及"力量和深度"。

在上世纪60年代，诺奖考虑颁奖给一些亚洲作家，讨论持续了六七年。对于老舍痛失诺奖一事，埃斯普马克则说，瑞典文学院方面也曾询问过老舍本人是否愿意被提名，但是当时老舍的回答是觉得自己还不够资格获得诺奖。但老舍在1966年死了，最后的幸运者是1968年得奖的川端康成。

埃斯普马克还称，"除了莫言，根据他掌握的情况，中国作家中距离诺奖最近的是沈从文。1988年诺贝尔文学奖评选时，沈从文最终进入最后5人提名名单，也是最有机会获奖的候选作家，但是由于沈从文1988年5月去世，而诺奖是当年10月份揭晓的，沈从文因而无缘诺奖。因此，我们也感到极其遗憾，却是无可奈何。"

给社会照一次X光

尽管是以反映现实的诗句成名，但埃斯普马克的小说却更具野心。由7卷互相呼应但相对独立的长篇小说构成的《失忆的年代》系列，观照的是全人类的命运。失忆、误解、蔑视、忠诚、仇恨、复仇、快乐，他从这7个视角切入，剖析人性的幽秘，“就像是给这个社会做了一次X光。”复旦大学中文系主任、评论家陈思和，作家余华也来为埃斯普马克捧场。陈思和教授说，从这部小说中可以看到许多伟大文学作品的影子，阅读这部小说时，卡夫卡、普鲁斯特的阅读记忆都来了。余华开口便说："读完了埃斯普马克这七部系列长篇中的第一部，说句实话，我为埃斯普马克感到遗憾。如果不加入瑞典学院，他也会像特朗斯特罗姆（瑞典著名诗人、2011年诺贝尔文学奖获得者）那样，拿到一大笔钱（指获得诺奖奖金）。”埃斯普马克笑了。

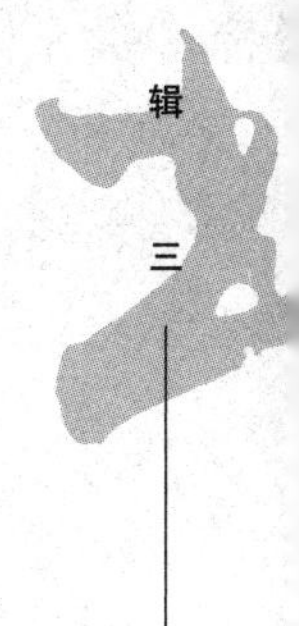

谢尔·埃斯普马克肩负着推广瑞典文学的任务，接下来，他还将来到复旦大学，以瑞典诗歌为题做一场专题讲演。本周六，他还将来到南京，为去年诺奖得主瑞典诗人托马斯·特朗斯特罗姆的书信集《航空信》做宣传，与他对话的是作家毕飞宇和苏童。

（2012年10月）

题图为谢尔·埃斯普马克。

加快世界文学这一天的到来

——访诺贝尔文学奖评委会秘书长贺拉斯·恩格道尔

继诺贝尔文学奖的终身评委马悦然、曾经连续 17 年担任评委会主席谢尔·埃斯普马克先后到访过复旦大学以后。瑞典文学院院士、诺贝尔文学奖评委会委员、秘书长贺拉斯·恩格道尔先生也于 11 月 7 日来到复旦大学。

本报记者在复旦大学中文系前主任、现图书馆馆长陈思和教授的协助下，专访了贺拉斯·恩格道尔先生。

陈思和教授介绍说，每年诺奖评委会会收到上千封提名信。经过筛选，大概会有 200 人进入评选，到 4 月份压缩到 20 个人，这名单会非常保密。如果谁泄密，要判死刑。每年 5 月底，包括恩格道尔在内的 5

位评委，会将20位候选人名单缩小为5人。6月份开始，瑞典文学院全体18名院士要阅读5名候选人的作品，撰写报告，这份报告50年之后才能够解密。针对报告，瑞典文学院最终确定2人的“决赛”名单，再进行投票。得票数多者，最终问鼎诺贝尔文学奖。这18位院士都是非常有建树的作家、批评家，贺拉斯·恩格道尔先生就是著名的剧作家、诗人，他这次到沪就要去上海戏剧学院看他的一个话剧。陈思和教授强调，这18位院士都不拿一分钱工资。

非常感谢著名翻译家陈迈平（万之）先生给我们翻译，他和陈思和先生有个“共同的野心”——要把诺贝尔文学奖的评委都请到中国来看看。他的夫人陈安娜就是莫言作品瑞典文的主要翻译者。陈思和先生戏称她比万之还有名。

诺贝尔同意“世界文学”的理念

记者：诺贝尔先生当初设立此奖时有具体的标准吗？

恩格道尔：阿尔弗雷德·诺贝尔1895年立下遗嘱，设立五项诺贝尔奖。在遗嘱中他宣布，他“公开希望，在颁发这些奖的时候，对于候选人的国籍不要做任何考虑”。他希望文学奖有一种国际的范围。对于诺贝尔来说，最要紧的是，得奖作家应该对于人文的改善有所贡献，而不是这个奖要恭维世界上这个或那个国家的自尊自大。诺贝尔设立几个国际性的科学与文学奖项以及和平事业的想法，可以看做启蒙运动的一个迟来的产儿。歌德的“世界文学”概念并不意味着巨大的、所有民族的人写的文学总汇，而是表示不同文化之间通过他们的伟大作家展开对话的可能性。诺贝尔同意歌德的“世界文学”的理念，他梦想着不同文学心灵之间的一种没有边界的交流，这种交流可以为一个新时代打好基础，那时所有有教养的人都会把人类看做他们的完美国度。

民族文学的自治自立是一种幻想

记者：在二十世纪的最后几个十年，有一种对于可以称作文学全球化的不断增长的兴趣。很多人尝试在一种国际性的超越文化的语境中描绘文学史，这说明什么问题？

恩格道尔：这也至少清楚说明，民族文学的自治自立是一种幻想。看看瑞典文学院在一个世纪的过程中做的评判，你们会注意到，欧洲和美国作家占据了获奖名单的多数。而在近几年中，例外的情况越来越多，但瑞典文学院做出决定的基础，其文学基本观念和对文学优秀性的看法，有西方的本源，基本上还是由相当于哈罗尔德·布鲁姆和其他人现在称为“西方准则”的那些价值构成的，这点是很清楚的。但有后殖民主义信念的批评家甚至认为，把这个奖颁发给非欧洲的作家，例如来自尼日利亚的沃莱·索因卡，来自日本的大江健三郎，或者来自土耳其的奥尔罕·帕慕克，瑞典文学院不过是以一种异国情调的假面具在褒奖欧洲文学，因此加入了文化帝国主义的势力。但是，如果更仔细地考察这些得奖作家，和其他的例子，会展示出本土文化和国际文学体裁的互动并不一定意味着对于西方模式的被动屈从。

瑞典文学院是个独立的机构

记者：你们对获奖者的选择是受到政治性质影响吗？

恩格道尔：文学唯一的通用语言就是翻译。在可翻译性之后，第二个前提条件是自主性。构成一个作家和读者跨越国际群体的过程，相当于文学从其他社会机构的从属地位中解放出来，比如不对宗教、政治和教育机构俯首帖耳。这里我们必须做一个区分。当我谈到文学的自主性的时候，我避免使用“言论自由”这个词，因为这个词的概念属于公民权利的范畴，在搬过来用于文学艺术领域的时候，是太模糊了。

瑞典文学院经常遇到指责，说学院对获奖者的选择是受到一种政治性质的考虑的影响。让我对此做一个非常清楚的说明：在我担任瑞典文学院院士及诺贝尔文学奖评委会委员的16年中，从来没有听到任何院士用政治或意识形态的理由来为某个候选人争辩，或者排斥某个候选人。如果这样的事情真的会发生的话，那么立即会激起学院其他院士的反对。我们筛选和评判过程的基础，是一种坚定的信念，就是相信文学的自主性，对任何决定可能导致的那种冲动保持置之度外的态度。

重要的是应该理解，瑞典文学院是个独立的机构，本身有极大的自主性。学院和国家没有直接关系，不接受纳税人的一分钱。这样的话，瑞典没有任何办法来影响瑞典文学院的决定。同样，对这个文学奖提供金融支持的诺贝尔基金会也是独立于国家的，其工作的唯一基础就是阿尔弗雷德·诺贝尔捐献的最初财富。只有这样高度的自主性，才有可能超越一个民族的国家的视角的限制。

莫言能打动西方读者

记者：莫言的获奖对中国文学界的影响和鼓舞很大，您是怎样评价的？

恩格道尔：在莫言的作品里，我们也可以看到一种不同的但也同样复杂的国际体裁和地方传统的关系。莫言的每个读者都会意识到，在他的写作中，源自家乡中国山东高密地区的口头文学传统的丰富的叙述材料具有非常重要意义。作为一个史诗性散文作家，莫言既是现代的和前现代的，又是具有智性和非常精细的，有时还天真而率性。他的社会分析力、他提出的问题，是他的西方同事们还没有达到的。这就是他在其杰出作品《蛙》中大胆涉及的人类生育之战。在莫言的这部作品和其他小说中的文学形式超越了东西方这种两元对立的模式，尽管其深深地植根于中国的经验和语言，但小说本身却可以吸引全世界读者。

莫言是一个能打动西方读者的作家，因为他讨论社会问题的方式显得非常大胆。他一头就闯进了最痛苦和最具有丑陋性质的人类经验，但却没有一点“愤世嫉俗”或偷窥的态度。

莫言敢于描绘出二十世纪中国的大胆图像，他是我们这个时代的伟大的社会批评家之一。在他的现实主义里，我们看到清醒严肃的态度和精确性。尽管如此，就他对自己的故土高密的热爱而言，对那块他曾度过童年的故土的热爱而言，莫言又是一个浪漫派。他让这个风景里的原野、山岚和河流都闪耀出一种几乎神圣的光彩。他的头脑好像就是一个储藏室，可以储藏家族记忆，可以储藏民俗迷信和生存下来的艺术，可以储藏故事传说和这个时代的个人证词，在这个时代里，因为不同的原因，正常的历史写作是不可能的。

记者：莫言的成功是不是他学习了南美的魔幻现实主义大师的结果？

恩格道尔：虽然他的小说在形式上常常看来接近南美的魔幻现实主义的大师，或者接近现代史诗作家威廉·福克纳的伟大启发，莫言还是坚定地把锚固定在中国口头叙事的传统大河中。在莫言精彩的短篇小说《透明的红萝卜》里，叙述通过放大及“超自然”感觉等手段达到特殊的强度，表现出了小说人物高度激动的情感。论者不由自问，是不是因为莫言文体中对于身体的这种强烈凝聚力，使得他成为一个现代的或前现代的作家。对于一个欧洲人来说，莫言有时更相当于法国十六世纪的文学大师弗朗索思·拉伯雷的对手，而不是现代散文的一个支持者。

莫言的写作扎下双重的根

记者：你们对中国当代文学总体上了解多少？是把莫言放在中国总体上研究，还是作为单体研究？你这次见到莫言了吗？

恩格道尔：我们不是研究国家，而是对作家本身的研究。对莫言我们在前几年前就有关于他的报告，他的长篇小说我们都看过，还请马悦然专门翻译了他的短篇，当然这一切都是保密的。比如《蛙》这部书的中文名字“蛙”，既可以表示青蛙也暗示娃娃。《蛙》因此触及到了一个人类生活的重要方面—生育问题—对于所有社会这都是一个基本的问题，但是至今在文学中还没有得到多少重视。这是有史以来就一直进行的子宫大战。也是人类世界最有戏剧性的，同时也是最末得到关注的现象之一。莫言大胆正视了这个问题，因此，就全球范围来说他已经站到了当代社会批评的最前沿。莫言的写作在本土传统和西方文学里都扎下了双重的根，而无论如何西方文学至少从二十世纪 20 年代开始就在中国已经为人熟知了。为了描述他们的作品中西方和东方模式之间的关系，而不是画一个有中心和边缘的圆，你需要画一个有两个中心的椭圆，或者是一幅两个天体互相吸引的图像。

我这次来中国的南方，莫言在北方，所以没见到。

莫言已经创造出“高密东北乡”

记者：您能把莫言的作品与国际上大师的作品作个比较吗？

恩格道尔：莫言的创作肯定是和十九世纪那些欧洲大作家发展出的那类小说是不同的。欧洲那些作家放弃了更早小说的那种插曲式片段式的结构，他们在戏剧的影响下更新小说这种体裁，接受了亚里士多德的那些原则，如时间、地点和动作的三一律等等。其目的是要让结构完整，其进展都是从开端到发展、到高潮，再到决断和结局等。与这种欧洲小说家普遍信奉的理想形成对照的是，莫言的叙述肯定是插曲式片段式的。莫言已经创造出了一片属于他自己的土地，他把这片土地称为“高密东北乡”，与福克纳的约克纳帕塔法县可以相提并论。这个文学的省份，其实也成为中国的一个缩微图像，这里所有的事情和所有的年代，从妇女必须裹小脚的那个时代，一直到现代大型购物场林立的当下。带着一点自我嘲讽的口吻，莫言引述了在他和福克纳之间的想象的对话，在这个对话中，后者打断了他的话说：“高速公路上更年轻的人总是比他们的前辈胆子大。”

村上在赌局名单上出现过

记者：几乎每次诺贝尔文学奖的公布，总有不同的意见，比如对村上春村未能获奖议论纷纷。你们知道吗？

恩格道尔：近年来，我们一直听到批评的声音，要挑出世界范围的文学交流及其机构已经发展的方式的错误。这是我们必须警惕一种虚假的普世性取代真实的普世性的危险。不过，考虑到所有的方方面面，在莫言这样的作家的写作中出现的东西方交流，是一种新型的交流，是后殖民主义理论无法用任何有意义的方式来描述的。如歌德要求我们做的，“加快世界文学这一天的到来”，应该真正叫做“世界文学”的文学，是在某个作家正好显示出有一种足够强烈的声音，能够跨越时间和空间的遥远距离而被人听见的时候，才出现的，也就是歌德在 1827 年的冬天第一次与那部中国小说遭遇时体验到的文学。

对于某一具体作家我是不评论的，在南京也有人问同样的问题，我只能说，他在赌局名单上出现过。

要把文学作为一种普世现象来把握的雄心，必须取得一些其他的形式，而不是无望地扩大阅读名单，在这个名单上，一些有学问的学者一度试图让每个国家都能放进至少几部大师杰作。“世界文学”将会是一个交流和开发的领域，而不是一种大家都要接受的共同标准。诺贝尔文学奖可能起到预兆的作用，告诉人们遍及全球的这样一种兴趣共同体的存在。

（2014 年 11 月 12 日）

题图为2014年11月12日与贺拉斯·恩格道尔（右）万之（中）合影于复旦大学。

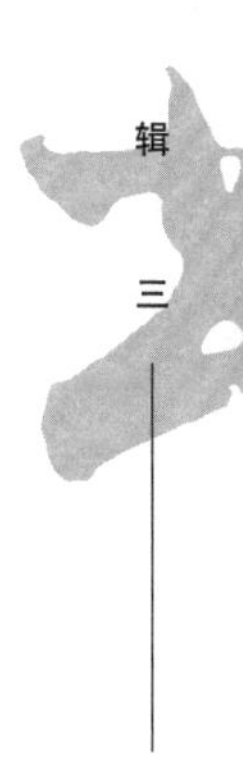

人有自由选择自己的文化身份

——帕慕克谈东西方文化现实

我认为每个人都应该有自由去选择他所喜欢的文化身份，而不是通过一种方式把某种文化身份强加在他的身上。文化身份的问题不应该成为我们的负担，而是我们自己自由的选择。

——帕慕克

5 月 31 日，2006 年诺贝尔文学奖得主、土耳其作家奥尔汗·帕慕克与上海文化界进行了一次主题为“东西文化与文学想象”的座谈会，畅谈自己的文学创作与文化观念。上海也是帕慕克此次访华的最后一站。

追求故乡忧郁的灵魂

对于土耳其之外的读者来说，帕慕克的书无疑是了解土耳其的一个窗口。事实上，几乎帕慕克的每一本书，都在讲述着土耳其独特的历史与文化。尽管他并不出生于穆斯林家庭，但帕慕克从 3 岁起就开始阅读伊斯兰著作，关注伊斯兰的传统。这种传统自然地体现在他的小说之中。帕慕克说："在某些人看来，以宗教外壳的形式去表现现实，可能太老态了，但是我仍然以这种形式去传达我的观点，以诚实的方式去反映现实。"

对于帕慕克来说，土耳其的现实是双重性的。一方面，土耳其奥斯曼帝国曾经是历史强国，土耳其人曾经强势地征服亚美尼亚等少数民族；而从 19 世纪开始，土耳其又面临着向西方文明靠近的现代化过程。帕慕克曾经说过，"一个土耳其的作家，如果他心里面不同时记挂着库尔德人或者其他的小的民族，他的创作是不完全的。"他同时也说："像土耳其这样的国家，这样的人民，在面对西方的时候，会有一种耻辱。这种民族性的耻辱感是因为意识到自己的不足，比如贫穷、缺乏言论自由，等等。"

这样两种现实交织的土耳其，正是帕慕克灵感的源泉。2006 年，诺贝尔文学奖评奖委员会给帕慕克的授奖词中有这么一段话："帕慕克在追求他故乡忧郁的灵魂时，发现了文明之间的冲突和交错的新象征。"

这样的追求也给帕慕克带来了不小的麻烦。在他的政治小说《雪》中，他借着主人公卡公开提到了当年土耳其屠杀亚美尼亚人的历史，并敦促政府和人民进行反思。由此，他被极端民族主义者斥为"叛国者"，以"侮辱土耳其国格"的罪名被告上法庭，甚至遭到暗杀的威胁。他对此的回应是："我成了'一个真正的土耳其作家'。"

文明的冲突与交错

帕慕克回顾说，在土耳其共和国形成的时候，就已经开始了现代化的进程。事实上，这一进程是由土耳其的开明主义者推动的，但遭到了保守分子政治和文化上的抵抗。尤其是这一进程又包含着世俗化的因素，在穆斯林占主导的土耳其更为艰难。

东方与西方、传统与现实的碰撞，迫使土耳其的知识分子关注和思索。帕慕克表示，土耳其作家由此发明了一种文学的形式，以小说的方式描写东西方文化之间的冲突所造成的文化身份的差异。在这种小说里面，他们会探索政治上、文化上以及哲学上关于身份认同的问题。这样的主题与写作方式，在中国、伊朗等同样面临着现代化进程的历史古国中，都很常见。

帕慕克观察到，非西方的国家大部分都有同样一个问题：非常关注国际上对自己的认同。他们希望把传统的文化身份与现代的文化身份结合起来，避免发生冲突，但这是一个很大的难题。帕慕克非常推崇的中国作家鲁迅，就在不停地进行着这样的思考。

帕慕克也在进行这样的思考，从第三部作品《白色城堡》开始，他就有意识地在作品中表现文化身份的冲突。其后的《我的名字叫红》《雪》等，都在不同的情节中反映了相同的主旨："我本人首先接受东方与西方的差别，但我笔下的人物也许并不如此。我试图理解我笔下人物看待世界的方式，理解他们如何去看待传统与现代性这样的问题。我的观点跟他们的观点也许不完全一样，但是我尊重他们的这种看法，任其自由发展，最后以一种类似游戏的方式让它自行呈现。"

尽管如此，帕慕克笔下的人物仍然有他自己的影子。帕慕克坦承，

《雪》中的主人公卡就和自己非常相似。“但是我比他们快乐，就是因为我是一位作家，我可以在作品中把自己的想法表达出来，但是主人公就没我这么幸运了。能够在作品中把这些问题表达出来，是一种释放的方法，所以我心里的压力就小得多。”帕慕克笑着说。

寻找自己的文化身份

如同给予笔下人物选择观点的自由，帕慕克一直强调个人寻找自己文化的自由。他认为，从政治的角度去定义文化并把它强加于人民是不对的。传统是非常美好的财富，但是人们不应该对传统负有道义上的责任感。帕慕克说：“我们是自由的人类的灵魂，我们有自由去选择自己的文化身份。”

帕慕克提醒说，即使这世界仍有民族的概念，人们也不该忽视自己首先是世界公民，东西方之间并没有绝对的鸿沟。对于很多事物和观念，人们不应该用“东方的”或是“西方的”进行分类，而应该看它是否符合人类的利益，正如商品是根据用途而非产地进行划分。

帕慕克以自己的职业举例说：“文学的本质正是基于这样一种认识：所有的人类都是相像的。我们之所以写作是因为我们知道不管我们的文化传统，不管我们的外表看起来有多少的不同，我们仍然能够互相理解、进行交流。小说是在西方发展成熟的技艺，但一样可以用来表现东方的内容。东方和西方可以结合，而且也不见得非要有冲突。”

对于自己的选择，帕慕克透露说：我很高兴我同属于这两个世界，我不是纯粹的东方人或者西方人，我是土耳其人，两个世界幸福的结合体。

“下次来中国我要去深圳”

此次中国之行，帕慕克在 10 天内访问了北京、上海等 4 个城市。由于行程紧密，在上海书城签名售书的帕慕克略显疲惫，与读者也没有过多的交流。然而，当记者借签名的机会，自我介绍来自深圳时，帕慕克却来了兴致。

“深圳？我当然知道，在中国的南方，是吗？”帕慕克对深圳的热情出乎记者的意料。帕慕克告诉记者，如果不是时间安排紧张，他很想去深圳看看。记者不失时机地告诉帕慕克，在深圳有很多他的读者，都在热切地盼望他能去深圳。帕慕克点头说：“是的，我知道。我和一些深圳的读者通过网络进行交流，知道那是一个年轻人的城市。下次来中国，我要去深圳。”随后，帕慕克在本报《文化广场》上郑重地签下了自己的名字。

（此文与同事卢羽华合作）

（2008 年 5 月）

题图为采访当日2008年5月30日摄于上海外国语大学。

非虚构文学的真正价值

阿列克谢耶维奇谈《二手时间》

阿列克谢耶维奇大概自己也不会想到，她在上海会如此受欢迎。为了亲眼目睹这位 2015 年诺贝尔文学奖得主、白俄罗斯著名女作家的风采，尽管天气高温酷热，19 日上午，上海思南文学之家整整两层楼挤满了读者，晚到的读者只能看视频直播。而 20 日下午更是惊人，展览中心大厅从上午 10 时排起的长队蜿蜒至大厦之外，中信出版社预先准备的 2000 册《二手时间》还不够供应。晚上，她又到西西弗书店签售。

斯韦特兰娜·亚历山德罗夫娜·阿列克谢耶维奇（Svetlana Alexandravna Alexievich），又名 S.A. 阿列克谢耶维奇。1948 年生于苏联斯坦尼斯拉夫（现为乌克兰的伊万诺－弗兰科夫斯克）。她毕业于白俄罗斯国立大学新闻系（明斯克大学新闻学系）。白俄罗斯记者、散文作家，擅长纪实性文学作品。她通过与众多“小人物”访谈的方式，写作纪实文学，记录了二次世界大战、阿富汗战争、苏联解体、切尔诺贝利事故等人类历史上重大的事件。已出版的著作有：《战争的非女性面孔》《最后一个证人》《锌皮娃娃兵》《死亡的召唤》《切尔诺贝利的回忆：核灾难口述史》《二手时间》等。2015 年 10 月 8 日，阿列克谢耶维奇获诺贝尔文学奖，颁奖词这样评价其文学成就：“她的复调书写，是对我们时代的苦难和勇气的纪念。”，阿列克谢耶维奇是从《战争的非女性面孔》开始尝试用非虚构的形式写作，她说“我觉得真正的生活和真正要了解的事实是在街上，不是在家里，要走出门倾听，要跟每个人采访，问他们心里真实的想法，很多的作品都可以产生于我们的谈话。”这本书写出来后她受到了很多的控告和谴责，被认为有和平主义和自然主义的因素，所以直到戈尔巴乔夫时期才出版。这本书的发行量达到百万册，“所以我觉得我的路才真正的开始”。

《二手时间》是她最具分量的非虚构作品，是她获得诺奖后在中国出版的首部作品，由中信出版社几经努力得以出版。《二手时间》囊括了整个苏联的过程。她采访了许多普通人。通过口述采访的形式，讲述了苏联解体后，1991 年到 2012 年二十年间痛苦的社会转型中，从学者到清洁工，每个人都在重新寻找生活的意义。

“我们谈了很久民主和自由问题，但是直到今天也不知道什么叫做真正的民主和自由，我们还没有做好准备。”她说，在今天的俄罗斯，人们只不过在想象如何能够更好地生活，书刊上经常放着持不同政见者的作品，但是已经无人问津了，“现在人们感兴趣的是消费和享受，包括如何买最新的吸尘器、咖啡机、洗衣机等等。”

阿列克谢耶维奇说，她写《二手时间》用了 5 至 10 年，她的想法就是去找每一个人，寻找每一个经历过这段历史的人，每一个让人们感到震惊的人，每一个懂得思考自己过去和未来的人。“想要把整个类似于社会大合唱所有的声音都容纳进去。”

阿列克谢耶维奇曾于 1989 年随苏联作家代表团来中国访问，时隔 20 多年重返中国，她自己感受到中国巨大的社会变化。这次来到上海，坐船夜游浦江的时候，她还在回想当年对上海的印象，但上海已经变成了另外一个样子，甚至已经变成了另外一个国家了。“我觉得上海进入了一个新的时代，正好跟美国的技术文明特征有很多相似的地方。”怎么看待上海的开放，怎样看待中国的变化，这也是她这次中国之行中一直思考的问题。

她说 :“我看到现在的中国，是一个满怀信心、面向未来的中国。虽然我对中国当代文学了解得不是很多，但不同文化间的文学交流非常重要。世界正在全球化，人类正在变成一个共同体，需要通过不同文化之间的交流来相互了解。”

当问道 :“你怎么看待文学和历史、时代的关系？”时，阿列克谢耶维奇说 :“如果说一个人是一粒沙子，成百上千的人就是历史。大多数普通人是难以表达自己的，我给他们加上了声音，让他们得以被众人听到。于是，他们虽然不能留下印记，但就这样走入了历史。”

当问道 :“你勘察真相的勇气何来？”时，阿列克谢耶维奇说 :“真实和美，我会选择真实。当我看到人人都不想听我说话、不想因为回忆起过去而难过，我就更加坚信自己要继续采访下去 : 我要理清楚发生了什么。这种真相不是从经过了艺术加工的东西里去找，而是从生活本身中去找，我对生活本身极度信任。当我们用理念去偷换或替换生活本身的时候，就是在用冰冷之光取代温暖。人们对虚假的东西不感兴趣，任何虚假都会被真相的高温烧掉。”

著名文学评论家、北大中文系教授陈晓明在现场评价说，写非虚构作品的阿列克谢耶维奇获得诺奖，对中国的非虚构文学有很大推动作用，“相当于给中国文学带来了一声炮响。”对此，阿列克谢耶维奇表示：“在中国有这么多知音，我很高兴。过去一直对纪实文学，非虚构文学，不够重视。甚至不把它纳入文学之中。我认为更有价值的就是非虚构文学。因为这种题材的真实，不是我一个人写的，而是由数百个人的生命写成的。”

21 日下午，阿列克谢耶维奇在苏州诚品书店为事先预约的四百位读者进行了对话交流和签售。然后，将去北京，北大有一场演讲等待着她。

题图为阿列克谢耶维奇。

附　录

《铁骨柔情——当代文化人素描》

目　录

译家撷英

艺苑星光

丹青留馨

贺友直　“永未毕业”的贺友直

黄永玉　九十潇洒 潇洒九十

陈逸飞　陈逸飞活着

附：寻找曾逃亡上海的犹太人

摄者写真

沙　飞　王　雁　祖国的天空不会忘记你

徐肖冰　侯　波　我又收到了老人家的贺卡

附：走出红墙后的红色摄影家

舒宗侨　精编“画史”录春秋

吴绍同　老翁追鹤千万里

马克·吕布　我的回忆录就是我的照片

尹福康　他拍了近两千幅“梅兰芳”

吴家林　他为何得到马克·吕布的赏识

杨克林　忘记过去，就意味着背叛

周剑生　环绕地球30圈的记忆

崔益军　《院士风采》的背后

雍　和　盲童·雍和·郭富城

藏家探秘

徐森玉　国宝守护神徐森玉

萧斌如　我是“图书馆大学”毕业生

杨绍明　用邮票收藏历史

劳继雄　一个摸家底的巨大工程

后记

（上海人民出版社2017年2月出版）

《悲欣人生——当代人物素描》

目　录

左安龙	克林顿走进我们直播室
萨尔加多	摄影是世界的语言
闵慧芬	拉出人间的悲切与欢吟
程乃珊	她把写上海作为己任
江小燕	傅雷的“干女儿”
易中天	“有狼追的兔子才跑得快”
赵长天	他圆了青年人的文学梦
陈秉安	情系“大逃港”
何　宁	“犹太难民墙”的设计者
秦一本	件件都有我的心血
张蔚飞	我和小平同志一起过春节
陆正伟	巴老教我如何做人
刘德保	他藏了 4 000 部老电影胶片
李立群	“田教授”原来是“老戏骨”
李君旭	“伪造”总理遗书的“蛐蛐儿”
史玉柱	“巨人”在上海重新站起来
刘益谦	毛毛藏宝记
安　子	深圳不相信眼泪
吉云云	我要去云南看爸爸

后　记

（上海书店出版社 2018 年 2 月出版）

后　记

发端于中共十一届三中全会的改革开放至今已整整四十年了，能在这四十年间加入到报人的行列，尽自己的所能，记录下历史巨变在身边的点滴反映，应该说是我此生的最大幸事。

记得有位前辈作家早就说过；“这一个历史时期的文学光芒，所有心理正常的中国人都感受到了。我们用自己无愧于时代的创造而感到骄傲。”作家和我们读者都是改革开放的亲历者、见证者、受益者，更是付出子汗水甚至血泪的推动者。大门打开后的豁然开朗，反映在作家本身，反映在他们的作品上，反映在我们对世界的了解中，作家们以义无反顾的进取精神，向世界现代艺术潮流汲取养料。这种天翻地覆的变化在四十年前是根本无法想象的。作家和作品的故事，我在《铁骨柔情》和《悲欣人生》这两本小书均有所介绍（详见本书所附两书目录）。这两书出版后，有朋友建议除此之外，把我这些年写的其他有关书的文字也汇编起来，于是，在有了两“兄弟”后就有了这个“小妹妹”。

当然“小妹妹”的出世也离不开深圳市新闻人才基金会的支持。在此先要向基金会的各位领导表示由衷的感谢。

再要感谢周立民先生。他年轻有为，在中国现当代文学的研究，尤其在巴金先生的研究上颇有建树，著作颇丰，是我的良师益友。他现任职务众多，还在繁忙的工作、研究中拿出宝贵的时间，审阅拙著书稿，提出许多改进的意见，并作序，是我的荣幸。但拿到文稿，又使我忐忑，自问难以克当，他的溢美之词，真是“奖借太过，期待太厚，且愧且惧。”这使我想起毛尖老师的那句很实在的话：“请人写序言等于讨表扬，对双方都为难。”其实，我那点基本素质也是向新闻界老前辈那里学来的，只不过自知底子单薄，更需笨鸟先飞而已。自从爱上了这一行，那就一息尚存，不落征帆了，周老师的勉励我会牢记于心。

本书分为三部分。

第一辑的几篇短文，是我写于禁锢打开之初。虽然都是发表在文汇报的“文艺评论”版上，其实只是借评论作品的由头所发议论的“小评论”而已，锋芒毕露，咄咄逼人，如今把它们翻出来看看，还带有当时那种在思想解放的一线冲锋陷阵的“火药味”。

坚冰渐融、阴霾始散之时，我只是一个青年工人、报社的通讯员，业余爱好写作，就凭着那么一股冲动的激情，那么一点点自学的所谓“文艺理论”知识，就指手画脚地写起这种文章，真是有点不知天高地厚。要知道当时文汇报每天仅四个版，要发表篇文章并非易事，发行量有一百几十万份，几乎每篇文章都会引起读者关注。这就要感谢总编辑马达先生和相关的编辑钟锡知、郑重等先生，没有他们的提携厚爱指点，发表这些文章是根本不可能的。本书也就原汁原味选了几篇，算是我成长道路上的几个浅浅的脚印。当周立民先生知道我有这个计划时，建议我在每篇文章后加个简短的背景说明，我采纳了这个好建议。汪道涵先生是政治家，也是个读书人，虽已作古多年，但他爱书读书支持书店事业的往事至今仍被读书人所津津乐道，在翻找旧报时发现了这篇当年发表在《文汇读书周报》上的旧文，也作为附录收入，以表对汪老的怀念。

第二辑收录了对多位作家的访谈、通讯。

改革开放以来，无数好作品如大潮般汹涌而来，我仅读了其中的小小一部分。钱钟书先生说："假如你吃了一个鸡蛋觉得很好，何必一定要去找下这只蛋的鸡呢？"这当然是老先生的谦虚，也是婉拒了一些人的打扰。但是，作为读者，读到一本有价值的书，总有想知道与这本书相关之事的愿望，正是在这种意愿驱动下，作为读者，又是记者的本人，就去找"下蛋的母鸡"，并尽量避免就书论书，把"鸡"写活，日积月累，没想到也有不少，此书所收只是一部分。这就要感谢时任复旦大学中文系主任的陈思和教授，多位著名作家是他帮助引见的。这些文章大多发表在我后来供职的《深圳商报》上，要感谢历任老总和副刊《文化广场》主编，要感谢为他人作嫁衣的辛勤的编辑同事。也要感谢相关著作的责任编辑引见作家和提供资料。更要感谢被访的作家，记者只是问和记，作答的是作家，多位作家还很认真负责地审定了采访稿，其实这些文章的真正作者是他们。

这一辑的作家是按小说、诗歌、纪实、翻译、学者排序。巴老的《随想录》所关注的是1980年代整个思想解放运动在文艺领域推进的过程，也是参与这一过程的重要文献，它的文学价值和思想价值将随着历史的推移越来越显现出来，这一辑的一头一尾又恰好都是与《随想录》相关，这也正是新文学精神的接力和传承，明灯永不灭。

第三辑是我历年来对诺贝尔文学奖相关人员的采访。

从初识终身评委马悦然先生，到后来有幸接触到主席、秘书长，这也要感谢陈思和教授，他有个计划，与著名翻译家万之（陈迈平）、陈安娜合作，把诺贝尔文学奖的评委们都请到中国来，请他们亲眼看看中国的巨变，与中国的作家们有个广泛的接触交流。这是作家所梦寐以求的，对我们记者也正是天赐良机。在采访中也多亏有万之先生的翻译和提供的资料。土耳其当代最著名小说家帕慕克和白俄罗斯作家阿列克谢耶维奇分别是2006年、2015年诺贝尔文学奖的获得者，他们的来访，都在中国文学界引起极大的关注，因此，把有关的两文也收入此辑中。把这几篇收在一起，也是想从一个侧面反映中国新时代的文学正逐步融入世界。

我经常见到不少文学理论工作者为了查证过往的史料，呕心沥血，泡在旧书旧报之中，有了一点线索就欣喜若狂，我们何不把当下的零纸碎屑收集起来，为将来的研究者提供一点点参考呢？这是我虽眼力不济，还是要编此书的目的之一。当然，如有读者看了拙作又想去读这些作家的原著，那是再也高兴不过了。

考虑到这个“小妹妹”与两位“哥哥”的“血缘”关系，所以把《铁骨柔情》和《悲欣人生》两书的目录也附在书后，也许给研究者可作参考。

与本书的责任编辑钱震华先生虽是初次想识，但早已读过许多他责编的书，他的认真负责高效的工作和业务素质使拙著增色不少，在此要向他表示衷心的感谢！

在此书付梓之时，我要向拙荆施家珍女士道一声谢谢！是她承担了全部家务，使我能全身心地扑在工作中。尤其我未老先衰，体弱多病，多亏了她的悉心照顾，才使我有可能整理出版了这几本小书。我知道她并不喜欢听“谢谢”，但这是发自我心底里的。

我的高中老同学、书法家陈贤德自学成才，继前面两书后这次又主动为我题写书名，实在感激不尽！

谨以此书献给伟大的改革开放四十周年！

楼乘震

于沪上古楼书屋

2018年12月18日

图书在版编目（CIP）数据

与书同在 / 楼乘震著.
—上海：上海三联书店，2019
ISBN 978-7-5426-6620-8

Ⅰ.①与…　Ⅱ.①楼…
Ⅲ.①访问记—作品集—中国—当代　Ⅳ.①I253

中国版本图书馆CIP数据核字（2019）第029451号

与书同在

著　　者　楼乘震

责任编辑　钱震华
装帧设计　陈益平
封面题签　陈贤德

出版发行　上海三联书店
（200030）中国上海市漕溪北路331号
印　　刷　上海昌鑫龙印务有限公司

版　　次　2019年5月第1版
印　　次　2019年5月第1次印刷
开　　本　700×1000　1/16
字　　数　385千字
印　　张　28.75
书　　号　ISBN 978-7-5426-6620-8 / I・1497
定　　价　78.00元